Der Tot

Buch

Nachdem ihre Kolumne über Aberglauben bei den Lesern des *Wiener Boten* ein voller Erfolg ist, plant die junge Journalistin Sarah Pauli eine neue Serie über das mystische Wien. Spannende Informationen dazu erhofft sie sich von der Fremdenführerin Erika Holzmann, die Führungen zu den geheimnisvollen Orten der Stadt veranstaltet. Doch kurz vor ihrem Treffen verschwindet Erika spurlos. Besorgt angesichts der Ungereimtheiten, macht Sarah sich auf die Suche nach ihr. Ist Erika das Opfer einer Entführung? Was weiß ihr Ehemann Roman, ein bekannter Unternehmer? Und von welcher rätselhaften Entdeckung wollte Erika ihr berichten? Bei ihren Recherchen stößt Sarah auf einen aufsehenerregenden Fall: Vor Kurzem wurde der Sarg eines verstorbenen Millionärs vom Wiener Zentralfriedhof gestohlen – ein Ort, an dem noch so manches dunkle Geheimnis begraben liegt ...

Weitere Informationen zu Beate Maxian
sowie zu lieferbaren Titeln der Autorin
finden Sie am Ende des Buches.

Beate Maxian

Der Tote vom Zentralfriedhof

Der vierte Fall für Sarah Pauli

Ein Wien-Krimi

GOLDMANN

Sollte diese Publikation Links auf Webseiten Dritter enthalten, so übernehmen wir für deren Inhalte keine Haftung, da wir uns diese nicht zu eigen machen, sondern lediglich auf deren Stand zum Zeitpunkt der Erstveröffentlichung verweisen.

Penguin Random House Verlagsgruppe FSC® N001967

8. Auflage
Originalausgabe Juli 2014
Copyright © 2014 by Beate Maxian
Copyright © dieser Ausgabe 2014
by Wilhelm Goldmann Verlag,
in der Penguin Random House Verlagsgruppe GmbH,
Neumarkter Str. 28, 81673 München,
Umschlaggestaltung: UNO Werbeagentur, München
Umschlagmotiv: © FinePic®, München
Redaktion: Karin Ballauff
KS · Herstellung: Str.
Satz: Buch-Werkstatt GmbH, Bad Aibling
Druck und Bindung: GGP Media GmbH, Pößneck
Printed in Germany
ISBN: 978-3-442-48069-2

www.goldmann-verlag.de

Er hat den 71er genommen.

Der letzte Weg eines Wieners.
Die Straßenbahnlinie 71 fährt von der Innenstadt
bis zum Zentralfriedhof.

Der Türmer, der schaut zu Mitten der Nacht
Hinab auf die Gräber in Lage;
Der Mond, der hat alles ins Helle gebracht;
Der Kirchhof, er liegt wie am Tage.
Da regt sich ein Grab und ein anderes dann:
Sie kommen hervor, ein Weib da, ein Mann,
In weißen und schleppenden Hemden.

Johann Wolfgang von Goethe

Montag, 13. Mai

1

ZENTRALFRIEDHOF

Ignoriere mich, und du bist tot!«

Sechs Worte. Das Flüstern einer inneren Stimme. Warnend. Bösartig. Teuflisch.

Die Stimme eines Gefühls, das er schon längst verloren geglaubt hatte: Angst. Angst saß ihm im Nacken, fuhr mit ihren Spinnenfingern seinen Hals entlang, über seine Brust bis hin zu seinem Herz und wartete darauf, zuzudrücken. Ihm den Atem zu rauben. Zugleich war sie wie eine instinktive Alarmanlage, die Sinne schärfend, schrill: »Ignoriere mich, und du bist tot!«

Sie war das rot blinkende Warnsignal an seinem persönlichen Bahnübergang.

Er ignorierte sie. Obwohl Zweifel und Misstrauen seit Wochen an seiner Selbstsicherheit nagten. Schon als er den Auftrag angenommen hatte, beschlich ihn diese merkwürdige Beklommenheit, die seitdem zu seiner treuen Begleiterin geworden war.

Dennoch war er nach Wien geflogen.

Als sein Verbindungsmann ihm die Karte für das Schließfach am Westbahnhof im Vorbeigehen in die Hand drückte, wuchs die Angst zu einem großen dunklen Wesen an, das ihm auf den Fersen folgte und sich nicht abschütteln ließ. Doch ab diesem Moment gab es kein Zurück mehr.

»Schätze in einem Grab zu suchen ist gefährlich.«

Der Zeitungsartikel, der diesen Satz beinhaltete, steckte in der Innentasche seiner Jacke, direkt neben dem gepolsterten Kuvert, das in dem Schließfach gelegen hatte.

Es ist kein Problem. Kein Problem.

Er suchte keine Schätze, sondern holte nur einen Toten ab. Er war ein Abholer.

Es war ein Scheißproblem. Er ignorierte es.

Um zehn Uhr war er von der U-Bahn-Station Simmering aus in die Straßenbahnlinie 71 umgestiegen und bis zum Zentralfriedhof gefahren. Als er bei der Haltestelle vor dem Haupteingang ankam, wäre er am liebsten einfach sitzen geblieben, weil die Angst ihn umklammerte und befahl, wieder zurückzufahren. Er war es gewohnt, Befehlen zu gehorchen. Doch diesmal verweigerte er. Alles andere hätte noch heute seinen sicheren Tod bedeutet.

»Nicht über den Friedhof gehen.«

Auch dieser Satz stand in dem Zeitungsartikel. Das war doch absurd, lächerlich, abergläubischer Unfug. Inzwischen war er schon einige Male über einen Friedhof gegangen, und nichts war ihm passiert. Auch den Zentralfriedhof hatte er schon besucht. Er wollte sich mit seinem Arbeitsplatz vertraut machen, die Menschen beobachten, die sich hier herumtrieben. Er wollte ein Bewegungsprofil erstellen. Das minimierte das Risiko, erwischt zu werden. Dennoch, egal was er unternahm und versuchte sich einzureden – das unbehagliche Gefühl blieb.

Er hieß Josip. Josip Kovac. Zumindest heute.

Nur für den Fall, dass jemand Fragen stellte und seinen Ausweis sehen wollte. Und er war Kroate. Heute war er Kroate.

Sein Aussehen erinnerte entfernt an einen Hinterhofgangster in amerikanischen Filmen. Sein Gesicht war kantig geschnitten, die Kieferpartie eckig, sein Teint dunkel. Eine tiefe Narbe auf der linken Wange verschaffte ihm Respekt. Man ging ihm aus dem Weg.

Josip nahm den intensiven Geruch des Frühlings wahr, ein Gemisch aus Blütenduft und feuchter Erde. In der Nacht hatte es geregnet. Auch jetzt hingen dunkle Wolken über der Stadt, aber zumindest blieb es trocken. Bis jetzt. Er lauschte dem Zwitschern der Vögel aus den Sträuchern und Bäumen rundum. Der Gesang des Frühlings, er klang nach Leben. Ein Spatz setzte sich vor ihm auf den Boden und pickte etwas Unsichtbares auf. Er mochte diese Vögel mit ihrem im Verhältnis zum Körper zu großen Kopf und dem kurzen, kräftigen Schnabel. Spatzen waren frech, mutig, abenteuerlustig und zeigten keine Scheu vor Menschen. Sie waren keine Angsthasen.

So wie auch er selbst kein Angsthase war, das hatte er schon einige Male bewiesen.

Und jetzt genug der überflüssigen Gedanken.

Josip hatte darauf bestanden, dass sein Kollege und er sich direkt am Grab trafen. Er musste vorher noch etwas erledigen. Langsam ging er die Allee entlang, vorbei an den alten Arkaden, die Karl-Borromäus-Kirche im Blick. Er glaubte an Gott. Und er glaubte daran, dass Gott sein Handeln verstehen und ihm verzeihen würde.

Die weiße Kirche mit der grünen Kuppel glich einem mächtigen Aufseher, der den gesamten Friedhof mitsamt der Präsidentengruft bewachte, die der größten Jugendstilkirche Wiens zu Füßen lag. Unverwechselbar. Hier wollte er um Vergebung bitten. In Gedanken zählte er die Stufen bis zum Portal und vergaß die Anzahl sofort wieder, weil es unwichtig war. Er stieß die Kirchentür auf und durchschritt den Vorraum.

Der Innenraum war bis auf zwei Frauen menschenleer. Er blieb vor dem überbreiten Mittelgang stehen. Kein Sarg. Keine Kränze. Keine Trauergäste. Eine der Frauen stand vor dem großen Hauptaltar und zielte mit ihrem Fotoapparat darauf. Vasen mit rosaroten Rosen wechselten sich auf dem Altar mit Kerzenständern ab. Josip wusste, dass sich unter diesem Altar die Gruft des ehemaligen Wiener Bürgermeisters Karl Lueger befand. Der hatte den Grundstein dieser Kirche gelegt, weshalb man sie auch Dr.-Karl-Lueger-Gedächtniskirche nannte. Ebenso wusste er über die propagandistische antisemitische Haltung des Politikers Bescheid. Er war nicht ungebildet.

Josip hätte gerne Geschichte studiert. Aber das Leben ließ das nicht zu, es gab ihm eine andere Richtung vor. Er kam aus einem kleinen Dorf und wuchs in ärmlichen Verhältnissen auf, was die Berufswahl erheblich einschränkte. Bauer zu werden wie seine Eltern kam für ihn nicht in Frage. Deshalb ging er fort.

In den 1990er Jahren verbrachte er eine längere Zeit in Afrika. Dort gab es einen österreichischen Kollegen, der ihm Deutsch beibrachte. Josip war ein guter Schüler gewesen. Die Sprache zu lernen war ihm nicht schwergefallen, und nachdem er wieder nach Hause zurückgekehrt war, hatte er seine Kenntnisse mithilfe von Kassetten, die er auf einem alten Rekorder abspielte, intensiviert.

Die andere Frau blickte hinauf und betrachtete die Kirchenkuppel mit dem imposanten Sternenhimmel. So leise wie möglich ging er bis zur ersten Bankreihe vor. Er wartete einen kurzen Moment, presste Daumen, Zeige- und Mittelfinger der rechten Hand fest zusammen – das Symbol der Dreieinigkeit – und schlug dann das Kreuz mit den ausgestreckten Fingern, er berührte seine Stirn, die Brust, die linke und dann die rechte Schulter. »Im Namen des Vaters, des Sohnes und des Heiligen Geistes.« Sein Blick fiel auf das Fresko über dem Hochaltar. Es zeigte das Jüngste Gericht. Stumm beschwor er den Himmel, ihm beizustehen und die Dämonen zu vertreiben, die ihn ab dieser verfluchten Stunde verfolgen würden.

Er verließ die Kirche wieder und verschwand in der Toilette unterhalb des Treppenaufgangs. Dort sperrte er sich in einer Kabine ein und zog die Waffe aus dem Kuvert. Er hielt eine Glock 17 des Kalibers neun mal 19 Millimeter in den Händen. Das gebräuchlichste Modell in Österreich. Polizisten, Bundesheer und Verbrecher verwendeten sie gleichermaßen, und weltweit war sie die meistgenutzte Behördenpistole. Eine gute Wahl. Gebräuchliche Kaliber ließen sich schwer zuordnen. Er nahm das Foto seiner Zielperson aus dem Kuvert, betrachtete es eine Weile und steckte dann die halbautomatische Pistole in die Innenseite seiner Jacke.

Vorsichtig öffnete er die Tür der Kabine und machte sich auf den Weg zum Treffpunkt.

Der Zentralfriedhof, die Totenstadt der Wiener, war eines der größten Gräberfelder Europas. Ein Labyrinth von Wegen und Gängen, ein zweieinhalb Quadratkilometer großes Leichenfeld.

Josip hatte sich den Grundriss gut eingeprägt. Das Mausoleum befand sich unweit der Kirche, dennoch ein wenig abseits, verborgen hinter einer Hecke. Als er darauf zuging, entdeckte er den Lieferwagen. Er stand am Wegesrand. Sein Kollege saß darin und starrte durch die Windschutzscheibe. Er hieß Bohumil und war Slowake. Josip zögerte für den Bruchteil einer Sekunde, dann ging er auf den Wagen zu. Bohumil stieg behäbig aus. So wie Josip trug auch er eine grüne Latzhose und Gummistiefel. Sie waren heute Gärtner und mussten sich um die Hecke und die Pflanzen der Anlage kümmern. Das Mausoleum war quadratisch. Es erinnerte an einen griechischen Tempel, verziert mit Kreuzblumen und Zinnenkränzen. Vor dem Eingang wachten Erzengel auf schweren Sockeln, Flieder in Tontöpfen zierten das Portal. Rund um die Grabstätte blühten Pflanzen, die ihm fremd waren.

Josip fischte ein Päckchen Marlboro aus seiner Jackentasche, steckte sich eine Zigarette in den Mund und reichte Bohumil die Schachtel. Der Slowake griff danach und bedankte sich auf Deutsch. Josip gab ihnen beiden Feuer. Schweigend zogen sie einige Male gierig am Filter und bliesen Rauch in die Luft.

Ob der Slowake genauso viele Bedenken ob ihrer Aufgabe hatte wie er, vermochte Josip nicht zu sagen. Es war auch belanglos. Sie sahen sich heute zum ersten und zum letzten Mal. Es gab keinen Grund, sich zu unterhalten oder gar näher kennenzulernen. Bohumils Identität war genauso falsch wie seine eigene. Es gab auch keinen Grund, ihn zu fragen, wer er wirklich war.

Der Slowake warf die Zigarette auf den Boden und trat sie mit dem Schuh aus. Dann ging er hinter den

Kleintransporter und öffnete die Ladefläche. Auch Josip drückte seine Zigarette auf dem Boden aus. Der Slowake reichte ihm einen Werkzeugkasten. »Wie lange?«, fragte er, wieder auf Deutsch. Den Blick unverwandt auf den Eingang des Grabmals gerichtet, antwortete Josip ebenfalls auf Deutsch: »Eine Minute.«

Bohumil führte ihn zu einem der Engel und zeigte auf einen bestimmten Fleck am Sockel. »Dann zeig, was du kannst.«

2

SARAH PAULI

Let the sunshine ... in«, trällerte es laut aus irgendeinem Redaktionsbüro des *Wiener Boten* an Sarahs Ohr.

Die junge Journalistin schlenderte den Flur entlang Richtung Konferenzraum und summte die Melodie mit. »Let the sunshine ...«

Der Winter war dieses Jahr hart und endlos gewesen. Bis Mitte April hatte in ganz Österreich Schnee gelegen. Zum ersten Mal in ihrem Leben konnte Sarah sich vorstellen, was es hieß, unter einer Winterdepression zu leiden. Zusätzlich hatte diese lang anhaltende Dunkelheit verhindert, dass Sarah ihr inneres Gleichgewicht wiederfand. Wenn man wie sie einen Selbstmord mit ansehen musste, so brauchte man viel Sonnenlicht und vor allem auch möglichst fröhliche Menschen um sich herum, sonst blieb das schreckliche Erlebnis für immer im Kopf. Doch über Wien hing eine Glocke der Übellaunigkeit wie eine lästige Zecke im Fell eines Hundes. Davids Geschenk zu ihrem 30. Geburtstag, ein Kurzurlaub in Neapel, hatte nur kurzfristig Linderung gebracht. Sie waren über Silvester in der Geburtsstadt ihrer Großmutter gewesen, und Sarah hatte sich augenblicklich in die Region und die Menschen dort verliebt.

Leider hatte die Reise nach Neapel den immer wiederkehrenden Albtraum nicht endgültig vertrieben. Der hatte es sich während ihrer Abwesenheit gemütlich gemacht und zu Hause auf sie gewartet.

Eine sternenklare Nacht auf dem Cobenzl in Wien, der Parkplatz menschenleer. Nur eine dunkle Gestalt steht vor der kniehohen Mauer und sieht auf das funkelnde Lichtermeer der Stadt hinunter. Sarah geht auf die Gestalt zu. Noch zehn Schritte, neun, acht, sieben ... sie kommt nicht vom Fleck. Die Dienstbotenmadonna aus dem Stephansdom legt ihr die Hand auf die Schulter und hält sie zurück. Da dreht die Gestalt sich um ...

Und in diesem Moment erwachte Sarah jedes Mal aufs Neue – schweißgebadet und mit panisch rasendem Herzen. Die Szene, in der Doris Heinlein sich vor ihren Augen in den Mund geschossen hatte, blieb ihr im Traum erspart, doch immer erwachte sie mit einem Gefühl, als würde ihr jemand eine Pistole hart gegen die Stirn drücken.

Im März brachten Schlagzeilen über brodelnde phlegräische Felder unter Neapel Sarah zeitweise auf andere Gedanken. Sie hatte sich ernsthaft Sorgen um die Stadt ihrer Großmutter gemacht. Immerhin hatten diese unterirdischen Supervulkane einen Explosivitätsindex der höchsten Stufe. Sie las täglich Meldungen über den aktuellen Stand der Bedrohung.

Und dann inspirierte sie ausgerechnet diese Gefahr zu einer ihrer Kolumnen. Sie schrieb über die Mythen und Legenden, die sich um Vulkane rankten, und hörte währenddessen die Musik des neapolitanischen Liedermachers Pino Daniele, »Napule è«. Ausführlich widmete sie sich Vulcanus, dem römischen Gott des Feuers, der laut römischer Überlieferung im Tyrrhenischen Meer, zwischen Sizilien und Neapel, lebte.

Sie ließ sich zu einer neuen Serie ihrer Kolumnen anregen, die den Titel »Mystisches Wien« bekommen sollte. Das ließ ihr viel Spielraum. Die erste Kolumne dazu beschäftigte sich mit der einzigen Hexenverbrennung in Wien im Jahr 1583. Eine bescheidene Zahl angesichts der zigtausend Frauen, die Opfer der grausamen Hexenjagd wurden. Den Tod auf dem Scheiterhaufen hatte Elisabeth Plainacher ihrem Schwiegersohn und der Hetzpredigt des Jesuiten Gregor Scherer zu verdanken. Den Prediger traf später in der Kirche auf der Kanzel bei einer ähnlichen Ansprache der Schlag. Manchmal sorgte der Himmel also doch für ausgleichende Gerechtigkeit. Heute erinnerte die Elsa-Plainacher-Gasse im 22. Bezirk an die Unglückliche. Die Hinrichtungsstätte lag dort, wo die Kegelgasse in die Weißgerberlände mündete. Ein würdiger Auftakt für ihre neue Serie, fand Sarah.

Hexenverbrennungen gab es nicht mehr, doch Neid, Hass und Denunziantentum waren geblieben.

Wie zur Bestätigung fing Conny, die Society-Löwin des *Wiener Boten*, Sarah vor der Tür zum Konferenzzimmer ab. »Gratuliere«, raunte sie. »Die Sache mit der Hexe hat was Lebendiges.«

Sarah staunte. Ein Lob aus Connys Mund glich einer Krönung. Die Gesellschaftsreporterin ging so sparsam damit um, dass man meinen konnte, sie hielt es mit dem alten Volksglauben, dass Lob Unheil anrichte.

Das ging Sarah durch den Kopf, während Conny längst dabei war, ihr Lob wieder abzuschwächen: »Das heißt aber nicht, dass ich den Humbug gut finde, den du da jedes Wochenende in der Beilage verzapfst«, sagte sie und schüttelte ihre prachtvolle rote Lockenmähne. »Ich mein', wir leben immerhin im 21. Jahrhundert. Wer ist da noch ernsthaft abergläubisch?«

Conny fand die Artikel anderer generell unzureichend recherchiert, inakzeptabel formuliert oder thematisch langweilig. Dass sie nun ausgerechnet die Geschichte über eine tote Hexe aus dem 16. Jahrhundert lebendig fand, amüsierte Sarah. Diese Aussage konnte sie sich durchaus ans Revers ihrer Jacke heften, ohne Schaden zu nehmen.

»Sag, hörst du mir überhaupt zu?« Connys Stimme drängte sich in ihre Gedanken.

»Natürlich.«

Während Sarah angestrengt nachdachte, was sie ihrer Kollegin antworten sollte, drückte diese ihr eine Visitenkarte in die Hand.

»Erika Holzmann bietet Stadtspaziergänge zu deinem Thema an. Vielleicht interessiert dich das.«

Sissi, Connys schwarzer Mops, kam um die Ecke und blieb neben ihnen stehen, nur das Hinterteil bewegte sich voller Freude hin und her. Dazu keuchte der Hund, als erleide er soeben einen schweren Asthmaanfall.

»Du kennst eine, die Stadtspaziergänge zu diesem Thema anbietet? Das überrascht mich jetzt, ehrlich gesagt.« Sarah musste mit ihren 1,67 ein wenig zu Conny aufsehen. Die Society-Löwin konnte schon ohne High Heels auf die beachtliche Körpergröße von 1,78 verweisen, und mit den hohen Hacken, die sie täglich trug, wuchs sie auf 1,85.

»Das war reiner Zufall. Ich hab' sie im Februar am Kaffeesiederball kennengelernt. Wir haben beide zur selben Zeit auf ein Glas Wein an der Bar gewartet und sind dabei ins Plaudern gekommen.«

»Du unterhältst dich mit Leuten, die Stadtspaziergänge anbieten?«

»Ich unterhalte mich mit vielen Leuten. Ihrem Mann gehören übrigens Toprestaurants in Frankfurt und Berlin. Und wenn man den Gerüchten Glauben schenkt, dann soll bald auch in Wien ...«

»Ah, jetzt verstehe ich, so jemanden zu kennen ist für eine Gesellschaftsreporterin ...«

»Willst du jetzt hören, was sie mir erzählt hat, oder nicht?«, schnitt Conny ihr das Wort ab. Sie strich sich eine Locke aus der Stirn.

»Na sicher.«

»Dann hör auf, so deppert rumzureden! Nur weilst' mit dem Chef ins Bett steigst ...«

Conny brauchte ihren Satz nicht zu beenden, er trieb Sarah auch unvollendet augenblicklich ein Messer ins Herz. Verflucht noch einmal! Sie stieg nicht mit David ins Bett. Sie führten eine Beziehung wie x andere Paare auch.

Zwei Kollegen aus der Wirtschaftsredaktion tauchten auf, grüßten leise und drängten sich an ihnen vorbei. Kurz blieben ihre Blicke an Sarah hängen, und ihr Lächeln schien zu sagen: »Guten Morgen, Freundin vom Chef.«

Zum Teufel! Sie war doch immer noch die alte Sarah Pauli!

Conny packte Sarah am Unterarm und zog sie vom Eingang weg. Sissi blieb vor der Tür des Konferenzraumes stehen. Irgendjemand bückte sich immer, um den Mops zu streicheln. Er war das Maskottchen der Redaktion.

»Ich hab' zwar nur mit einem Ohr hingehört, aber sie

hat erzählt, dass sie, was mir bitte schön absolut unverständlich ist, deine Kolumnen liest, und dann hat sie irgendwas von unterirdischen Gängen gefaselt, wo sie auch Führungen anbietet.«

»Das unterirdische Wien«, bemerkte Sarah versonnen. »Wäre auch einmal eine Geschichte wert. Unter der Erde gedeiht die Lust am geheimnisvollsten. Im Zwölf-Apostelkeller gibt es doch die alte Holztafel mit den Namen aller Apostel. Ob da auch Maria Magdalenas Name stand...«

Conny sah sie streng an. »Du redest vielleicht einen Stuss z'amm, wenn der Tag lang ist.« Wieder schüttelte sie ihre Locken. »Also, horch endlich zu!«

»Ich hör' eh zu.«

»Die Holzmann wollte sich eh schon mit dir in Verbindung setzen. Jedenfalls hat sie mich gebeten, dir ihre Visitenkarte zu geben.«

»Aber du hast drauf vergessen, weil Februar? Ich mein', das ist ja schon eine Weile her, wir haben jetzt Mai.« Sarah schmunzelte.

»Ja, ich hab's vergessen«, gab Conny genervt zu. »Es ging in dem Gespräch aber nur nebenbei um unterirdische Gänge. Vielmehr ging es um irgendein mystisches Rätsel. Oder war es ein Zeichen?« Sie schien kurz nachzudenken. »Ach, keine Ahnung mehr, was sie mir alles erzählt hat. Interessiert mich persönlich auch absolut nicht, aber wenn man ein bisserl geistermäßig ang'haucht ist so wie du, mag's interessant sein. Und weil doch die Überschrift deiner neuen Serie ›Mystisches Wien‹ heißt, dachte ich ...«

»Rätsel? Zeichen?«

Ab dem Moment hatte Conny Sarahs volle Aufmerksamkeit. »Meinst du Zeichen in Form von Symbolen oder Rätsel als Code und Informationsübermittlung? Oder eine geheime Botschaft, die man erst entschlüsseln muss?«

»Wie gesagt, ich hab' nur mit einem Ohr hingehört, aber durch deinen Artikel über die Plainacher ist es mir wieder eingefallen.«

»Du liest also meine Seite? Das ehrt mich. Danke schön.«

»Lesen wär' übertrieben, sagen wir, ich überfliege sie.«

»Hast du gewusst, dass viele Promis abergläubisch angehaucht sind und einen Talisman bei sich tragen? Das wäre doch einmal ein schönes Thema für dich, vielleicht auf dem nächsten Sportler- oder Opernball.«

Conny hob die Augenbrauen. Ihre Geduld war am Ende. »Ruf die Holzmann an, wenn's dir wichtig ist, oder lass es bleiben. Mir ist's wurscht.« Sie drehte sich auf dem Absatz um und verschwand mit Sissi im Konferenzraum. Sarah folgte den beiden. Conny hatte ihren Artikel gelobt! Sie musste sich dieses denkwürdige Ereignis unbedingt in ihrem Kalender notieren. Gut gelaunt setzte sie sich neben Doris Graf aus der Kulturredaktion an den großen ovalen Tisch.

»Morgen.« David betrat den Raum und nahm am Kopfende Platz. Er lächelte in ihre Richtung, und sie lächelte zurück.

Sie liebten sich, und seit einigen Monaten versteckten sie ihre Beziehung nicht mehr vor den anderen. Ein gutes Gefühl. Wenngleich ihr diese Aufrichtigkeit auch Gehässigkeit, falsche Freundlichkeit und Neid einbrachte. Doch Neid musste man sich bekanntlich erarbeiten, Mitleid hingegen bekam man mitunter geschenkt. Und die falschen Freunde würde sie hoffentlich sofort erkennen. Unterm Strich war Sarah froh, endlich den Schritt gewagt zu haben, statt einer heimlichen Affäre nun eine offene Beziehung mit dem Herausgeber des *Wiener Boten* zu führen. Sarah Pauli war jetzt nicht mehr nur die Hokuspokustante des *Wiener Boten*, sondern auch die Freundin vom Chef. Deshalb wurden die Witze über ihre Kolumnen in der Wochenendbeilage zwar nicht weniger, doch ihr Lesepublikum und die Zahl ihrer Fans hatten sich verdoppelt, seit sie regelmäßig in der »Lesezeit« veröffentlichte. Die Informationen über Mystizismus und Gebrauchsgegenstände aus der Welt des Übernatürlichen, die ihr im Laufe der Zeit geschickt wurden, hatten längst keinen Platz mehr im Büro, und inzwischen war auch ihre Wohnung voll mit Runen, Heilsteinen, Tarot-Karten und anderen Objekten, die sie laut Meinung ihrer Leser unbedingt besitzen musste. Manchmal verschenkte Sarah etwas aus ihrem Fundus. Sie brachte es jedoch nicht übers Herz, irgendetwas davon wegzuwerfen. Aus diesem Grund kaufte sie regelmäßig Körbe und Aufbewahrungsboxen, um die vielen Talismane, Glücksbringer oder Amulette verstauen zu können.

Nach der Redaktionssitzung ging Sarah direkt zurück in ihr Büro. Auf ihrem Schreibtisch lag ein Stapel Bücher, die sie am Vorabend dort liegen gelassen hatte. Ihr Blick fiel auf eine gerahmte Postkarte an der Wand.
»Ich bin nicht abergläubisch. Das bringt Unglück.«
Eine kleine Aufmerksamkeit von David, nachdem sie in einer Situation, in der sie unsicher gewesen war, wie-

der einmal instinktiv nach dem Corno an ihrer Halskette gegriffen hatte. Sarah gestand sich ein, daran zu glauben, dass dieses Schmuckstück sie vor Schaden bewahrte. »Der Böse Blick«, wie Schadenzauber landläufig genannt wurde, wurde durch das Corno gebannt. Außerdem gefiel ihr das kleine rote hornförmige Amulett, und auch im Wien des 21. Jahrhunderts hatte sie das Recht, einen Glücksbringer zu tragen. Immerhin waren Talismane bereits im Altertum in Gebrauch. Warum also sollten sie in einer modernen Welt keinen Platz mehr haben?

Während ihr Computer hochfuhr, richtete Sarah sich eine Tasse Kräutertee her und schob eine CD ein. Dann zog sie die Visitenkarte der Fremdenführerin aus der Gesäßtasche ihrer Jeans und überlegte, ob sie sich gleich damit beschäftigen sollte. Sie rief Erika Holzmanns Homepage auf. Die Frau auf dem Foto wirkte sympathisch, ein offenes freundliches Gesicht, halblange rotblonde Locken und strahlende grüne Augen. Sarah klickte sich durch die Seiten, fand einen Hinweis auf den Themenspaziergang »Mystisches Wien«, aber keine genauere Beschreibung. Dass Wien eine Stadt voller Geheimnisse sei, stand in der Kurzbeschreibung. Aber wohin die Route führte, stand nicht da. Wenn sie mehr wissen wollte, musste sie mit der Frau sprechen. »Was ich sowieso getan hätte«, erklärte Sarah dem Bildschirm. Aberglaube, Mystik, Geheimzeichen und Symbole waren ihre Welt, und sie freute sich, wenn sie Menschen kennenlernte, mit denen sie sich darüber austauschen konnte. Und wenn sie ihr obendrein etwas Neues erzählen konnten, war die Sache umso spannender.

Sie sah aus dem Fenster. Dunkle Wolken hingen vom Himmel herunter. Die Eisheiligen machten ihrem Namen dieses Jahr alle Ehre, sie hatten das vergangene Wochenende in Kälte und Regen getaucht. Heute stand Servatius im Kalender, im Volksglauben zuständig für die Linderung bei Fußleiden, Frostschäden, Rheumatismus und Rattenplagen. Ob diese Eisheiligen immer wussten, welchen Job sie gerade wann und wo zu erledigen hatten?

Dass Erika Holzmann bei solch ungastlichem Wetter ihre Führungen durch Wien abhalten würde, bezweifelte Sarah. Aber sie hatte auch nicht vor, einen Spaziergang mitzumachen, sondern sie wollte erst mal mit der Frau sprechen. Nach einem Moment des Zögerns hob Sarah den Hörer ab und wählte die Nummer, die auf der Visitenkarte stand. Es läutete fünf Mal, bevor jemand abhob.

»Holzmann.«

»Grüß Gott, Frau Holzmann. Hier spricht Sarah Pauli vom *Wiener Boten*. Meine Kollegin Conny …«

»Ooooh!«, tönte es in Sarahs Ohr. »Das freut mich aber, dass Sie mich anrufen.«

»Conny Soe, meine Kollegin von der Gesellschaftsredaktion, hat mir Ihre Visitenkarte gegeben«, beendete Sarah den Satz nach der Unterbrechung überflüssigerweise, denn offensichtlich wusste die Frau bereits, wer sie anrief.

»Ja ja, ich weiß, aber das ist schon eine Weile her.« Die Frau hatte eine feste, freundliche und ruhige Stimme.

»Februar. Tut mir leid, dass ich mich noch nicht gemeldet habe. Aber es war ein bisschen stressig in letzter Zeit«, bemühte Sarah die üblichen Floskeln. »Meine Kollegin meinte, Sie hätten ihr etwas von mystischen Zeichen erzählt, und da meine neue Serie sich mit der mystischen Seite Wiens auseinandersetzt, interessiert mich das natürlich.«

»Das dachte ich mir doch, dass Sie das interessiert.« Die Stimme klang nun triumphierend. »Ich wollte Sie deshalb schon einmal anrufen, bin aber bis jetzt selber nicht dazu gekommen, und so dringend war's ja dann auch nicht. Ich wollte mir vorher selbst ein Bild von der ganzen Geschichte machen. War auch nicht ganz einfach, das alles zu entschlüsseln.«

»Was sind das denn für Zeichen? Und wo haben Sie die gefunden?«

»Es geht nicht direkt um Zeichen, sondern mehr um ein Rätsel, das ich lösen musste. Wobei, ein Rätsel in dem Sinne ist es auch nicht ... Ach, wie erkläre ich das am besten am Telefon? Ich müsste ein bisserl ausholen.« Sie machte eine kurze Pause.

»Wenn Sie wollen, können wir uns auch gerne treffen, Frau Holzmann.«

»Wenn Sie Zeit hätten, sich mit mir zu treffen, wäre das wunderbar.«

Sarah konnte Erika Holzmanns Freude spüren, als sie den Vorschlag hörte.

»Die ganze Sache ist am Telefon nämlich wirklich kompliziert zu erklären. Man muss es sehen«, endete Erika Holzmann.

Sie verabredeten sich für den folgenden Mittwoch im *Daniel Moser*. Das Café war ganz in der Nähe des Ortes, von wo aus Erika Holzmann den nächsten Stadtspaziergang starten würde.

Nachdem Sarah aufgelegt hatte, rief David an und lud sie zum Abendessen ein. Eigentlich sagte er nur »Motto am Fluss«, und Sarah wusste Bescheid. Sie lächelte.

»Wenn du mich weiterhin so verwöhnst, wiege ich bald hundert Kilo.«

David lachte warmherzig. »Dann genieß halt nur das Ambiente.«

Und das war, zugegeben, am Donaukanal einmalig.

»Aber ich hab' sicher Hunger.«

In Gedanken zog Sarah bereits die rote, mit Spitzen besetzte Unterwäsche an, die David ihr für eine rauschende Silvesternacht in Neapel geschenkt hatte. Rote Unterwäsche zum Jahreswechsel brachte Glück und ein leidenschaftliches Jahr, vorausgesetzt, man ließ sie sich schenken. Davids Geschenk kam aus dem Haus »La Perla«, und es machte ihm mindestens so viel Spaß, sie Sarah auszuziehen, wie es ihr Spaß machte, sie zu tragen und sich ausziehen zu lassen. Am 31. Dezember hatte David sie in ein kleines romantisches Restaurant geführt. Eine Stunde vor Mitternacht waren sie ins Hotel zurückgekehrt. Dort wartete eine gekühlte Flasche Sekt auf sie. Während sich die Menschen auf den Straßen »Prosit Neujahr« wünschten und Neapel im Krach von Raketen, Böllerschüssen und Feuerwerkskörpern unterging, liebten sie sich leidenschaftlich ins neue Jahr. Das war die Ouvertüre zu ihrer Beziehung ohne Heimlichkeiten und Versteckspiel.

»Du glaubst wirklich, dass ich dir beim Essen zuschaue? Ausgerechnet im ›Motto am Fluss‹?«, fragte sie lachend, während sie sich in ihren Kalender notierte, am Ende dieses Jahres die rote Unterwäsche zum Thema der Wochenendbeilage zu machen. »Das wäre, als würdest du einem Kind in einem Spielwarenladen sagen, dass es auf gar keinen Fall etwas anfassen darf.«

»Gut. Dann hole ich dich um viertel sieben ab und reserviere uns einen Tisch für sieben Uhr.« Sie legten beide auf.

Gabi steckte den Kopf zur Tür herein.
»Mittagessen?«

3

ZENTRALFRIEDHOF

Kein Mensch hielt sie von ihrem Vorhaben ab. Auch als sie den Sarg auf die Ladefläche schoben, beachtete sie niemand. Lediglich eine Frau mit einer Gießkanne in der Hand passierte den Weg. Sie warf einen kurzen Blick auf sie. Sie, die Arbeiter. Instinktiv drehte Josip sich um und zeigte der Alten die schöne, nicht vernarbte Seite seines Gesichts. Die Narbe wäre nämlich ein Wiedererkennungsmerkmal. Später, wenn die Polizei Augenzeugen vernahm, würde die Frau sich vermutlich an die Narbe erinnern.

Die Frau ging ohne auf ihn zu reagieren weiter. Er und Bohumil waren eben Gärtner, sie trugen Gärtnerkleidung, auf dem kleinen Lastwagen stand »Gärtnerei«, und sie hatten einen Auftrag in der Tasche. Dass zwei Gärtner allerdings einen Sarg aus dem Mausoleum trugen und auf die Ladefläche eines Lastwagens schoben, schien die Frau nicht zu wundern. Das wiederum wunderte Josip doch ein wenig.

»Gefährlich ist es, etwas vom Friedhof zu holen oder mitzunehmen.«

Eine weitere Warnung aus dem Zeitungsartikel. Doch Josip hatte heimlich eine Gegenmaßnahme getroffen.

Sie warfen das Werkzeug neben den Sarg und schlossen die Ladeluke. Bohumil nahm hinter dem Lenkrad Platz, Josip auf dem Beifahrersitz. Er zog den Stadtplan mit dem gekennzeichneten Treffpunkt für die Übergabe aus der Tasche seiner Arbeitsjacke und faltete ihn auf dem Armaturenbrett auseinander. Sie warfen beide einen Blick darauf. Josip nahm den Plan wieder in die Hand. Der Slowake startete den Lieferwagen. Kurz danach lenkte er ihn unbehelligt durchs Hauptportal des Zentralfriedhofs und bog nach links auf die Simmeringer Hauptstraße ab.

Josip suchte schon seit ihrer ersten gemeinsamen Zigarette im Gesicht seines Kollegen nach einer Regung. Doch der Slowake hätte selbst in dem Sarg auf der Ladefläche liegen können, so ausdruckslos war seine Miene. Darüber hinaus hatte er keine zehn Sätze gesprochen, was Josip nicht weiter störte. Er hing viel lieber seinen Gedanken nach. Alte Geschichten seiner Großmutter kamen ihm in den Sinn. Sie hatte ihm von den Strigoi erzählt, den Toten, die zurückkehrten. Es gab zwei Sorten. Die Strigoi morti, die Untoten. Und die Strigoi vii, die lebenden Vampire. Letztere waren Menschen, die man zu Lebzeiten verfluchte. Diese Vampire saugten den Menschen das Blut direkt aus dem Herzen. Oft lebten Menschen lange als Strigoi, ohne dass es ihnen bewusst war. Politiker, schoss es Josip augenblicklich durch den Kopf, und er musste lächeln. Diesen Blutsaugern war im Gegensatz zu den Vampiren durchaus bewusst, dass sie vom Blut ihrer Opfer lebten.

»Was lachst du?«, fragte Bohumil tonlos.

Josip antwortete nicht.

Die Strigoi trafen sich um Mitternacht in der Nacht zum Feiertag des heiligen Andreas an Straßenkreuzungen mit anderen Strigoi, um sich bis zum Sonnenaufgang zu bekämpfen. Was, wenn so ein Strigoi in dem

Sarg lag? In dem Moment lief es ihm eiskalt über den Rücken. Verdammt. Der Kerl musste ein Strigoi sein. Die vielen Kreuze in der Grabstätte bewiesen das. Warum sonst hätte man sie dort angebracht? Bei so vielen religiösen Symbolen stieg kein Strigoi aus seinem Loch. Warum nur hatten sie ihn befreit? Das gefiel ihm gar nicht. Er war kein Kroate. Er war Rumäne und hatte eine Scheißangst.

Auch wenn die Strigoi lediglich eine Legende waren, fürchtete er sie. Der Aberglaube über Strigoi war in Rumänien bis heute verbreitet. Anfang dieses Jahrhunderts wurde in dem Dorf, aus dem er stammte, ein vermeintlicher Strigoi exhumiert. Man schnitt das Herz aus der Leiche und verbrannte es. Danach tranken die Dorfbewohner die in Wasser aufgelöste Asche. Bei dem Gedanken bekam er einen Brechreiz. Der Satz aus dem Zeitungsartikel fiel ihm wieder ein.

»Schätze in einem Grab zu suchen ist gefährlich.«

War ein Strigoi ein Schatz? Er versuchte die beunruhigenden Bilder zurückzudrängen, wandte sich nach rechts und starrte durchs Seitenfenster. Was sollte schon passieren? Das hier war nichts anderes als ein ganz gewöhnlicher Diebstahl. Und es war nicht sein erster Raub. Josip hatte schon viele Dinge gestohlen. Schmuckstücke, Autos, Geld. Man beauftragte ihn, weil er gut Schlösser knacken konnte. Das war sein Spezialgebiet. Es gab kein Schloss, das vor ihm sicher war. Aber noch niemals hatte man ihm aufgetragen, einen Sarg mit einer Leiche darin zu stehlen. Und für das Schloss des Mausoleums hätte man keinen Spezialisten gebraucht, das hätte auch ein Anfänger problemlos öffnen können. Aber man wollte ihn, weil er der Spezialist war. Nicht nur im Schlösserknacken. Er konnte auch töten. Es war ihm egal. Abdrücken. Er empfand nichts mehr dabei. Seit seiner Zeit in Afrika. Dort hatte man ihn das Morden gelehrt. Josip schluckte trocken.

Das Geld, das man ihm für diesen Job geboten hatte, konnte er gut gebrauchen. Damit würde er sich, seine alten Eltern und seinen Freund mit den zerfetzten Beinen daheim in Rumänien längere Zeit über Wasser halten können. Der Gedanke daran, so viel Geld zu haben, dass er nach diesem Job hier eine Weile keine Arbeit annehmen musste, versöhnte ihn.

Wenn du's überlebst, drängte sich die Angst erneut auf.

»Sind wir hier noch richtig?«, riss ihn Bohumil aus seinen Gedanken. Josip sah auf den Plan, wieder auf die Straße, wieder auf den Plan. Er musste sich konzentrieren. Der Treffpunkt war kurzfristig geändert worden.

»Ich glaub', wir müssen hier irgendwo rechts abbiegen.«

Bohumils Blick traf ihn wie ein Hammerschlag. »Ich glaub'«, äffte er ihn nach, »bist bled oder was? Du sollst nicht glauben, sondern mir Weg ansagen.«

Josip schwieg und reichte ihm die Karte. Sollte er doch selbst nachsehen.

Bohumil stoppte den Wagen am rechten Straßenrand und nahm Josip den Plan aus der Hand. Kurz danach fuhr er weiter, und wenig später erreichten sie ihr Ziel. Sie hielten vor einer endlos erscheinenden hohen Mauer, unterbrochen von einem ebenso hohen undurchsichtigen Stahltor, auf dem verblasste Plakate längst vergangener Veranstaltungen klebten. Bohumil deutete auf das Handschuhfach. Josip griff hinein, holte einen Schlüssel heraus, stieg aus und öffnete das Tor. Vor ihm lag das Ende der Welt. Er kannte solche Orte. Sie waren häufig hinter hohen Mauern versteckt, von Gott und den Menschen verlassen und ihm, Josip, so vertraut wie die eigene Westentasche. Ein aufgelassenes Gelände mit zerborstenem Glas, Betonruinen und vor sich hin rostenden Stahlträgern. Dazwischen der verzweifelte Versuch der Natur, den verlorengegangenen Boden in Form von Gestrüpp zurückzuerobern, wild wuchernd zwischen längst vergessenem Gerümpel. Dass es das Ende der Welt auch in Wien gab, überraschte ihn.

Bohumil lenkte den Wagen durch das offene Tor. Josip schloss es sofort hinter ihm wieder ab und stieg zurück ins Auto. Bohumil fuhr ein paar Meter weiter und parkte vor einem verfallenen Gebäude, von dem man nicht hätte sagen können, was es einmal gewesen war.

Josip griff zur Türschnalle.

»Nein!«, sagte Bohumil streng. »Wir sollen im Auto warten.«

Josip sah auf die Uhr. Es dauerte noch zwei Stunden bis zur Übergabe. Die wollte er auf gar keinen Fall in diesem verdammten Wagen absitzen, in Gesellschaft einer Leiche und eines mundfaulen Slowaken.

»Ich warte ungern mit einem Toten im Auto«, widersprach er und deutete mit dem Daumen Richtung Ladefläche. Schweiß stand ihm auf der Stirn. Außerdem hatte er Hunger. Dennoch nahm er die Hand vom Griff. Im Laufe der Jahre hatte er gelernt, wann es besser war, Diskussionen zu vermeiden. Er dachte an das Geld, das er bald bekommen würde. Eine ansehnliche Summe, immerhin. Zum ersten Mal war es ihm nicht gelungen, mehr über seine Auftraggeber herauszufinden als das, was sie bereit waren preiszugeben. Das machte ihn nervös.

Der Slowake griff vor, öffnete das Handschuhfach und holte eine Plastikdose und eine Thermoskanne heraus. Er bot Josip ein Wurstbrot und Tee an. Sie aßen und tranken schweigend. Danach rauchten sie Josips Zigaretten. Eine nach der anderen. Ebenfalls schweigend. Irgendwann war Josip doch ausgestiegen. Er musste pinkeln.

Schließlich waren die zwei Stunden um. Das Tor öffnete sich. Ein dunkler Volvo fuhr auf sie zu und parkte. Eine etwas rundliche, aber attraktive Frau mit rotblonden Locken und einem sympathischen Gesicht stieg aus.

»Ursula«, murmelte Bohumil und grinste anzüglich.

Da ging die Beifahrertür des Volvos auf. Ein Mann stieg aus und blieb neben der offenen Wagentür stehen.

Josip schob reflexartig seine Hand in die Jackentasche und zog mit einer raschen Bewegung die Pistole hervor.

Der Slowake sah ihn irritiert an. »Was soll die Waffe?«

»Zur Sicherheit.«

»Lass den Quatsch, Mann, steck das Ding weg! Wir übergeben Ursula und dem Kerl den Sarg, kassieren unser Geld und haben vielleicht sogar noch ein bisschen Spaß.« Wieder grinste er anzüglich.

»Woher kennst du ihren Namen?«

Bohumil antwortete nicht. Die Frau kam näher. Josip schob die Pistole widerwillig zurück in seine Jacke. Der Mann bewegte sich keinen Millimeter vom Auto weg. Gemeinsam hievten Bohumil und er den Sarg von der

Ladefläche herunter und schleppten ihn in die Ruine. Dort wuchteten sie ihn auf einen Tisch, der offenbar eigens zu diesem Zweck dort aufgestellt worden war. Niemand sprach ein Wort. Dann folgten sie Ursula zurück zum Auto. Auf ihr Kopfnicken hin überreichte Ursulas Begleiter Josip ein Kuvert.

»Geld und Ticket. Du fliegst morgen früh zurück.«

Wieder ein Kopfnicken von Ursula, und beide stiegen gleichzeitig in den Volvo ein. Ein eingespieltes Team.

»Und ich?«, fragte Bohumil. »Was ist mit mir?«

Die Rotblonde sah Josip an und sagte: »Du lässt ihn liegen. Ich kümmere mich darum.«

Dann zog sie die Autotür zu.

Bohumils Augen verengten sich zu einem Spalt. Er begann laut zu schimpfen in einer Sprache, die Josip nicht verstand. Doch Ursula ignorierte den aufgebrachten Slowaken, startete den Motor, wendete und fuhr davon. In dem Moment setzte Josip ihm die Glock in den Nacken und drückte ab.

Der Angriff kam so plötzlich, dass Bohumil nicht mehr reagieren konnte. Das Projektil stanzte ein Loch in den hinteren Teil seines Halses und färbte den Hemdkragen augenblicklich rot. Sein Körper kippte nach vorne.

Dienstag, 14. Mai

4

JOSIP KOVAC

Wien verlassen. In ein Flugzeug steigen. Auf Nimmerwiedersehen verschwinden.

Dieser Wunsch war stärker als alles andere. Unmittelbar nachdem er abgedrückt hatte, stellte Josip sich die Frage, ob Bohumils Tod etwas mit dem Strigoi zu tun hatte. Holte sich der Tote vom Zentralfriedhof sein erstes Opfer? Unwahrscheinlich. Er selbst war Bohumils Mörder, nicht der Tote im Sarg. Niemand hatte seine Hand geführt und Druck auf seinen Finger ausgeübt. Weder der Strigoi noch ein anderes übernatürliches Wesen. Warum der Slowake sterben musste, hatte Josip nicht zu interessieren. Er hatte auch nicht gefragt.

Gleich nach seiner Rückkehr ins Hotel hatte er seine Rechnung bar beglichen, war in sein Zimmer gegangen und dort geblieben. Heute Morgen hatte er bereits um sechs Uhr das Hotel verlassen, hatte den Schlüssel auf den verwaisten Rezeptionstresen gelegt und war über den Gürtel zum Westbahnhof gegangen, um von dort den Bus zum Flughafen zu nehmen. Trotz der frühen Morgenstunde war er nicht alleine. Der Bus war beinahe bis auf den letzten Platz besetzt. Neben ihm saß eine blonde Frau mittleren Alters im Business-Outfit. Wenn sein Blick sie streifte, lächelte sie ihn höflich, aber distanziert an. Ob sie sich sein Gesicht merken würde? Er schaute den Rest der Fahrt zum Fenster hinaus. Die Landschaft zog an ihm vorbei. Er schloss die Augen, genoss das gleichmäßige Brummen des Motors. Froh, die ganze Sache hinter sich gebracht zu haben. Lebendig. Frei. Vor ihm lag sein eigenes neues altes Leben, mit viel Geld und wieder mit seinem richtigen Namen: Dorin Radu. Wieder Rumäne sein. Wie gut sich das anfühlte. Er lächelte. Die Angst war in Wien geblieben. Er hörte ihre Stimme nicht mehr, die ihn davor gewarnt hatte, den Auftrag anzunehmen. Stumm schimpfte er sich einen Narren, weil er sich von der Angst hatte verunsichern lassen: Angst, das war etwas für kleine Mädchen. Sein Kopf und sein Können waren seine Ratgeber. Darauf konnte er sich verlassen.

»Flughafen. Endstation.«

Die Stimme aus dem Lautsprecher ließ ihn zusammenzucken. Er war eingeschlafen. Der Bus hielt, die Türen öffneten sich mit einem Zischen, und die Fahrgäste drängten ins Freie.

Josip stieg als Letzter aus, stellte seine Reisetasche auf den Boden und zündete sich eine Zigarette an. Sein Flug ging erst in drei Stunden. Während er rauchte, dachte er nach. Dass er keine Zeit mehr hatte herauszufinden, wer ihn für seine Arbeit bezahlt hatte, frustrierte ihn. Normalerweise waren ihm die Details egal. Hauptsache er bekam sein Geld. Nur dieser Einsatz war eben anders, und das machte ihn neugierig. Er ging davon aus, dass Ursula mehr als nur eine Mittelsfrau gewesen war. Die Art, wie sie dem Kerl stumme Befehle erteilte, ihn dirigierte wie einen gut abgerichteten Hund.

Die Order für Wien hatte er noch in seiner Heimat bekommen. Ion, sein Landsmann, der ihm immer die Aufträge vermittelte, war auch diesmal wieder zu ihm nach Hause gekommen. Ion war ein alter Freund, der Josip vor Jahren das Leben gerettet hatte. Seine Beine wurden von einer Granate zerfetzt, die in Josips Richtung geworfen wurde. Beim Versuch sie abzuwehren war Ion selber getroffen worden. Seitdem saß er im Rollstuhl und fungierte als Josips Verbindungsmann zu den Auftraggebern. Als er von dem Plan erzählte, einen Sarg von einem Friedhof zu stehlen, hatte Josip zuerst geglaubt, er mache einen Scherz, und hatte gelacht. Welcher normale Mensch holte einen Toten aus seinem Grab? Wusste in ihrem Land doch jedes Kind, dass so etwas frevelhaft war. Aber sein Freund hatte nicht in das Lachen eingestimmt, und Josip hatte ihn daraufhin gefragt, ob er denn nicht wisse, dass ein Friedhof sich immer zurückhole, was man ihm stehle. Er hatte den Auftrag abgelehnt, doch Ion hatte seine Absage ignoriert. »Wir brauchen das Geld.« Das »Wir« hatte er betont und auf seine Beine gezeigt, die nicht mehr zu gebrauchen waren. Die kaputten Beine waren zum Symbol seiner Schuld geworden. Er musste den Auftrag annehmen. Widerstand zwecklos.

Ion hatte ihm erklärt, dass er ab sofort Josip Kovac, der Kroate, sei, ihm einen Reisepass und ein Ticket überreicht, ihm eine hohe Summe genannt, die er bekommen sollte, sowie den Namen eines Hotels am Westbahnhof, in dem ein Zimmer für ihn reserviert worden war. Auf Josips Frage nach den Hintermännern und Auftraggebern hatte der Freund nur unwirsch geantwortet: »Keine Fragen! Mach es einfach. Sie brauchen einen, der kommt, die Sache erledigt und wieder abhaut. Einen wie dich. Ich habe dich empfohlen, weil du gut bist, und zuverlässig.« Er klopfte auf die Decke, die über seinen Beinen lag. »Es ist ein Sarg. Ein verdammter Sarg mit einem verdammten Toten darin. Nicht mehr und nicht weniger.«

Nun lag das alles hinter ihm, und er belächelte seine Bedenken.

Er drückte die Zigarette aus und betrat die Abflughalle. Bis zum Check-in vertrieb er sich die Zeit mit Zeitunglesen und Kaffeetrinken.

Als er im Mülleimer einer Flughafentoilette Josip Kovacs Reisepass entsorgen wollte, läutete sein Handy.

»Hast du schon eingecheckt?«

Es war ihre Stimme.

»Wer spricht?«

»Hast du?«

Verdammt. Woher wusste diese Frau, dass er sich bereits am Flughafen befand? Er hätte genauso gut noch im Hotel sein können.

»Nein.«

»Wir haben ein Problem. Es gibt eine kleine Planänderung. Du musst zurück, deine Arbeit ist noch nicht beendet.« In diesem Augenblick wurde aus Dorin Radu, dem Rumänen, wieder Josip Kovac, der Kroate. Mit dem Namen kam das Unbehagen zurück. Ein Problem. Was für ein verfluchtes Problem konnte das sein? Er hatte den Sarg mit Inhalt ordnungsgemäß abgeliefert und Bohumil getötet. So wie man es ihm aufgetragen hatte. Kurz überlegte er aufzulegen, einfach alles zu ignorieren, ins Flugzeug zu steigen und nach Hause zu fliegen. Doch sie wussten, wo er wohnte und wie sie ihn erreichen konnten. Sie.

Er kannte seine Auftraggeber nicht, aber sie kannten ihn und wussten offensichtlich immer genau, wo er sich aufhielt. Er sah sich um und wähnte ein Netzwerk an Spionen um sich herum. Er hatte also keine Wahl, steckte den falschen Reisepass wieder ein, verließ die Toilette, schulterte sein Gepäck und stieg in den nächsten Bus, der ihn zurück nach Wien brachte.

Am Westbahnhof stieg er als Letzter aus. Ein Unbekannter stand vor dem Bahnhofseingang und starrte ihn an. Er war klein, kleiner als Josip, und hatte stechend blaue Augen. Der Typ setzte sich in Bewegung, kam direkt auf Josip zu, drückte ihm etwas in die Hand und ging schnell weiter.

Josip umschloss dieses Etwas mit der Faust und betrat durch die Glasschiebetür den Bahnhof. Vor der Rolltreppe blieb er stehen und öffnete seine Hand. Es war wieder die Karte zu einem Schließfach. Nicht mehr und nicht weniger. Er nahm die Treppe hinauf zu den Schließfächern und entnahm dem Fach mit der Nummer 2511 eine Reisetasche.

Wenig später überquerte er den Europaplatz und dann den Neubaugürtel. Erst vor wenigen Stunden war er aus dem Hotel Fürstenhof abgereist, nun stand er wieder davor. Er öffnete die schwere Eingangstür. Sofort umfing ihn der durchdringende, orientalisch angehauchte Duft, ein Gemisch aus Patschuli und Sandelholz, der aus dem Laden im Souterrain des Hotels hinaufdrang. Über die mit rotem Teppich ausgelegten Stufen gelangte er hinauf ins Foyer. Die Innentür war weit geöffnet, als würde man ihn bereits erwarten. In der Sitzgruppe aus Chesterfield-Ledersofas saßen drei

Männer über einen Laptop gebeugt. Sie beachteten ihn nicht. An der Rezeption stand derselbe Mann wie schon beim letzten Mal. Er empfing ihn mit einem freundlichen Lächeln. »Ihre Firma hat uns schon Bescheid gegeben, dass Sie verlängern müssen. Tja, die liebe Arbeit durchkreuzt manchmal unsere Pläne.«

Firma? Welche Firma?

»Ja, das stimmt. Ich zahle wieder bar.«

Das Geld für das Hotel würde er wieder im Schließfach finden, auf den Cent abgezählt, je nachdem wie lange er nun noch in Wien würde bleiben müssen.

»Sie brauchen kein Anmeldeformular mehr auszufüllen, wir haben ja noch alle Ihre Daten, Herr Kovac.«

Josip nickte.

Der Mann reichte ihm ein grünes Band über den Empfangstresen, an dem ein Zimmerschlüssel baumelte. »Sie bekommen dasselbe Zimmer.«

Josip bedankte sich, nahm den Schlüssel und trat wieder in den Gang hinaus. Er ging ohne Eile die paar Schritte über den Flur, stieg in den Lift in Gitterbauweise und fuhr hinauf in den zweiten Stock. Er steckte den Schlüssel ins Schloss und stieß die Tür auf. Die beiden Taschen stellte er auf dem Boden ab. Er warf einen Blick aus dem Fenster. Sein Zimmer lag in Blickrichtung des Bahnhofs. Er zog den Vorhang zu.

Dann griff er nach der fremden Reisetasche, warf sie aufs Bett und öffnete den Reißverschluss. In einem Kuvert fand er Geld und die Anweisung, am nächsten Tag um zwölf Uhr mittags am Europaplatz zu warten. Er werde abgeholt und solle die Kleidung tragen, die sich in der Tasche befinde.

Er legte das Kuvert und die Notiz zur Seite, griff noch

einmal tiefer in die Tasche und zog ein Hemd, eine Hose und eine Jacke hervor. Auf Anhieb erkannte er, was er da in Händen hielt.

In diesem Moment meldete sich ein vertrautes Gefühl zurück. Die Angst. Sie hatte hier auf ihn gewartet.

Mittwoch, 15. Mai

5

DIE FREMDENFÜHRERIN

Zeit war die große Unbekannte in Erika Holzmanns Leben. Egal was sie unternahm, sie war immer zu spät dran. Zeit war kein messtechnisch erfassbarer Parameter in ihrem Leben, sondern ein großer ungehorsamer Hund, der ihr davonlief, wann immer es ihn danach gelüstete.

Doch für heute Morgen hatte sie den Wecker eine Stunde früher gestellt als sonst. Und sie war nicht, wie sonst, noch fünf Minuten – aus denen aus unerfindlichen Gründen immer 20 wurden – liegen geblieben, sondern aufgestanden, hatte die Kaffeemaschine eingeschaltet und war sofort unter die Dusche gegangen. In aller Ruhe massierte sie das Shampoo in ihr Haar ein, denn sie war überzeugt davon, dass alles locker zu schaffen wäre. Diesmal hatte sie die Zeit im Griff, und nicht umgekehrt.

In Erika Holzmanns Wohnung war alles auf ihre kleine Schwäche ausgerichtet. In jedem Raum hingen Uhren in allen möglichen Größen, Formen und Farben. In der Küche zierte ein Toaster mit Minuten- und Sekundenzeiger die Wand, im Vorraum hing eine Uhr im Union-Jack-Design, und im Wohnzimmer zeigte eine moderne Standuhr die Zeit an. Uhren zu sammeln war Erika Holzmanns Leidenschaft.

Als sie aus dem Bad kam, stieg ihr der frische Kaffeeduft in die Nase. Ihr Magen knurrte. Sie gönnte sich ein ausgiebiges Frühstück: Orangensaft, Semmeln, Marillenmarmelade und ein weiches Ei. Das musste bis zum Abendessen reichen. Irgendwann zwischen der dritten Marmeladensemmel, der zweiten Tageszeitung und dem Telefonat mit ihrem Mann Roman, der aus dem Auto anrief, um ihr zu sagen, dass er bereits kurz vor Linz sei, war die zuerst gewonnene Zeit wieder verlorengegangen. Ärgerlich, denn sie hatte sich fest vorgenommen, heute pünktlich die Wohnung zu verlassen. Auf keinen Fall wollte sie zu spät zu dem Interviewtermin mit der Journalistin kommen. Das Treffen war ihr wichtig, weil sie hoffte, durch einen Artikel im *Wiener Boten* neue Kundschaft zu gewinnen. Die Buchungen für ihre Stadtspaziergänge verliefen in diesem Jahr schleppend. Sie machte die lang andauernde Kälte dafür verantwortlich. Niemand hatte Lust, bei Schnee, Wind und Wetter stundenlang durch Wien zu wandern. Zudem gab es viel Konkurrenz. Da kam ihr ein Zeitungsartikel gerade recht. Darüber hinaus hatte sie etwas zu bieten, was niemand sonst aus ihrer Branche anbieten konnte. Sie nahm sich vor, Sarah Pauli zuerst einmal neugierig zu machen und nicht gleich das ganze Geheimnis zu verraten. Gestern hatte sie vorläufig zwei Seiten mit Informationen kopiert, die sie Sarah Pauli mitgeben wollte. Sie hoffte, dass es ihr gelingen würde, die Sache knapp und deutlich zu erklären. Und sie hoffte, dass Sarah Pauli ihre Begeisterung über diese Entdeckung teilen würde.

Während sie vor dem Kleiderschrank stand und überlegte, was sie anziehen sollte, fiel ihr ein Zitat von Henry Ford ein: »Zeit ist eine verspielte Katze. Sie umschmeichelt einen und schlabbert den Tag auf wie eine Schale Milch.« Dieser Satz stand auf dem Abreißkalender in der Küche. Eine kleine Aufmerksamkeit ihres Mannes. »Man sollte seine Feinde im Auge behalten«, kommentierte Roman sein Mitbringsel, das er ihr liebevoll verpackt und mit einem Lächeln im Gesicht überreicht hatte.

Sie warf einen Blick auf die Wanduhr. Noch eine knappe Stunde. Hektisch schob sie die vielen Kleiderbügel in ihrem Schrank von links nach rechts und wieder zurück. Vielleicht würde die Journalistin ein Foto von ihr machen. Sie wollte lässig, aber auf keinen Fall nachlässig wirken. Auf einem Foto sollte man erkennen können, dass sie bei aller Natürlichkeit sehr wohl Stil besaß. Sie trat ans Fenster und sah in den Innenhof des Piaristengymnasiums hinunter. Drei Mädchen in kurzärmeligen T-Shirts unterhielten sich angeregt miteinander. Sie wandte sich seufzend wieder ihrem geöffneten Schrank zu und entschied sich schließlich für Jeans und einen saphirblauen Sommerpulli von Marco Polo. Die Farbe passte perfekt zu ihren rotblonden Locken. Laut Wetterbericht würden es heute knapp 20 Grad werden, bevor es mit den Temperaturen wieder bergab gehen sollte. Das Pfingstwochenende kündigte sich an, und mit ihm viele Touristen, Kälte und Regen. Letzteres verhieß für Erikas Geschäft keine gute Aussicht. Verantwortlich dafür war laut Radiomoderator das Tiefdruckgebiet Alfred, das sich von Westeuropa langsam ins westliche Mitteleuropa verlagerte. Den Namen desjenigen zu kennen, der einem die Petersilie verhagelte, war ein schwacher Trost.

Sie legte ein dezentes Make-up auf. Als sie im Vorraum in ihre hellen Mokassins schlüpfte, läutete es an der Wohnungstür.

Verflucht! Besuch konnte sie jetzt gar nicht gebrauchen. In 25 Minuten musste sie im Café sein. Das wäre gerade noch zu schaffen, wenn sie jetzt keine Zeit mehr verlor und sofort die Straßenbahn erwischen würde. Die Linie 2, die direkt in die Innenstadt fuhr, hielt in der Josefstädterstraße nur wenige Schritte von ihrem Wohnhaus entfernt. Rasch stopfte sie die Unterlagen für die bevorstehende Tour in ihre Tasche. Wieder läutete es.

Sie hielt den Atem an und versuchte, kein Geräusch zu machen. Das ist sicher die Dvorak, diese Neugierdsnasen!, dachte Erika Holzmann, die hat bestimmt einen Vorwand erfunden, um den aktuellen Haustratsch zu verbreiten. Wenn sie nicht öffnete, würde ihre aufdringliche Nachbarin hoffentlich gleich wieder verschwinden.

Zum dritten Mal läutete es. Diesmal länger, hartnäckiger. Sie verdrehte die Augen, griff nach der Tasche, ging in den Vorraum und nahm die Jacke vom Haken. Die Dvorak würde schon begreifen, dass sie es eilig und deshalb keine Zeit für eine Plauderei hatte. Sie umklammerte die beiden Griffe ihrer Mandarin-Duck-Tasche und öffnete mit dem Entschluss, die lästige Nachbarin augenblicklich abzuwimmeln. Doch dazu kam sie nicht.

Zwei Polizisten standen vor ihr, und Erika Holzmann begriff, dass sie es auch diesmal nicht pünktlich zu ihrer Verabredung schaffen würde.

6

SARAH PAULI

Sarahs letzter Besuch im *Daniel Moser* lag einige Jahre zurück. Während ihres Studiums hatte sie sich oft mit einer Freundin in dem kleinen Café getroffen, und meistens waren sie bis spätabends geblieben. Dann war die Zeit des Studierens vorbei, ihre Freundin hatte Wien verlassen, und sie hatten sich aus den Augen verloren, ohne besonderen Grund. Einfach so. Das Leben veränderte sich. Seitdem war Sarah nur noch selten hierhergekommen. Obwohl es ihr gefiel, an einem Ort zu sein, wo der Grundstein der Wiener Kaffeehauskultur gelegt wurde: Johann Diodato, ein Armenier, eröffnete 1685 im ehemaligen Hachenbergischen Haus und in der heutigen Rotenturmstraße 14 das erste Kaffeehaus Wiens.

Das *Daniel Moser* sah noch genauso aus, wie Sarah es in Erinnerung hatte. Vor dem Lokal reihten sich Tische und Stühle eng aneinander. Da die Temperatur seit gestern Nachmittag endlich stieg, standen die beiden Eingangstüren offen und gewährten einen Blick ins Innere. Nach wie vor dominierte die langgezogene Bar auf der einen Seite den kleinen Raum, dem gegenüber befanden sich, teilweise ein wenig erhöht, Tische und Stühle. An einem der Tische saßen mehrere Frauen zusammen, unterhielten sich laut und hüllten das Café in Zigarettenrauch. Sarah entschied sich für einen Tisch im Freien. Sie legte die über der Lehne hängende beigefarbene

Fleecedecke auf die Sitzfläche und nahm Platz. Sie bestellte sich einen Pfefferminztee, ließ sich mit der Tasse in der Hand die Sonne ins Gesicht scheinen und beobachtete die Umgebung. Menschenmassen schoben sich die Rotenturmstraße entlang. Vor dem kleinen Eisladen nebenan bildete sich eine Schlange, die bis zum Nachbargebäude ging und stetig länger wurde.

Sarah hoffte, Erika Holzmann in dem Gewusel nicht zu verfehlen. Schließlich hatte sie die Fremdenführerin nur auf dem Foto der Homepage gesehen.

Sie kramte Notizblock und Kugelschreiber aus ihrer Umhängetasche und legte beides demonstrativ vor sich auf den Tisch.

Eine Dreiviertelstunde, eine Melange und einen Campari-Soda später war Erika Holzmann noch immer nicht aufgetaucht. Sarah fragte sich verunsichert, ob sie im richtigen Café saß, und sah noch einmal in ihrem Kalender nach. Da stand es eindeutig: »16. Mai, 13 Uhr, Daniel Moser«. Sie war zur richtigen Zeit am richtigen Ort. Dass Erika Holzmann den Termin vergessen haben könnte, kam Sarah unwahrscheinlich vor. Wer vergaß innerhalb von zwei Tagen ein Treffen? Noch dazu, weil sie den Eindruck gehabt hatte, dass Erika Holzmann sich auf das Gespräch mit ihr freute. Sie winkte der Kellnerin und zahlte.

Die Ankeruhr, der Ausgangspunkt für die heutige Stadtführung, war keine fünf Fußminuten entfernt vom Hohen Markt, dem wohl ältesten Markt Wiens. Zur Römerzeit befand sich dort der Palast des Lagerkommandanten, in dem zeitweise sogar der römische Kaiser Marc Aurel residierte und im Jahre 180 nach

Christus dort auch mutmaßlich starb. Im Mittelalter stand hier das Gerichtsgebäude mit Pranger und Richtstätte. Es wurde enthauptet, geviertelt und gerädert. Zum letzten Mal im März 1786, wusste Sarah. Auch standen hier Käfige, in denen Sünder zur Schau gestellt wurden. Sarah fand, dass dies durchaus bemerkenswerte Geschichten für einen Stadtspaziergang waren. Wahrscheinlich erzählten die Fremdenführerinnen den Touristen ohnehin all diese Grauslichkeiten, denn ein Spaziergang durch die Bundeshauptstadt ohne mörderische Details wäre nicht authentisch. Immerhin war der Tod bekanntlich ein echter Wiener.

Auf dem Platz angekommen, fiel Sarah sofort die kleine Menschentraube auf, die sich um die Ankeruhr versammelt hatte und den Ausführungen einer Frau lauschte. Diese große Spieluhr galt als besonderes Prachtwerk des Jugendstils und wurde ob ihrer Bekanntheit von Touristen leicht gefunden.

Das kurze blonde Haar der Fremdenführerin irritierte Sarah. Auf dem Foto hatte Erika Holzmann schulterlange rotblonde Locken. Aber Frisuren ließen sich bekanntlich ändern.

»Frau Holzmann?«, fragte Sarah.

Alle Zuhörenden wandten sich Sarah zu, und auch die Fremdenführerin sah sie an. Sie schüttelte den Kopf. »Nein. Ich bin ihre Vertretung. Die Frau Holzmann ist krank.«

»Krank? Wissen Sie, was sie hat?«

»Sind Sie eine Bekannte von Frau Holzmann?«

Sarah schüttelte den Kopf.

»Gehören Sie zur Gruppe?«

»Auch nicht. Ich hatte einen Interviewtermin mit

Frau Holzmann vereinbart. Sie ist nicht gekommen. Sarah Pauli vom *Wiener Boten*.«

Sie reichte der Frau die Hand.

»Gisela Stelzer. Ich kann Ihnen leider nicht weiterhelfen. Ich weiß nur, dass Erika krank ist und ich sie vertreten soll. Mehr nicht.«

»Hat Frau Holzmann Sie angerufen?«

»Warum? Ist das wichtig?«

»Ich meine, weil sie sich nicht bei mir gemeldet hat.«

»Nein, eine Freundin von Erika hat mich informiert. Ihr geht's wohl nicht gut. Angina oder so, wenn ich es richtig verstanden habe.«

»Oh, verstehe. Das tut weh.«

»Ja. Tut mir leid, ich muss jetzt wieder …«

»Natürlich.« Sarah verabschiedete sich. Die Gruppe wandte sich wieder der Fremdenführerin zu, die mit ihren Erklärungen fortfuhr.

Sarah ging ein paar Schritte zur Seite und blieb vor dem Vermählungsbrunnen stehen. Sie kramte ihr Handy hervor. Versetzt zu werden, konnte Sarah auf den Tod nicht ausstehen. Krankheit hin oder her. Diese Freundin von Erika Holzmann hätte ja auch ihr Bescheid sagen können. Sarah suchte Erika Holzmanns Visitenkarte in ihrer Umhängetasche und fand sie in dem kleinen Innenfach. Sie wählte Holzmanns Nummer, betrachtete den Barockbrunnen und wartete darauf, dass jemand abhob. Die Mailbox schaltete sich ein. Sie legte auf, weil sie keine Lust hatte, eine Nachricht zu hinterlassen. Kurz spielte sie mit dem Gedanken, in die Redaktion zurückzufahren und die Sache einfach zu vergessen. Wien hatte so viele mystische Facetten, da war sie auf das Rätsel dieser Holzmann nicht angewiesen, um ihre Kolumne zu verfassen. Sie sah einer Taube zu, die vor ihr auf und ab lief. Tauben zum Beispiel. Warum nicht? Nur weil in Großstädten kaum jemand die Tauben mochte? Die Taube galt immerhin als Seelenvogel. Im Altertum waren Tauben heilige Wesen und im Christentum das Symbol des Heiligen Geistes. Im Allgäuer Volksglauben hieß es, eine Turteltaube habe der Muttergottes den Ehering gebracht, deshalb habe die Taube einen Ring um den Hals. Sie sah Maria und Josef auf dem Vermählungsbrunnen an und stellte fest, dass das mit dem Ehering in Wien nicht funktionieren würde. Ein Netz umhüllte das Denkmal zum Schutz vor den Tauben.

Zu Erika Holzmanns Wohnung war es kein großer Umweg. Sarah fuhr direkt mit der Linie 2 ab Schwedenplatz in den achten Bezirk. Frisch in Weiß getüncht, strahlte das Wohnhaus in der Ledergasse nahe der Josefstädterstraße, wo Sarah ausstieg, und stach zwischen den schmutzig grauen Wänden der Nachbarhäuser heraus – ein weißes Schaf in einer Herde schwarzer Artgenossen. Der moderne Dachaufbau fügte sich an die Fassade des Jahrhundertwendehauses an, genau wie die neuen Fenster des Hauses zum Gesamtstil passten. Moderne Architektur in einem historischen Umfeld stellte eine besondere Herausforderung dar. Die Symbiose war in diesem Fall gelungen. Schräg gegenüber zog sich eine alte Ziegelmauer in die Länge, die Abgrenzung und der Hintereingang zum Piaristengymnasium.

Sarah registrierte, dass 13 Parteien in dem Haus lebten, während sie das offenstehende Haustor passierte.

Die 13 galt in vielen Kulturen, besonders in Westeuropa, als Unglücks- und Verschwörungszahl, war sie doch ein Synonym für den Teufel. Ihre Großmutter jedoch, eine Neapolitanerin, lehrte Sarah, dass die 13 eine Glückszahl war, zumindest in Italien. So gesehen also ein gutes Zeichen.

Das Stiegenhaus war großzügig und hell. Sarah ignorierte den Lift und ging zu Fuß. Das tat sie meistens. Eine Art, fit zu bleiben, denn Joggen oder anderer Sport waren nicht so ihr Fall. Außerdem wusste sie nicht, in welchem Stockwerk Erika Holzmann wohnte. Auf jeder Etage las sie die Klingelschilder neben den Wohnungstüren. Im obersten Geschoss fand sie endlich, wonach sie suchte. An einer der Türen zu den insgesamt drei Dachwohnungen hing ein Messingschild mit dem Namen. »E. u. R. Holzmann«. Sie läutete und wartete. Sie läutete noch einmal. Die Tür der Nachbarwohnung öffnete sich einen Spaltbreit. Eine Frau mittleren Alters mit gepflegtem graumelierten Kurzhaarschnitt steckte ihren Kopf durch den Spalt und sah Sarah misstrauisch an.

»Grüß Gott«, sagte Sarah freundlich lächelnd. »Ich suche die Frau Holzmann.«

»Da sind's scho richtig. Aber da können S' lang läuten. Die is net z'Haus.«

Sarah lächelte noch immer. »Aha! Ich dachte, sie ist krank?«

»Naa«, kam es gedehnt. »Wer sagt denn so was? Krank ist die Frau Holzmann net.« Die Freude darüber, mehr zu wissen als diese Fremde, stand der Frau ins Gesicht geschrieben und ließ sie die Tür weiter öffnen.

»Sind Sie sicher?«

»Natürlich bin ich sicher. Was glauben S' denn, wer

ich bin? Der Pinocchio?«, tönte sie. Dann senkte sie ihre Stimme. »Die Polizei war da und hat s' mitgenommen. Ich hab's doch selbst g'sehen.«

Sarah zog erstaunt die Augenbrauen hoch. »Die Polizei?«

»Ja, die Polizei. Wenn ich's Ihnen doch sag'.«

»Warum?«

»Na woher soll ich das wissen? Oder glauben S' vielleicht, dass ich allerweil' hinter der Tür steh' und horch', was bei meinen Nachbarn passiert?«

In der Tat glaubte Sarah genau das.

»Nein, natürlich nicht. Aber vielleicht haben Sie zufällig ... ich meine, die Polizei wird ja eher nicht geflüstert haben, und manchmal bekommt man etwas mit, obwohl man's gar nicht will ...«

»Da haben S' vollkommen Recht. Is zwar ein altes Haus mit dicke Wänd', aber mitkriegen tut man schon viel, und Sie werden's nicht glauben. I war grad zufällig im Vorhaus, als die daherkommen sind, hab' die Schuhe von meinem Mann putzt, und derisch bin i ja auch nicht.«

»Natürlich nicht.«

»Also, wenn i richtig verstanden hab', dann hat der Herr Holzmann wohl an Unfall g'habt.«

»Einen Unfall?«

»Ja. Der ist doch so viel unterwegs, der Herr Holzmann. Der is a Deitscher, müssen S' wissen. Deswegen is er ja so viel unterwegs.«

»Weil er Deutscher ist, ist er viel unterwegs?«, fragte Sarah verständnislos.

»Na, net deswegen.« Die Frau schüttelte den Kopf. »Aber weil sie, die Frau Holzmann, halt in Wien lebt, und er kommt ja aus Frankfurt, glaub' i jedenfalls ... oder von irgendwo da oben halt. Er kommt ja meistens mit dem Flieger und mietet sich dann ein Auto am Flughafen für die paar Tage, die er da ist. Die Frau Holzmann hat ja kein Auto, die hat nie eines g'habt, hat s' mir einmal erzählt. Mein Mann und ich haben nämlich auch keines. Wer braucht denn schon a Auto in Wien? Man kommt ja überallhin mit den Öffis ...«

»Ich hab' auch keines«, sagte Sarah, um den Redefluss der Frau abzustoppen. »Was hatte er denn für einen Unfall?«, erkundigte sie sich rasch.

»Na woher soll i das wissen? Oder glauben S', i steh' hinter der Tür und lausch'?«

»Natürlich nicht«, wiederholte Sarah.

»Und so laut haben diese Polizisten auch wieder nicht geredet ...«

»Woher wissen Sie denn, dass es Polizisten waren? Haben Sie die Tür geöffnet?«

»Na, wo denken S' denn hin. I bin doch nicht neugierig. I hab' sie nur gehört.«

»Und woher wissen Sie dann, dass es zwei Polizisten waren?«

»Wird das jetzt ein Verhör?«

»Nein.«

»Ich hab' halt zufällig gehört, wie die sich vorgestellt haben.«

»Haben Sie zufällig auch ihre Namen verstanden?«

»Leider. Das ist so schnell gegangen, dass ich die Namen nicht verstanden hab'.« Sie machte eine kurze Pause. »Aber ich hab' gesehen, wie sie ins Auto gestiegen sind mit der Frau Holzmann. Ich hab' ja die Putzfetzen ausbeuteln müssen.«

»Klar haben Sie das tun müssen.«

Wieder eine kurze Pause.

»Na wenn der Herr Holzmann mehr in Wien bliebe, dann ...«

Sie brach den Satz ab.

»Aber der Herr Holzmann ist ja nicht einmal jedes Wochenende z'Haus, dafür aber manchmal unter der Woche. Geht ja gar nicht anders, weil der doch so einen Beruf hat, wo er nicht jedes Wochenende wegkann. Dem gehören angeblich so Nobelrestaurants da oben in Deutschland. Wissen S' schon, was ich mein', wo sich unsereins wahrscheinlich nicht einmal a Suppen leisten könnt'. Da geht nur die Prominenz hin. Also für mich käm' so eine Wochenendehe nicht in Frage. Da kommen die Männer doch nur auf dumme Gedanken, wenn s' so viel allein sind.«

Sie sah sich um und winkte Sarah näher. Sarah machte zwei Schritte nach vorne und las den Namen der Frau auf dem Klingelknopf: »Dvorak«.

»Na und so fesch wie der Herr Holzmann ist, würd's mich nicht wundern, wenn der ...«, flüsterte Frau Dvorak verschwörerisch, ohne näher darauf einzugehen, was sie nicht wundern würde. »Obwohl die beiden noch gar nicht so lange verheiratet sind. Soweit ich weiß, war der Herr Holzmann auch noch nie verheiratet. Und das in seinem Alter. Ist schon verdächtig, wenn ein Mann so lange ein Junggeselle bleibt.«

»Wenn Sie das sagen. Wie alt ist er denn, der Herr Holzmann?«

»Dass sie das Haus nicht schon längst verkauft hat und zu ihm nach Deutschland gezogen ist, versteh' i nicht. Besitz belastet. Das hat schon mein Vater, Gott hab ihn selig, g'sagt«, ignorierte die Frau Sarahs Frage. »Deshalb leben wir ja nur auf Miete, mein Mann und i. Wir wollten nie was Eigenes. Falls wir mal wegziehen, dann müssten wir doch alles verkaufen, und das ist ja viel zu kompliziert. Aber so, so muss man nur den Mietvertrag kündigen und den Schlüssel abgeben. Verstehen S'?«

»Wollen Sie denn wegziehen?«

»A geh, wo denken S' denn hin. Wir und weg aus dem Haus, oder gar aus Wien?«, kam es entsetzt zurück. Allein der Gedanke, die geliebte Stadt verlassen zu müssen, löste offenbar Albträume in der eingefleischten Wienerin aus. »Undenkbar. Ist doch so schön bei uns. Aber wenn wir wollen täten, dann könnten wir, verstehen S'. Im Gegensatz zur Frau Holzmann. Die fühlt sich ja verpflichtet, derweil hab' i ihr schon oft g'sagt, dass sie ... Aber vielleicht will s' einfach nicht nach Deutschland ziehen. Versteh i ja, weil i wüsst' ja auch nicht, ob ich dahin ...«

»Das Haus gehört also der Frau Holzmann?«, schnitt Sarah ihr das Wort ab.

Wieder sah Frau Dvorak Sarah misstrauisch an. »A Freundin von der Frau Holzmann können S' aber nicht sein, wenn S' das nicht wissen. Jetzt kommt's mir erst. Ich hab' Sie da bei uns im Haus noch nie g'sehn. Was wollen S' denn von der Frau Holzmann?«

»Ich habe einen Termin mit ihr.«

»Einen Termin? Besuchen Sie sie etwa zum Geburtstag? Sie hat ja heute.«

Sarah traute sich nicht, den Kopf zu schütteln.

»Sind S' etwa auch a Fremdenführerin?«

»So etwas Ähnliches.«

Frau Dvoraks Augenbrauen wanderten nach oben. »Was ist denn so etwas Ähnliches wie a Fremdenführerin?«

»Ich bin Journalistin.«

»A Journalistin«, echote die Frau spitz. »Bringen S' uns aber keinen Wirbel ins Haus. Das können wir hier nicht brauchen.«

»Ich schreibe einen Artikel über Frau Holzmanns Stadtspaziergänge«, behauptete Sarah.

»Ah! Die Frau Holzmann, kommt s' jetzt in die Zeitung? Dann wird's am End' wohl auch noch prominent werden!« Die Dvorak schlug kurz die Augen nieder und schaute übertrieben auf ihre Armbanduhr. Keine Frage, sie überlegte angestrengt, was sie in ihrer grenzenlosen Gutmütigkeit alles über Erika Holzmann preisgegeben hatte und was nun gegen sie verwendet werden könnte. »Hören S', Frau …«

»Pauli. Sarah Pauli vom *Wiener Boten*.«

»Ich hab' nix g'sagt, Frau Pauli. Nur damit das klar ist. Ich will keinen Ärger mit den Nachbarn, sind ja hochanständige Leut'. Das können S' schreiben. Hochanständige Leut' sind s', die Holzmanns.«

»Ich schreibe nichts über die Holzmanns, nur über die Arbeit der Frau Holzmann.«

»Kommt ja nicht so oft vor, dass die Hauseigentümerin im Haus wohnt. Bevor der Frau Holzmann das Haus gehört hat, wurde ja alles über eine Wohnhausverwaltung organisiert. Da hat man net einfach an der Tür der Hausbesitzerin anläuten und sie um etwas bitten können. Da hat man in der Verwaltung angerufen, und wenn man Glück g'habt hat, dann war drei Wochen später wer da. Verstehen S'? Aber seit sie das Haus hat, is viel persönlicher. Die Frau Holzmann ist ja so eine nette Frau und so fleißig. Sie müssen wissen ...«, hob sie erneut zum Lobgesang auf Erika Holzmann an.

»Wem hat denn das Haus vor der Frau Holzmann gehört?«, unterbrach Sarah sie.

Frau Dvorak zuckte die Achseln. »Das weiß ich nicht so genau, lief ja alles über die Verwaltung. Und wenn ich alles sag', dann mein' ich alles.«

»Sagen Sie, Frau Dvorak, wann war denn die Polizei hier wegen des Unfalls?«

»Na das war irgendwann mittags, so um halb eins umadum.«

»Jetzt ist es drei«, meinte Sarah nachdenklich. »Haben die Polizisten denn gesagt, wo der Unfall passiert ist?«

Die Frau schüttelte den Kopf. »Nein. Aber es ist gut möglich, dass er auf der Autobahn vom Flughafen nach Wien rein passiert is. I hab' Ihnen doch gesagt, dass der Herr Holzmann sich da immer ein Auto mietet. Wobei es natürlich auch sein kann, dass er diesmal mit dem Auto von Frankfurt reing'fahren is, des macht er auch manchmal. Ich hoff' ja nur, dass nicht viel g'schehen is'. Im Radio hab' ich ja noch nichts g'hört von dem Unfall. Sagen S', warum eigentlich? Sie sind doch Journalistin? Warum haben die im Radio noch nichts gebracht?«

»Keine Ahnung. Ich bin bei der Zeitung«, antwortete Sarah halbherzig. »Wie auch immer. Ich werd' mich mal schlaumachen. Wiederschauen, Frau Dvorak. Ich komme ein anderes Mal wieder vorbei, und vielen Dank für alles.«

»Aber Sie schreiben nix von dem, was i Ihnen erzählt hab'!«

»Natürlich nicht. Ich hab's Ihnen doch versprochen.«

»Journalisten kann man nicht trauen, das müssen doch grad Sie wissen.«

»Einen schönen Tag noch, Frau Dvorak.«

Sarah wartete nicht, bis die Frau die Tür schloss, sondern ging gleich die sechs Stockwerke wieder hinunter. Unten angekommen, blieb sie vor dem Haus stehen und überlegte. Holte einen die Polizei tatsächlich von zu Hause ab, wenn ein Familienmitglied mit dem Auto verunglückte? Das erschien ihr unwahrscheinlich. War es nicht vielmehr so, dass man einfach nur benachrichtigt wurde?

Sie dachte zurück an den Unfall ihrer Eltern. Die Polizei war auch zu ihr nach Hause gekommen, zusammen mit einem Kriseninterventionsteam. Man hatte sie über den Unfalltod ihrer Eltern informiert. Aber man brachte weder sie noch ihren Bruder zur Unfallstelle oder woandershin. Warum sollte das also hier anders ablaufen? Sie rief Erika Holzmann noch einmal an und hörte wieder sofort die Mailbox.

Auf dem Weg in die Redaktion wählte sie Martin Steins Nummer. Einen Versuch war es wert, wenngleich sie ziemlich sicher war, dass ihre Bitte bei ihm auf taube Ohren stoßen würde. Nach ihrem letzten Erlebnis waren sie öfter auf ein Bier ins *Panorama* gegangen. Sie, David und Stein. Sie hatte ihm versprechen müssen, Schwierigkeiten in Zukunft aus dem Weg zu gehen.

Sarah zuckte mit den Schultern. Sie hatte ja im Augenblick keine Schwierigkeiten, sondern nur eine Frage.

»Was brauchen S' denn, Sarah?«, bellte der Chefinspektor statt einer Begrüßung ins Telefon. Er versuchte erst gar nicht, seinen Argwohn zu verbergen.

Vor Sarahs innerem Auge tauchte seine bullige Gestalt auf. Harte Schale, weicher Kern.

»Freut mich auch, Sie zu hören.«

Sarah erklärte Martin Stein so knapp wie möglich die Situation. Auch wenn er sie nicht sehen konnte, schloss sie die Augen und verzog das Gesicht zu einer Grimasse wie ein kleines Kind, das auf eine Standpauke wartete.

»Und was wollen Sie jetzt genau von mir?«

Sie öffnete ihre Augen wieder.

»Ich will wissen, von wem Erika Holzmann abgeholt wurde und wo der Unfall passiert ist. Es müsste entweder auf der Strecke vom Flughafen Richtung Wien oder auf der Westautobahn gewesen sein. Vielleicht bekommen Sie auch noch heraus, ob der Fahrer schwer verletzt ist.«

Stein lachte lauthals, bevor er antwortete: »Das meinen S' jetzt aber nicht ernst, Sarah, oder?«

»Doch. Ich mein's ernst.«

Er seufzte vernehmlich. »Abgesehen davon, dass ich Ihnen diese Auskunft niemals geben würde, Sie kennen die Regeln. Ich kann Ihnen nicht jede x-beliebige Auskunft geben. Wir sind hier nämlich die Polizei und kein Auskunftsbüro. Und über eine Person kann ich Ihnen schon gleich dreimal keine Auskunft geben. Es gibt in meinem Beruf eine Schweigepflicht, und es gibt Datenschutzbestimmungen. Schon einmal davon gehört? Ihr Journalisten seid doch immer die Ersten, die aufschreien, wenn eurer Meinung nach der Datenschutz verletzt wurde, auch wenn sich die Aufklärung eines Falls mit dieser ganzen Datenschutzscheiße endlos in die Länge zieht. Und jetzt wollen ausgerechnet Sie, dass ich Informationen rausgebe, die genau diesen Bestimmungen unterliegen. Sarah, Sarah ...«

Sie sah vor ihrem inneren Auge, wie Stein seinen Kopf mit dem kurz geschorenen Haar schüttelte.

»... das hätte ich nicht von Ihnen gedacht, dass Sie mich einmal zum Amtsmissbrauch anstiften.« Es klang, als würde Martin Stein sich zunehmend ärgern. »Außerdem, wenn diese Person nichts mit meiner Abteilung zu tun hat, bekomme auch ich nicht einfach eine Auskunft, nur weil mir grad danach ist. So läuft das nämlich nicht. Das hier ist das wirkliche Leben und nicht irgendein Actionfilm«, erklärte er.

Was war dem denn heute für eine Laus über die Leber gelaufen?

»Bitte, Stein. Nur dieses eine Mal. Versprochen«, ließ Sarah sich nicht beirren.

»Vergessen Sie's, Sarah!«

»Bitte. Es ist wichtig. Vielleicht ist ja ein Verbrechen passiert, weil, schauen Sie ...«

»So ein Blödsinn«, schnitt er ihr das Wort ab. »Hören Sie auf, überall Gespenster zu sehen.«

Er legte auf.

»Verdammt!«, fluchte sie. Dieser Mittwoch hatte echt gute Chancen, sich zu einem Untag zu entwickeln. Kein Wunder. Auch im Volksglauben war der Mittwoch ein Unglückstag. Der Tag, an dem gefallene Mädchen heirateten. Im Englischen deutete der Wochentag »Wednesday« auf »Wodan« hin, den Göttervater, Kriegs- und Totengott. Zum Teufel damit. Sie brauchte keine Erklärung, um zu wissen, dass das heute nicht ihr Tag war.

7

SARAH PAULI

Im Redaktionsgebäude des *Wiener Boten* angekommen, ging Sarah direkt in ihr Büro und setzte sich an den Schreibtisch. Sie rief Google auf und gab den Namen »Holzmann« ein. Die Suchmaschine bot ihr etliche Firmen an, von Sicherheitsschlössern über Optiker bis zu einer Autospenglerei, und natürlich Erika Holzmanns Stadtspaziergänge. Sie präzisierte ihre Eingabe und kam schließlich auf die beiden Restaurants von Roman Holzmann in Frankfurt am Main und Berlin.

Sarah kannte sich mit Auszeichnungen für Toprestaurants nicht aus, dennoch wusste sie, dass 16 und 19 Punkte von Gault-Millau mehr als eine kleine Anerkennung waren. Außerdem wurde der Chefkoch des Frankfurter Restaurants im vergangenen Jahr zum »Koch des Jahres« gewählt. Über Roman Holzmann fand sie heraus, dass er Topmanager in internationalen Hotelketten gewesen war und seine Erfahrungen in Johannesburg, London und New York gesammelt hatte, bevor er sein erstes Restaurant mit dem schlichten Namen »Holzmann« in Frankfurt und später ein namensgleiches in Berlin eröffnete. Es gab einige Fotos, die ihn gemeinsam mit verschiedenen deutschen Promis zeigten. Anscheinend war sein Berliner Lokal ein angesagter Treffpunkt für Leute aus der Filmszene, zumindest während der Berlinale. Private Geschichten über ihn fand sie nicht. Entweder hielt er sein Privatleben vor den Medien geschickt verborgen, oder er hatte schlichtweg keines. Keine Skandale, keine Affären. Auch seine Chefköche tauchten in den einschlägigen Magazinen oder TV-Fernsehkochshows namentlich nirgends auf. Ohne diese Art von Publicity hatte Holzmann es also geschafft, im Beliebtheitsranking mit seinen Lokalen ziemlich weit oben zu punkten.

Herbert Kunz, der Chef vom Dienst des *Wiener Boten*, steckte den Kopf zur Tür herein.

»Wie weit bist du mit deinem Artikel für die Wochenendbeilage zu Pfingsten?«

»Ist fertig.«

»Thema?«

»Fruchtbarkeitsrituale.«

Er sah sie fragend an.

»Fruchtbarkeitsrituale? Was hat das mit Pfingsten zu tun?«

»Viel, denn im Frühjahr erwacht die Natur bekanntlich zu neuem Leben. Darauf nehmen einige alte Bräuche Bezug, nicht auf religiöse Aspekte. Der Pfingstlotter zum Beispiel, ein Brauch aus der südlichen Steiermark. Das ist eine lebensgroße Strohpuppe in Männerkleidern, die auf dem Dach oder im Vorgarten eines Hauses angebracht wird, in dem eine ledige Frau wohnt. Ist ein dezenter Hinweis darauf, dass es für sie an der Zeit wäre zu heiraten. Im Gegenzug tragen die Frauen das Bett eines Burschen auf die Straße. Oder hast du gewusst, dass es im Mittelalter Brauch war, eine hölzerne Taube durch eine Öffnung im Kirchendach nach draußen zu stecken und zu schwenken? Damals durften Tauben nämlich während der Gottesdienste in der Kirche herumfliegen. Und dass Bauern zu Pfingsten auf gar keinen Fall pflügen dürfen? Nach überliefertem Aberglauben waren dann die später reifenden Feldfrüchte voller Maden. Wer zu Pfingsten eine Handvoll Bohnen über das Dach seines Hauses warf, bezweckte, dass Hexen und der Teufel den Hof nicht betraten. Und ...«

»Schon gut, schon gut! Ich hab' verstanden!«

»In der Woche drauf geht's um die Unterwelt. Du siehst, ich hab' schon vorgearbeitet, solltest du annehmen, ich vernachlässige meine Arbeit.«

Herbert Kunz verdrehte die Augen. »So etwas würde ich doch niemals behaupten.« Er grinste und schloss sichtbar zufrieden die Tür.

Sarah verließ die Seite über Holzmann und rief den Entwurf über die Unterwelt auf.

»Das unterirdische Wien hatte schon lange vor dem Dritten Mann viel zu bieten. Bereits im Mittelalter waren die vielstöckigen Keller unter den Wohnhäusern durch einen direkten Zugang mit den Begräbnisstätten unterhalb des Stephansdoms verbunden. Von der Jahrhundertwende an traf man in den unzähligen Gängen, in den Kammern des Wiener Kanalnetzes und in den diversen Verbindungsstollen auf Menschen. Sie waren der ideale Unterschlupf für die zu jener Zeit höchst aktiven organisierten Verbrecherbanden. Manche Gänge unterhalb Wiens erinnern daran, dass die Unterwelt auch das Reich der Toten ist, wie der Hades, die Unterwelt in der griechischen Mythologie, wo der gleichnamige Gott Hades herrschte.«

Sie lehnte sich zurück und seufzte. Was für ein langweiliger Anfang! Sie überlegte, ob sie nicht doch gleich mit dem Mord an einer Frau im 19. Jahrhundert beginnen sollte. Den Rumpf ihrer ansonsten zerstückelten Leiche versteckte der Mörder in dem Keller, der den Zugang zum Kanalnetz bildete. Gemordet wurde im unterirdischen Wien viel. Heute gab es diese Kellerschluchten angeblich nicht mehr.

Auf der Suche nach einem peppigeren Anfang blätterte sie in einem ihrer vielen Lexika über Volks- und Aberglauben. Darin stieß sie auf Geheimbünde und deren Versammlungen. Sie schmunzelte. Noch heute faszinierten und beschäftigten Freimaurer und Templer die Geschichtsschreiber. Die Idee, den Schauplatz »Unterwelt« für konspirative Treffen geheimer Organisationen aufzugreifen, gefiel ihr.

Sie löschte ihren bisherigen Text und begann den Artikel noch einmal von vorne.

»Die Unterwelt, das Reich der Toten.
Im antiken Griechenland war Hades der Herrscher der Unterwelt. Den Namen des gefürchteten Totengottes wagte niemand auszusprechen. Bis heute ist die Angst vor der Unterwelt tief in uns verwurzelt. Die nur durch unterirdische Seen, Höhlen und verborgene Durchgänge erreichbare Totenwelt beflügelt seit jeher die menschliche Fantasie. Auch in Wien gibt es ein Reich unter der Erde.«

Das war schon deutlich besser.

Sarah schrieb über bekannte unterirdische Gräber wie die Katakomben unter dem Stephansdom und die

Kaisergruft in der Kapuzinerkirche und über die sagenumwobenen Flucht- und Verbindungsgänge unter der Stadt und über den Neptunstollen in Schönbrunn. Er sei, einem hartnäckigen Gerücht zufolge, die Endstation des fantastischen Fluchtwegs von der Hofburg nach Schönbrunn gewesen und habe zumindest einem Pferdegespann Platz geboten. Sie beendete ihren Artikel vorläufig mit dem Doppelmord, der sich im Jahre 1894 zugetragen hatte: Zwei Heizer waren von einem Kollegen an ihrem Arbeitsplatz in den Kellergewölben zwischen Johannes- und Annagasse mit einer Axt erschlagen worden. Damit schloss sich für Sarah der Kreis. Vielleicht war die Unterwelt ja doch das Reich der Toten.

Die Tür zu ihrem Büro öffnete sich erneut. David trat ein.

»Ich hoffe, du vergisst vor lauter Arbeit heute den Empfang im Rathaus nicht. Du weißt ja, es werden viele wichtige Leute dort sein.«

Der Empfang! Verflucht, den hatte sie völlig vergessen! Sie sah ihn betreten an.

David kam um den Tisch herum, zog sie an sich, umfasste ihre Hüften und küsste sie auf den Hals. »Und ich würde gerne mit meiner verdammt gut aussehenden Freundin dort auftauchen.«

»Hmhm.«

Er schien ihre Anspannung zu spüren und schob sie ein Stückchen von sich weg. »Du hast es vergessen.«

Sarah sah ihn zerknirscht an. »Ja. Es tut mir leid. Aber ich hatte einen wirklich miesen Tag. Bist du mir böse, wenn ich nicht mitkomme?«

Sie erzählte ihm von Erika Holzmann, die sie versetzt

hatte, und von dem Telefonat mit Stein, das auch nicht gerade aufbauend gewesen war.

»Ich bin heute einfach nicht in Small Talk-Stimmung.«

»Geh, Sarah, das ist doch kein Grund, auch auf den Rest der Welt grantig zu sein, schon gar nicht auf mich!«

»Ich hab' aber heute absolut keine Lust auf fremde Menschen.«

»Bitte«, bettelte David. »Ich bin jahrelang allein auf solche Veranstaltungen gegangen.«

Sarah sah ihm in seine wunderschönen dunklen Augen. Er roch gut, wie immer. Sie liebte diesen Mann. Es fiel ihr verdammt schwer, ihm eine Bitte abzuschlagen.

Dennoch tat sie es.

»Entschuldige.«

Davids Blick ließ keinen Zweifel daran, dass er enttäuscht war.

»Dafür verbringen wir das Pfingstwochenende gemütlich im Bett, wenn du willst. Ich habe frei. Kein Bereitschaftsdienst. Keine Geschichte, an der ich schreiben muss.«

David rang sich ein gequältes Lächeln ab. »Das sagst du jetzt nur, weil sie Scheißwetter angesagt haben und du sowieso nicht vor die Tür gehen magst. Aber wie auch immer, ich nehm' dich beim Wort. Keine Arbeit! Ich habe nämlich auch frei.«

Er küsste sie noch einmal.

»Gut, dann sehen wir uns also morgen.«

Um fünf fuhr Sarah ihren Computer herunter. Ein Blick in ihren Kalender auf dem Schreibtisch verriet, dass Chris, ihr Bruder, an diesem Abend im *Panorama* arbeiten musste. Ob sie Gabi zu einem Weiberabend überreden sollte? Mit Gabi über Gott und die Welt zu quatschen war sowieso längst fällig. Doch auch dazu fehlte ihr im Moment die Energie. Ein ruhiger Abend mit Marie auf dem Sofa und einem guten Buch in der Hand war heute für sie das Beste.

Auf dem Heimweg machte sie Halt in einem Supermarkt und kaufte Käse und frisches Brot ein. Ihr Bruder war noch zu Hause, das ließ sich nicht überhören: Aus der Wohnung dröhnte kubanische Musik ins Stiegenhaus. Als sie die Wohnung betrat, kam Chris aus der Küche in den großzügigen Vorraum.

»Ah, hab' ich doch richtig gehört«, begrüßte er Sarah.

Er hielt einen Teller Nudeln in der Hand. Marie lag auf dem Teppich im Flur. Ihre Augen hielt sie geschlossen. Die dröhnenden Bässe aus Chris' Zimmer schienen sie nicht weiter zu stören. Sarah jedoch zeigte auf ihre Ohren, ging in Chris' Zimmer, drehte die Musik leiser und ging zurück in den Flur.

»Bist du nicht bei David?«, fragte ihr Bruder sie.

»Wie du siehst, bin ich hier«, antwortete Sarah schärfer, als sie wollte.

»Was ist los? Ärger im Paradies?«

»Nein. David ist bei einem Empfang, und ich hatte einfach keine Lust, dort freundliche Nasenlöcher zu machen. War heute ein Scheißtag. Warum isst du hier draußen im Stehen?«

Er zuckte mit den Achseln. »So halt. Hast Hunger? Ich hab' aber nur eine Fleckerlspeis' gemacht.«

Ihr Magen knurrte.

»Ich weiß nicht, was du hast. Eine Fleckerlspeis' ist doch etwas Feines!«

Sie ging in die Küche. Ein Freund und Studienkollege von Chris saß am Tisch und stopfte ebenfalls einen Teller Nudeln in sich hinein.

»Hallo Markus.«

Er hob die Hand und murmelte etwas Unverständliches. Sarah interpretierte es als Begrüßung. Sie legte ihre Einkäufe auf die Anrichte und nahm sich einen Teller aus dem Küchenschrank.

»Na, wart ihr heute auf der Uni?«

Sarah fragte sich manchmal, ob ihr Bruder sein Medizinstudium jemals beenden würde. Er war nicht gerade das, was man einen ehrgeizigen Studenten nannte. Der Job als Barkeeper im *Panorama* forderte mehr Zeit, als Chris das manchmal lieb war. Aber er blieb dran, mehr konnte sie nicht von ihm verlangen. Auch weil er sich inzwischen finanziell an der Miete und sonstigen Ausgaben beteiligte. Zudem schleppte er in letzter Zeit nicht mehr jede Nacht ein anderes Mädchen an, was Sarah hoffen ließ, dass ihr acht Jahre jüngerer Bruder endlich offen wurde für mehr als einen One-Night-Stand. Sie schnappte sich einen Löffel von der Anrichte und schaufelte eine große Portion Fleckerl auf einen Teller. Chris schenkte ihr ein Glas Weißwein ein. Sie aßen und plauderten miteinander. Sarah spürte, wie sich ihre Laune wieder besserte.

Nach dem Essen begannen Chris und Markus den Tisch abzuräumen.

»Lasst alles stehen. Ich mach' das schon.« Sarah wollte etwas tun. Hausarbeit machte ihr den Kopf frei.

Nachdem Chris und Markus die Wohnung verlassen hatten, räumte Sarah das Geschirr in den Spüler und putzte die Küche. Danach suchte sie ein Buch über das mystische Wien aus ihrem deckenhohen Regal im Wohnzimmer, legte eine CD von Pino Daniele ein, setzte sich aufs Sofa und vertiefte sich in ihre Lektüre. Die schwarze Halbangora machte es sich neben ihr bequem.

»Was denkst du, Marie?«, fragte sie nach einer Weile. »Soll ich in einem meiner nächsten Artikel über den ehemaligen Federlhof schreiben? Hast du gewusst, dass sich dort eine Darstellung des mittelalterlichen Drachenordens befindet?«

Sie streichelte Marie übers Fell. Die Katze schnurrte laut mit geschlossenen Augen. »Ein geflügelter Drache mit dreifach verknotetem Schwanz. Das Symbol für den Sieg über das Böse. Ein Drache, das wär' doch was für dich, Marie. Drachen sind mindestens so aufregend wie Vögel vor dem Fenster, oder?«

Die Katze schnurrte, und Pino Daniele sang »Il Sole dentro di me ...«

»Der Federlhof war eine der ersten Privatsternwarten Wiens, wurde aber abgerissen«, las Sarah der Katze vor. »Ha! Weißt du, wo das war, Marie? Das errätst du nie.«

Die Katze schien unbeeindruckt.

»Das war auf dem Lugeck Nr. 7.«

Nachdenklich hielt Sarah inne. In Gedanken war sie wieder in der Innenstadt in der Nähe der Rotenturmstraße und des Hohen Marktes und auch wieder bei Erika Holzmann.

»Ich sag' dir, Marie. Wenn ich die Sache jetzt wie meine Oma betrachte, dann ist es kein Zufall, dass ich ausgerechnet die Seite mit dem Federlhof aufgeschlagen habe. Das hat einen tieferen Grund, würde sie behaupten. Und weißt du was? Ich glaube allmählich, sie hat Recht gehabt.«

Wie sehr sie sich auch bemühte, sich wieder auf die mystischen Seiten Wiens zu konzentrieren – der Gedanke an die Fremdenführerin ließ sie nicht zur Ruhe kommen. Sie fragte sich bei jeder Zeile, warum sie sie telefonisch nicht hatte erreichen können. Auch wenn Erika Holzmann im Krankenhaus neben dem Bett ihres Mannes wachte, irgendwann schaltete man doch sein Handy wieder ein, und sei es nur, um Bekannten und Verwandten Bescheid zu sagen.

Sarah legte das Buch zur Seite, stoppte den CD-Player und schaltete den Fernseher ein. Die Nachrichten brachten Berichte aus Libyen. Extremisten hatten in Bengasi vor einem Krankenhaus einen Sprengsatz gezündet. Dem folgte ein Beitrag über eine neuerliche Auseinandersetzung zwischen Bundeskanzler und Finanzministerin, diesmal ging's um die Zinsbesteuerungsrichtlinien mit Drittstaaten. Sarah gähnte und wartete auf den Wetterbericht, der ähnlich mau war wie ihre Laune.

Zehn nach acht läutete ihr Handy. Martin Stein war am Apparat. Sarah brachte per Knopfdruck auf die Fernbedienung den Fernseher zum Schweigen.

»Chefinspektor Stein«, flötete sie. »Was verschafft mir die Ehre? Sie werden sich's doch nicht etwa anders überlegt haben?«

»Was hat es mit dieser Erika Holzmann auf sich?«, kam er ohne große Umschweife auf den Punkt.

»Was soll es mit ihr auf sich haben? Genau das, was ich Ihnen heute Nachmittag erzählt habe.«

»Und, haben Sie die Frau inzwischen erreicht?«

»Nein. Warum fragen Sie, Stein?« Die Journalistin in ihr spitzte die Ohren. Sie erhob sich – sehr zum Verdruss der Katze – vom Sofa und ging hinüber in die Küche.

Stein räusperte sich. »Es gab weder einen Unfall an den in Frage kommenden Orten, noch wurde eine Frau dieses Namens von den Kollegen an der von Ihnen angegebenen Adresse abgeholt. Es gibt keine Meldungen darüber.«

»Komisch.«

»Da hat Ihnen die Plaudertasche von Nachbarin womöglich einen ziemlichen Bären aufgebunden.« Er lachte.

Sarah sah aus dem Fenster hinunter auf den Yppenplatz. Fast alle Tische und Bänke vor den modernen neuen Lokalen waren besetzt, der Anblick wirkte schon fast sommerlich.

»Warum sollte sie mich anlügen?«

»Keine Ahnung. Weil Sie Journalistin sind, und weil die Dame sich wichtigmachen wollte?«

»Ich hab' ihr nicht gleich zu Beginn unseres Gesprächs gesagt, dass ich Journalistin bin, sondern erst später. Da hatte sie mir das mit den beiden Polizisten längst erzählt.«

Noch immer hielt sie ihren Blick auf den belebten Yppenplatz gerichtet.

»Vielleicht hat sich jemand einen Scherz mit der Holzmann erlaubt, oder sie wurde zu einer Geburtstagsparty oder einem Junggesellinnenabschied abgeholt, wer weiß.«

»Was ist dann mit der Info ihrer Kollegin, dass sie krank sei? Was aber nicht stimmt? Das passt doch alles nicht zusammen.«

»Was weiß denn ich. Stellen Sie nicht immer so viele Fragen, Sarah, das macht mich ganz krank. Vielleicht wollte sich die Holzmann einfach einen schönen Tag machen. Kommt durchaus vor, dass Leute sich krankmelden, die nicht krank sind. Fakt ist, es gibt weder eine Unfallmeldung noch Ermittlung noch Anhörung noch sonst was. Die Holzmann wurde definitiv nicht von uns abgeholt. Haben Sie verstanden? Und wehe, jemand erfährt von unserem Telefonat hier, oder ich lese etwas darüber in der Zeitung. Ich reiß' Ihnen den ...«

»Alles klar. Ich würde nie Informationen aus vertraulichen Telefonaten mit Ihnen veröffentlichen, und vielen Dank, dass Sie mich angerufen haben. Ich wünsche Ihnen noch einen schönen Abend.« Sie wollte auflegen.

»Sarah!«

»Ja?«

»Nix ist passiert. Verstanden? Absolut nix. Belassen Sie's dabei, und spielen Sie um Himmel willen nicht schon wieder Miss Marple. Das steht Ihnen nicht. Kümmern Sie sich lieber um Ihre Hexen und Geister, da sind S' besser aufgehoben. Ich hab' Sie nur angerufen, um Ihnen zu sagen, dass alles in Ordnung ist.«

»Keine Sorge. Ich werde einfach warten, bis Erika Holzmann wieder auftaucht. Das Interview mit ihr hat Zeit.«

Martin Stein wusste, dass Sarah log, und Sarah wusste, dass er es wusste. Er kannte sie gut. Wenn einmal etwas Sarahs Interesse geweckt hatte, dann verbiss sie sich darin, bis sie etwas herausgefunden hatte. Sie war viel zu neugierig, um einfach aufzugeben.

Zwei Fragen beschäftigten sie: Wer hatte Gisela Stelzer angerufen und behauptet, Erika Holzmann sei krank? Und wer hatte die Fremdenführerin daheim abgeholt, wenn es keine Polizisten waren?

Sarah kramte noch einmal die Visitenkarte aus ihrer Umhängetasche und wählte diesmal die Nummer des Festnetzanschlusses.

Nach dem zweiten Läuten hob jemand ab.

»Holzmann«, meldete sich eine Männerstimme.

8

DIE FREMDENFÜHRERIN

Erika Holzmann erwachte. Ihr Kopf schmerzte. Nur mit großer Mühe gelang es ihr, die Augen zu öffnen. Sie versuchte sich aufzurichten, doch das Stechen in ihrem Kopf hinderte sie daran. Ihre Beine fühlten sich taub an, und eine bleierne Müdigkeit hielt ihren Körper gefangen. Sie konnte kaum die Augen offen halten. Die Decke über ihr war schmutzig, in den Ecken hingen riesige Spinnweben. Sie bewegte ihren Kopf, soweit der pochende Schmerz hinter den Schläfen das zuließ.

Wo war sie hier? Und was um Himmels willen war passiert?

»Roman«, murmelte sie und versuchte, sich zu erinnern.

Da waren zwei Polizisten. Sie hatten an ihrer Wohnungstür geläutet und ihr mitgeteilt, ihrem Mann sei etwas passiert. Unterwegs, in seinem Wagen ... ein Unfall! Der Schreck war ihr sofort in die Glieder gefahren. Die Polizisten hatten sie gebeten mitzukommen. Wie betäubt war sie ihnen gefolgt und zu ihnen ins Auto gestiegen. Einer von ihnen hatte sich neben sie auf die Rückbank gesetzt. Schließlich hatte sie ihnen die bange Frage gestellt: »Was ist mit meinem Mann? Lebt er?« Der Polizist neben ihr hatte ihre Hand genommen, sich über sie gebeugt und ihr blitzschnell eine Nadel in den Oberarm gerammt. Noch bevor sie begriffen hatte, was geschah, war sie von einer wattigen Dunkelheit verschluckt worden.

Es war eine Lüge. Roman hatte keinen Autounfall. Er lebte, und das tröstete sie. Er wollte am Nachmittag bei ihr eintreffen. Es war ihr Geburtstag. Sie hatte Rindsrouladen mit Bandnudeln kochen wollen und eine Flasche Gelben Muskateller kalt gestellt. Denn diesem Wein war es zu verdanken, dass sie und Roman sich kennengelernt hatten.

Eine Freundin hatte Erika gebeten, sie zu einer Weinmesse ins Museumsquartier zu begleiten. Erika mochte Weinverkostungen in einem solch aufwändigen Rahmen nicht besonders. Die vielen Menschen mit Weingläsern in den Händen erinnerten sie immer an riesige Bienenschwärme. Im Zentrum standen dann die Winzer, umgarnt wie die Königin im Nest. Zu Dutzenden drängten sie sich vor den mit Weinflaschen und Weißbrot gedeckten Tischen und ließen sich den Rebensaft nachschenken.

Erika hatte sich von dem Schwarm wohl oder übel mitreißen lassen. Sie trank nun mal sehr gerne guten Wein. Plötzlich hatte Roman neben ihr gestanden. So wie sie selber hielt er einer jungen Frau in hellblauem Dirndl und grüner Schürze ein Weinglas entgegen. »Nach Ihnen.« Das waren seine ersten Worte in ihre Richtung. Sein erster Blick aus tiefblauen Augen. »Der Gelbe Muskateller vom Weingut Fritsch ist ausgezeichnet, er kommt aus Kirchberg am Wagram.« Sein Lächeln.

Und in diesem Augenblick war es um Erika geschehen. »Sie sind nicht aus Wien.« Das war keine Frage, sondern eine Feststellung.

Wieder sein Lächeln. »Nein. Aus Frankfurt.«

»A Deitscher«, entfuhr es ihr, obwohl sie das bereits wusste. Seine Aussprache hatte ihn verraten. Es folgte ein langes Gespräch, sie verabredeten sich in Wien, später auch in Frankfurt und in Berlin, wo Roman Restaurants besaß. Die Leidenschaft für gutes Essen und guten Wein verband sie von Beginn an. Inzwischen waren sie verheiratet. Beide waren sie zu Beginn ihrer Beziehung bereits über 40 und fest eingebunden in ihre sozialen Bezüge, Orte und ihre Jobs. Dem Eheleben auf Distanz konnten sie durchaus auch Positives abgewinnen. Wenn sie zusammen waren, nahmen sie sich bewusst Zeit füreinander, Alltagsreibereien entstanden gar nicht erst, ihr Sex blieb leidenschaftlich, und Langeweile kam zwischen ihnen keine auf. In der gemeinsamen Zeit fühlten sie sich immer ein wenig wie im Urlaub. Sie kamen mit ihrer Situation gut zurecht.

Immer wieder fielen ihre Augen zu. Sie konnte nichts dagegen tun. Man musste ihr ein starkes Narkosemittel verabreicht haben. Ihr war übel, und zwei Mal übergab sie sich. Das war ihr nach einer Operation auch schon einmal so gegangen, offenbar vertrug sie bestimmte Substanzen in diesen Mitteln nicht. Sie holte tief Luft, atmete ein paarmal tief ein und wieder aus. Es half ein wenig.

Wie spät es wohl sein mochte? Vielleicht war Roman gerade bei ihr zu Hause und suchte sie überall. Vielleicht war es aber auch schon sehr viel später, und er hatte längst die Polizei verständigt.

Sie sah auf ihr Handgelenk. Man hatte ihr die Uhr abgenommen. Warum? Konnten ihre Entführer wissen, dass sie ihr damit jedwede Orientierung stahlen? Das bisschen Zeitgefühl, über das sie verfügte, ging ohne Armbanduhr komplett verloren. Es konnten Stunden, aber auch Tage vergangen sein. Wieder fielen ihr die Augen zu. Sie konnte sich noch so anstrengen, wach zu bleiben, es gelang ihr nicht. Einschlafen. Aufwachen. Einschlafen.

Schließlich wachte sie auf und fühlte sich wieder klarer im Kopf. Die Müdigkeit verschwand gänzlich. Stattdessen kroch Angst in ihr hoch. Ihr Atem begann zu rasen, und ihre Muskeln spannten sich an. Wo war sie? Wer waren die Männer, die sie betäubt und hierherverschleppt hatten? Was würde mit ihr geschehen? Sie hatte doch niemandem etwas getan.

»Man sollte seine Feinde im Auge behalten«, hatte Roman gesagt. Sie hatte aber keine Feinde. Oder doch? War das nicht immer eine der ersten Fragen, die Fernsehkommissare Angehörigen stellten? »Hatte Ihre Frau Feinde?« Die Antwort lautete so gut wie immer »Nein«. Und im weiteren Verlauf des Films stellte sich meistens heraus, dass die Frau jede Menge Feinde hatte, die sie nur nicht als solche erkannte, und dass der größte Feind ihr Ehemann war.

Erika Holzmann schüttelte den Kopf. Was für ein Blödsinn! Langsam setzte sie sich auf. Zum Glück waren die quälenden Kopfschmerzen weg. Sie befand sich auf einer Pritsche, über der eine graue Decke lag.

Sie sah sich um. Der Raum war rechteckig, er wirkte

wie eine Gefängniszelle, abgesehen von einer modern aussehenden Dusche in der einen Ecke. An der einen Seitenwand stand ein Tisch mit einem Stuhl davor. Das Klo war in den Boden geschraubt worden, daneben war ein Waschbecken. Die Wände bestanden aus glattem kalten Beton. Von der Decke hing eine nackte Glühbirne herunter, die kaum Licht spendete. Fenster gab es keine. Nur eine Stahltür ohne Türklinke, aber mit einem Spion, war in die Mauer eingelassen.

Wer zum Teufel hatte sie in dieses Loch verschleppt?

Mit großer Wahrscheinlichkeit hatte die gute alte Frau Dvorak genau beobachtet, dass sie von der Polizei abgeholt worden war, und inzwischen die halbe Nachbarschaft informiert. Diesem schrecklichen Bassenaweib entging nichts, was im Haus passierte. Aber jetzt könnte genau das ihr Glück sein.

Denn Roman würde sich sicher sofort bei der Polizei nach ihr erkundigen und erfahren, dass sie keineswegs abgeholt worden war. Man würde begreifen, dass sie von zwei fremden Männern verschleppt worden war. Man würde nach ihr suchen. Aber würde man sie finden? Sie konnte überall und nirgends sein. War sie überhaupt noch in Wien?

Wenn sie in diesem fensterlosen Verlies überleben wollte, brauchte sie Luft. Ihr Betongefängnis ließ keinen Sauerstoff eindringen. So viel war klar. Ihr Herz klopfte zum Zerspringen. Die Vorstellung, elend hier zu ersticken, ließ sie panisch werden. Zentimeter für Zentimeter suchte sie ihre Behausung ab. Plötzlich drang ein Geräusch an ihr Ohr. Es klang nach einem eingebauten Luftventilator. Sie sah an der Wand hinauf bis unter die Decke und entdeckte über ihrer Pritsche ein Gebläse. Gott sei Dank, wenigstens würde sie nicht ersticken.

Dann hörte sie ein Klicken, diesmal kam das Geräusch von der Tür. Sie starrte die Tür an. Die Klappe vor dem Spion wurde geöffnet. Sie erhob sich und ging an die Tür.

»Bitte ... Was wollen Sie von mir? Wollen Sie Geld?«

Ein Tablett wurde durch den Spalt geschoben. Darauf lagen mehrere mit Wurst und Käse belegte Brote und eine Flasche Mineralwasser.

Sie war zwar weder hungrig noch durstig, dennoch griff sie nach einer Scheibe Brot und biss hinein. Sie musste essen und trinken und atmen. Nur so konnte sie überleben.

Die Klappe wurde wieder geschlossen.

»Wollen Sie Geld?«, wiederholte Erika Holzmann flüsternd.

Natürlich wollten sie Geld. Was sollten Entführer sonst wollen, außer Geld? Das war die einzige Erklärung für diesen Irrsinn. Nur – warum ausgerechnet von ihr? Sie war weder reich noch prominent, auch in ihrem Umfeld gab es keine Millionäre, keine Kontakte zur Wiener Schickeria. Was um alles in der Welt wollten die nur von ihr?

Sie setzte sich auf die Pritsche, legte das Tablett auf ihren Schoß und aß langsam weiter. Beim Kauen kamen ihr die Tränen. Sie sah hinüber zur Tür. Vielleicht war ja eine versteckte Kamera auf sie gerichtet, und ihre Entführer beobachteten sie.

»Bitte sprecht mit mir!«, flüsterte sie in den stillen Raum. »Bitte!«

Plötzlich sprang sie auf. Das Tablett fiel zu Boden. Mit einem Satz war sie bei der Tür, trommelte mit den Fäusten dagegen und begann um Hilfe zu brüllen. Immer lauter. Schriller. Verzweifelter.

9

SARAH PAULI

Sarah zog sich eine Jacke über und stieg in ihre Turnschuhe. In den achten Bezirk konnte sie locker zu Fuß gehen. Wenn sie sich beeilte, wäre sie in knapp 20 Minuten am Ziel, sofern nicht gerade eine Straßenbahn käme, die sie noch schneller zur Lederergasse brachte.

Sie hatte all ihre Überredungskünste aufgebracht, um mit Roman Holzmann ein Treffen zu vereinbaren. Jetzt wollte sie vermeiden, dass zwischen seiner Zusage und ihrem Erscheinen bei ihm zu viel Zeit verstrich und er es sich womöglich doch noch anders überlegte. Denn er hatte ihr am Telefon mehrmals erklärt, seine Frau sei nicht zu Hause und er wisse nicht, wo sie sei und wann sie wiederkomme. Erst als Sarah die beiden vermeintlichen Polizisten erwähnte, willigte er ein, sie in Erika Holzmanns Wohnung zu empfangen.

Als Sarah die Haltestelle in der Neulerchenfelder Straße erreichte, fuhr soeben eine Straßenbahn ein. Den Geistern sei Dank! Zehn Minuten später stand sie vor dem Wohnhaus der Holzmanns. Diesmal war das Eingangstor verschlossen. Sie suchte auf dem Klingelbrett den Namen und drückte den Knopf. Kurz darauf hörte sie das Summen und öffnete die Tür. Obwohl sie jetzt wusste, wo sich die Wohnung befand, ignorierte sie den Lift und legte den Weg bis ins Dachgeschoss zu Fuß zurück.

Als Roman Holzmann ihr die Tür öffnete, erinnerte sie sich wieder an die Äußerung der Nachbarin: »So ein fescher Mann, der Herr Holzmann.« Roman Holzmann war durchschnittlich groß. Sein kurzes, ergrautes Haar stand ein wenig ab, so als wäre er gerade erst aufgestanden. Sarah schätzte ihn auf Mitte 40. Seine Augen waren von einem strahlenden Tiefblau. Er wirkte ziemlich durchtrainiert. Roman Holzmann war tatsächlich attraktiv. Er trug Jeans, ein weißes T-Shirt und darüber ein offenes dunkelblaues Hemd.

»Sarah Pauli vom *Wiener Boten*. Wir haben telefoniert.«

»Holzmann«, stellte er sich überflüssigerweise vor. Sie schüttelten sich die Hände. Sein Händedruck war kurz und fest. »Kommen Sie herein!«

Sarah folgte ihm durch den Gang und eine doppelflügelige Milchglastür ins Wohnzimmer.

»Wow!«, entfuhr es ihr leise. Diese Dachwohnung war ein Juwel. Der helle loftartige Raum war mit Designerstücken möbliert. Ein offener Kamin war der Blickfang. Gegenüber befand sich eine gigantische Bücherwand, bestehend aus vier Regalen, die vom Boden bis unter die Decke reichten. Ein großartiger Anblick! Denn Wohnungen ohne Bücher waren für Sarah wie tot. Da konnte man ja gleich dem Himmel die Sterne wegnehmen.

Roman Holzmann schloss die Terrassentür. Sarah sah hinaus. Sie schätzte die Größe der Terrasse auf rund 40 Quadratmeter. Üppige Flieder in großen Krügen und Lavendelbüsche in kleineren Tontöpfen, der Terrakottaboden und eine Holzgarnitur sorgten für ein mediterranes Flair. Der Wohnraum war zum Innenhof hin ausgerichtet, kein Straßenlärm war hier zu hören. Überhaupt war es auffallend still in der Wohnung, stellte Sarah fest. Das einzige Geräusch war das Ticken von Uhren, die überall standen und hingen.

Sarah hasste das Geräusch tickender Uhren. Es erinnerte sie an die Standuhr ihrer Großmutter, die laut und unbarmherzig tickte und stündlich mit ohrenbetäubendem Lärm schlug, als wollte sie immer aufs Neue androhen, dass für alle die Zeit ablief, ohne Ausnahme. Als Sarah die Nachricht vom Unfalltod ihrer Eltern erhielt, musste sie unwillkürlich an diese Uhr denken. Beim Ausräumen und Auflösen der elterlichen Wohnung stellte sie fest, dass die Uhr längst stehen geblieben war. So wie das Leben ihrer Eltern. Uhren teilten das Leben eines Menschen in Sekunden, Minuten und Stunden ein und zählten sie gnadenlos herunter bis zu seinem Tod.

»Sammeln Sie Uhren?«
Sarah zeigte auf eine fast zwei Meter hohe moderne Standuhr.
»Ich nicht, aber meine Frau. Nehmen Sie doch Platz.«
Er deutete auf das Sofa.
»Danke.« Sarah setzte sich.
»Meine Frau neigt zur Unpünktlichkeit. Was heißt neigt?« Er lachte. »Meine Frau ist die Unpünktlichkeit in Person. Deshalb hat sie irgendwann begonnen, Uhren zu sammeln. Sie glaubt, so die Zeit besser im Überblick behalten zu können. Es nützt allerdings nicht viel, sie kommt trotzdem immer zu spät. Jedenfalls zu

privaten Terminen. Berufliche hält sie auf die Minute ein. Können Sie mir das erklären? Sie kann es nämlich nicht.« Er lächelte milde. »Möchten Sie etwas trinken, Frau Pauli?«

»Ein Leitungswasser bitte.«

Er ging in die angrenzende Küche. »Möchten Sie nicht doch vielleicht einen Kaffee?«, rief er durch die offene Tür. »Oder ein Glas Wein? Um diese Uhrzeit kann man schon Wein trinken.«

»Einen Espresso, wenn Sie haben.«

Gleich darauf hörte Sarah das Zischen einer Kaffeemaschine. Sicher auch ein Designerstück. Holzmann kam mit dem Glas Wasser und einem Espresso zurück ins Wohnzimmer. Er selbst hatte sich ein Glas Rotwein eingeschenkt. Er stellte alles auf den Tisch und nahm Sarah gegenüber Platz.

»Sie meinten am Telefon, meine Frau sei von zwei Polizisten abgeholt worden. Das verstehe ich nicht«, begann er.

»Hat man Ihnen denn nicht Bescheid gegeben?«

Er schüttelte den Kopf.

»Auch Ihre Nachbarin nicht?«

»Ah, hat Ihnen Frau Dvorak das mit der Polizei erzählt?«

Sarah nickte.

»Verstehe. Damit haben Sie unsere wandelnde Hauszeitung also schon kennengelernt. Sie hat seit meiner Ankunft hier noch nicht angeläutet, was ungewöhnlich für sie ist.«

Schlechtes Gewissen, diagnostizierte Sarah stumm, immerhin hatte die Frau Dvorak ihr, einer wildfremden Person, alles Mögliche über die Holzmanns erzählt.

Holzmanns Handy auf dem Tisch begann zu piepsen. Er griff danach und warf einen Blick aufs Display. »Entschuldigung.« Er hob ab und hörte dem Anrufer eine Weile aufmerksam zu.

»Ja, Wolfgang, die Dame von der Zeitung ist schon bei mir. Nein, Erika ist noch nicht wieder aufgetaucht«, sagte er schließlich. »Ja, ich ruf' dich sofort an, wenn es etwas Neues gibt.« Wieder hörte er zu. »Danke dir, Wolfgang!« Er legte auf.

»Das war ein guter Freund meiner Frau. Ich habe ihn nach dem Telefonat mit Ihnen sofort angerufen. Er hat gute Kontakte zu den Behörden. Aber bislang ist es ihm nicht gelungen herauszufinden, von welcher Abteilung sie abgeholt wurde. Ist wahrscheinlich schon zu spät. Morgen wird er sicher mehr erfahren«, beruhigte Holzmann sich selbst.

Sarah zögerte, räusperte sich und sagte dann: »Ehrlich gesagt glaube ich, dass diese Polizisten keine echten waren.«

Holzmann sah sie erstaunt an. »Wie kommen Sie denn darauf? Erst erzählen Sie mir, zwei Polizisten hätten meine Frau abgeholt, und jetzt sollen es gar keine Polizisten gewesen sein? Wieso das?«

»Ich habe meine Quellen«, gab Sarah sich bedeckt. »Könnten Sie sich vorstellen, dass man Ihre Frau womöglich ... entführt hat?«

»Entführt?«

»Ja.«

»Nein! Wer sollte meine Frau denn entführen, und warum?« Er hielt inne. »Sie meinen, die Entführer haben sich nur als Polizisten ausgegeben?«

»Vielleicht.«

»Das ergibt doch keinen Sinn.« Er nahm einen Schluck Wein, hielt das Glas in der Hand und drehte es. »Und Sie wollten sich heute Nachmittag mit meiner Frau treffen. Warum genau?«

Sarah holte ein wenig aus und begann mit dem Kaffeesiederball. »Ihre Frau erwähnte meiner Kollegin gegenüber Zeichen, die sie entdeckt habe. Als meine Kollegin mir das erzählte, wollte ich mehr darüber wissen, weil ich gerade an einer Kolumne über mystische und verborgene Seiten Wiens arbeite. Also habe ich Ihre Frau am Montag angerufen. Sie sprach von einem Rätsel, das sie mir am Telefon schwer erklären könne. Aus diesem Grund wollten wir uns treffen.« Sie nippte an dem Espresso.

»Zeichen? Rätsel?« Holzmann sah Sarah verständnislos an.

»Ich hab' ehrlich gesagt keine Ahnung, was Ihre Frau mir erzählen wollte. Aber sie kam nicht zum vereinbarten Treffpunkt, und die Kollegin, die ihre Stadtführung vertretungsweise übernommen hatte, meinte, sie habe sich krankgemeldet.«

»Gisela Stelzer. Ich weiß, so weit war ich auch schon«, sagte Holzmann. Er schüttelte den Kopf. »Das ist doch alles völlig absurd. Wenn Erika krank wäre, hätte sie es mir heute Morgen gesagt und läge zu Hause im Bett. Wir haben telefoniert, als ich noch unterwegs war, kurz vor Linz.« Er rieb sich mit beiden Händen die Stirn. »Ich verstehe das alles nicht.«

»Gisela Stelzer sagte mir, eine Freundin Ihrer Frau habe sie über den Krankenstand informiert. Wissen Sie, wer da bei Frau Stelzer angerufen haben könnte?«

Holzmann schüttelte den Kopf. »Ich glaube nicht,

dass eine von Erikas Freundinnen bei Gisela angerufen hat, denn keine von ihnen hat etwas davon gesagt.«

Für einen kurzen Moment überlegte Sarah, ob Erika Holzmann möglicherweise vor ihrem gewalttätigen Ehemann geflohen war. Was, wenn er sie misshandelte und sie deshalb Unterschlupf bei einer Freundin suchte? Keine Freundin dieser Welt würde sie dann an den Ehemann verraten. Jedoch passten die beiden falschen Polizisten, die Erika Holzmann abgeholt hatten, nicht in dieses Bild.

»Ist Ihre Frau enger befreundet mit Gisela Stelzer?«

Holzmann schüttelte den Kopf. »Nein, soweit ich weiß, haben sie lediglich ein gutes Arbeitsverhältnis.«

»Als Sie mit Ihrer Frau telefonierten, hat sie da irgendwie anders gewirkt als sonst? Vielleicht nervöser oder so?«

»Nein. Sie war wie immer.« Er seufzte. »Heute war wenig Verkehr auf der Autobahn, deshalb kam ich früher als gedacht in Wien an. Ich hab' Erika von der Wohnung aus ein paarmal angerufen, sie aber nicht erreicht. Das ist aber nicht weiter ungewöhnlich, denn während der Führungen schaltet sie ihr Handy immer aus. Aber als sie um halb sechs noch immer nicht nach Hause kam, hab' ich angefangen, mir Sorgen zu machen, und der Reihe nach ihre Freundinnen angerufen. Um sieben kam der Anruf von Gisela. Sie fragte, ob es Erika besser gehe oder ob sie die morgige Tour auch noch übernehmen solle. Da wusste ich, dass etwas nicht stimmt, und hab' sofort die Polizei verständigt. Man bat mich, persönlich in die zuständige Polizeiinspektion Fuhrmannsgasse zu kommen. Eine Polizistin hat die Vermisstenanzeige aufgenommen, aber viel mehr konnte sie im

Moment für mich nicht tun. Auch hat sie mit keinem Wort erwähnt, dass die Polizei bei uns zu Hause war. Das hätte die doch sicher in ihrem Computer gesehen, oder etwa nicht?«

»Das weiß ich nicht. Aber wie auch immer, es muss sich da um falsche Polizisten gehandelt haben.«

Sarah hatte in einer Monatszeitschrift einmal etwas über Menschen gelesen, die spurlos verschwanden, weil sie das selbst so wollten. Man hatte dazu auch einen ehemaligen Polizisten interviewt, der seinen Beruf an den Nagel gehängt hatte und seitdem Menschen auf deren Wunsch spurlos verschwinden ließ. Von heute auf morgen. Menschen, die am Montag noch ein ganz normales Leben führten, verschluckte am Dienstag die Erde. Für viel Geld konnte man sich bei ihm eine neue Identität und ein neues Leben kaufen. Er bereitete monatelang alles vor, und irgendwann verschwand man dann von der Bildfläche. Diese Menschen brachen alle Brücken hinter sich ab. Die Gründe waren verschieden, ein Grund war Geld, das sie plötzlich zur Verfügung hatten – durch einen Lottogewinn oder eine Erbschaft – und mit niemandem teilen wollten. Vielleicht war das hier auch so ein Fall?

»Die meisten Vermissten tauchen irgendwann völlig unversehrt wieder auf«, sagte Sarah.

»Das hat die Polizistin auch gesagt«, meinte Holzmann. »Aber Erika ist noch nie einfach so weggeblieben. Dass sie zu spät kommt, das ist normal. Aber gar nicht zu kommen ist ungewöhnlich. Zumindest hätte sie mir eine Nachricht hinterlassen.«

»Aber warum hätte sie Ihnen eine Nachricht hinterlassen sollen? Überlegen Sie doch mal. Zwei Polizisten stehen vor der Tür und erklären Ihrer Frau, Sie hätten einen Unfall gehabt. Da kommt sie doch nicht auf die Idee, Ihnen eine Nachricht zu schreiben, bevor sie die Wohnung verlässt.«

»Sie haben ja Recht. Nur hatte ich doch gar keinen Unfall.« Er fuhr sich mit einer verzweifelten Geste durchs Haar.

Sarah sah ihm an, dass ihn die ganze Situation immer mehr verwirrte.

»Woher wissen Sie das eigentlich alles?«, fragte er sie auf einmal misstrauisch.

Sarah machte eine Kopfbewegung Richtung Wand. Roman Holzmann verdrehte die Augen.

»Das ganze Haus wird inzwischen wissen, was passiert ist.« Seine Miene verriet deutlich, dass diese Vorstellung ihm unbehaglich war.

»Hat Ihre Frau Ihnen mal etwas über ein Symbol erzählt, das sie entdeckt hat, oder ein Rätsel, das sie gelöst hat?«

Roman Holzmann dachte kurz nach und schüttelte dann den Kopf.

»Meine Frau und ich sehen uns nicht so oft, deshalb versuchen wir, unsere gemeinsame Zeit so privat wie möglich zu halten, so wenig wie möglich über die Arbeit zu sprechen, wenn wir uns sehen. Ich weiß, dass sie sich immer wieder mit solchen Dingen, also mit Symbolen, beschäftigt hat, sie brauchte das für ihre Führungen. Sie hat auch vor Jahren ihre Diplomarbeit darüber geschrieben. Aber um ehrlich zu sein, ich verstehe nichts davon.«

Er schwieg und dachte wieder nach.

»In letzter Zeit hat sie sich mehr mit Sudokus beschäftigt. Aber ich glaube, das hatte nichts mit ihrer Arbeit zu tun, sondern diese Art Rätsel hat ihr einfach Spaß gemacht.«

Sarah kramte eine Visitenkarte aus ihrer Umhängetasche und legte sie auf den Tisch. »Hier ist meine Handynummer. Ihre Frau soll mich gleich anrufen, wenn sie wieder zu Hause ist.«

Sie machte Anstalten zu gehen, doch etwas in Roman Holzmanns Blick hielt sie zurück.

»Und was ist, wenn sie nicht nach Hause kommt?«

Sarah schluckte trocken.

»Von wem kam eigentlich der Vorschlag, dass Sie und meine Frau sich treffen?«

Was für eine merkwürdige Frage! Sarah runzelte die Stirn.

»Von mir. Ich schlug ein Treffen vor. Sie war einverstanden und nannte Ort und Zeit. Warum? Ist das so ungewöhnlich?«

»Nein, nein. Natürlich nicht.« Er stützte den Kopf in die Hände. »Ich weiß nicht, in welche Richtung ich denken soll. Es ist alles so unwirklich. Meine Frau hat heute Geburtstag. Sie wollte für uns beide kochen. Das ist etwas Besonderes für mich. Ich esse jeden Abend in meinem Restaurant, meistens alleine, manchmal mit Geschäftspartnern. Auf Dauer ist das ziemlich langweilig.« Er machte eine kurze Pause. »Sie hatte den Wein schon eingekühlt und Rinderrouladen vorbereitet. Warum um alles in der Welt kauft sie ein, bereitet alles vor und verschwindet dann spurlos – noch dazu an ihrem eigenen Geburtstag?«

Sarah schwieg. So seltsam war das nun auch wieder nicht. Es kam schon vor, dass Frauen oder auch

Männer, die den Tag ganz normal begannen, die alltägliche Dinge verrichteten und Vorbereitungen trafen, am Abend mit Sack und Pack und womöglich mit ihren Möbeln spurlos verschwunden waren, ausgezogen, untergetaucht, einfach fort.

Erika Holzmann war im Sternzeichen Stier. Stierfrauen sagte man Eigensinn nach, und auch, dass sie durchaus unvernünftig sein konnten. Eifersüchtige oder wütende Stierfrauen waren schlimme Feindinnen. Sarah hielt es allerdings für klüger, ihre Gedanken nicht laut auszusprechen.

»Den wievielten Geburtstag hat Ihre Frau denn?«, fragte sie stattdessen.

»Sie wird 48.«

Er stand auf und ging zu einer Kommode.

»Es wundert mich, dass meine Frau mir nichts von dem Interview erzählt hat, das Sie mit ihr führen wollten.« Er nahm etwas aus der obersten Lade und kam zurück. »Eigentlich erzählt sie mir solche Dinge immer.« Er setzte sich wieder und reichte Sarah ein Foto seiner Frau. »Das war Weihnachten in Berlin.« Sarah sah sich das Foto an. Erika Holzmann stand neben einem dieser großen bunten Buddy Bären, den Berlinbotschaftern, die überall in Deutschlands Hauptstadt herumstanden und beliebte Fotomotive waren. Sie blickte direkt in die Kamera. Ihre Augen strahlten, sie lächelte entspannt.

»Könnten Sie bitte eine Suchmeldung in Ihrer Zeitung veröffentlichen?«

»Es ist nicht meine ...« Sarah unterbrach sich sofort. »Sicher. Ich rede mit dem Chefredakteur. Ihnen ist aber schon klar, dass das zu einer Hetzjagd seitens der Medien werden könnte, wenn herauskommt, dass die Frau eines erfolgreichen deutschen Restaurantbesitzers verschwunden ist?«

»Sie meinen den Boulevard?«

Sarah nickte.

»Für den bin ich nicht interessant genug, Frau Pauli. Und falls sich doch jemand draufstürzen sollte, werde ich mich schon zu wehren wissen. Tun Sie es! Bitte.«

»Hat man Sie nicht anonym angerufen und Lösegeld von Ihnen gefordert?«

»Nein. Wenn, dann hätte ich es Ihnen schon erzählt. Und warum auch? Wir gehören sicher nicht zu den Leuten, von denen Lösegeld verlangt wird.«

»Gehört Ihrer Frau nicht das Haus?«

Roman Holzmann schnaubte verächtlich. »Ach, das wissen Sie also auch schon. Da hat die Frau Dvorak aber ganze Arbeit geleistet. Ja, das stimmt. Aber deshalb sind wir noch lange keine Flicks oder Schwarzkopfs. Und wir sind auch ansonsten keine VIPs im öffentlichen Rampenlicht.«

»Sie besitzen immerhin zwei Toprestaurants in Deutschland und tauchen damit regelmäßig in den deutschen Medien auf. Ihr Restaurant in Berlin hat kürzlich von Gault-Millau 16 Punkte erhalten, Ihr Restaurant in Frankfurt sogar 19. Ihr Frankfurter Chefkoch war Koch des Jahres. Sie wissen doch, Erfolg zieht Neider an.«

»Sie wissen ja bestens über mich Bescheid, was?« Er musste lächeln. »Erkundigen Sie sich immer so genau über Ihre Gesprächspartner?«

»Ich bin Journalistin.«

Er nickte. »Dass ich zwei Restaurants besitze, ist doch noch lange kein Grund, meine Frau zu entführen.« Er stand auf, ging zur Terrassentür und starrte eine Weile schweigend hinaus. Dann drehte er sich um, blieb mit dem Rücken zur Tür stehen und sah Sarah direkt ins Gesicht.

Sarah wartete darauf, dass er etwas sagte, doch er schwieg weiter.

»Was glauben Sie, was ist passiert?«, fragte sie, weil ihr keine anderen Fragen mehr einfielen und sie das Schweigen schwer aushielt.

Er zuckte mit den Achseln. »Ich weiß es nicht.«

Sarah glaubte ihm. Sie konnte die Sorgen in seinem Gesicht lesen und die Verzweiflung. In diesem Moment fiel ihr etwas ein.

»Die Frau Dvorak hat das Auto gesehen!«

Etwas blitzte in Holzmanns Augen auf. »Das Auto?«

»Das Auto, mit dem Ihre Frau abgeholt wurde. Das hat sie mir erzählt.«

Schlagartig kam Bewegung in den Mann. Er stürmte hinaus in den Flur. Kurz darauf hörte Sarah es läuten, dann Holzmanns aufgeregte Stimme. Dann die Stimme seiner Nachbarin. Dann kam Holzmann ins Wohnzimmer zurück.

»Ein dunkelgrüner Volvo. Das Kennzeichen konnte sie nicht erkennen. Sie geht morgen früh zur Polizei.«

»Mit diesen neuen Informationen werden sie dann wahrscheinlich doch etwas unternehmen. Heutzutage wird nämlich bei vermissten Personen sofort eine Suchaktion eingeleitet. Die 24 Stunden, die man früher abgewartet hat, gibt es meines Wissens so nicht mehr.«

Roman Holzmann wirkte einen kurzen Moment lang wie ein Kind, das nicht wusste, ob es sagen durfte, was es dachte. Schließlich gab er sich einen Ruck.

»Ich bin, ehrlich gesagt, nicht sicher, ob meine Frau tatsächlich, wie Sie meinen, das Opfer einer Entführung wurde.«

»Warum nicht?«

»Erika hat einen Koffer und ihren Reisepass mitgenommen.«

Donnerstag, 16. Mai

10

JOSIP KOVAC

»Die Ereignisse haben eine unerwartete Wendung genommen«, sagte Ursula.

Sie stand mit einem Tablett vor Josip und reichte der Gefangenen das Frühstück durch die Luke.

»Wer sind Sie? Was wollen Sie von mir?«, kam es verzagt aus der schmalen dunklen Öffnung. Ursula zog ihre Hand zurück und schloss die Luke wieder. Sie gab Josip ein Zeichen, ihr nach draußen zu folgen.

Dort stand der namenlose Kerl, mit dem er die Frau abgeholt hatte, die jetzt im Bunker saß. Der Kerl sprach wieder kein Wort. Möglich, dass er stumm war. Sie starrten alle auf den kleinen Lastwagen, in dem sich Bohumils Leiche befand.

»Er muss weg. Für immer. Ich kann mich jetzt nicht mehr darum scheren. Jetzt, wo wir uns auch noch um diese Frau kümmern müssen.«

Sie sagte »diese Frau« in einem Ton, als habe ihr jemand seinen unerzogenen Hund zur Beaufsichtigung überlassen. Sie drückte Josip Geld in die Hand mit den Worten: »Das wäre sein Anteil gewesen.«

Fast hätte Josip sie gefragt, warum der Slowake sterben musste, wenn es dabei offenbar gar nicht ums Geld ging.

Keine Fragen stellen, hörte er die warnenden Worte, die ihm sein Landsmann mit auf den Weg nach Wien gegeben hatte.

Also schwieg er. Stattdessen würde er sich etwas Besonderes für den toten Bohumil ausdenken.

Es gab viele Möglichkeiten, Tote für immer verschwinden zu lassen.

Einmauern. Vergraben. Versenken … Bei den meisten Entsorgungsarten kamen die Leichen irgendwann wieder zum Vorschein. Aber Bohumil musste für immer verschwinden. Und da gab es nur eine Methode. Josip kannte sie.

Dazu fehlten ihm nur ein paar Informationen, was kein größeres Problem darstellte. Er war sowohl Schlosser als auch Mörder als auch Dieb, und er beherrschte die Sprache dieses Landes.

Ursula gab dem Namenlosen die Schlüssel des dunkelgrünen Volvos. »Stell ihn an dem Ort ab, den wir vereinbart haben.«

Der Mann nickte, stieg in den Wagen und fuhr davon. Auch Josip machte sich auf seinen Weg. Die Leiche des Slowaken ließ er vorerst hier. Um seinen Plan umsetzen zu können und das Risiko, erwischt zu werden, zu minimieren, musste er sich mit der Umgebung vertraut machen, Abläufe beobachten, Fakten sammeln. So wie immer.

Aus einer Telefonzelle rief er bei der Wiener Bestattung an. Er erklärte mit verstellter Stimme absichtlich umständlich sein Anliegen, das er stellvertretend für seine alten Eltern vorbringe, und eine freundliche Dame verband ihn mit einer ebenso freundlichen Dame, die ihn detailliert über die Feuerbestattung informieren konnte: »Wir kremieren meist unmittelbar nach der Trauerfeier.«

»Meine Mutter hat Angst, sie befürchtet, dass sich nach der Verbrennung nicht ihre Asche in der Urne befindet, weil ja mehrere Verstorbene gleichzeitig verbrannt werden«, gab er vor.

»Das kann nicht passieren«, beruhigte ihn die Dame vom Bestattungsinstitut und versicherte ihm, die Bestatter würden vor der Einäscherung einen letzten Blick in den Sarg werfen. Ein Schamottstein im Sarg mit dem Namen des Toten darauf gewährleiste die Zuordnung der Asche nach der Verbrennung. Auch werde immer nur ein Sarg nach dem anderen eingeäschert, niemals zwei gleichzeitig. Der nächste Sarg komme erst in den Verbrennungsofen, wenn die Asche des zuletzt Verbrannten bereits auskühle. Seine ungewöhnliche Frage, ob auch zwei Menschen im Sarg Platz finden würden, begründete er mit der innigen Liebe seiner Eltern zueinander. »Nur für den Fall, dass sie zugleich sterben.«

»Nein«, kam die Antwort unmissverständlich. »In einem Sarg hat immer nur ein Verstorbener Platz. Man kann keinen zweiten dazulegen.«

Daraufhin bedankte Josip sich höflich, legte den Hörer auf und änderte auf der Stelle seinen Plan. Denn die Option, Bohumil in einen fremden Sarg zu jemandem dazuzulegen, konnte er damit ausschließen.

Er hatte einen schwarzen Anzug angezogen, als Trauernder getarnt. Bis zu den Urnengräbern war es nicht weit. Er durchschritt das Eingangsportal zum Gelände des Krematoriums.

Das Krematorium, ein denkmalgeschütztes Gebäude, lag in der Parkanlage, dem ehemaligen Lustgarten von

Schloss Neugebäude, so wie auch die Feuerhalle und der angrenzende Urnenhain.

Josip wusste Bescheid, so wie er über die Karl-Borromäus-Kirche und den Zentralfriedhof Bescheid wusste. Bescheid zu wissen war seine Leidenschaft. Er war nicht ungebildet, nur weil er Dinge stahl und Menschen tötete. Er wollte wissen, womit oder mit wem er es zu tun hatte. Auch wenn er weder Historiker noch Geschäftsmann noch Politiker, sondern lediglich Söldner geworden war, legte er großen Wert auf Bildung. In Afrika hatte er damit begonnen, sich Wissen anzueignen. Er hatte bis heute nicht aufgehört zu lernen. Ebenso achtete er auf gutes Benehmen und höfliche Umgangsformen. Er entschuldigte sich zumeist sogar in Gedanken bei seinen Opfern und bat Gott vor jeder Tat um Verzeihung. Er selbst bezeichnete sich als »Mann fürs Grobe mit dem Blick fürs Schöne und Wesentliche«.

Zuerst fielen ihm die hohen Metallgitter auf. Auf dem Platz vor der Feuerhalle war eine Baustelle. Josip rief übers Handy die Internetseite des Krematoriums auf und erfuhr, dass man mit der ersten Ausbaustufe des Krematoriums begonnen hatte. Zwei weitere sollten folgen. Um auch in Zukunft der steigenden Anzahl an Feuerbestattungen schnellstmöglich nachkommen zu können, mussten die Stromöfen den modernen Gasöfen weichen. Der Gedanke an diese Verbrennungsmaschinen jagte ihm kalte Schauer über den Rücken. Er machte kehrt und unternahm einen kleinen Gang durch das Gelände, um es sich gut einzuprägen. Vor der Feuerhalle wurden neue Urnengräber angelegt. Bei seinem letzten Rundgang hatte er beobachtet, welche Wege die grauen Wagen der Wiener Bestattung einschlugen, wo sie die Toten anlieferten und wo sie nach getaner Arbeit wieder herausfuhren.

Die Tür vor dem Hintereingang zu dem Gebäude, die er seiner neuen Strategie gemäß zu überwinden hatte, stellte kein großes Problem dar. Er musste nur ein Schloss knacken. Und mit Schlössern ging er um wie andere mit gut dressierten Hunden: Er gab den Befehl, und sie gehorchten. So kam es ihm jedenfalls vor.

Um nicht weiter aufzufallen, setzte er seinen Streifzug fort und nahm schließlich in der Nähe der Baumgräber-Gruppe Platz auf einer Parkbank. Er zündete sich eine Zigarette an und inhalierte tief. Er wollte seinen Plan in Gedanken noch einmal genau durchspielen. Der Ort wirkte beruhigend auf ihn, beinahe besänftigend. Für einen Moment dachte er an seinen eigenen Tod. Denn wenn es eine Sicherheit in seinem Leben gab, dann die, dass er sterben würde. Er, Dorin, der Rumäne. Er sehnte sich nach einer Țuică, einem Zwetschgenbrand aus seiner Heimat. Einfach hier sitzen bleiben, Țuică trinken und Zigaretten rauchen ...

Da manifestierte sich vor seinem inneren Auge das Bild eines Strigoi. Hastig stand er auf, schnippte die Zigarette weg und konzentrierte sich wieder auf seine Umgebung. Der eben noch lauschig wirkende Ort kam ihm auf einmal wie verhext vor.

Vor der großen Verabschiedungshalle zog er aus einem Blumengesteck eine weiße Rose und schloss sich unauffällig einer Gruppe Menschen in Trauerkleidung an. Rund 20 Personen saßen in der ersten Bankreihe, hielten ihre Köpfe gesenkt und nahmen Abschied von dem Verstorbenen in einem nicht geschraubten Holzsarg. Die anderen Trauergäste hatten sich auf die restlichen Bänke verteilt. Josip blieb ganz hinten, lauschte in die Stille und wartete.

Nach der Trauerfeier verschwand der Sarg vor den Augen der Anwesenden im Boden. In dem darunterliegenden Stockwerk wurde er von den Mitarbeitern der Wiener Bestattung in Empfang genommen, und es würde nicht mehr lange dauern, bis man ihn in den Ofen schob.

900 Grad Celsius Verbrennungstemperatur.

Anderthalb Stunden Verbrennungszeit.

Fort, für immer.

Dienstag, 21. Mai

11

SARAH PAULI

Das Pfingstwochenende kam und mit ihm das angekündigte kalte, nasse Wetter.

Sarah und David verbrachten viel Zeit miteinander. Erst blieben sie in Davids Wohnung, sie liebten sich, aßen im Bett, sahen sich Filme an und unterhielten sich über alles Mögliche. Nur nicht über die Arbeit, wie vereinbart. Samstagabend trafen sie sich mit Gabi und Conny im *Panorama*. Sie tranken Wein, und jedes Mal, wenn jemand in der Runde etwas aus der Arbeit erzählen wollte, legte David den Finger auf seine Lippen. »Wir haben frei.« »Was ist das für ein Chef, der uns nicht über unsere Arbeit reden lässt?«, hatten sie gekichert und sich dann anderen Themen gewidmet.

Noch drei Mal hatte Sarah mit Roman Holzmann telefoniert. Seine Frau war nach wie vor nicht nach Hause gekommen. Niemand hatte ihm Lösegeldforderungen gestellt. Die ganze Geschichte war und blieb ein Mysterium.

Am Pfingstmontag fuhr sie morgens gemeinsam mit Chris zum Hütteldorfer Waldfriedhof zum Grab ihrer Eltern. Sie hatten zwei Kerzen angezündet und in die Laterne gestellt. Eine Krähe landete auf dem Grabstein und fixierte sie eine Weile.

»Ein schöner Vogel«, sagte Sarah.

»Ist das nicht ein Todesbote?«, fragte Chris.

»Nicht unbedingt«, erklärte Sarah. »In der nordischen Mythologie symbolisieren Raben die Weisheit, und in Indien begleiten Krähen die Göttin Kali. Bei uns glaubt man halt, dass sie eine böse Nachricht ankündigen, wenn sie schreien.«

In diesem Moment breitete die Krähe ihre Flügel aus und erhob sich laut schreiend in die Lüfte. Wenn in ihrem Schrei eine Botschaft steckte, hatte Sarah sie verstanden. Die plötzliche Ahnung, dass man Erika Holzmann nicht mehr lebend finden würde, beschlich sie und gewann zunehmend an Kontur.

Nach dem Friedhofsbesuch traf Sarah sich mit David in ihrer Wohnung am Yppenplatz, denn Sarah wollte ihre Katze nicht zu lange allein lassen. Gegen Mittag brach Chris mit ein paar Freunden zu einem Kurztrip nach Italien auf. Sarah hatte noch einmal mit Holzmann telefoniert. David hatte dazu zwar die Stirn gerunzelt, es aber nicht weiter kommentiert.

Am Dienstagmorgen hob Sarah ihre Vereinbarung gewissermaßen auf. Schon beim Frühstück lenkte sie das Gespräch auf Erika Holzmann. Sie holte frühmorgens den *Wiener Boten* aus ihrem Postkasten und schlug die Seite mit der Suchmeldung auf. David hatte zugestimmt, das Foto der Fremdenführerin zu veröffentlichen. Gabi sollte die Informationen der eingehenden Anrufe sammeln und direkt an Sarah weiterleiten.

»Was ist deiner Meinung nach passiert?«, fragte David, nachdem sie mehrere mögliche Varianten durchgekaut hatten.

Sarah nippte nachdenklich an ihrem Tee. Marie strich schnurrend um ihre Beine, bevor sie es sich auf einem freien Stuhl gemütlich machte.

»Vielleicht hat Erika Holzmann ja nicht längst verloren geglaubte Zeichen entdeckt, sondern neue, und ist jemandem damit in die Quere gekommen«, dachte sie laut.

»Wir leben im 21. Jahrhundert. Glaubst du im Ernst, dass man sich heutzutage noch mit Geheimzeichen Informationen übermittelt wie früher die Templer oder Freimaurer? Inzwischen gibt es deutlich weniger aufwändige Kommunikationsmöglichkeiten ...«

»Am Telefon sprach sie nicht von einem Symbol, sondern von einem Rätsel. Aber vielleicht hat das Rätsel etwas mit Symbolen zu tun?« Sarah stützte den Kopf in die Hand. »Obwohl, so alte Zeichen hätten schon was! Wie in den Blockbustern aus Hollywood. Am Ende spitzt sich alles auf eine Verschwörung zu.«

David schenkte sich frischen Kaffee ein. »Der einzige Haken an deiner Verschwörungstheorie ist, dass Erika Holzmann ihre Koffer gepackt und den Reisepass mitgenommen hat, bevor sie verschwunden ist. Das weist eher auf eine Reise hin. Was macht dich eigentlich so sicher, dass sie entführt wurde?«

»Nichts, und zugleich alles. Streng doch mal deine Fantasie an.«

»Ich gebe eine Tageszeitung heraus, kein Fantasy-Magazin.«

»Vielleicht haben ihre Entführer für sie den Koffer gepackt, um es so aussehen zu lassen, als wäre sie verreist oder als hätte sie ihren Mann verlassen«, ließ Sarah sich nicht beirren.

»Deine Fantasie möchte ich haben«, David schüttelte belustigt den Kopf, »ist das nicht doch etwas an den Haaren herbeigezogen? Entführer, die den Koffer des Opfers packen? Ich weiß nicht, Sarah.«

»Einen Koffer zu packen ist keine große Sache. Koffer aufklappen, Gewand reinstopfen. Fertig. Meinen Reisepass würde ich wahrscheinlich auch freiwillig rausrücken, wenn ich bedroht würde. Aber zwei unechte Polizisten zu engagieren, das stelle ich mir aufwändig vor. Allein die Uniformen, wo kriegt man die? Und da frage ich mich halt, wozu das alles?«

»An eine Uniform zu kommen ist an sich kein Problem. Die kannst du legal im Fachhandel kaufen oder bei Versteigerungen erstehen. Vor einiger Zeit gab's mal welche ganz billig im Versand. Der Verkauf wurde in einem Prospekt der Handelskette beworben, mit dem Einverständnis des Innenministeriums. Nur die amtlichen Embleme dürfen nicht drauf sein. Aber so wichtig sind die eh nicht, denn stell dir vor, die Polizei läutet bei dir an und teilt dir mit, dass ich einen schweren Unfall hatte. Achtest du da noch auf Embleme oder lässt dir ihre Dienstausweise zeigen?«

Sarah schüttelte den Kopf. »Ich glaube nicht. In so einem Moment steht man ja unter Schock, da achtet man wahrscheinlich auf gar nichts.«

»Also das geht relativ leicht. Und das Risiko, von Nachbarn gesehen zu werden, kann man locker eingehen. Wer mischt sich schon in eine vermeintliche Amtshandlung ein?«

»Ich würde gerne an der Sache dranbleiben, David. Ich hab' da so ein Gefühl …«

»Bist du dir sicher, dass dieser Holzmann dir kein G'schichtl einidruckt und du am Ende die G'schnapste bist?«

»Sicher kann man ja nie sein, aber ich will herausfinden, was mit Erika Holzmann passiert ist. Solange es keine Hinweise darauf gibt, dass Roman Holzmann selber seine Frau hat verschwinden lassen, tendiere ich zu der Entführungsvariante. Die Polizei vor ihrer Wohnungstür macht für mich sonst keinen Sinn.«

»Wenn du meinst, dass die Sache etwas bringt, dann schlag's doch heute in der Redaktionssitzung vor.«

»Du meinst, dass die Sache dem *Wiener Boten* etwas bringt.«

David grinste. »Dem natürlich auch. Aber wie auch immer. Meine Rückendeckung hast du, das weißt du ja.«

David vertraute Sarahs Instinkt mehr, als sie selbst dies manchmal tat. »Aber sprich vor der Sitzung nochmals mit Stein. Vielleicht kommt doch etwas raus, das dir weiterhilft.« David erhob sich. »Und bitte tu mir einen Gefallen, Sarah, halt dich diesmal von den Wahnsinnigen fern, die dich kidnappen oder mit einer Waffe vor deiner Nase herumfuchteln.«

Er küsste sie und verschwand ins Bad.

Die große Redaktionssitzung fand wegen Pfingsten erst am Dienstagmorgen statt. Auf dem Konferenztisch stand ein Sammelsurium aus Plastikbechern mit Automatenkaffee und Gläsern mit Wasser. Die meisten Stühle waren bereits besetzt, als Sarah den Raum betrat. Sie fand noch einen Platz neben Conny. Herbert Kunz übernahm den Vorsitz. David nahm nicht an der Sitzung teil.

Vor der Sitzung hatte Sarah mit Martin Stein telefoniert. Der Chefinspektor hatte sich bedeckt gehalten. Er sei über die Abgängigkeitsanzeige informiert, und es werde in alle Richtungen ermittelt.

Das konnte sowohl viel als auch wenig bedeuten.

»Die Holzmann wird vermisst?«, flüsterte Conny. »Ich hab' heute Morgen ihr Bild im *Wiener Boten* gesehen. Erzähl! Was ist passiert?«

»Tja, so genau kann man das noch nicht sagen«, begann Sarah.

»Lasst uns loslegen«, unterbrach Günther Stepan von der Chronik ihr Gespräch. »Wir haben nach dem Wochenende einiges aufzuarbeiten.«

»Was haben wir?«, fragte Herbert Kunz, der Chef vom Dienst. Bewegung kam in die Runde. Einige schoben Zettel in seine Richtung, andere erstatteten Bericht, an welcher Geschichte sie gerade arbeiteten oder worüber sie gerne schreiben würden. Dann teilte Kunz mit, welche PR-Beiträge geschrieben werden mussten. Die Themen wurden besprochen, die Aufgaben verteilt.

Sarah merkte, dass sie unsicher wurde. Ihre Idee mit David gemeinsam durchzuspielen war einfacher, als sie jetzt vor versammelter Meute darzulegen. Vor allem war sie sich auf einmal nicht mehr so sicher, ob der Stoff eine für die Zeitung interessante Geschichte hergab.

»Ich möchte gerne an der Sache mit Erika Holzmann dranbleiben. Ihr habt vermutlich alle die Suchmeldung im *Wiener Boten* gelesen.«

Allgemeines Nicken.

Sie sah den Chef vom Dienst direkt an. »Ich glaube, dass die Frau entführt wurde.«

»Entführt?«, kreischte Conny. »Erika Holzmann wurde entführt? Wie denn? Wann denn?«

»Vor Pfingsten«, antwortete Sarah und erzählte knapp, was sich ereignet hatte, soweit sie es wusste.

»Wahnsinn!«

Sarahs Kollegen und Kolleginnen redeten aufgebracht

durcheinander. Conny lehnte sich zurück, schlug ihre Beine übereinander und verschränkte die Arme vor der Brust. »Warum kommst du auf Entführung? Ich mein', das ist doch noch gar nicht offiziell, oder?«

Sarah schüttelte den Kopf. »Ehrlich gesagt ... Ehrlich gesagt ist das Ganze sehr eigenartig.«

»Eigenartig! Das ist doch genau deine Abteilung!«, spottete Klaus Reinhard, Ressortleiter der Wirtschaftsredaktion.

Einige der Kollegen lachten.

Getarnt durch ein Lächeln, zeigte Sarah ihm die Zähne. Sie durfte sich jetzt auf keinen Fall provozieren lassen.

»Und wie kommst du nun darauf, dass die Holzmann entführt wurde?«, fragte Kunz. Er sah streng in die Runde, und das Gelächter verstummte.

»Die ganze Sache schaut für mich persönlich nach einer Entführung aus«, sagte Sarah und merkte sofort, wie wenig aussagekräftig ihre Antwort war.

»Eine Art Vorsehung?«

»Vielleicht ist das Ganze nur ein großer Bluff. Versicherungsbetrug. Geplanter Mord«, kamen die Vorschläge von allen Seiten. Das ging eine Weile so weiter, bis Kunz die Diskussion beendete.

»Ist Entführung deine einzige Theorie, oder denkst du auch andere Möglichkeiten an, so wie wir gerade? Es könnte ja etwas vollkommen Harmloses sein oder gar ein Gerücht, das dich in die Irre laufen lässt.«

»Nun, Erika Holzmann wurde von zwei Männern abgeholt, die vorgeblich von der Polizei sind. Seitdem wird sie vermisst. Sie ist immerhin mit einem erfolgreichen deutschen Gastronomen verheiratet«, versuchte Sarah, ihre Entführungstheorie zu untermauern.

»Erfolgreich heißt noch lange nicht wohlhabend oder womöglich steinreich. Das allerdings wäre die Voraussetzung für eine lohnenswerte Entführung«, entgegnete Kunz.

»Ja, das weiß ich auch. Aber die Entführer denken vielleicht anders als du oder ich. Du weißt doch, wie das ist, einmal von der Gesellschaftsseite einer Zeitschrift gelacht, prompt denken alle, dass du im Geld schwimmst. Außerdem geht es den Entführern vielleicht um etwas anderes als um Geld.«

»Worum?«, kam es von Connys Seite.

»Um Aufmerksamkeit zum Beispiel.«

»Sicher. Aufmerksamkeit. Deswegen haben sie auch eine der Welt völlig unbekannte Frau entführt, weil sie Aufmerksamkeit haben wollen«, spöttelte Stepan von der Chronik.

»Die Frau eines nicht so unbekannten Unternehmers«, widersprach Sarah.

»Was unternimmt die Polizei?«, fragte Kunz.

»Das Übliche.« Sarah schluckte. »Ich habe vor der Sitzung mit Stein gesprochen. Sie ermitteln in alle Richtungen, wie es so schön heißt.«

»Gibt es irgendwas Offizielles? Etwas, worüber wir schreiben können, worauf wir uns beziehen können?«

Sarah schüttelte den Kopf. »Bis jetzt gibt es keine Lösegeldforderung.«

Herbert Kunz zog eine Augenbraue hinter seiner scharnierlosen Silhouette nach oben.

»Aber es fehlen Gewand, ein Koffer und ihr Pass«, fügte Sarah kleinlaut hinzu. Das war der kritische Moment. Entweder fegte Kunz alles vom Tisch – oder sie siegte. Nervös begann sie an ihrer Haarsträhne zu zwirbeln.

»Super, Sarah! Was glaubst du, was passiert, wenn du mit deiner Entführungsgeschichte rausgehst und die Frau drei Tage später wieder auftaucht, weil sie, sagen wir, einfach mal Urlaub von ihrer Ehe gebraucht hat?«

»Aber die Holzmanns ...«

Kunz unterbrach sie mit einer Handbewegung. »Du kannst gerne darüber berichten, dass Erika Holzmann verschwunden ist. Nach der Suchmeldung ist das ohnehin längst bekannt. Außerdem entspricht es den Tatsachen. Aber schreib um Himmels willen nichts von einer Entführung!«

Sieg.

Kunz fügte nach einer Atempause hinzu: »Können wir uns darauf einigen, dass du in diesem Zusammenhang ausschließlich Worte wie ›vermisst‹ oder ›verschwunden‹ verwendest?«

Sarah nickte. »Etwas anderes hatte ich auch nicht vor.«

»Gut.«

Er beendete die Sitzung. Die Kollegen und Kolleginnen verließen den Sitzungsraum. Kunz bat Sarah mit einer Geste, noch zu bleiben.

Sobald sie alleine waren, sagte er: »Und jetzt erkläre mir, was für eine Story das werden soll. Welches Ziel verfolgst du? Interessiert es heutzutage überhaupt noch irgendwen, wenn ein Mensch verschwindet? Noch dazu mit Reisegepäck! Klar, wenn es sich um die Frau eines Promis handelt, dann hast du mit etwas Glück einen Skandal. Im günstigsten Fall einen Sexskandal, und wie wir alle wissen, Sex sells. Oder wenn ein Kind verschwindet, ein neuer Fall Kampusch zum Beispiel, damit rüttelst du die Leute wach.«

»Ich kann aber kein Kind entführen, nur weil die Leute das lieber lesen«, meinte Sarah zynisch.

»Lass von mir aus auch noch einen Hund oder eine Katze verschwinden, große treuherzige Augen, da leidet die Volksseele mit, organisiert Suchtrupps und heftet Vermisstenanzeigen an jeden Baum. Aber für alles andere ...«, ließ Kunz sich nicht beirren und machte eine abfällige Handbewegung. »Für alles andere sind die Leute viel zu abgebrüht. Das weißt du genauso gut wie ich. Ich wiederhole mich ja ungern ... Wie heißt sie noch mal?«

»Erika Holzmann.«

»Erika Holzmann ist mit einem Koffer voller Gewand und ihrem Reisepass verschwunden. Wo ist da die Story? Das Ungewöhnliche? Der Skandal? Ihr Mann ist nicht berühmt genug, um damit Seiten zu füllen.«

»Skandal!«, wiederholte Sarah und verdrehte die Augen. »Ich dachte, das überlassen wir dem Boulevard? Auch habe ich nicht gesagt, dass ich eine Doppelseite in der morgigen Ausgabe haben will. Ich will einfach dranbleiben an der Sache und schauen, wie sie sich entwickelt. Und ich bin sicher, dass sie sich entwickeln wird«, lehnte sie sich nun weiter aus dem Fenster, weil ihr die Diskussion allmählich auf die Nerven ging.

»Wenn du unbedingt meinst, dann bleib dran, ich kann dich nicht dran hindern. Aber deine sonstige Arbeit darf nicht darunter leiden. Verstanden?«

Doppelsieg.

»Ich will auf gar keinen Fall, dass du dich in eine gefährliche Situation manövrierst.« Sein besorgter Blick ruhte auf ihr.

Sarah nickte. Sie wusste, dass er sich Sorgen machte. Die letzte Geschichte, in die sie geraten war, hätte für sie auch tödlich ausgehen können.

Ihr stumm geschaltetes Handy begann auf dem Tisch zu vibrieren.

»Alles klar«, sagte sie, während sie einen Blick aufs Display warf.

Sie wusste, dass Herbert Kunz es nicht schätzte, wenn während der Sitzung telefoniert wurde. Aber die Sitzung war zu Ende, und dieser Anruf war mit Sicherheit wichtig. Sie verzog dennoch entschuldigend das Gesicht.

»Passt schon. Wir sind eh fertig.« Kunz erhob sich.

Sarah stand ebenfalls auf, ging hinaus auf den Gang und hob ab.

»Hallo, Herr Holzmann. Gibt's was Neues?«

»Haben Sie Zeit, Frau Pauli?« Holzmanns Stimme klang aufgeregt.

Ihr Herz schlug augenblicklich schneller. »Ist etwas passiert?«

»Das kann man wohl sagen. Aber das will ich Ihnen nicht am Telefon erzählen.«

»Ich bin in der Redaktion, aber wenn Sie wollen, mache ich mich gleich auf den Weg zu Ihnen«, schlug Sarah vor.

»Nein. Ich hole Sie ab.«

»Wann?«

»Jetzt. Ich stehe schon vor der Tür.«

»Okay. Ich komme.« Sarah wollte noch fragen, was er vorhatte, doch Holzmann hatte bereits aufgelegt.

12

DIE FREMDENFÜHRERIN

Es waren bereits Tage vergangen, seit man sie in dieses gottverlassene Verlies eingesperrt hatte. Sie wusste nicht, ob draußen die Sonne schien oder ob es regnete. Den Tages- und Nachtwechsel konnte sie daran ablesen, ob die Glühbirne an der Decke brannte oder erlosch, und daran, welches Essen ihr durch die Luke gereicht wurde. Sie bekam Frühstück, Mittag- und Abendessen. Man hatte ihr Waschutensilien, Hygieneartikel und ihre Kleidung gebracht. Der Gedanke, dass fremde Menschen ihre Pullover, Hosen, Socken und Unterwäsche durchwühlt hatten, entsetzte sie. Was hatten sie sonst noch gesehen und mitgenommen?

Jeden zweiten Tag bekam sie frische Handtücher. Wenn die Situation nicht so absurd wäre, der Raum keinem Gefängnis gleichen würde und die Aussicht auf den See, das freundliche Personal und der übliche Komfort vorhanden wären, könnte sie fast glauben, in einem Hotel mit Vollpension zu residieren. Doch das würde nicht lange so bleiben, denn all diese Annehmlichkeiten hatten nichts mit Menschenfreundlichkeit zu tun, davon war sie überzeugt. Sie hatte sich im Zuge der Vorbereitungen ihrer Stadtführungen neben vielem anderen auch mit Foltermethoden beschäftigt, und zu den Grundlagen der Folter gehörten Zuckerbrot und Peitsche. Sie würden sie gut behandeln, um ihr danach umso grausamer wehzutun. Zuerst eine Tasse Kaffee, danach die Schläge. Auf Stromstöße folgte das feudale Mittagessen. Das alles diente nur dem Zweck, eine Aussage, eine Information oder ein Geständnis zu erzwingen. Das Blatt würde sich bestimmt bald wenden, denn ihre Glieder wurden allmählich steif, und ihre Sinne erschlafften. Sie war müde, wechselte zwischen Wach- und Dämmerzustand hin und her. Das bemerkten auch die, die sie gefangen hielten.

Sie zwang sich nachzudenken – über ihre Situation, über die Gründe dafür und darüber, was passieren würde. So blieb wenigstens ihr Gehirn in Bewegung. Auch an einem Ort wie diesem. Manchmal sprach sie mit sich selbst, stellte sich einfache Fragen.

»Wie heißt du?«

»Erika Holzmann.«

»Wo wohnst du?«

»Lederergasse, achter Bezirk, auch Josefstadt genannt.«

»Wen liebst du?«

»Roman.«

Darüber hinaus hatte sie inzwischen jeden Meter ihrer Zelle nach einer Fluchtmöglichkeit abgesucht. Offenbar gab es kein Entkommen. Die Wände und der Boden bestanden aus Beton, was ihre Vermutung stützte, dass sie sich in einem Keller befand.

Bisher hatte niemand mit ihr gesprochen. Regelmäßig reichte eine Hand ihr ein Tablett mit Blumenmustern durch die Luke. Meistens war es eine Frauenhand. Lange Finger, kurz geschnittene und gepflegte Fingernägel. Kein Nagellack. Manchmal war es eine Männerhand. Eine regelrechte Pranke im Gegensatz zu dem zarten Blumenmuster des Tabletts. Die Fingernägel waren weit weniger gepflegt als die der Frau. Diese Hände waren ihre einzigen Vertrauten, auch wenn sie nicht mit ihr sprachen. Jedes Mal wenn sie fragte, warum sie gefangen gehalten wurde, zog sich die jeweilige Hand stumm zurück. Sie wusste nicht, was schlimmer war: eingesperrt zu sein oder mit niemandem sprechen zu können.

Die Einsamkeit ließ viel Raum für Spekulationen. Vielleicht hatten die beiden Männer auch Roman abgefangen und ihm den gleichen Mist von einem Unfall erzählt wie ihr. Womöglich steckte er ebenfalls in einem Verlies. Noch schlimmer wäre, man hätte ihm erzählt, dass sie bei dem Unfall ums Leben gekommen sei. Sie stellte sich vor, wie Roman vor einem Sarg stand, gebrochen vor Trauer, nicht ahnend, dass nicht ihre Leiche sich darin befand.

Wie sehr sie ihn vermisste. Sie wiegte sich stumm auf der Pritsche hin und her und sang leise ein altes Wiener Lied, das ihre Mutter ihr früher immer vorgesungen hatte, wenn sie traurig war.

Heut' kommen d'Engerln auf Urlaub nach Wean,
denn dort war'n s'z'Haus,
drum hab'n s' d'Weanastadt gern, hör'n dann die
  Schrammeln und singen dazua,
d'Leuteln beim Weinderl, die kriag'n gar net gnua.
Hinter an Bam steht Gott Amor und lacht,
viel wird er anstell'n in Wean heute Nacht,
der Petrus im Himmerl schaut runter auf Wien,
Weanaleut', Weanafreud', da liegt was drin!

Vor der Tür lauerte der Wahnsinn darauf, ihren Verstand in Besitz zu nehmen. Ein großes dunkles Wesen, das sie mit Haut und Haar verschlang, wie der Wolf sechs der sieben Geißlein. Das Drama würde damit zwar kein Ende nehmen, sie aber in eine andere Welt führen. In eine Welt, aus der alle anderen ausgeschlossen waren. In eine Welt, in der für sie alles erträglicher wurde. Wenn man sie nicht vorher umbrachte. Dann würde der Tod sich ihrer annehmen und sie für immer forttragen.

Niemand wusste, wo sie war. Sie wusste es ja selbst nicht. Der Keller konnte überall in der näheren und weiteren Umgebung von Wien sein.

Ihr kamen die Tränen.

»Ich will nicht sterben«, flüsterte sie. »Ich will nicht!«

In dem Moment hörte sie das inzwischen vertraute Geräusch. Die Luke wurde geöffnet und die Männerhand reichte das Tablett hindurch. Von ihrer Pritsche aus sah es so aus, als gebe es diesmal nichts zu essen. Sie atmete tief durch, erhob sich von ihrem Lager und ging zur Tür. Sie nahm der Hand das Tablett ab. Mehrere Bögen Papier und ein Kugelschreiber lagen darauf.

Die Pranke zog sich zurück, und die Luke wurde geschlossen.

Erika setzte sich wieder auf ihre Pritsche und sah sich die Papiere genauer an. Würde sie nun endlich erfahren, was man von ihr wollte?

Auf den ersten Seiten waren Adressen und Fotos mit Kurzbeschreibungen von Häusern aufgelistet, was an den Katalog einer Immobilienagentur erinnerte. Es folgten Auflistungen von Mieteinnahmen und möglichen Verkaufserlösen verschiedenster Immobilien und

Grundstücke. Schließlich fand sie eine handschriftliche Notiz der Entführer, die sie aufforderten, sämtliche diesbezüglichen Bank- und Zugangsdaten preiszugeben. Sie gingen offenbar davon aus, dass die Einnahmen aus den diversen Geschäften auf mehrere Konten unterschiedlicher Bankinstitute aufgeteilt waren. Erika Holzmann verstand nicht, was das alles mit ihr zu tun haben sollte.

Plötzlich traf sie die Erkenntnis wie ein Schlag. Vor Schreck hielt sie den Atem an.

»Mein Gott!«, stieß sie hervor. »Die verwechseln mich!«

Sie hob den Kopf und starrte auf die verschlossene Tür. »Ihr habt die Falsche entführt«, flüsterte sie. Und dann schleuderte sie ihre Worte gegen die Tür, sie schrie sie heraus, immer wieder: »Ihr habt die Falsche entführt!«

13

SARAH PAULI

Als Sarah aus dem Redaktionsgebäude auf den Gehsteig trat, wehte ihr ein frischer Wind ins Gesicht. Wie immer war die Mariahilfer Straße um diese Zeit höchst belebt, das Gedränge der Menschen ungeduldig, der Verkehr zähflüssig, die Luft zum Schneiden. Doch all das würde möglicherweise schon bald der Vergangenheit angehören. Denn demnächst ging das Projekt »Verkehrsberuhigte Mariahilfer Straße« in die Probephase, ganze Abschnitte sollten zu Fußgängerzonen, der Rest der Straße zu einer Begegnungszone werden. Das würde nicht nur die Anrainer unter Garantie eine Weile in zwei Lager spalten, bis sie sich an die neuen Umstände gewöhnt hatten. Sarah war gespannt, was am Ende dabei herauskommen würde. Sie selber würde eine autofreie Mariahilfer Straße mehr als begrüßen.

Sie sah sich suchend um und konzentrierte sich auf die parkenden Autos. Sie hatte zwar keine Ahnung, was für einen Wagen Roman Holzmann fuhr, entdeckte ihn jedoch sofort. Er stand in zweiter Spur, winkte, als er sie sah, und stieg aus seinem schwarzen Mercedes der S-Klasse.

Wie hatte Kunz es vorhin treffend formuliert? »Erfolgreich heißt noch lange nicht wohlhabend oder womöglich steinreich.«

Bei Roman Holzmann traf das anscheinend doch zu,

auch wenn er sich Sarah gegenüber bescheiden gegeben hatte.

Hinter ihm hupte es lautstark. In einem weißen BMW gestikulierte das goldene Wiener Herz. »Heast, Marmeladinger, kannst no weiter mitten in der Straßen stehen?«, brüllte ein Mann durchs geöffnete Fenster.

»Beim nächsten Mal. Versprochen!«, gab Sarah zurück.

»Schastrommel, depperte!«, legte der Aufgebrachte nach. Sarah schüttelte den Kopf und stieg ein.

»Können ganz schön aggressiv sein, diese Wiener«, sagte Holzmann.

»Sie schimpfen gerne. Das ist eine Art Volkssport«, erklärte sie.

»Hm«, brummte Roman Holzmann und fuhr los. »Aber sagen Sie mir bitte, was um alles in der Welt ist ein Marmeladinger?«

»Ein Deutscher«, erklärte Sarah knapp. »Er hat sicher Ihr Nummerntaferl ... also Ihr Autokennzeichen gesehen.« Nach kurzem Schweigen fragte sie: »Erzählen Sie mir, was passiert ist?«

»Ich bekam heute Morgen einen Anruf von der Friedhofsverwaltung. Eigentlich wollte die Dame meine Frau sprechen, aber sie nahm dann auch mit mir vorlieb.«

»Friedhofsverwaltung?«

»Zentralfriedhof. Dort wurde der Sarg eines Onkels meiner Frau aus einem Mausoleum gestohlen.«

»Wie bitte? Wer stiehlt denn einen Sarg? Und warum? Was macht man damit? Um welches Mausoleum geht es? Und wieso der Sarg von einem Onkel Ihrer Frau?« Die Fragen sprudelten aus Sarah nur so heraus.

Holzmann überquerte den Neubaugürtel und bog links auf den Mariahilfer Gürtel ab. »Keine Ahnung, was man damit macht. Sagt Ihnen vielleicht der Name Josef Weinscherb etwas?«

Sarah nickte. »Ist der nicht Millionär? Immobilien, wenn ich mich recht erinnere?«

»Josef Weinscherb war Erikas Onkel. Sein Sarg wurde gestohlen.«

»Josef Weinscherb war der Onkel Ihrer Frau?«, wiederholte Sarah überrascht. »Und wann ist das passiert?«

Roman Holzmann zuckte mit den Achseln. »Keine Ahnung. Heute Morgen wurde der Diebstahl jedenfalls entdeckt.«

»Standen sie sich nahe, Ihre Frau und ihr Onkel?«

»Nein.«

»Warum hat man sie dann angerufen? Werden in so einem Fall nicht normalerweise die Ehefrau oder Kinder des Toten verständigt?«

»Er hatte keine Kinder, und seine Frau war vor ihm gestorben. Deshalb hat er meiner Frau ja auch das Haus hinterlassen, und eine schöne Summe Geld dazu.«

Sarah stutzte. »Er hat ihr etwas vererbt, obwohl sie sich nicht nahestanden?«

»Ja.«

»Darf ich fragen, wie viel Geld er ihr vererbt hat?«

»Genug, damit sie sich voll und ganz ihrer liebsten Beschäftigung widmen konnte, dem Wiener Stadtspaziergang. Sie hat das jahrelang nur nebenbei gemacht, weil sie nicht davon leben konnte.«

Während sie den Gaudenzdorfer- und anschließend den Margaretengürtel entlangfuhren, klärte Roman

Holzmann Sarah über die Familienverhältnisse seiner Frau auf.

Josef Weinscherb hatte kaum Kontakt zur Familie seines Bruders, Erikas Vater. Warum das so war, darüber schwieg man sich aus. Auch Erika Holzmann wusste nicht, ob die Beziehungslosigkeit auf unüberbrückbaren Zerwürfnissen, normalen Streitereien oder gar unversöhnlicher Feindschaft beruhte. Die Brüder Josef und Walter Weinscherb hatten einander nicht viel zu sagen. Das war wohl immer schon so gewesen, denn Erika kannte es so seit ihrer Kindheit. Erikas Vater hatte bei seiner Hochzeit den Namen Weinscherb abgelegt und den Familiennamen von Erikas Mutter angenommen, Mörz, obwohl das seinerzeit nicht üblich und mit beschwerlichen Behördengängen verbunden war.

»Und da Josef Weinscherb keine Nachkommen hatte, hat er kurz vor seinem Tod die Betreuung seines Mausoleums an eine Gärtnerei übergeben und Erika in seinem Testament gebeten, wenn man das Bitte nennen möchte, sich darum zu kümmern, dass dieser Auftrag in seinem Willen durchgeführt wurde. Meine Frau ist, wenn Sie so wollen, die oberste Kontrollinstanz«, beendete Roman Holzmann seine Ausführungen.

»Und? Kümmert sie sich darum? Ich mein', der Onkel könnte sich ja nicht mehr beschweren…«

»Er kannte seine Nichte, auch wenn sie keinen intensiven Kontakt pflegten. Er wusste, wie pflichtbewusst sie ist, trotz ihrer notorischen Unpünktlichkeit. Sie hätte niemals das Haus oder das Geld angenommen und dann nicht nach dem Rechten gesehen. Ein paarmal im Jahr fährt sie auf den Friedhof, um nachzusehen. Die Firma, die das Grab betreut, macht ihre Arbeit sehr gut. Erika musste meines Wissens noch nie etwas beanstanden.«

»Glauben Sie, dass es einen Zusammenhang zwischen der Entführung Ihrer Frau und dem Diebstahl des Sarges gibt?«

»Unwahrscheinlich.«

»Warum unwahrscheinlich? Für mich wäre es naheliegend, denn zeitlich liegen das Verschwinden Ihrer Frau und der Diebstahl des Sarges ja nah beieinander.«

»Meiner Meinung nach ergibt das keinen Sinn.«

»Nur weil es für Sie keinen Sinn ergibt, heißt das ja noch nicht, dass es für die Entführer keinen Sinn ergibt.«

»Mag schon sein. Aber ich kann dazu nichts anderes sagen.«

»Seit wann ist denn dieser Onkel schon tot?«

»Das weiß ich nicht. Erika sprach selten über ihn. Er starb, bevor ich sie kennenlernte. Das Haus in der Lederergasse gehörte ihr bereits. Nur falls Sie gerade denken sollten, ich hätte meine Frau wegen ihres schwerreichen Onkels geheiratet.«

»Nein, das habe ich nicht gedacht. Ich frage mich nur gerade, ob es in einem solchen Fall so was wie das Recht auf einen Pflichtteil gibt, das der Onkel Ihrer Frau nutzte, um sich damit auch gleich die optimale Pflege seiner Grabstätte zu sichern.«

»Ob Nichten einen gesetzlichen Anspruch auf einen Teil des Erbes ihres Onkels haben?«

Roman Holzmann dachte nach.

»Erikas Vater, der vor einem halben Jahr gestorben ist, hat mir mal erzählt, sein Bruder sei ein habgieriger und skrupelloser Egoist gewesen, der weder für seine

Familie noch für den Rest der Welt Mitgefühl hatte und der sein Vermögen mit Sicherheit eher versoffen oder verschenkt hätte, als es einem Familienmitglied zu hinterlassen. Tatsächlich ist meine Frau die einzige Verwandte, die etwas von ihm geerbt hat. Sie selber ist davon überzeugt, dass es rein pragmatische Gründe waren, sie sollte dadurch wohl das Gefühl haben, ihrem Onkel etwas schuldig zu sein und deshalb die Grabpflege kontrollieren. Sonst hätte auch sie keinen Cent geerbt.«

»Warum wollte er, dass sie die Gärtnerei überwacht?«

Roman Holzmann zuckte mit den Achseln. »Da müssten Sie meine Frau fragen, obwohl ich nicht weiß, ob sie Ihnen diese Frage beantworten kann.«

»Seit wann sind Sie mit Ihrer Frau verheiratet?«

»Seit drei Jahren. Wir haben im Juni 2010 geheiratet.«

»Und wie lange kannten Sie sich davor?«

Holzmann lächelte. »Na, Sie wollen es aber genau wissen, was? Ich fühle mich allmählich wie bei einem Polizeiverhör. Aber gut, ist ja kein Geheimnis. Ein knappes Jahr. Wir haben uns 2009 auf einer Weinmesse hier in Wien kennengelernt.«

Roman Holzmann fuhr auf das Hauptportal des Zentralfriedhofs zu. Ein Mann mit dickem Bauch hob die Hand zum Zeichen, dass er stehen bleiben sollte. Holzmann ließ das Fenster herunter, gab dem Parkplatzwächter wortlos zwei Euro 80 und fuhr im Schritttempo weiter.

Einfahrtsgebühr, friedhofseigene Autobusrundlinien, Führungen – das gab es wahrscheinlich nur in Wien. Ein Plakat bewarb ein Open-Air-Konzert mit dem

Titel »Nachklang«. Laut Aushang fand dieses Ereignis bereits zum siebten Mal statt. »Es lebe der Zentralfriedhof und alle seine Toten«, sang auch einst Wolfgang Ambros.

»Waren Sie schon mal hier?«, fragte Sarah.

»Nein.« Holzmann blickte angestrengt auf die Beschilderung. »Sehen Sie, wo es hier zur Gruppe 43 geht?«

Sarah zeigte auf ein Schild, das am Wegesrand im Rasen steckte.

»Warum haben Sie eigentlich mich angerufen und hierher mitgenommen? Sie hätten doch auch eine Freundin Ihrer Frau fragen können.«

Holzmann zuckte die Achseln. »Ehrlich gesagt, ich weiß es nicht genau, warum ich ausgerechnet Sie angerufen habe. Sie kamen mir nach dem Anruf der Friedhofsverwaltung sofort in den Sinn, und irgendwie hab' ich das unbestimmte Gefühl, dass Sie mir eher helfen können, meine Frau zu finden. Als Journalistin sind Sie es doch gewohnt zu recherchieren.«

»Aber nicht in einem Entführungsfall.«

Das Grab zu finden war kein Problem. Absperrbänder ließen von Weitem erkennen, dass hier etwas anders war als bei den Gräbern rundum. Das quadratische Mausoleum war durch eine dichte Hecke von den anderen Grabstätten abgegrenzt. Kein Wunder, dass niemandem etwas aufgefallen war. Ein Weg führte an der Grabstätte vorbei. Dort stand ein Einsatzwagen, zwei uniformierte Polizisten warteten daneben.

»Wo ist denn die Spurensicherung?«, fragte Sarah die Beamten durch das heruntergekurbelte Fenster.

»Die sind schon fertig. Sonst hätte das Mausoleum doch noch gar nicht betreten werden dürfen.«

Holzmann parkte hinter dem Polizeiwagen und stieg mit einem Seufzer aus. Sarah folgte ihm.

Sie sah sich um. Es war sehr still, kein Mensch war in der Nähe. Die Meldung über den Sargraub war offenbar noch nicht rausgegangen. Fragte sich bloß, wie lange sich so eine Sensation geheim halten ließ.

Roman Holzmann stellte sich und Sarah den beiden Polizisten namentlich vor, sagte aber nicht dazu, dass Sarah Journalistin war.

»Kontrollinspektor Jeschko«, sagte der eine Polizist. Den anderen Namen verstand Sarah nicht genau, aber sie beließ es dabei.

»Danke, dass Sie so schnell kommen konnten, Herr Holzmann«, sagte der Kontrollinspektor.

»Ich hoffe, ich kann Ihnen helfen.«

Sie bückten sich und krochen unter dem Absperrband durch und gingen die paar Schritte zum Grabmal. Die Engel aus Stein auf den Sockeln vor dem Eingang erschienen Sarah wie grimmige Bewacher. Dafür verströmte der weiß blühende Flieder in den Tontöpfen einen überwältigenden Frühlingsduft. Um das Mausoleum herum wuchs bezeichnenderweise überall Erika, vielleicht damit die Nichte niemals ihren Auftrag vergaß.

Sie betraten das Mausoleum. Ein quadratischer Raum, dunkle Steinplatten auf dem Boden, in der Mitte ein großes schwarzes Loch. Eine hellgraue, beschriftete Grabplatte war quer darübergeschoben worden. Vier dunkelgraue quadratische Blumentöpfe mit verschiedenfarbigen Tulpen standen im Raum verteilt. Diese

Blumen galten unter anderem als Symbol für Reichtum und Wohlstand. Bereits in ihrer ursprünglichen Heimat, dem Osmanischen Reich, stand die Tulpe hoch im Kurs. Im 16. Jahrhundert fand sie ihren Weg nach Europa, wurde zu einem Spekulationsobjekt und löste Anfang des 17. Jahrhunderts von Holland ausgehend ein wahres Tulpenfieber aus, wodurch einige Amsterdamer Geschäftsleute sehr vermögend wurden. Es gab ein Kreuzgewölbe, das von einer Säule getragen wurde. Etliche Kreuze zierten die Seitenwände, und jedes Kreuz sah anders aus: Vom einfachen Holzkreuz bis zu Edelmetallkreuzen mit den verschiedensten Verzierungen – alle Arten schienen unter dem Dach dieser Grabstätte vereint. Die Bedeutung einiger Kreuzformen kannte Sarah: das Andreaskreuz, das Ägyptische Kreuz, das Radkreuz.

»Ich habe noch nie so viele auf einmal gesehen«, murmelte sie überwältigt.

»Warum sind es wohl so viele unterschiedliche?«, fragte Holzmann.

»Vielleicht wollte er auf Nummer sicher gehen, bestmöglicher Schutz vor dem Bösen, Sie wissen schon«, witzelte Sarah.

»Schutz? Wovor? Vor dem Teufel? Vor Vampiren?«

Sarah grinste. »Es gibt Menschen, die daran glauben.«

Holzmann legte die Stirn in Falten. »Ich wage zu bezweifeln, dass er an so etwas geglaubt hat.«

»Jede Kreuzform hat ihre Bedeutung«, erklärte Sarah und sah in die offene Gruft. An der unteren schmalen Seitenwand war eine Leiter befestigt, über die man in die Gruft gelangen konnte. Es reizte sie hinunterzusteigen.

»Kennen Sie sie?«, fragte Holzmann.

»Was?«

»Na, die Bedeutung der Kreuze.«

»Zum Teil.« Sie zeigte auf eine Stelle an der Wand. »Das ist das Andreaskreuz. Es ist das ursprüngliche Symbol der gekreuzten Hölzer des Feueropferaltars. Der Apostel Andreas soll auf so einem Kreuz hingerichtet worden sein, deshalb auch der Name. Ein besonders grausamer Tod. Festgebunden, die Beine gespreizt und die Arme schräg nach oben. Es ist aber auch das Zeichen für die römische Zahl zehn. Sie symbolisiert die Göttlichkeit, und basierend auf den zehn Fingern an den Händen, steht diese Zahl für Vollständigkeit.«

»Was Sie alles wissen.« Holzmann sah sie fasziniert an.

Sarah zuckte mit den Achseln. »Ich beschäftige mich schon lange mit solchen Dingen. So wie Ihre Frau.«

Sie umrundete die offene Gruft und sah sich die Grabplatte an, auf der mit goldenen Buchstaben die Namen, Geburts- und Sterbedaten der Toten standen. Sarah registrierte, dass Weinscherb bereits seit fünf Jahren unter der Erde lag. Seine Frau war, wie Holzmann es erzählt hatte, etliche Jahre vor ihm gestorben. Darunter standen zwei weitere Namen, »Otto und Gerda Weinscherb«. Bei ihnen handelte es sich höchstwahrscheinlich um die Eltern des Millionärs. Die Platte war mit Trauersymbolen geschmückt. Seitlich rankten sich Efeu-Ornamente nach oben, sie symbolisierten die Treue.

Sarah zeigte auf das Kreuz auf der Grabplatte. »Das mit einem Kreis versehene keltische Kreuz symbolisierte die Brücke zu anderen Welten und größeren Weisheiten. Die vertikale Achse steht für die spirituelle Welt, die horizontale Achse für die psychische Welt, das Labyrinth in der Mitte der Platte ist das Symbol für den verschlungenen Lebensweg des Menschen. Sozusagen die Schicksalswege, die letztendlich nur zu einem Ziel führen.«

»Dem Tod«, vervollständigte Holzmann Sarahs Satz.

Sarah zuckte mit den Achseln und kramte ihr Handy aus der Tasche. »Keine Fotos«, kam Kontrollinspektor Jeschkos strenge Anweisung. Sarah ließ ihr Handy wieder in der Tasche verschwinden. Der Polizist wandte sich an Holzmann. »Können S' uns sagen, ob eines der Kreuze oder sonst etwas gestohlen wurde?«

Sarah und Holzmann ließen gleichzeitig ihre Blicke über die vielen Kreuze an den Wänden schweifen. Holzmann zuckte mit den Achseln. »Ich kann diese Frage nicht beantworten«, sagte er. »Ich bin zum ersten Mal hier.«

»Die Sammelleidenschaft hat Ihre Frau wohl von ihrem Onkel geerbt«, meinte Sarah. »Sie die Uhren, der Onkel die Kreuze.«

Es schien kein Kreuz von der Wand genommen oder herausgestemmt worden zu sein. Dass die Diebe Werkzeug hatten, stand außer Frage. Wie sonst hätten sie die Hunderte Kilo schwere Grabplatte zur Seite schieben und Weinscherbs Sarg herausholen können?

»Es sieht so aus, als wäre alles an seinem Platz«, sagte Roman Holzmann.

»Gut.« Kontrollinspektor Jeschko machte sich Notizen. »Wenn Ihnen noch etwas auffällt, geben Sie uns Bescheid. Die anderen Särge stehen alle noch in ihren Nischen.«

»Darf ich?« Sarah zeigte auf das schwarze Loch.

Der Polizist nickte.

Es war das erste Mal, dass sie ein Mausoleum erkundete, gespannt stieg sie die Leiter in die Gruft hinunter. Holzmann folgte ihr. Die Polizisten blieben am Rand der Grabstätte stehen.

Weinscherb hatte offensichtlich damit gerechnet, dass hier mehrere Personen ihre letzte Ruhe finden würden, denn es gab sechs gemauerte Sargnischen. In der oberen Nische auf der linken Seite stand Katharina Weinscherbs Sarg. Die Nische gegenüber war frei. Hier musste Josef Weinscherbs Sarg gewesen sein. Die mittleren Nischen besetzten Otto und Gerda Weinscherb. Die untersten beiden Nischen waren mit Ziegelsteinen zugemauert worden, an dem Rundbogen konnte man erkennen, dass hier einmal Platz für Särge war.

»Hier sollte noch jemand begraben werden«, meinte Sarah.

»Vielleicht sein Bruder«, schlug Holzmann vor. »Immerhin ist es ein Familiengrab.«

»Und was ist mit Ihren Schwiegereltern?«

»Die liegen auf dem Meidlinger Friedhof.«

»Ob Josef Weinscherb die beiden Nischen zumauern ließ, weil er wusste, dass die Familie niemals komplett hier begraben liegen würde?«

»Möglich«, brummte Holzmann. Er strich mit dem Finger über eine Ziffer, die in einen Ziegelstein geritzt worden war. »Hat die etwas zu bedeuten?«, fragte er.

»Eine Vier. Sie steht für Ganzheit, Totalität, Ordnung und Vollendung und war im antiken Griechenland die heilige Zahl des Götterboten Hermes, der ja die Seelen der Verstorbenen in den Hades führte.«

»Hades, die Unterwelt«, murmelte Holzmann.

»Die Vier wird auch dem Himmelskörper Jupiter zugeordnet, und im Buddhismus ist sie die Zahl der Erde.«

»Diese Vorstellung gefällt mir besser. Also ich für meinen Teil hab' genug von der Unterwelt. Und Sie?«

»Ich auch.«

Sie kletterten nacheinander die Leiter wieder hinauf.

Oben angekommen, klopfte Sarah sich instinktiv die Jeans ab, obwohl sie nicht staubig geworden war. Dabei fiel ihr Blick auf die Grabplatte. Etwas Helles blitzte darunter hervor. Etwas, das dort eingeklemmt war und ihrer Meinung nach nicht dorthin gehörte. Es sah aus wie ein Stück Papier. Sie zog ein wenig daran. Es war doch nicht fest eingeklemmt, sondern lag locker darunter. Sie bat die Männer, die Platte ein wenig anzugehen. Vorsichtig zog sie das Papier darunter hervor.

»Was haben S' denn da?«, fragte der eine Polizist. Er warf einen neugierigen Blick auf das Stück Papier in Sarahs Händen.

»Scheint ein Zeitungsartikel zu sein«, antwortete Sarah. Sie konnte gerade noch die Überschrift lesen, denn der Polizist zog sofort einen kleinen Plastikbeutel aus der Innentasche seiner Uniform und hielt ihn Sarah geöffnet entgegen. Sie warf den Zeitungsfetzen hinein.

»Ich kann Ihnen nicht sagen, ob sonst noch etwas fehlt. Ich war bislang noch nie hier«, wiederholte Holzmann. Dann berichtete er, seine Frau sei seit Mittwoch spurlos verschwunden, und es liege der Polizei in der Josefstadt eine diesbezügliche Anzeige vor.

Kontrollinspektor Jeschko holte sein Handy hervor und begann zu telefonieren.

Ein Mann tauchte im Eingang des Grabmals auf. Er machte ein Gesicht, als sei er höchstpersönlich für das Drama verantwortlich. Er sei der Friedhofsgärtner und habe noch am Montagmorgen die Hecke gestutzt, die Töpfe neu bepflanzt, sie so aufgestellt, wie es der Plan vorsah, und danach habe er den Rasen rundherum gemäht.

»Wann genau haben S' denn gearbeitet?«, fragte der jüngere Polizist. »Also die Uhrzeit brauch ma.«

»Wir haben um halb sieben begonnen, um neun waren wir hier fertig und sind zum nächsten Grab gefahren. Wir pflegen mehr als zweihundert Gräber am Zentralfriedhof, da muss man sich beeilen, damit jedes schön ausschaut z'Pfingsten.«

»Und danach haben S' nicht mehr am Grab vorbeigeschaut«, hakte der Polizist nach.

Der Gärtner schüttelte den Kopf. »Wenn's heiß gewesen wär, hätten wir die Topfpflanzen noch mal gewässert. Aber bei dem Wetter? Hat doch fast nur geregnet in letzter Zeit, und das Heidekraut braucht nicht viel Pflege. Außerdem kontrollieren wir nicht jedes Mal das Schloss, wenn wir hier die Pflanzen gießen. Auf den ersten Blick fiel es nicht auf, dass das Schloss aufgebrochen wurde.« Er warf Roman Holzmann einen entschuldigenden Blick zu. »Heute Morgen wollte ich drinnen die Tulpen gießen, wir haben da nämlich ein System, wodurch sie über mehrere Tage hinweg gleichmäßig Wasser bekommen ...«

Er unterbrach sich.

»Und da hab' ich das Chaos hier entdeckt.«

»Niemand macht Ihnen einen Vorwurf«, sagte Holzmann.

»Sagen Sie«, wandte Sarah sich, einer Eingebung folgend, an den Gärtner, »wenn die Tulpenzeit vorbei ist, welche Pflanze kommt dann in die Töpfe?«

»Erika, so wie draußen«, antwortete der Gärtner. »Wir mussten verschiedene Gattungen pflanzen, denn sie blühen zu unterschiedlichen Zeiten. Sie wissen schon, Sommer- und Winterheide kombinieren. Warum? Ist das wichtig?« Der Gärtner sah abwechselnd zu Sarah und den Polizisten.

Sarah schüttelte den Kopf. »Ich wollt's nur wissen.«

Als Sarah hinaus ins Freie trat, fiel ihr eine alte Frau auf, die sehr langsam an der Grabstätte vorbeiging und zugleich neugierig und wissend herübersah.

Sarah winkte der Frau zu.

»Hallo? Entschuldigen Sie!«

Doch die alte Frau ignorierte sie und ging langsam weiter.

»Entschuldigen Sie! Hallo!«

Die Schritte der Frau wurden schneller. Sarah setzte sich in Bewegung.

»Ich hab' nur eine kurze Frage«, rief Sarah, als sie fast auf gleicher Höhe angekommen war.

Die Frau trug eine Gießkanne voller Wasser und kam nicht schnell genug voran. Schließlich blieb sie stehen. »Was machen S' denn für an Bahöö? Wir sind da am Friedhof, junge Frau!«, entrüstete sie sich.

»Tut mir leid. Ich wollte keinen Aufstand machen, sondern Ihnen nur eine Frage stellen. Kommen Sie öfter hier vorbei?«

»Sind Sie von der Polizei?« Die Frau ging in Abwehrhaltung.

»Ja oder nein?«, hakte Sarah nach, ohne die Frage zu beantworten.

»Fast jeden Tag«, antwortete die Frau. »Mein Mann liegt ja gleich da drüben.« Sie zeigte in eine unbestimmte Richtung.

»Ist Ihnen in letzter Zeit bei dem Mausoleum etwas Ungewöhnliches aufgefallen?«

»Ist was passiert? Hat wer was g'stohlen?«

»Wie kommen Sie darauf?«, fragte Sarah.

»Na weil s' vom Grab meines Mannes letztens wieder einmal das Grablicht g'stohlen haben. D' Leut fladern ja heutzutage sogar am Friedhof. Nix ist mehr heilig.«

»Ein Sarg wurde gestohlen«, erklärte Sarah unumwunden.

»Jessas!«, stieß die Frau entsetzt aus und schlug geistesgegenwärtig ein Kreuz, um das Böse abzuwehren. »Das hab' ich mir doch gleich gedacht, dass da was nicht ganz koscher ist!«

Sarah horchte auf. »Nicht ganz koscher?«

»Ich misch' mich ja nie ein in die Angelegenheit von anderen, aber diese Gärtner? Also zwei waren's. S' waren so dunkle … Sie wissen schon, was ich mein' …« Ihr Blick verriet, was sie dachte. »Na Ausländer halt«, sagte sie schließlich knapp. »Einen Sarg haben s' rausgetragen.«

»Haben Sie das denn nicht gemeldet?«

Ein unsicheres Lächeln. »Na geh, wieso hätt' ich das denn tun sollen? Am helllichten Tag? Und es waren ja zwei Gärtner, also anzogen waren s' wie Gärtner, und auch auf dem Auto ist der Name von einer Gärtnerei g'standen. Außerdem, was glauben S' denn von mir? Ausländer trifft man heutzutage doch überall in Wien, deswegen muss man doch net glei das Schlimmste annehmen und die Polizei rufen. Ich bin nämlich nicht ausländerfeindlich, drum hab' ich gleich zu mir g'sagt, Maria, sei nicht so misstrauisch, hab ich zu mir g'sagt, das sind ganz normale Menschen. So wie unsereins, obwohl s' anders ausschauen.«

Wieder lächelte sie unsicher.

»Nur das mit dem Sarg ist mir ein bisserl komisch vorgekommen. Aber ich g'hör ja nicht zu den Leuten, die sich allerweil in die Dinge anderer einmischen, und was weiß unsereins schon von der Arbeit eines Gärtners hier am Friedhof. I hab ja ka Gärtnerei, die mir die Arbeit abnimmt, kann i mir doch gar net leisten. I scher mich selbst um das Grab von mein' Mann. Jeden Tag bring i ihm ein Kerzerl und frische Blumen, weil er die Blumen so gern g'habt hat. Wie er noch gelebt hat, hat er mir jeden Freitag Blumen heimgebracht. Jetzt ist er ja schon bald zehn Jahre tot ...«

Sie schweifte ab, und in einer Atempause fragte Sarah sie schnell: »Haben Sie sich vielleicht den Namen der Gärtnerei gemerkt, der auf ihrem Wagen stand?«

Die Frau schüttelte den Kopf. »Na, das hab' ich mir nicht gemerkt. Aber wenn ich mich recht entsinne, dann stand am Ende ein K, und am Anfang ... Also, so was merk' ich mir doch net. Ich weiß nur noch, dass der Wagen grau war und a Wiener Nummerntaferl g'habt hat, W, und irgendwas mit sieben.«

»Wann war das? Ich meine, an welchem Wochentag? Wissen Sie das noch?«

»Na sicher! Am Montag war's. Am frühen Nachmittag. Die genaue Uhrzeit weiß ich nicht, aber dass es am Montag war, das weiß ich genau, weil ich doch zuvor die Frau Jedlicka getroffen hab', und die kommt ja immer nur am Montag ans Grab ihres Mannes, weil sie da ihr Bub fahren kann. Sie ist ja nicht mehr so gut beieinander und ...«

»Tun Sie mir einen Gefallen, Frau ...?«

Die alte Dame zögerte kurz. »Schander«, verriet sie dann doch.

»Frau Schander, denken Sie doch bitte noch einmal nach. Welcher Buchstabe stand da am Anfang?«

»Hm.« Die alte Frau wiegte ihren Kopf hin und her. »Möglich, dass das ein M war. Aber genau weiß ich's nimmer.«

Sie warf einen Blick auf das Mausoleum. »A schöne Leich' hat er gehabt, der Herr Kommerzialrat Weinscherb. Ich war damals am Friedhof, wie s' ihn beerdigt haben. Da waren so viele Leute, kann ich Ihnen sagen. Sogar der Herr Bürgermeister hat ihm die letzte Ehre erwiesen. An seinem Grab haben Trompeter g'spielt, und Kränze, sag' ich Ihnen, Kränze sind da umadum gelegen, die hat man ja gar nicht mehr zählen können, so viele waren's.«

»Wissen Sie was, Frau Schander? Jetzt kommen Sie bitte mit mir zu den zwei Polizisten dort beim Mausoleum, und dann erzählen Sie denen das alles noch einmal. In Ordnung?«

»Die Polizei? Warum?« Die Frau sah Sarah erschrocken an.

»Weil Sie eine ganz wichtige Zeugin sind für die.«

Die Haltung der alten Dame veränderte sich, ihr Rücken straffte sich. »Glauben S' wirklich?«

»Ja, selbstverständlich, Frau Schander.«

Sie sah etwas verunsichert zur Grabstätte und sackte wieder mehr in sich zusammen. »Aber ich bekomm' doch keine Schwierigkeiten? Ich mein', weil ich nicht gleich was g'sagt hab'?«

»Aber nein, natürlich nicht. Warum sollten Sie denn deshalb Schwierigkeiten bekommen? Sie haben etwas gesehen, und das erzählen Sie denen einfach.«

Sarah dirigierte die Frau zur Grabstätte und winkte einem der Polizisten zu, der sofort auf sie zukam. Sarah erklärte ihm, dass die alte Dame etwas beobachtet hatte. Der Uniformierte ließ die Frau auf einer Parkbank Platz nehmen und setzte sich neben sie.

Ein dunkelgrüner Wagen näherte sich und fuhr im Schritttempo an ihnen vorbei.

14

ZENTRALFRIEDHOF

In den Nachrichten hatten sie noch nichts gesagt, und auch in der Zeitung stand keine Meldung. Deshalb war Josip zum Mausoleum zurückgekehrt. Er wollte wissen, ob der Diebstahl schon entdeckt worden war. Und er wollte auf Nummer sicher gehen. Denn inzwischen war er davon überzeugt, dass der Zeitungsfetzen, den er unter der Grabplatte zurückgelassen hatte, nicht ausreiche, um das Unglück abzuwenden, das er mit dem Diebstahl heraufbeschworen hatte. Das Totenfeld war noch nicht besänftigt. Er musste dem Friedhof das zurückgeben, was er ihm genommen hatte. Eine Leiche. Und genau das würde er tun. Persönlich hatte er nichts gegen den Slowaken gehabt. Der Mord war Teil seines Auftrages gewesen. So wie ein Müllmann den Abfall beseitigte, so beseitigte er Personen, die nicht mehr benötigt wurden oder zu viel wussten oder zu gierig wurden und plötzlich mehr Geld verlangten, als ihnen zustand. So war das eben in seiner Welt. Er hatte einen Auftrag zu erfüllen, und der hieß »Problembeseitigung«. Dafür war er ausgebildet worden. Gut ausgebildet. Nici o problemă! Kein Problem!

Er war froh, dass er den Sarg nur abliefern und nicht öffnen musste.

Obwohl er keine Ahnung hatte, wie eine Leiche in einem Mahagonisarg nach fünf Jahren Gruft aussah, wusste er, dass er sie auf keinen Fall zu Gesicht bekommen wollte.

Immerhin lag ein Strigoi in dem Sarg, und mit dem war nicht zu spaßen.

Er saß hinter dem Steuer eines dunkelgrünen Audis, A4 Avant, den er sich auf der Triester Straße besorgt hatte, mit getönten Scheiben, die ihn unsichtbar machten. Den Blick fest auf die Szene gerichtet, die sich ihm bot, fuhr er im Schritttempo den Weg entlang. Das Absperrband flatterte im Wind. Er verfolgte jede Bewegung der Menschen, die sich um die Grabstätte tummelten. Ein Polizist in Uniform saß auf einer Parkbank. Neben ihm eine alte Frau. Er erkannte sie sofort wieder. Sie hatte Bohumil und ihn bei der Arbeit gesehen, als sie vorbeigegangen war. Das ließ ihn kalt. Sie hatte zwei Gärtner gesehen. Etwas anderes konnte sie dem Polizisten nicht erzählen. Und eine junge Frau war dort, die kurz zu dem Audi herübersah. Sie trug Turnschuhe, Jeans und ein dunkelblaues T-Shirt, unter dem sich wohlgeformte Brüste abzeichneten. Sie war hübsch, mittelgroß, schlank und hatte schulterlange dunkelbraune Haare. Genau sein Typ. Außerdem hatte sie einen neugierigen und wachsamen Gesichtsausdruck. Der machte sie noch attraktiver. Ihre Lippen waren voll und schön geformt. Er prägte sich ihr Aussehen ein und fragte sich, ob sie auch Polizistin war. Vielleicht eine von der Kripo, weil sie keine Uniform trug. Leider ließ sein Job es im Moment nicht zu, persönliche Nachforschungen anzustellen. Später.

Am Wegesrand stand ein Mann in mittleren Jahren neben einem Mercedes der S-Klasse und beobachtete nachdenklich das Geschehen um sich herum. Sein

Gesicht kannte er inzwischen. Roman Holzmann. Die Frau im Bunker war mit ihm verheiratet.

Die Summe seiner bisherigen Beobachtungen hatte ihn zu diesem Mann geführt. Er stellte zwar keine Fragen, wie man es ihm befohlen hatte, aber er ging mit offenen Augen und Ohren umher. Besorgniserregend war, dass offenbar eine Journalistin Kontakt zu Holzmann aufgenommen hatte. Das erforderte erhöhte Wachsamkeit von Josip und machte Ursula zunehmend nervös. Journalisten waren nun einmal von Natur aus neugierig. Das konnte gefährlich werden.

»Wenn sie zu neugierig werden sollte, müssen wir auch sie zu ihren Ahnen schicken«, lautete Ursulas Anweisung. Wie diese Journalistin hieß und wie sie aussah, sollte er noch rechtzeitig erfahren. Risiko könne man keines eingehen, hatte Ursula ihm eingeschärft, und er hatte begriffen, dass Ursula eine wichtige Verbindung innerhalb der Operation war.

Langsam ließ er den Schauplatz hinter sich und hielt außer Sichtweite des Mausoleums an. Durch die verdunkelten Scheiben zeichneten sich die Gräber dunkler ab, als sie tatsächlich waren. Neben seinem Auto war ein Grab mit einem schmiedeeisernen Zaun umrahmt worden, flankiert von altertümlich wirkenden Laternen. Die weiße Inschrift auf dem grauen verwitterten Grabstein konnte er von seinem Platz aus nicht entziffern. Er nahm den mickrigen Blumenstrauß vom Beifahrersitz, den Fotoapparat aus dem Handschuhfach und stieg aus.

Vor dem Grab einer Unbekannten, von wo aus er mit minimalem Kopfrecken das Mausoleum im Blick behalten konnte, blieb er stehen. Er trug einen unauffälligen dunklen Anzug, schwarze Schuhe und ein weißes Hemd, legte die Blumen aufs Grab und gab vor zu beten. Aus den Augenwinkeln beobachtete er das Mausoleum. Er bekreuzigte sich und zückte den Fotoapparat. Für Außenstehende musste es den Eindruck erwecken, als lichte er für Verwandte oder Freunde das Grab einer Angehörigen ab. In Wirklichkeit fotografierte er über den Grabstein hinweg die Leute vor dem Mausoleum.

Der jungen Frau mit dem dunkelbraunen Haar widmete er sich besonders, nahm sie ins Visier, zoomte ihr Gesicht zu sich heran. Er beobachtete sie, wie sie mit dem Polizisten sprach, ihre lebhafte Mimik bei jedem Wort, das sie aussprach, ihren ausgeprägten und, wie er fand, erotisierenden Lippenbogen. Er sah sie einfach nur an und ließ ihre Ausstrahlung auf sich wirken. Schönheit, Selbstbewusstsein und Charakter. Diese Frau bereicherte seinen Aufenthalt in Wien um einen höchst interessanten Aspekt. Der Gedanke daran ließ ihn unvermittelt lächeln. Je länger er sie ansah, umso deutlicher spürte er die beginnende Erektion. Er würde tun, was er tun musste. Dass sie danach noch immer so schön, selbstbewusst und stark sein würde, bezweifelte er. Doch zuerst musste er das Projekt Friedhof abschließen. Eins nach dem anderen. Zur Einstimmung könnte er am Abend in ein Bordell gehen. Vielleicht fand sich in einem der Häuser am Gürtel sogar eine Hure, die der Polizistin ähnelte. Eine, die ihm ordentlich einen blasen würde. Ob die Polizistin das konnte? Er würde es erfahren, sobald es so weit war.

Eine Bewegung riss ihn aus seinen Gedanken.

Er sah Holzmann mit dem Handy am Ohr neben seinem Wagen stehen. Er winkte die Schönheit zu sich.

Seine Auserwählte verabschiedete sich von der alten Frau und folgte Holzmanns Aufforderung.

Josip ließ den Fotoapparat sinken.

»Wir sehen uns«, flüsterte er, und er hauchte gut gelaunt »bald« hinterher. Auch wenn er sie jetzt verlieren würde, weil er etwas anderes zu tun hatte. Er würde sie wiederfinden. Er hatte noch jede Frau gefunden, die ihm gefiel. Und diese hier würde sein Abschiedsgeschenk von Wien werden. Denn sobald seine Mission hier erfüllt wäre, würde er der Stadt den Rücken zukehren. Er atmete mehrmals tief ein und aus und gewann langsam wieder die Kontrolle über seinen Körper. Eines nach dem anderen. Heute eine Hure, später diese junge Ermittlerin.

Erika Holzmann war für ihn tabu, das war ein Befehl. Ursula war für ihn ebenso tabu. Er hatte sie berührt, sie hatte daraufhin mit einem einzigen Schwinger unmissverständlich klargestellt, dass er ein toter Mann wäre, wenn er es noch einmal wagen sollte, sich ihr zu nähern. Da hatte er begriffen, dass Bohumil nicht des Geldes wegen sterben musste. Dem Slowaken war bei Ursula gelungen, was ihm verwehrt geblieben war.

Auf dem Rückweg nahm Josip einen kleinen Umweg in Kauf. Den Audi ließ er stehen. Nach dem Wagen wurde womöglich schon gesucht. Kein Diebesgut länger behalten als unbedingt notwendig. Diesem Grundsatz blieb er treu und war damit immer gut gefahren. Er hatte als junger Mann ein Mal gesessen, in einer dreckigen Zelle. Acht Männer, 17 Quadratmeter. Damals hatte er sich geschworen, nie wieder erwischt zu werden.

Er ging in die entgegengesetzte Richtung, vorbei an

der Gruppe 28, dem Mahnmal zu Ehren der Opfer des 12. Februar 1934, die hier in einem Massengrab beigesetzt worden waren. Erst danach bog er in den Weg Richtung Hauptportal ein.

Auf dem Parkplatz vor dem Verwaltungsgebäude nahm er noch einmal den Fotoapparat zur Hand, klickte sich durch die Aufnahmen, zoomte ihr Gesicht auf dem kleinen Display so nah heran wie möglich. Seine Lippen öffneten sich leicht, während er sich von seinen Fantasien hinreißen ließ. Sie stand nackt vor einer Mauer, mit dem Gesicht zur Wand, mit Handschellen gefesselt. Er stand direkt hinter ihr, roch ihre Angst. Er atmete tief ein und wieder aus und grinste breit. Egal ob er heute zum Schuss kam oder nicht, bald schon würde er das Gesetz ficken. Er sah wieder aufs Display. Erst jetzt bemerkte er ihre Ohrringe. Entsetzt wandte er den Blick ab. Zu spät. Ein jäher Stich im Kopf zwang ihn, die Augen zu schließen.

15

SARAH PAULI

Sarah ging hinüber zu Holzmann, der ihr ein Zeichen gegeben hatte. Sie warf einen Blick auf den Lieferwagen des Gärtners, der noch immer vor der Grabstätte parkte. Weder ein K am Ende des Namens noch ein M zu Beginn. Es war also nicht der Wagen, den die alte Dame gesehen hatte.

Holzmann hatte soeben sein Telefonat beendet.

»Begleiten Sie mich zum General?«

Die Frage klang nach einer Aufforderung.

»Der General? Wer ist das?«, fragte sie.

»Der Wahlonkel meiner Frau. Ich habe gerade mit ihm telefoniert. Er möchte Sie kennenlernen.« Wieder einmal zeigte Holzmann sein sympathisches Lächeln. »Eigentlich General Wolfgang von Gutberg. Er entstammt einem alten österreichischen Adelsgeschlecht.«

»Adelstitel gibt es in Österreich seit 1919 nicht mehr, somit auch kein ›von‹ mehr im Namen«, bemerkte Sarah knapp.

Roman Holzmann grinste. »Und das in dem Land, wo man die hochherrschaftlichen Titel anscheinend erfunden hat. Oder nicht? Hier wird doch jeder Zweite im Kaffeehaus als Herr Hofrat begrüßt, ob er nun darauf besteht oder nicht.«

»Hofrat ist kein Adelstitel, sondern nur ein Amtstitel für leitende Beamte.«

Holzmann wurde wieder ernst. »Ich hoffe, dass Wolfgang uns weiterhelfen kann.«

»Uns? Wen meinen Sie mit uns?«

Roman Holzmann fixierte Sarah. »Ich habe die Suchmeldung heute Morgen in Ihrer Zeitung gesehen.«

»Bis jetzt hat sich noch niemand gemeldet«, behauptete Sarah, ohne zu wissen, ob das der Wahrheit entsprach.

Holzmann zuckte mit den Achseln. »Die Anrufe werden schon noch kommen, da bin ich mir ganz sicher.« Er atmete tief durch. »Ich bitte Sie, helfen Sie mir, meine Frau wiederzufinden.«

Es klang beinahe flehend.

Er öffnete die Beifahrertür. Sarah zögerte. Eigentlich müsste sie sofort zurück ins Büro. Aber Roman Holzmann wirkte so niedergeschlagen, dass sie einwilligte, ihn zu begleiten. Und sie musste zugeben, dass ihr Jagdinstinkt geweckt war.

»Was haben Sie denn da drinnen gefunden?«, fragte Holzmann, als er den Wagen startete.

»Einen Zeitungsartikel.«

»Ich hab' Ihr Gesicht gesehen, Sarah.« Es war das erste Mal, dass er sie mit ihrem Vornamen anredete. »Das war kein Nullachtfünfzehn-Zeitungsartikel.«

Sarah nickte ein wenig beklommen. Im Schritttempo fuhren sie die Allee Richtung Hauptportal zurück.

»Es war meine Kolumne über Friedhöfe.«

»Ihre Kolumne? Warum?«

Holzmann wandte sich Sarah zu und ließ den Wagen geradeaus weiterrollen.

»Wenn ich das wüsste! Ich kann nur spekulieren.«

»Dann spekulieren Sie!«, forderte Holzmann sie auf und konzentrierte sich wieder auf den Weg vor ihnen.

»Mache ich gleich. Ich muss nur meinem Chef eine Nachricht schicken.«

»Über den Diebstahl?«

»Ja. Ihnen ist doch klar, dass ich darüber schreibe, oder?«

Holzmann nickte.

Während sie das Haupttor passierten, bat Sarah Herbert Kunz per SMS, jemand möge sich um die Polizeifotos bezüglich des Sargraubes kümmern, sie komme so schnell wie möglich wieder in die Redaktion, um einen ersten Bericht zu verfassen.

»Also, bekomme ich jetzt eine Antwort?«, fragte Holzmann, nachdem Sarah ihr Handy verstaut hatte.

»Ist gut. Aber lachen Sie mich bitte nicht aus«, antwortete sie.

»Versprochen.«

»Ich glaube, wir haben es hier mit einem abergläubischen Dieb zu tun.«

»Abergläubisch? Wie kommen Sie denn darauf?« Wieder sah er sie von der Seite an.

»Würde es Ihnen was ausmachen, auf die Straße zu schauen?«, bat Sarah. »Es macht mich nervös, wenn Sie mich beim Fahren ansehen.«

»Natürlich. Entschuldigung.« Roman Holzmann blickte wieder nach vorne.

»Sie wissen doch, dass ich Kolumnen über den Aberglauben schreibe, oder?«

Wieder fuhr er herum. »Ich dachte, Sie schreiben über die geheimnisvollen Seiten Wiens!«

Sarah zeigte auf die Straße. Die Ampel sprang auf Rot.

»Entschuldigung!«

»Das eine schließt das andere ja nicht aus. Wie auch

immer. Wissen Sie, es ist einem Volksglauben entsprechend nämlich so: Wenn Sie einem Toten auf dem Friedhof etwas rauben, müssen Sie ihm im Gegenzug etwas dalassen. Sonst kommt der Tote und holt sich zurück, was ihm weggenommen wurde.«

Roman Holzmann starrte eine Weile nachdenklich geradeaus, dann begann er zu lachen.

»Jetzt lachen Sie ja doch.«

»Nein, nein. Ich lache nicht über Sie. Aber Sie sagten, der Tote hole sich das, was ihm gestohlen wurde, zurück. Ich frage mich gerade, wie der Onkel meiner Frau es anstellen will, sich selbst zurückzuholen.«

Nun musste auch Sarah lachen.

»Glauben Sie denn im Ernst, dass es heutzutage noch Menschen gibt, die an so etwas glauben? Das ist doch … Also, nein. Vielleicht ist der Artikel dem Dieb einfach nur aus der Tasche gefallen«, wandte Holzmann, noch immer schmunzelnd, ein.

»Das mag schon sein. Trotzdem frage ich mich, warum er den Artikel überhaupt bei sich getragen hat, wenn er nicht an solche Dinge glaubt.«

»Vielleicht ein Zufall? Oder vielleicht hat ihn auch jemand anderes verloren. Einer der Gärtner, wer weiß«, schlug Holzmann vor.

»Nein, das glaube ich nicht. Das Papier war sauber, verstehen Sie? Wenn es schon auf dem Boden gelegen hätte, bevor die Grabplatte zur Seite gehoben wurde, dann wäre spätestens beim Verrücken der Platte Staub oder auch ein Schuhabdruck darauf gelandet. Aber der Zeitungsausschnitt war völlig unversehrt und fein säuberlich zusammengefaltet auf der Unterseite der Platte befestigt worden.«

»Sie sind ja eine richtige Miss Marple«, witzelte Roman Holzmann. »Nur wesentlich jünger natürlich«, korrigierte er rasch.

Sarah überging seine Bemerkung. »Für mich hat es so ausgesehen, als hätte jemand ihn ganz bewusst dort platziert. Als wollte er damit ... als wollte er damit den Friedhof besänftigen. Verstehen Sie? Er hat etwas zurückgelassen.«

Roman Holzmann schwieg. Er schien über das, was Sarah gesagt hatte, ernsthaft nachzudenken. »Und Sie meinen, so einen Zeitungsartikel dazulassen, das genügt?«

»Nein, natürlich nicht. Und ich glaube, dass derjenige das auch weiß.« Sarah zuckte die Achseln. »Schade, dass wir ihn nicht fragen können, was er dem Friedhof für den geraubten Toten geben will.«

Sie fanden einen Parkplatz in der Börsegasse. General Wolfgang von Gutberg, ehemals ranghöchster Offizier des österreichischen Bundesheeres, residierte hier am Schottenring, nahe der Börse, in einem prachtvollen Stilaltbau aus dem Wiener Historismus, dem Baustil der italienischen Renaissance nachempfunden.

Sie nahmen den Lift in den dritten Stock. Genau genommen war es die vierte Etage, wenn man das Mezzanin zwischen Erdgeschoss und erstem Obergeschoss als eigenes Stockwerk mitzählte. Oder gar der fünfte Stock, wenn man auch das Souterrain zwischen Keller und Erdgeschoss dazunahm. Um die Stockwerksteuer zu umgehen, wurden etliche Prunkbauten in Wien im 19. Jahrhundert so gebaut. Dadurch hatte man mehr Etagen, ohne die Auflagen einhalten zu müssen.

Die Ringstraße war zweifellos das Symbol der Gründerzeit, und Wolfgang von Gutberg eines ihrer Relikte, das irrtümlicherweise im 21. Jahrhundert gelandet war.

»Gnädige Frau.«

Er nahm Sarahs Hand sanft in seine und deutete eine Verbeugung und einen Handkuss an, ganz Kavalier der alten Wiener Schule. Fast hätte Sarah sich bei dem alten Herrn im Seidenmorgenrock mit Einstecktuch nach dem werten Befinden von Feldmarschall Graf Radetzky erkundigt. Das Kondukt zum Stephansdom bei der Einsegnung Radetzkys hatte seinerzeit der Kaiser höchstpersönlich kommandiert. Und so wie sie Gutberg einschätzte, wäre er gerne dabei gewesen.

»Roman! Wie schön, dich zu sehen, wenngleich dich solch unerfreuliche Geschehnisse zu mir führen«, riss der alte Herr Sarah aus ihren Gedanken und bat sie und Holzmann herein. Gutmann wirkte keineswegs überrascht, dass Holzmann mit einer fremden Frau im Schlepptau bei ihm auftauchte. Sarah schloss daraus, dass Holzmann ihn bereits telefonisch darüber informiert hatte. Gutberg musste um die 80 Jahre alt sein. Seine wenigen verbliebenen weißen Haare waren kurz geschoren, als gelte es noch heute, die strengen Regeln des Bundesheeres einzuhalten. Er passte perfekt in das Ambiente seiner Wohnung. Der Vorraum hätte die Bezeichnung Eingangshalle verdient. Die Raumhöhe schätzte Sarah auf dreieinhalb Meter, die Möbel stammten vom Begründer der Wiener Werkstätten Josef Hofmann, sofern es keine gut gemachten Kopien waren.

»Darf ich Ihnen etwas abnehmen?«, fragte er zuvorkommend, als Sarah ihre Jacke auszog.

Sarah nahm ihr Handy aus ihrer Umhängetasche, danach reichte sie dem alten Mann ihre Jacke und auch die Umhängetasche. Gutberg hängte alles an die Garderobe. Dann zupfte er sein Kavalierstuch zurecht, dessen oberen Rand sein Monogramm zierte: W. v. G. Er hielt die Tür zum angrenzenden Raum auf und bat Sarah, wieder mit einer leichten Verbeugung, weiterzukommen.

Ich bin bei Baron Trotta zu Gast, dachte Sarah. Gutberg erinnerte sie an den Helden in Joseph Roths »Radetzkymarsch«. Sie bemühte sich, ladylike das Wohnzimmer zu betreten, einen etwa 60 Quadratmeter großen Raum mit stuckverzierter Decke und voller Antiquitäten aus Kirsche im Biedermeierstil. Die dicken Teppiche mussten ebenso alt sein. In einer Ecke stand ein Altwiener Salonofen. Vor den hohen Fenstern hingen bodenlange transparente Langstores. Eines der Fenster stand weit offen, als wolle der General jeden Moment die Ringstraßenparade abnehmen. Fehlte nur noch die passende Musik, natürlich der Radetzkymarsch von Johann Strauß, Vater.

Wäre durchs offene Fenster nicht der Lärm der Baustellen von der Straße her zu hören gewesen, hätte Sarah sich restlos in eine andere Zeit versetzt gefühlt.

Der General sah Sarah und Holzmann aus trüben Augen an. Fast schien es, als wolle er sich dafür entschuldigen, dass statt des majestätischen Klapperns der Pferdehufe das dröhnende Gehämmer stinkender Maschinen an ihr Ohr drang. Er schloss kommentarlos das Fenster.

»Bitte nehmen Sie doch Platz, gnädige Frau. Roman, bitte!«

Sarah überlegte noch, auf welche der Antiquitäten

sie sich setzen sollte, als Roman Holzmann auf dem Fauteuil im Barockstil Platz nahm, der zur Sitzgruppe mit Couch gehörte. Sarah setzte sich ihm gegenüber auf ein gepolstertes Sitzmöbel.

Der General deutete auf einen Teewagen an der Wand, auf dem mehrere weiße Porzellantassen, eine Thermoskanne, eine zierliche silberne Milchkanne und eine Zuckerdose mit einer kleinen Greifzange auf dem Deckel standen.

»Meine Bedienerin hat Kaffee gekocht und aus unserer Aida Tortenstücke geholt. Bedienen Sie sich doch!«

»Nein, vielen Dank«, lehnte Sarah ab.

»Aber die Topfentorte ist ganz vorzüglich.«

»Vielen Dank. Später vielleicht.«

Roman Holzmann holte sich eine Tasse Kaffee.

»Sie sind also Journalistin, Frau Pauli?«, wandte der General sich wieder an Sarah.

»Ja.«

Er musterte sie. Möglich, dass er sich unter einer Journalistin etwas anderes vorstellte als eine junge Frau mit halblangem offenen Haar in Jeans, T-Shirt und Turnschuhen.

»Ich hoffe, Sie gehören nicht zu jener Sorte Ihrer Zunft, die alles und jeden in unserem Land schlechtreden.«

»Sie meinen die Abschaffung der allgemeinen Wehrpflicht?«, schoss Sarah ins Blaue, weil diese Anfang des Jahres Thema einer Volksbefragung in Österreich gewesen war und sie annahm, das könnte einen General interessieren. Die Befragung war für die Wehrpflicht ausgegangen, weil konservative Politiker damit gedroht hatten, die Abschaffung der Wehrpflicht bedeute zugleich das Aus für den Zivildienst, wodurch auch das Rote Kreuz keine Krankentransporte mehr übernehmen könne. Die meisten Menschen waren darauf reingefallen.

»Nein, ich meine die allgemeine Verunglimpfung Österreichs. Heutzutage finden Sie kaum noch Positives in den Zeitungen. Entweder sind die Seiten mit Mord- und Totschlag gefüllt, oder man lässt sich über die schlechte Politik oder die schlimme Wirtschaftslage des Landes aus. Derweil sollten die Menschen einmal nachdenken und begreifen, wie gut es ...«

»Ich schreibe eine Seite über Aberglauben in der Wochenendbeilage«, unterbrach Sarah, denn auf diese Art von Diskussion hatte sie nicht die geringste Lust.

Gutberg entspannte sich sichtlich, erhob sich und nahm sich ein Stück Torte von dem Teewagen.

»Aberglaube. Ein spannendes Thema«, meinte er, nachdem er sich wieder hingesetzt hatte.

»Ja, ich finde es auch sehr spannend.«

Die Wohnungstür wurde zuschlagen.

»Meine Bedienerin. Sie geht um diese Zeit nach Hause«, erklärte Gutberg. Er wandte sich nun an Holzmann.

»Jetzt erzähl mir alles, was du weißt, lieber Roman.«

Mit knappen Worten brachte Roman Holzmann den alten Herrn auf den aktuellen Stand. »Wie du siehst, Wolfgang, stehe ich vor einem Rätsel. Ich habe das ganze Wochenende damit verbracht, unsere Wohnung zu durchforsten, sie buchstäblich auf den Kopf zu stellen in der Hoffnung, einen winzigen Anhaltspunkt dafür zu finden, wo Erika sein könnte. Alle Plätze, die sie gerne mochte, habe ich abgesucht. Nichts. Sie ist spurlos verschwunden.« Er stellte seine Kaffeetasse zurück auf den Teewagen. »Ich weiß nicht, wo ich noch suchen soll. Es gibt keine Hinweise.«

»Und bisher hat noch niemand ein Lösegeld gefordert, sagst du?«

Roman Holzmann schüttelte den Kopf. »Niemand.«

»Das ist in der Tat ungewöhnlich, sehr ungewöhnlich«, murmelte der General nachdenklich.

»Auch die Polizei ist noch keinen Schritt weitergekommen.«

»Ich habe jedenfalls bereits einige Leute mobilisiert, Roman. Wir werden Erika finden, glaub mir.«

»Was für Leute?«, fragte Sarah neugierig.

»Als ehemaliger Offizier verfügt Wolfgang über gute Kontakte zum Bundesheer«, erklärte Roman Holzmann.

»Aha, und was bedeutet das? Das Bundesheer wird ja wahrscheinlich nicht ausrücken, um sie zu suchen. Haben Sie vielleicht eine Art Privatarmee zusammengestellt?«, fragte Sarah den General.

»Nun, Privatarmee wäre übertrieben. Ich habe lediglich einige alte Bekannte gebeten, ihre Augen und Ohren zu öffnen. Oder haben Sie etwa geglaubt, ich säße hier in meiner Wohnung und überließe Erika ihrem Schicksal? Sie kennen mich nicht, junge Dame.«

»Das stimmt. Ich kenne Sie nicht. Aber an und für sich sind Entführungen doch die Sache der Polizei.« Sarah war einen Moment lang unschlüssig, ob sie das alles als Gerede eines alten Mannes abtun oder ernst nehmen sollte. »Ich meine«, Sarah wandte sich nun wieder an Holzmann, »immerhin ist nicht nur Ihre Frau verschwunden, sondern obendrein ist auch der Sarg mit dem Leichnam des Onkels Ihrer Frau gestohlen worden.«

»Möglich«, ergriff der General das Wort, bevor Roman Holzmann antworten konnte. »Aber die Polizei hat keinen Anhaltspunkt. Und vergessen Sie nicht, Frau Pauli, dass Erikas Kleidung und ihr Reisepass fehlen. Solange keine Lösegeldforderung vorliegt, ist es für die Polizei kein Entführungsfall, sondern es wird jemand vermisst. Das ist ein großer Unterschied zu einer Entführung. Roman kann von Glück reden, dass die Exekutive nicht bereits gegen ihn ermittelt.« Gutberg zögerte kurz, bis er aussprach, was Sarah genau im selben Moment dachte. »Ich bin sicher, dass die Ermittler dich bereits im Visier haben, Roman.«

»Sollen sie nur! Ich habe nichts zu verbergen.«

»Hat die Polizei dich schon vernommen?«

»Natürlich, und meines Wissens auch Erikas Freundinnen und Kollegen angesprochen. Hat alles nicht weitergeführt.«

Unausgesprochen hing noch eine Theorie im Raum, die viel banaler war und jeden verheirateten Mann treffen konnte: Eine Frau hatte ihren Ehemann verlassen. Normalerweise wäre das kein Grund, die Polizei zu verständigen. Komisch war nur, dass sie damit auch aus ihrem eigenen Haus ausgezogen war.

»Ich bitte Sie jedoch, Frau Pauli, nichts über mein Vorhaben verlauten zu lassen, schon gar nicht in Ihrer Zeitung. Das würde die Aktion nur in ein falsches Licht rücken und wahrscheinlich sogar gefährden. Wir wollen die Verbrecher doch nicht etwa warnen, oder?«, sagte er milde lächelnd und schüttelte zugleich vehement den Kopf. »Nein, das wollen wir nicht. Sie müssen wissen, Erika ist wie eine Tochter für mich. Ich kenne sie seit ihrer Geburt. Meine Tochter und sie sind wie

Geschwister aufgewachsen. Unsere Familien sind seit Generationen eng miteinander befreundet.«

Gutbergs Miene gefror, als habe man ihm soeben den Befehl erteilt, die Kosten für die Eurofighter von jetzt an aus eigener Tasche zu bezahlen. »Ich organisiere eine Suchaktion, die sich gewaschen hat, und wir werden sie finden. Danach werden die Entführer zur Verantwortung gezogen und dem Gesetz entsprechend bestraft«, fügte er entschlossen hinzu.

»Und Sie glauben, das funktioniert tatsächlich?«

»Lassen Sie mich nur machen, junge Frau. Ich bin zwar ein alter Mann, aber«, er tippte sich mit dem Zeigefinger an die rechte Schläfe, »das da oben und meine Kontakte funktionieren bestens. Ich werde nichts unversucht lassen, um Erika zu finden.« Er lächelte. »Sie ist, wenn Sie so wollen, die Letzte, die mir von meiner Familie geblieben ist.«

»Was ist mit Ihrer Tochter?«

»Sie hat der Familie vor Jahren den Rücken gekehrt.« Für Sekunden verlor der General jede Kontrolle über seine Mimik und sah aus wie ein gebrochener alter Mann.

»Warum erzählen Sie mir das eigentlich alles?«, fragte Sarah.

Der General und Roman Holzmann wechselten einen kurzen Blick. Der alte Offizier wog offenbar ab, wie viel Information er an Sarah weitergeben durfte, ohne die Aktion zu gefährden.

»Ich bin davon überzeugt, dass der Sargraub und die Entführung meiner Nichte nichts miteinander zu tun haben«, erklärte er. Er bezeichnete sie als seine Nichte und sprach im Zusammenhang mit ihr von seiner

Familie, die Beziehung zu den Weinscherbs musste also sehr eng gewesen sein. »Es sind zwei voneinander unabhängige Verbrechen begangen worden.«

»Aber woher wollen Sie das so genau wissen? Ich meine, das wäre doch ein merkwürdiger Zufall, oder nicht?« Sarah sah Holzmann an. »Ich weiß, Sie halten es auch für unwahrscheinlich, dass es hier eine Verbindung gibt. Aber sind wir doch einmal ehrlich ... das kann kein Zufall sein! Ich verstehe nicht, warum Sie mich so vehement vom Gegenteil überzeugen wollen.«

Der General erhob sich, ging zu einer Biedermeierkommode, zog aus einer Schublade ein Fotoalbum und kam wieder zurück. »Das hier sind Fotos von Josefs Begräbnis. Es sind auch Großaufnahmen von dem Sarg dabei.« Er setzte sich, schlug eine Seite auf und legte das Album auf den Tisch.

»Ihnen sind sicher die vielen Kreuze im Mausoleum aufgefallen.« Er sah Holzmann fragend an. »Oder sind die etwa auch gestohlen worden, Roman?«

Der schüttelte den Kopf. »Ich glaube nicht, dass eines fehlt. Aber exakt kann ich es nicht sagen, ich war ja heute zum ersten Mal da.«

»Ich nehme an, Erika hat eine detaillierte Liste. Allein schon wegen der Versicherung.«

»Keine Ahnung. Darauf habe ich natürlich nicht geachtet, als ich die Unterlagen durchgesehen habe«, sagte Holzmann. »Und ehrlich gesagt ist das im Moment auch mein geringstes Problem. Diese Scheißkerle können von mir aus alle Kreuze haben, wenn Erika dafür wieder zurückkommt.«

»Ich bin überzeugt davon, dass es hier keinen Zusammenhang gibt«, betonte Gutberg noch einmal. »Wir finden Erika, verlass dich drauf, aber schau zu Hause nach, ob du eine Liste mit den Wertgegenständen findest, die sich im Mausoleum befinden. Die Kreuze sind wertvoll. Sehen Sie, Frau Pauli, hier, das Kreuz, das sich direkt auf dem Sarg befindet.« Er zeigte auf ein Foto, auf dem ein mit Perlen und Edelsteinen in Hochfassung geschmücktes Kreuz abgebildet war. Das Kreuz kam Sarah bekannt vor. Auf dem Foto daneben sah man den aufgebahrten Sarg, umgeben von Kränzen und Blumenarrangements.

»Der Mahagonisarg an und für sich ist schon sehr edel. Die Ornamente auf den Seitenwänden wurden von Hand geschnitzt, und allein das Crux gemmata am Deckel ist dreißigtausend Euro wert.«

Sarah riss die Augen auf. »So viel?«

»Es handelt sich dabei um eine Nachbildung des Reichskreuzes. Josef ließ es nach dem Vorbild des Originals von einem Goldschmied anfertigen.«

Das Reichskreuz! Deshalb kam es Sarah bekannt vor.

»Und das hat er sich einfach so auf den Sarg montieren lassen!« Sarah war fassungslos ob dieser ihrer Ansicht nach ungeheuren Geldverschwendung.

Gutberg überhörte ihre Bemerkung und sagte: »Ich bin sicher, dass es den Dieben hier um den materiellen Wert geht. Ich bin zwar kein Experte, aber wenn man den Tagespreis für das Gold und die Edelsteine errechnet, erzielt man damit sicher ein kleines Vermögen.«

»Warum haben sie dann nicht einfach nur das Kreuz mitgenommen?«

»Ich weiß es nicht, Frau Pauli. Wir werden es erst erfahren, wenn sie hinter Schloss und Riegel sind. Aber hier eine Verbindung zu Erika zu suchen, finde ich, verzeihen Sie mir, gnädige Frau, vollkommen absurd, insbesondere da Josef und Erika so gut wie keinen Kontakt miteinander pflegten.«

»Und Sie hatten zu allen beiden einen guten Kontakt?«

Gutberg nickte.

»Aber kann man die Nachbildung eines Gemmenkreuzes so einfach verkaufen? Auch wenn man, wie Sie meinten, das Kreuz in seine Einzelteile zerlegt? So ein Diebstahl spricht sich doch auch auf dem Kunstmarkt und im Goldgewerbe herum, oder nicht?«

»Ich weiß es nicht. Wie gesagt, ich bin kein Kunstexperte. Aber ich vermute, dass erfahrene Kunsträuber schon wissen, wohin sie ihre Beute verschwinden lassen können.«

»Das Reichskreuz«, grübelte Sarah. »Gibt es noch mehr Kreuze, die nach so bekannten Vorbildern angefertigt wurden? Oder anders gefragt, wie viele Originale und wie viele Kopien hängen im Mausoleum?«

»Leider weiß ich nicht, ob und nach welchen Vorbildern er die anderen Kreuze fertigen ließ. Aber die Polizei weiß, wonach sie suchen muss.« Er reichte Roman Holzmann ein Foto. »Bring ihnen das hier, und zwar so bald wie möglich, Roman!«

»Mich persönlich interessiert ja mehr die Symbolik als der Wert des Kreuzes«, fügte Sarah hinzu.

»Ist das Kreuz nicht das wichtigste christliche Symbol?«, fragte Gutberg.

»Heute ja. Aber erst durch das Neue Testament ist das Kreuz, wie wir es heute verwenden, zum herrschenden Symbol der christlichen Kirche und ihrer Weltsicht geworden, und zwar aufgrund der Bedeutung, die man der Kreuzigung von Jesus zumaß. In der Folge hat es sich zum wirksamsten und weitest verbreiteten Schutzsymbol entwickelt, was zahlreiche und durchaus auch abergläubische Bräuche beweisen.«

»Zum Beispiel?«

»Tieren, die am Körper ein Kreuz haben, wie Kreuzottern oder Kreuzspinnen, wurden besondere Kräfte und Fähigkeiten nachgesagt. In Vampirfilmen schützen die Opfer sich mit einem Kreuz. Wenn etwas Schreckliches passiert, bekreuzigen viele Menschen sich, um das Böse abzuwehren, und, und, und. Aber Sie wissen wahrscheinlich auch, dass die ursprünglichen Symbole des frühen Christentums das Staurogramm und das Christusmonogramm XP waren, nicht das Kreuz in der heutigen Form.«

Der General lächelte. »Ich sehe schon, Sie haben wirklich Ahnung. Respekt!«

»Warum hängen diese Kreuze überhaupt im Mausoleum? Muss man nicht damit rechnen, dass sie gestohlen werden?«, hakte Sarah nach.

Gutberg zuckte mit den Schultern. »Josef wollte es so und konnte es sich leisten. Er hat manchmal solche Sprüche von sich gegeben wie ›Das letzte Hemd hat keine Taschen‹ oder ›Man kann nichts mitnehmen‹. Sehen Sie, aber er wollte der Erste sein, der sein gesamtes Vermögen mit ins Grab nimmt. Daraus hat er kein Geheimnis gemacht.«

»Das wäre mit dem, was sich darin befindet, aber nicht getan, oder?«

Gutberg lachte. »Nein. Nicht einmal wenn es aus purem Gold wäre.« Sein Lachen erstarb. »Ist dort eigentlich eine Alarmanlage, Roman?«

»Ja, aber die muss überlistet worden sein.«

»Da haben Sie den Beweis, Frau Pauli, das waren Profis, Kunstdiebe, keine Entführer.«

»Ein Grab mit Alarmanlage«, sagte Sarah belustigt. Die war ihr gar nicht aufgefallen. »Ist das nicht ein bisschen, verzeihen Sie, dekadent?«

»Die Versicherung verlangt das, Frau Pauli.«

»Warum wurden dann nicht alle Kreuze genommen? Wäre das nicht viel einfacher gewesen, als den Sarg samt Gemmenkreuz aus der Gruft zu heben?«

»Lassen Sie es uns einmal mit einem Autodiebstahl vergleichen. Da wird doch auch nur ein in Auftrag gegebenes Fahrzeug gestohlen, das von besonderem Interesse ist, und nicht gleich alle Autos desselben Modells, die am Straßenrand parken.«

Da werden aber auch Originale gestohlen, keine Kopien, lag Sarah auf der Zunge. Außerdem verglich Gutberg jetzt Äpfel mit Birnen. Dennoch schluckte sie die Bemerkung hinunter, denn er hatte soeben noch etwas gesagt, das ihr wichtiger erschien.

»Sie glauben, dass jemand den Diebstahl in Auftrag gegeben hat? Und wer, meinen Sie, kann das sein?«

»Wenn ich das wüsste, Frau Pauli, säßen wir nicht hier und würden diskutieren«, antwortete Gutberg ungeduldig.

»Warum bin ich eigentlich hier?«, fragte Sarah plötzlich.

Der General bedachte sie mit einem langen Blick wie ein Gemälde im Museum. »Ich hatte Roman gebeten, Sie mir vorzustellen.«

»Das weiß ich. Aber warum?«

»Nun, Erika muss Ihnen vertraut haben, sonst hätte

sie sich nicht mit Ihnen treffen wollen, um über geheime Zeichen und Symbole zu sprechen. Das zeichnet Sie aus, denn Erika gehört nicht zu den vertrauensseligsten Menschen, sie ist sehr zurückhaltend, und man kann ihren Charakter durchaus als verschlossen beschreiben. Ist es nicht so, Roman?«

Holzmann nickte.

»Ich war also verwundert zu hören, dass sie wegen der Geheimzeichen Kontakt zu einer Journalistin aufgenommen hat. Außerdem interessieren mich diese Zeichen.«

»Sie hat mir nicht davon erzählt, sondern wollte es tun. Das ist ein großer Unterschied. Aber was interessiert Sie daran?«

»Vielleicht bergen sie einen Hinweis darauf, wo Erika jetzt ist.« Er sah sie durchdringend an. »Wien ist voller rätselhafter Zeichen und geheimer Botschaften. Das kann durchaus verwirren. Manche kenne ich und kann sie zuordnen, Frau Pauli, wie zum Beispiel die Symbole der Freimaurer oder Templer. Ich nehme an, Sie kennen die meisten ebenso gut wie ich.« Er deutete auf Sarahs Ohrringe. »Ich weiß auch etwas über Ihren Ohrschmuck. Man nennt ihn Cornicello, das kleine Horn. Nicht wahr? Der Schutz vor dem bösen Blick, vor dem Schadenzauber.«

Sarah fasste instinktiv nach einem ihrer Ohrringe. »Ich bin beeindruckt. Aber Sie wollen jetzt nicht damit sagen, dass Frau Holzmann von Freimaurern oder Templern entführt wurde, oder?«

Gutberg schüttelte den Kopf. »Nein, natürlich nicht. Ich will damit sagen, ich weiß immerhin einige dieser geheimen Zeichen zuzuordnen. Möglicherweise ist Erika in großer Gefahr, weil sie etwas entdeckt hat, was sie besser nicht hätte entdecken sollen.«

»Meinen Sie, es gibt in Wien so was wie einen Geheimbund, der ihr gefährlich werden könnte?«

Das Wort »Geheimbund« amüsierte Sarah. Es klang nach einer heimlichen Verschwörung im Wiener Untergrund. Bilder von Männern in dunklen Kutten tauchten vor ihrem inneren Auge auf, die in einer von Fackeln spärlich beleuchteten Höhle um einen Tisch herum saßen und seltsame Rituale zelebrierten.

Gutberg schien angestrengt nachzudenken, dann schüttelte er den Kopf. »Ehrlich gesagt, nein. Es war auch nur so eine Schnapsidee von mir, und sei es nur aus dem Wunsch heraus, sie wiederzufinden.«

»Es tut mir leid, Herr Gutberg. So gerne ich Ihnen behilflich wäre, aber ich kann Ihnen wirklich nicht sagen, über welche Zeichen und was genau sie mir erzählen wollte.«

Roman Holzmann seufzte. »Wir müssen Erika finden, bevor …«

Er sprach den Satz nicht zu Ende, doch sowohl Gutberg als auch Sarah wussten, was er sagen wollte.

Die brennende Frage, warum der Sarg erst jetzt, fünf Jahre nach dem Ableben Weinscherbs, gestohlen worden war, behielt Sarah einstweilen für sich.

16

SARAH PAULI

Auf dem Rückweg bat Sarah David und Herbert Kunz per SMS um eine kurze Besprechung, sobald sie in der Redaktion eintreffe.

»Werden Sie Erika in Ihrem Artikel erwähnen?«, fragte Holzmann.

»Sie meinen, ob ich sie in einen Zusammenhang mit dem Sargdiebstahl bringe?«

Holzmann nickte.

»Weiß ich ehrlich gesagt noch nicht. Ich werde auf alle Fälle darüber schreiben, dass sie nach wie vor vermisst wird. Vorher schau ich einmal, was aufgrund der Suchmeldung reingekommen ist.«

»Geben Sie mir Bescheid?«

»Ja, das werde ich tun«, antwortete Sarah.

Dann gab sie sich einen Ruck und stellte eine letzte Frage. »Ich würde gerne einen Blick in die Arbeitsunterlagen Ihrer Frau werfen, ginge das?«

Roman Holzmann ließ sich Zeit mit der Antwort, während sie über den Ring fuhren. Schließlich meinte er: »Ich denke, das ist eine gute Idee. Vielleicht finden Sie ja etwas, das uns hilft, sie zu finden.«

Sie waren beim *Wiener Boten* angekommen. Holzmann hielt wieder in zweiter Spur.

»Ich werde die Unterlagen sorgfältig durchgehen, aber ich kann Ihnen natürlich nichts versprechen.«

»Ich erwarte auch nicht, dass Sie meine Frau finden. Ich will nur nichts unversucht lassen.«

»Gut.«

Sarah stieg aus dem Auto.

Gabi legte gerade den Telefonhörer auf, als Sarah Davids Vorzimmer betrat.

»Weißt du, wie viele Narrische es da draußen gibt?«

Sarah grinste. »Ich komme eben von da draußen.«

»Die Holzmann wurde von Außerirdischen in einem Ufo entführt, schon gehört?«, fuhr ihre Freundin unbeirrt fort. Sie reichte Sarah einen DIN-A5-Zettel über den Tisch. »Das ist die Ausbeute, mehr Anrufe waren's nicht. Und falls du dich mit dem Herrn, der das mit dem Ufo beobachtet hat, unterhalten willst, seine Telefonnummer und Adresse stehen ganz oben.«

Sarah verdrehte die Augen. »Ist denn auch was Brauchbareres dabei?«

»Ich weiß nicht. Die paar, die angerufen haben, kennen die Holzmann von den Stadtspaziergängen oder sind Nachbarn. Aber die wollten eher von mir etwas erfahren, als dass sie für mich eine Info hatten. Und bei einigen hatte ich das Gefühl, die wollten nur wieder einmal mit jemandem plaudern.«

»Womit du wahrscheinlich Recht hast.«

»Aber unabhängig davon ist es schon schrecklich, wenn deine Frau so plötzlich verschwindet. Diese Ungewissheit! Stell dir vor, David oder Chris sind plötzlich weg, und du weißt nicht, wo sie sind, ob sie noch leben oder ob sie tot sind! Furchtbar!«

»Das will ich mir gar nicht erst vorstellen.«

Sarah lief ein kalter Schauer über den Rücken. Sie

küsste Gabi auf die Wange. »Wenn du verschwinden würdest, wäre das übrigens genauso schlimm. Du bist nämlich die Beste. Weißt du das? Danke fürs Sammeln. Falls noch was reinkommt, gib mir Bescheid. Ist Herbert schon da?«

Gabi strich sich mit den Fingern durch ihre blonde Kurzhaarfrisur. »Ja, seit fünf Minuten. Diese Geschichte ist ja total schräg!« Sie schüttelte den Kopf. »Wer stiehlt bitte einen Sarg aus einem Grab? Also wirklich, wie gesagt, da draußen rennen lauter Narrische umeinander. Ach ja, Conny ist auch da drin.« Gabi deutete mit dem Kopf zur Tür.

»Conny? Was will die denn?«

»Wahrscheinlich deinen Kopf rollen sehen.« Gabi lachte.

»Sehr witzig.« Sarah öffnete die Tür zu Davids Büro und trat ein. Herbert Kunz stand mit dem Rücken zu ihr vor dem Panoramafenster und starrte auf die Mariahilfer Straße hinunter. Conny saß auf dem Sofa in der Besucherecke mit einem Plastikbecher Kaffee in der Hand. »Na da warst du ja heute wieder mal zur richtigen Zeit am richtigen Ort«, begrüßte sie Sarah.

»Klar, als die Hexe vom *Wiener Boten*«, antwortete Sarah augenzwinkernd.

David lehnte sich hinter seinem Schreibtisch im Sessel zurück.

Sarah ließ sich auf dem freien Besucherstuhl nieder.

»Ich hab' mir Roman Holzmann ein wenig genauer angesehen«, begann Conny. Sie leerte den Plastikbecher in einem Zug und stellte ihn auf dem Tisch vor sich ab.

»Und? Hast du was Interessantes gefunden?«, fragte Sarah.

»Der ist ganz schön betucht. Es könnte also durchaus lukrativ sein, seine Frau zu entführen.«

»Woher hast du die Info?«, fragte Sarah.

»Ein gut unterrichteter Informant.«

Conny und ihre Informanten!

»Aha, und wer dieser Informant ist, wirst du mir, wie ich dich kenne, nicht verraten, richtig?« Sarah musste zugeben, dass Connys Quellen immer sehr zuverlässig waren.

Die Gesellschaftsreporterin schüttelte den Kopf. »Nein. Aber ich kann dir sagen, dass er sich nach einem geeigneten Platz für ein drittes Holzmann-Restaurant im ersten Bezirk umsieht. Und glaub mir, wenn der hier aufmacht, dann haben wir einen neuen Promi-Tempel in der Innenstadt, und ich will die Erste sein, die darüber berichtet.«

Damit war klar, warum Conny an der Besprechung teilnahm.

Herbert Kunz wandte sich um, blieb aber am Fenster stehen. »Falls dir diesbezüglich etwas zu Ohren kommen sollte, Sarah, gib's bitte sofort an Conny weiter. Du sitzt ja sozusagen direkt an der Quelle. Aber jetzt erzähl mal! Was war denn nun los am Zentralfriedhof?«

»Womit fange ich am besten an?«, stellte Sarah die rhetorische Frage. »Die Zusammenhänge sind kompliziert, und doch auch wieder nicht.«

Sie rekonstruierte die Chronologie der Ereignisse von Beginn an, versuchte, keine wesentlichen Details auszulassen und unterbrach ihren Bericht an dem Punkt, als sie und Holzmann den alten General aufsuchten.

Sie warf einen Blick in die Runde. »Sagt eigentlich jemandem von euch der Name Gutberg etwas?«

»General Wolfgang von Gutberg«, kam es von Conny und David wie aus einem Munde.

»Was hat der denn damit zu tun?«, fragte David.

»Gutberg war sowohl mit Josef Weinscherb als auch mit Erika Holzmanns Eltern offenbar eng befreundet. Er stellt jetzt so eine Art Privatarmee zusammen, um seine Wahlnichte zu suchen, und setzt Himmel und Hölle in Bewegung.«

Conny lachte.

»Und wie ich den alten Herrn kenne, gelingt ihm das auch. Der verfügt über Kontakte, von denen träumt unsereins nur. Wenn der eine Suchmannschaft zusammenstellt, dann kann sich die Polizei meiner Meinung nach zurücklehnen und abwarten!« Conny geriet regelrecht ins Schwärmen.

»Und woher kennst du Gutberg?«, fragte Sarah.

»Ich kenne ihn nicht persönlich, aber unzählige Geschichten, die sich um ihn ranken. Er organisiert jedes Jahr eine Art internationales Veteranentreffen von Generälen und Offizieren im Ruhestand. Da trifft sich dann alles, was Rang und Namen hat und schwelgt in Erinnerungen, natürlich nicht ohne offiziellen Festakt mit Militärmusik und Zapfenstreich. Aber nicht nur das. Gutberg war früher und ist angeblich noch heute regelmäßig bei den Bilderberg-Konferenzen anwesend.«

Da war sie, die Geheimorganisation!

»Hast du schon einmal von der Bilderberg-Konferenz gehört?«, fragte Conny Sarah.

Sarah nickte. Erst kürzlich hatte jemand diesen Namen erwähnt, hinter vorgehaltener Hand, als bringe es Unglück, den Namen laut auszusprechen. »Dürfte eine sehr einflussreiche Institution sein«, sagte Sarah.

»Genau. Aber keine offizielle Organisation. Hochgestellte Persönlichkeiten aus Wirtschaft, Politik, Militär und Adel versammeln sich ein Mal im Jahr zu streng geheimen Treffen, angeblich um weltweite Probleme zu diskutieren. Dieses Treffen wird natürlich unter strengstem Ausschluss der Öffentlichkeit abgehalten.« Conny wedelte übertrieben mit den Händen in der Luft hin und her. »Du weißt schon. Verschwörung. Verschwörung. Verschwörung.«

Sarah grinste. Ob sie Conny darauf aufmerksam machen sollte, dass sie das Wort »Verschwörung« drei Mal hintereinander wiederholt hatte? Drei! Die göttliche Zahl des Glücks und Erfolges. Schon die griechischen Götter Zeus, Poseidon und Hades teilten sich die Herrschaft über Götter und Menschen. Aber sie sagte nichts, denn ihre Kollegin würde die Andeutung nur missverstehen und alles vehement abstreiten.

»Kannst dir sicher vorstellen, dass diese absolute Geheimhaltung genug Zündstoff für diverse Verschwörungstheorien liefert, obwohl ich mir schon vorstellen kann, dass dieser Verein mehr Lobbyismus als Geheimbund ist. Dort schachern s' wahrscheinlich um die Amterln, die sie sich dann auf internationaler Ebene untereinander aufteilen. Die fetten Wirtschaftsbosse impfen die Politiker, in welche Richtung sie das Schiff steuern sollen, damit am Ende der Party ein Stück vom Kuchen für sie abfällt. Sie treffen sich übrigens nicht in dunklen Verliesen, wie einst die Templer oder die Freimaurer, sondern in sündteuren Hotels mit Wellness und Haubenküche und allem, was dazugehört ...«

»Conny!« David mochte nicht, wenn sie einen ihrer Monologe hielt.

»Was ich damit sagen will, ist, jetzt kannst du dir in etwa vorstellen, über welche Kanäle der Gutberg an Kontaktleute rankommt, um nach Erika Holzmann zu suchen«, schloss Conny ihre Ausführungen.

»Das ist ja alles gut und schön. Aber was davon sollen wir morgen bringen?«, fragte David.

»Ich schreib' eine erste Meldung über den Diebstahl und die Entführung«, hob Sarah an.

»Vermisst!«, unterbrach Kunz sie. »Du wolltest das Wort ›Entführung‹ rauslassen. Oder ist es schon amtlich, dass es nicht dieser Holzmann selber war, der seine Frau beseitigt hat und jetzt den besorgten Ehemann gibt?«

Sarah warf ihm einen strengen Blick zu, woraufhin der Chef vom Dienst abwehrend die Hände hob. »Männer, die ihre Frauen umbringen und dann so tun, als wären sie irgendwohin abgehauen, sind nicht meine Erfindung. Hat es alles schon gegeben.«

»Schon gut. Ich werde ja schreiben, dass sie nach wie vor vermisst wird. Übrigens hat die Suchmeldung nicht viel gebracht.«

»Bringst du Weinscherb mit der Holzmann in eine direkte Verbindung?«

»Ich denke schon, bevor es die anderen tun. Was haltet ihr davon, wenn die Chronik ein wenig Hintergrundinfo bringt? Statistiken. Suchaktionen. Spektakuläre Fälle. Das ganze Programm.«

»Gute Idee«, sagte Herbert Kunz. »Ich geb' das gleich an Stepan weiter, der soll seine Leute dransetzen.«

»Ich hätte gerne ein Interview mit Roman Holzmann. Ein Porträt wäre nicht schlecht, mit Fotos von ihm und irgendwelchen Promis, die in seinen Restaurants ein und aus gehen«, meldete Conny sich wieder zu Wort. Den Wunsch richtete sie direkt an Sarah. »Du weißt schon, wegen dem neuen Laden in Wien.«

»Ich hab's nicht vergessen, und ich werde ihn auch fragen. Aber ich weiß nicht, ob er jetzt ...«

»Wann fragst du ihn?«, unterbrach Conny sie.

Sarah überlegte, ob sie Conny sagen sollte, dass sie Holzmann in der momentanen Situation auf gar keinen Fall nötigen würde, mit ihr zu reden. Ihrer Meinung nach war das völlig unsensibel. Sie wusste aber auch, dass dies die Gesellschaftsreporterin wenig beeindrucken würde, deshalb antwortete sie: »Morgen.«

»Du triffst ihn morgen?«, entfuhr es David. Er runzelte die Stirn. »Schon wieder?«

»Ich schau' mir morgen die Unterlagen seiner Frau an.«

»Welche Unterlagen?«

»Ihre Arbeitsunterlagen, private Aufzeichnungen, alles, in das er mir einen Einblick gewährt.«

»Holzmann lässt dich einfach so die Unterlagen seiner Frau durchwühlen?«, hakte David nach.

»Ich durchwühle keine Unterlagen. Erika Holzmann bietet Spaziergänge durchs mystische Wien an. Sie wollte mich treffen, doch jetzt ist sie verschwunden. Holzmann kennt sich mit den Arbeitsschwerpunkten seiner Frau kein bisschen aus. So einfach ist das.«

Sarahs Blick streifte Conny, die herablassend grinste.

»Und wie ihr alle wisst, bin ich die Hokuspokustante vom Dienst und kenne mich bestens aus mit der Mystik.«

»Was soll das bringen?«, fragte Herbert Kunz. »Auch wenn du findest, wonach du suchst? Du kannst nichts davon veröffentlichen, solange du nicht die Einwilligung von der Holzmann persönlich hast.«

»Ja, schon. Aber der Holzmann hofft halt, dass ich einen Hinweis darauf finde, wo seine Frau sein könnte«, gab Sarah zu.

»Und diese Hinweise glaubst du in ihren Unterlagen zu finden?«, fragte David. »Das ist doch absurd!«

Sarah zuckte die Achseln. »Er vermutet, dass ihr Verschwinden mit ihrer Arbeit zusammenhängt.« Sie sah David fest an. Ein Schatten legte sich über sein Gesicht. Auch Hilde Jahn, die ehemalige Enthüllungsjournalistin des *Wiener Boten* und heimliche Affäre Davids, blieb mehrere Tage unauffindbar, bis man ihre Leiche in einer aufgelassenen Fabrik fand.

Conny grinste boshaft. »Bei so einem feschen Mann hilft frau doch gerne beim Suchen.« Sie sah David unverhohlen an. Der Schatten über seinem Gesicht war weg. Connys Grinsen wurde breiter.

»Weggelaufen wird's ihm schon nicht sein, die Holzmann, so attraktiv wie der ist.«

»Wie auch immer«, unterbrach Herbert Kunz Connys Sticheleien. »Schreib die Meldung am besten sofort, und gib vor allem die Sache mit dem entwendeten Sarg gleich an die Onlineredaktion weiter. Mit etwas Glück hat die Konkurrenz noch nicht Wind von der Sache bekommen, und wir sind die Ersten, die damit rausgehen.«

Sarah klopfte augenblicklich drei Mal auf Holz. Alle anderen im Raum lächelten nachsichtig. Auch Conny.

»Hast du fotografiert?«, fuhr Kunz fort.

Sarah schüttelte den Kopf. »Ging nicht, die Polizisten haben aufgepasst wie die Haftelmacher. Hat denn niemand von uns bei der Pressestelle wegen Fotos angefragt? Ich hab' doch gesagt ...«

»Es gibt noch keine Polizeibilder«, unterbrach sie der Chef vom Dienst, »und noch keine Mitteilung. Die von der Pressestelle dort waren völlig überrascht, dass wir schon Bescheid wissen, denn die Polizei hat bis jetzt noch nichts rausgegeben.«

»Tja«, sagte Sarah belustigt. »Ist manchmal so im Leben, dass man schneller als die Polizei ist. Ich habe jedenfalls das hier.« Sie kramte das Foto aus Gutbergs Album hervor, das Weinscherbs Sarg zeigte. »Ich muss es dem General aber wieder zurückgeben. Die Bildstelle soll bitte gut darauf aufpassen.« Sie gab Kunz das Foto. »Er meinte, das Kreuz auf dem Sarg sei dreißigtausend Euro wert.«

Herbert Kunz stieß einen Pfiff aus. »Nobel, nobel.«

»Es ist eine Kopie des Reichskreuzes.«

»Gleich das Reichskreuz. Stiehlt man heutzutage keine Gemälde mehr aus Museen, sondern fladert Kunstwerke aus Mausoleen?« Kunz klang zynisch. »Ich hoffe, dass das nicht zum Trend wird, sonst haben wir demnächst lauter Bilder mit Grabsteinen in der Zeitung. Stelle ich mir übrigens unschön vor, so einen Sarg zu öffnen.« Er schüttelte sich. »Wo genau ist denn das Mausoleum vom Weinscherb?«

»Gruppe 43, gleich hinter der Kirche. Falls du Simon hinschickst, um Fotos zu machen, er kann's nicht übersehen. Es ist von Absperrbändern umgeben, und ich bin sicher, dass zumindest heute ein Polizist dort Wache schiebt. Möglich, dass sie erst mal die ganzen wertvollen Kreuze von den Wänden abnehmen.«

Herbert Kunz ging zur Tür. Er legte seine Hand auf

den Türgriff. »Wann kann ich mit der Kurzmeldung rechnen?«

»In einer halben Stunde.«

»In zwanzig Minuten wäre besser«, sagte er, öffnete die Tür und verschwand.

»Sklaventreiber!«, rief Sarah ihm nach.

Conny erhob sich. »Ich schau' mal, was ich über Weinscherb im Archiv habe. Ein kurzer Abriss über sein Leben als Kunstförderer würde zu deiner Kurzmeldung passen. Falls ich mehr Infos über seine Vergangenheit brauche, ruf' ich dich an, David.«

»Jederzeit.«

»Gut. Mich braucht's ihr zwei ja sicher auch nicht mehr.«

Ohne eine Antwort abzuwarten, verließ auch die Gesellschaftsreporterin den Raum.

»Warum will Conny ausgerechnet dich anrufen, wenn sie was über Weinscherbs Vergangenheit wissen will? Kanntest du den näher?«

David runzelte die Stirn. »Sage ich dir gleich. Aber vorher wüsste ich gerne, warum du die Privatdetektivin für diesen Holzmann spielst.«

Sarah sah David fest an und versuchte zu ergründen, ob er etwa eifersüchtig war. Aber sein Blick blieb ruhig und gelassen.

»Warum fragst du? Eifersüchtig?«

»Blödsinn.«

»Schade.«

»Ich frag' mich nur, warum er dich so nahe an sich und die ganze Sache heranlässt. Eine, mit der seine Frau lediglich ein Mal telefoniert hat. Noch dazu eine Journalistin.«

»Er ist Restaurantbesitzer, kein Hollywoodstar. An ihn kommt jeder heran«, widersprach Sarah, wohl wissend, dass dem nicht ganz so war.

»Du weißt, was ich meine, Sarah. Warum sollst ausgerechnet du ihm helfen, seine Frau zu finden? Warum nicht ein Freund oder eine Freundin? Fragst du dich das nicht auch?«

Sarah spielte an ihrem Ohrring herum und schwieg. Sie wollte nicht zugeben, dass sie Holzmann genau diese Frage gestellt, jedoch keine wirkliche Antwort darauf bekommen hatte. Insofern fiel ihr kein überzeugendes Argument ein.

»Ich will dir nichts dreinreden, Sarah, aber ich will auch nicht, dass du dich in etwas verrennst, was sich am Ende womöglich als ein Gespinst von Lügen entpuppt und gefährlich wird.«

»Und womöglich der Zeitung schadet«, sagte Sarah bissig.

Er schwieg.

»Was genau meinst du mit Lügen?«, fragte sie herausfordernd und ein bisschen schärfer als gewollt. David fixierte sie noch immer.

»Ich mag es auch nicht, wenn du dich dumm stellst«, sagte er schließlich streng. »Du weißt genau, was ich meine.«

Das war nicht unbedingt das, was Sarah hören wollte. Sie hatte ja selber schon das Thema mit Variationen durchgespielt, unter anderem, dass Holzmann ein Serienmörder war, der vermögende Frauen heiratete und sie dann um die Ecke brachte. Aber sie war nicht vermögend und daher nicht gefährdet.

»Ich passe auf mich auf, David. Versprochen!«

Mehr gab es dazu nicht zu sagen, das wusste auch David. Deshalb beließ er es dabei.

»Wenn du willst, kannst du die Meldung ja gleich hier verfassen«, sagte er versöhnlich, stand auf und kam hinter seinem Schreibtisch hervor. Sarah wechselte auf seinen Stuhl und gab die Meldung, die sie im Kopf bereits ausformuliert hatte, sofort ein.

»Sarg von Millionär Josef Weinscherb gestohlen«, lautete die Überschrift.

»Wien. Das Grabmal des Millionärs Josef Weinscherb wurde geschändet. Der Immobilienbesitzer lebte bis zu seinem Tod im Jahre 2008 zurückgezogen in seiner Villa in Hietzing. Die Betreuung seines Mausoleums legte er in die Hände einer Gärtnerei. Weinscherb war zu Lebzeiten ein bekannter Kunstliebhaber und -sammler. Am Pfingstdienstag wurde festgestellt, dass bisher unbekannte Täter Weinscherbs Sarg aus der Gruft entfernt hatten. Die Polizei hat bislang noch keine Spuren gefunden, die auf die Täter hinweisen könnten. Ein Freund der Familie vermutet einen Kunstraub, da das Kreuz auf dem entwendeten Sarg sehr wertvoll sei. Etwaige Forderungen seitens der Täter an die Hinterbliebenen wurden bislang nicht erhoben.«

Die Autorisierung, Gutbergs Meinung über den Diebstahl zu zitieren, hatte Sarah dem General beim Abschied noch abgerungen.

»Das reicht fürs Erste. Weißt du, was ich mich frage?«

David stand dicht hinter dem Stuhl und begann, ihren Nacken zu massieren. »Nein. Aber du wirst es mir sicher gleich sagen.«

Sarah nahm ihre Hände von der Tastatur, schloss die Augen und genoss die Berührung.

»Wer tut sich die ganze Arbeit an? Die haben eine mordsschwere Granitplatte anheben müssen und dann den Sarg aus dem Grab hieven ... Das ist ein irrer Aufwand, und das alles für 30.000 Euro. Zahlt sich das aus, dafür ins Häfen zu gehen?«

»Nun, wenn dieses Kreuz auf dem Sarg so viel wert ist, vielleicht vermuten sie auch im Sarg noch irgendwas, das sie zu Geld machen können, oder um Lösegeld für die Leiche zu fordern.«

»Bis jetzt hat niemand Lösegeld gefordert.«

David nahm seine Hände von Sarahs Nacken und drehte ihren Stuhl herum. »Es gibt Menschen, die töten für läppische fünfzig Euro.«

»Da hast du leider Recht. Könntest du mich bitte küssen?«

Er beugte sich zu ihr und kam der Aufforderung nach.

Plötzlich hatte Sarah eine Idee. Sie löste sich abrupt von David.

»Was ist?«, fragte David.

»Wenn ich mich richtig erinnere, ist das Reichskreuz doch hohl!«

»Und das fällt dir ausgerechnet dann ein, wenn ich dich küsse?« David spielte den Gekränkten.

Doch Sarah ignorierte das.

»Der Hohlraum diente zur Aufbewahrung der Reliquien Christi.« Sie googelte das Reichskreuz, und binnen Sekunden erschien eine Seite mit der Beschreibung des Reichskreuzes auf dem Bildschirm. »Siehst du? Ich habe Recht. Das Kreuz ist ein Schrein! Im Querarm befand sich die heilige Lanze, im unteren Schaft der Kreuzpartikel. Schau!« Sie tippte aufgeregt auf den Bildschirm.

»Denkst du etwa, dass Weinscherb in dem Kreuz etwas aufbewahrt hat?«

»Ja, genau das denke ich. Das würde doch erklären, warum er ausgerechnet das Reichskreuz als Kopie auf seinem Sarg wollte. Mehrere Teile der Vorderseite des Kreuzes lassen sich abheben, und in den Hohlräumen kann man etwas verstecken.«

»Warum sollte er das tun?«

Sarah wandte sich David wieder zu.

»Gutberg sagte heute, Weinscherb habe vorgehabt, sein ganzes Vermögen mit ins Grab zu nehmen.«

»Wie kann er sein ganzes Vermögen in einem Kreuz aufbewahren?«

»Natürlich geht das nicht. Aber vielleicht hat er einen Hinweis darin versteckt, wo sein Vermögen ist«, schlug Sarah triumphierend vor. Ihr schlug das Herz bis zum Hals. Sollte sie tatsächlich das Rätsel gelöst haben? Die Antwort auf die Frage nach dem Verbleib des Vermögens gefunden haben, die vor fünf Jahren gestellt wurde und die bis heute niemand beantworten konnte? So einfach?

»Das heißt, die Täter wissen jetzt, wo das Vermögen ist«, stellte David trocken fest.

»Möglich. Was aber nicht gleichzeitig unbedingt heißt, dass sie auch darankommen.«

»Und wie ich dich kenne, nimmst du jetzt an, dass Erika Holzmann entführt wurde, weil man über sie an das Vermögen kommen will. Ist es das, Sarah?«

Sarah nickte. »Das wäre doch zumindest eine Erklärung dafür, warum sich noch niemand bei Holzmann gemeldet und Lösegeld gefordert hat. Findest du nicht?«

»Hm, klingt jedenfalls nicht unplausibel.«

Ihre Gedanken drehten sich wie ein Karussell. »Ich will gar nicht darüber nachdenken, was mit ihr geschieht, wenn die Entführer das Geld in die Finger kriegen. Scheiße, David, ich hab' das Gefühl, mein Kopf explodiert gleich.«

David küsste ihren Scheitel. »Das darf auf gar keinen Fall passieren. Dass diese Erika Holzmann verschwunden ist, macht dich ganz schön fertig, was?«

»Völlig fertig.«

»Aber warum? Du kennst die Frau doch nicht einmal.«

»Es macht mich fertig, dass jemand so verschwinden kann.« Sie schnippte mit den Fingern. »Einfach so. Weg. Wiederschauen. Außerdem hab' ich das Gefühl, die Frau schon lange zu kennen, auch wenn ich ihr noch nie begegnet bin.« Sie seufzte laut. »Und jetzt sag mir doch, was du über Weinscherb weißt, und warum du etwas weißt! Vielleicht finden wir ja eine Verbindung, irgendeine.«

»Das glaube ich kaum. Ich habe mit der Weinscherb-Mischpoche nichts zu tun, sondern habe nur mal über ihn was recherchiert. Und ein einziges Mal bin ich ihm persönlich begegnet.«

Sarah sah ihn überrascht an.

»Sieh mich nicht so an! Auch wenn du's nicht glaubst, aber es gab auch eine Zeit vor alldem hier.« Er machte eine Geste, die den gesamten Raum mit einbezog. »Ich war einmal ein stinknormaler Reporter und habe ganz alltägliche Geschichten geschrieben, lange bevor ich Herausgeber wurde.«

»Weinscherb war doch sicher keine alltägliche Geschichte.«

Sarah erhob sich und strich mit ihren Fingern durch seine dunklen, leicht angegrauten Haare. »Komm! Erzähl mir von deiner aufregenden Zeit als junger Journalist.«

Sie entdeckte in seinem Gesicht ein schelmisches Lächeln.

»Kann es sein, dass du dich über mich lustig machst?«, fragte er.

Sarah hauchte ihm einen Kuss auf die Lippen. »Aber nein, mein Held! Du hast meine ungeteilte Aufmerksamkeit.«

Er setzte sich auf die Schreibtischkante und umfasste Sarahs Hüften. »Damals hatte ich das zwiespältige Vergnügen, ein Porträt über Weinscherb zu verfassen. Dazu habe ich ihn natürlich interviewen müssen.«

»Und? Was war er so für ein Typ?«

»Schwer zu sagen. Er war seinerzeit schon ein gesetzter älterer Herr, ich war blutjung im Geschäft und viel zu aufgeregt, um mir eine objektive Meinung bilden zu können. Immerhin interviewte ich einen der reichsten Männer des Landes. Er war natürlich geübt und abgebrüht im Umgang mit den Medien und ließ mich meine Unerfahrenheit spüren. Dennoch wirkte er nicht überheblich oder unsympathisch auf mich.«

»Worum ging es in dem Artikel? War es eine Art Homestory?«

»Es ging damals um Immobilienan- und -verkäufe seitens seiner Firma in Spanien, Abwicklungen, die über Offshore-Firmen liefen. An Details erinnere ich mich nicht, das ist zu lange her. Ich weiß nur noch, dass er jede Verbindung zu solchen Unternehmen abstritt, jede Unterstellung diesbezüglich in Grund und Boden lächelte und völlig unbehelligt weiter seine Millionen machte. Der Kerl war ja nicht blöd, der wusste schon, welche Wege er gehen musste. Ich war damals noch zu naiv, um die richtigen Fragen zu stellen. Wahrscheinlich hat mein Chef mich deshalb zu dem Treffen geschickt. Sich mit Weinscherb anzulegen war keine gute Idee, also schickte man einen Jungspund, der keine zu direkten Fragen stellte und nicht groß nachhakte. Weinscherbs Barvermögen wurde nach seinem Tod auf mehrere Millionen geschätzt. Der Gesamtwert seiner Kunstschätze konnte schwer geschätzt werden, weil niemand wirklich herausfand, was er besaß. Genauso wenig erfuhr man, welche Immobilien ihm gehörten und an welchen Firmen er beteiligt war. Ist alles über diverse Stiftungen und Holdings gelaufen.«

»Hat also wahrscheinlich wenig Sinn, die Grundbucheintragungen durchzusehen.«

»Richtig. Das wäre die Stecknadel im Heuhaufen.«

»Ein bisschen undurchsichtig, der Knabe.«

»Wenn du so viel Kohle hast, wirst du im Umgang mit der Öffentlichkeit, sagen wir, vorsichtig. Zumindest posaunst du nicht hinaus, in welchem Bunker dein Geld liegt. Es gibt einfach zu viele Leute, die nutznießen wollen.«

»Weißt du, woher seine Sammelleidenschaft kam? Ich meine, Kreuze zu sammeln, das ist doch irgendwie ... War er gläubig?«

»Es hatte sicher nicht viel mit dem Glauben an Gott

zu tun. Es ging nur ums Geld. Sicher war es eine Leidenschaft. Wenn man ihn darauf ansprach, leuchteten seine Augen, und man bekam lange Vorträge über Kreuze zu hören. Aber in erster Linie war es eine Wertanlage, so wie andere Leute Gemälde sammeln, sammelte Weinscherb Kreuze. Warum auch immer. Vielleicht wollte er einfach kein zweiter Rudolf Leopold werden und hat sich deshalb anderen Kunstobjekten zugewandt. Schließlich hat er auch kein Museum errichtet.«

»Weißt du, was diese Kreuze wert sind?«

»Keine Ahnung. Aber ich denke, dass es ähnlich wie bei Gemälden sein wird. Der Wert hängt vom Alter ab und von dem Künstler, der es gefertigt hat. Irgendwer hat einmal gesagt, der Wert der Kunst sei unabhängig vom Preis. Wobei ich auch nicht glaube, dass Kreuze jemals den Wert von Gemälden oder Skulpturen erreichen, egal wie alt und bedeutend sie sein mögen. Jedenfalls habe ich persönlich noch nie von einem Kreuz gehört, das für mehrere Millionen Dollar oder Euro über einen Verkaufstisch wanderte. Aber ich kann mich natürlich irren, Kunstexperte bin ich nicht.«

»Angebot und Nachfrage. Treiben nicht gerade Sammler die Preise in die Höhe?«

»Schon. Außerdem ist der Kunstmarkt beliebt für Geldwäsche. Du zahlst einen bestimmten Preis für etwas, sagen wir vier Millionen. Unterm Tisch schiebst du eine Million nach, sozusagen steuerfrei, dann wartest du eine Weile und verkaufst das Ding um acht Millionen. Du hast nichts weiter getan, nur ein Kunstwerk verkauft.« Er schob sie sanft ein Stück von sich weg. »Aber jetzt genug davon. Ich habe Hunger, Sarah. Hab' seit dem Frühstück nichts mehr gegessen.«

Sie gab ihm einen Kuss. »Hol mich in einer halben Stunde im Büro ab. Ich muss ja noch schreiben, dass Erika Holzmann vermisst wird.«

»Hast du den Artikel nicht schon längst geschrieben?«

Sie schmunzelte. Er kannte sie gut. »Eine gute Journalistin liest noch einmal durch, was sie geschrieben hat, bevor sie's freigibt.«

Anschließend recherchierte sie ein wenig über Kreuze und den Wert, den sie haben konnten, und fand einen Artikel über den Diebstahl eines Stiftkreuzes aus dem 11. Jahrhundert, 40 Zentimeter groß. Es war in Deutschland am helllichten Tag aus einer Kirche gestohlen worden. Sein Wert wurde mit 15 Millionen Euro angegeben. Auf dem freien Markt war es unverkäuflich. Man vermutete, dass die Diebe den reinen Materialwert zu Geld machen wollten oder dass Kunstliebhaber den Diebstahl in Auftrag gegeben hatten.

Ob auch Weinscherb noch zu Lebzeiten einen Raub in Auftrag gegeben hatte?

17

JOSIP KOVAC

Mit der Frau stimmte etwas nicht. Diese Erkenntnis hatte Josip stutzig gemacht. Die Angst, die ihn seit geraumer Zeit an der Hand führte, hatte ihm zum wiederholten Mal ihre Spinnenfinger um den Hals gelegt und ihn gewarnt: »Ignoriere mich, und du bist tot.«

Er wollte nachdenken und lief deshalb ziellos durch die Stadt. Diese Touristenmassen, die ihn zwangen, langsamer zu gehen oder auszuweichen, weil sie plötzlich vor den Auslagen stehen blieben, machten ihn rasend. Sein Kopf drohte zu platzen. Die Kopfschmerzen wurden immer schlimmer, und er wusste auch warum. Er hatte die Polizistin angestarrt. Eine Polizistin, die Ohrschmuck in Form von Corni trug, die zugleich ein Schutz gegen den Bösen Blick waren. Und er war ihrem Blick schutzlos ausgeliefert gewesen, weil er die Corni zu spät gesehen hatte. Es faszinierte ihn, welche Macht die Frau auf ihn ausübte. Obwohl sie ihn gar nicht wahrgenommen und deshalb weder schlechte noch gute Hintergedanken haben konnte, was ihn betraf, quälte ihn eine heftige Migräne, seit er den Friedhof verlassen hatte. Der Aberglaube. Er war wie ein Sog, dem er nicht entkommen konnte. Weder damals in Afrika noch heute in Wien noch sonst irgendwo. Das machte ihn zornig. Er fühlte sich in seine Kindheit zurückversetzt.

Ein kleines Haus. Der kalte Winter. Zwei Schweine, eine Kuh, fünf Hühner. Ein Nussbaum, in den man klettern konnte. Sakuska und Vinete zum Essen. Ein rotes Armband. Descântec, »Besprechen«, so hieß das Ritual gegen den Schadenszauber. Die alten Frauen in seinem Dorf wussten mit dem Bösen Blick umzugehen. Sie gossen Wasser in eine Tasse und warfen einige glühende Kohlestückchen aus dem Ofen hinein, murmelten ein Vaterunser und zeichneten mit der Hand das Symbol des Kreuzes über die Tasse. Wie ein Segen, den sie Kindern mit auf den Weg gaben. Daumen, Zeige- und Mittelfinger mussten dabei ganz fest zusammengepresst werden. Genauso machte er es noch heute, wenn er sich bekreuzigte. Das Zeichen der Dreieinigkeit. Drei Mal wiederholten sie das Vaterunser und den Segen, bis die Kohlestückchen im Wasser versunken waren. Danach vermochten die Alten mit Gewissheit zu sagen, ob der Böse Blick von einem Mann kam oder von einer Frau. Denn sollten einige Kohlestückchen nicht sinken, sondern an der Wasseroberfläche treiben, erzeugte eine Frau den Deochi – das verursachte Unwohlsein, Schmerzen, Übelkeit oder Krankheit. Sanken sie jedoch alle auf den Grund der Tasse, so kam der Böse Blick von einem Mann.

Doch Josip wusste schon, dass die Frau daran schuld war. Wer sonst? Doch den Gegenzauber konnte er ohne glühende Kohle und Wasser nicht herstellen. Um sich von Kopfschmerzen zu befreien, musste er als Kind drei Schlucke von dem Kohlewasser trinken, anschließend die Fingerspitzen mit dem Wasser benetzen und auf Stirn, Bauch und auf die Hände die Form eines Kreuzes auftupfen. Dann musste er vors Haus gehen, sich mit dem Rücken zur Eingangspforte stellen und das restliche Wasser mit einem Ruck über die Schulter hinweg gegen den Türpfosten schütten. Somit hatte er das ganze Elend hinter sich gebracht. Dies war das Allheilmittel seiner Großmutter und aller anderen Alten gewesen.

Plötzlich fiel ihm die Alternative zum Kohlewasser ein, um den Schadenszauber abwenden zu können. Das rote Armband. Das müsste funktionieren, dachte er hoffnungsfroh.

Der Himmel verdunkelte sich. Er sehnte sich nach einem Bett. In einer Apotheke auf der Mariahilfer Straße kaufte er sich Kopfschmerztabletten. Als er wieder ins Freie trat, wurde er unsanft angerempelt. Jemand drückte ihm eine Karte in die Hand, entschuldigte sich und ging schnell davon. Wieder eine Karte für ein Schließfach.

Josip eilte zum Westbahnhof, holte ein Kuvert aus dem Schließfach und kam kurz danach im Hotel an. Der Rezeptionist überreichte ihm lächelnd seinen Zimmerschlüssel, ohne dass Josip seine Zimmernummer sagen musste.

In diesem Hotel merkte man sich die Namen und Gesichter der Gäste. Josip wusste nicht, ob ihm das gefiel.

»Das Gewitter soll ziemlich arg werden, haben s' im Radio gesagt«, sagte der Mann. »Ich hoffe, Sie müssen nicht mehr raus heute.«

Josip schüttelte den Kopf.

»Wenn Sie wollen, können Sie heute Abend im Hotel essen. Geben Sie einfach Bescheid«, bot der Mann an.

Wieder schüttelte Josip den Kopf. »Kein Abendessen. Kopfschmerzen«, erklärte er und griff sich an die Stirn.

»Oh, das kenne ich. Hab' ich auch, wenn's Wetter umschlägt.« Der Mann sah ihn mitfühlend an. »Brauchen Sie Schmerztabletten?«

Josip schüttelte den Kopf. »Danke. Ich habe.« Er wandte sich zum Gehen.

»Schlafen Sie gut!«

Er nickte, ging zum Lift und fuhr hinauf.

Im Bad ließ er Wasser in den Zahnputzbecher laufen, drückte eine Tablette aus der Verpackung und schluckte sie hinunter. Im Zimmer warf er das Kuvert aufs Bett, zerrte seine Reisetasche aus dem Kleiderschrank und stellte sie daneben. Bedächtig öffnete er den Reißverschluss der Innentasche und nahm einen unscheinbaren kleinen Stoffbeutel heraus. Er behielt ihn für einen Moment in seiner Hand, bevor er ihn öffnete und ein rotes dünnes Stoffarmband hervorholte. Es war eine alte Familientradition. Jedes neugeborene Baby bekam ein solches Armband. Es sollte vorbeugend gegen den Bösen Blick wirken. Seine Mutter hatte ihm erzählt, schon sein Großvater habe es getragen und dann sie selber, bis es an ihn weitergegeben wurde. Rot, die Glücksfarbe, die böse Geister und Gedanken abwehrte. Mochten andere das als dummen Aberglauben abtun. Er hatte das Armband stets bei sich, wenn auch nicht sichtbar, in einem Stoffbeutel. Aber er war stolz, es zu besitzen.

Ob die junge Polizistin sich der Bedeutung ihrer Ohrringe bewusst war, oder trug sie sie nur, weil es schöner Schmuck war? Er ballte seine Hand zur Faust, umklammerte das Band ganz fest, schloss die Augen und wartete darauf, dass die Kopfschmerzen nachließen. Morgen musste er sich dringend ein neues Band kaufen, eines, das um sein Handgelenk passte.

Er verstaute die Reisetasche wieder im Schrank, ließ sich aufs Bett fallen und öffnete das Kuvert und zog ein Foto heraus.

Vor Schreck hielt er die Luft an.

Er starrte direkt in das Gesicht der jungen Polizistin. Sie war sein nächstes Ziel. Sie war die Journalistin, die Holzmann und damit der Wahrheit zu nahe kam. Sie war zu gefährlich und musste beseitigt werden.

Dumpfes Donnergrollen kündigte das nahende Gewitter an.

18

SARAH PAULI

David holte sie wie vereinbart und pünktlich in ihrem Büro ab.

Sie beschlossen, ihr Gespräch in Sarahs Wohnung fortzusetzen, denn über Wien braute sich ein stürmisches Gewitter zusammen, und Sarah hatte wieder einmal Lust, für sie beide zu kochen. Am Brunnenmarkt kauften sie Spargel und im *La Salvia* auf dem Yppenplatz zwei Flaschen Pinot Grigio. Währenddessen berichtete Sarah David von ihrer Recherche.

»Auch Gutberg vermutet, dass das Kreuz auf Weinscherbs Sarg in seine Einzelteile zerlegt verkauft werden soll. Ist also gar nicht so abwegig, dieser Gedanke.«

»Merkwürdig ist allerdings, dass das Kreuz nicht in einer Kirche stand, sondern auf einem Sarg befestigt war«, meinte David.

»Glaubst du, dass Weinscherb solche Diebstähle in Auftrag gab?«

David zuckte mit den Achseln. »Ich weiß nicht. Ist alles möglich.«

In ihrer Wohnung angekommen, schälte Sarah den Spargel und kochte ihn in heißem Salzwasser und Zitronensaft. Draußen herrschte inzwischen Weltuntergangsstimmung. Marie verkroch sich im hintersten Eck ihres Katzenkorbes.

»Dann wird's ein arges Unwetter«, meinte Sarah, schüttete die al dente gekochten Linguine in ein Sieb und verrührte Öl mit Zitronensaft und Parmesan. Anschließend verteilte sie die Linguine auf zwei Teller, gab das Gemisch mit dem Spargel darüber, legte zwei Blätter Basilikum darauf und stellte die Teller auf den Tisch. David, der ihr schweigend zusah, schenkte ihnen beiden Wein ein, legte eine CD ein und wartete, bis Sarah sich setzte.

Als sie die Gabeln zur Hand nahmen, ergoss sich laut prasselnder Regen über Wien. Der Himmel war pechschwarz, es blitzte und donnerte.

Lucio Dalla sang »Domani«.

»Was weißt du eigentlich über Josef Weinscherb?«, griff David ihr Thema wieder auf. Ein gewaltiger Donnerschlag zerriss seinen Satz. Er sah zum Fenster.

»Na Servas. Da kommen die Einsatzkräfte heute aber mal so richtig zum Zuge.«

Marie fand offenbar, dass es in Sarahs Nähe sicherer war als in ihrem Katzenkorb. Sie sprang auf den freien Stuhl, rollte sich jedoch nicht zusammen, sondern blieb angespannt sitzen mit Blick zum Fenster. Sarah strich ihr beruhigend über den Kopf.

»Nur was jeder weiß«, beantwortete Sarah schließlich Davids Frage, »und das Wenige, das mir Roman Holzmann über ihn erzählt hat. Er war Millionär und Kunstliebhaber und hatte keinen Kontakt zu seinem Bruder und dessen Familie. Weinscherbs Bruder, also Holzmanns Schwiegervater, hat immer behauptet, Weinscherb versaufe sein Vermögen eher, als dass er es ihm und seiner Familie vermache, und auch Gutberg sagte heute so etwas Ähnliches.«

»Immerhin hat er ja seiner Nichte dann doch etwas hinterlassen. Jedenfalls gab es zur Genüge Gerüchte, was nach seinem Tod mit dem vielen Geld passiert war. Keine Ahnung, ob die jemand streute oder ob da etwas Wahres dran war. Kolportiert wurde unter anderem auch, er habe alles irgendwo im Ausland deponiert. De facto weiß bis heute niemand, wo die Millionen sind. Anders als seine Kunstsammlung, die hat er nämlich den diversen Museen ganz offiziell überlassen.«

»Verschwunden wie seine Nichte«, meinte Sarah und lieferte David damit ein weiteres Stichwort.

»Siehst du, es gibt vielleicht noch eine Erklärung dafür«, nahm David den Faden auf.

»Und die wäre?«

»Sie ist den Millionen gefolgt.«

»Meinst du wirklich? Und warum lässt sie ihren Mann dann von Frankfurt nach Wien fahren?«

»Weiß ich, wie es um die Ehe der beiden bestellt ist?«

Das Folgetonhorn eines Einsatzfahrzeuges mischte sich ins Donnergrollen.

»Scheißwetter!«, seufzte Sarah. »Die Holzmanns sind doch erst seit drei Jahren verheiratet. Also ich würde dich niemals alleine in Wien zurücklassen, wenn ich vorhätte, mich mit den Millionen meines Onkels abzusetzen.« Sarah lächelte David kokett an und zwirbelte eine Strähne ihrer dunkelbraunen Haare.

»Das hast du mir bis jetzt ja auch verschwiegen, dass du einen Millionenonkel hast.« Er stieß sein Weinglas gegen ihres und trank einen Schluck.

»Außerdem, warum sollte sie das heimlich tun?«, meinte Sarah skeptisch. »Ich meine, wenn sie das

Land verlassen will, könnte sie es einfach tun. Sie muss doch nichts verbergen. Das Finanzamt holt sich eh seinen Teil, ansonsten muss sie niemandem Rechenschaft ablegen, sondern könnte sich in aller Ruhe überlegen, was sie mit den Millionen anfangen will. Und sollte sie geerbt haben, ohne dass jemand davon weiß, dann hätte sie sich schon vor fünf Jahren absetzen können.«

»Conny hat doch gesagt, dass Holzmann ein Restaurant in Wien eröffnen will, oder? Nur mal angenommen, Holzmann ist doch nicht so betucht, wie wir alle denken. Also. Er braucht Kohle, am besten von seiner reichen Gattin. Er bittet sie darum. Sie will nicht. Ein Wort ergibt das andere, ein böser Streit, ein unbedachter Stoß – und schon ist es passiert.«

David musste nicht weitersprechen. Der Verdacht hing in der Luft wie schlechter Geruch. Sie schwiegen beide.

»Glaube ich nicht«, sagte Sarah schließlich. »Wer führt eigentlich heute Weinscherb-Immobilien? Gibt es die noch?«

»Das Unternehmen wurde meines Wissens schon liquidiert, bevor Weinscherb starb.«

David legte seine Gabel neben den leeren Teller. »Ein Lob an die Köchin. Das Essen war ausgezeichnet.«

Das Licht im Raum flackerte. Noch immer fegte das Unwetter über Wien.

»Aber Immobilien müssen doch verwaltet werden.«

»Ich kann dir auch nur das sagen, was ich weiß. Ich habe seit Jahren nichts mehr darüber gehört, und es hat mich ehrlich gesagt auch nicht interessiert. Klar, die Häuser und Hotels, die ihm gehört haben, muss es noch geben. Eines hat er wie du ja weißt seiner Nichte vererbt, die anderen … Keine Ahnung, in welche Stiftungen oder Holdings die geflossen sind. Zu Lebzeiten wurde er durch eine Anwaltskanzlei vertreten. Frag mich nicht, wie die hieß, den Namen habe ich komplett aus meinem Gedächtnis gelöscht. Aber nach seinem Tod haben die sich sehr bedeckt gehalten.«

Sarah steckte sich das letzte Stück Spargel in den Mund und legte ihre Gabel zur Seite.

»Sag, hat der Weinscherb seine Kohle ausschließlich mit Immobilien gemacht, oder gab's da noch was anderes?«, fragte sie.

»Ich glaube nur Immobilien. Den Grundstein der Firma hat sein Vater gelegt, Weinscherb hat sie nach dem Zweiten Weltkrieg übernommen und später, in den Siebzigerjahren, hat er vom Bauboom profitiert. Die Stadt brauchte neuen Wohnraum und hat sich ausgedehnt. In der Zeit hat man praktisch alles umgesetzt, was in den Sechzigerjahren geplant und entwickelt worden war. Weinscherb-Immobilien war finanziell in der Lage, da mitzumischen. Der Weinscherb hatte außerdem die richtigen Kontakte, um an lukrative Aufträge ranzukommen. Schon beim Wiederaufbau in den Fünfzigerjahren hatte er Bombenruinen gekauft und Wohnhäuser errichtet, um sie dann gewinnbringend zu verkaufen. Der hatte über Jahrzehnte seine Finger im Spiel bei allen wichtigen Bauvorhaben des Landes. So wurde halt aus dem Sohn eines Lebensmittelverkäufers ein Immobilienbaron.«

»Sein Vater war Lebensmittelverkäufer?«

»Ja. Otto Weinscherb hatte ein Lebensmittelgeschäft in der Praterstraße. Das Haus, in dem sich das Geschäft befand, gehörte einer jüdischen Familie, wie viele Häuser im zweiten Bezirk. Kurz nach dem Anschluss hat die Familie das Haus an Weinscherb verkauft.«

»Zu einem Spottpreis, nehme ich an.«

Das Gewitter zog langsam ab. Marie verkrümelte sich wieder in ihren Korb.

»Genau. Damals haben ja bekanntlich viele Juden ihr Eigentum gezwungenermaßen verschleudert. So wie viele Unternehmen in den ersten Wochen nach dem Anschluss arisiert wurden: Gerngroß, Herzmansky, die Glühbirnenfabriken Kremenetzky und Pregan. Die Rothschildbank fiel in die Hände der Österreichischen Kreditanstalt für öffentliche Arbeit. Da gibt's unzählige Beispiele mehr. Diese Not hat sich jedenfalls auch Otto Weinscherb zunutze gemacht, denn das Haus in der Praterstraße war nicht das einzige, das er unter Wert kaufte.«

David schenkte Wein nach.

»Hatte das Porträt, das du über Josef Weinscherb geschrieben hast, damit zu tun?«

»Nicht direkt. Aber natürlich hab' ich ihn auf diverse Häuser angesprochen, die zwischen 1938 und 1940 in das Eigentum der Weinscherbs übergingen und auch Jahrzehnte später noch in seinem Besitz waren. Weinscherb war deshalb immer dann, wenn öffentlich über die Arisierung von Liegenschaften diskutiert wurde, im Visier der Medien. Aber auf solche Diskussionen ließ er sich prinzipiell nicht ein und verwies sofort an seine Anwälte, wenn man ihn darauf ansprach. Ich hab' damals in den öffentlich zugänglichen Archiven recherchiert und weiß noch, dass es sieben oder acht Häuser waren, die Weinscherb Senior von Juden kaufte. Fast alle ursprünglichen Eigentümer wurden deportiert und ermordet, und es waren zwei oder drei, deren Schicksal nicht mehr aufgeklärt werden konnte. Nur ein einziges Rückstellungsverfahren wurde eingeleitet.«

David stand auf und räumte die Teller vom Tisch. Die Sache schien ihn richtig aufzuwühlen.

»Diese Häuser hat der alte Weinscherb im Laufe der Jahre dann gewinnbringend verkauft.«

Er lehnte sich gegen die Anrichte.

»In den Neunzigerjahren wurde der Name dann einmal in Zusammenhang mit einem anderen Immobilienskandal gebracht. Es ging um Schrottimmobilien in Ostdeutschland und Schmiergelder, die da geflossen sein sollen. Aber die Ermittlungen verliefen im Sand. Der Hauptverdächtige konnte sich rechtzeitig absetzen, man kann bis heute nur mutmaßen, wo und wie er lebt. In Prunk und Gloria. Denn da flossen riesige Summen, damals natürlich noch Schilling und D-Mark, in diverse Wohnprojekte der ehemaligen DDR. Die hinters Licht geführten Wohnungs- und Hausbesitzer merkten zu spät, welches Glumpert sie in Wahrheit gekauft hatten, da war der Verantwortliche längst über alle Berge. Angeblich sorgen irgendwelche wichtigen Leute dafür, dass er nicht gefunden wird, denn seine Aussage brächte sie schwer in die Bredouille. Weinscherb hat damals der ermittelnden Behörde glaubhaft machen können, er sei von dem Architekten, der zugleich Projektentwickler war, betrogen worden. Möglicherweise hatte jedoch die Behörde Anweisung erhalten, Weinscherbs Aussage zu glauben. Du weißt ja, wie so was manchmal rennt. Irgendwann war die ganze Sache schließlich vom Tisch. Denn mit dem Kerl war nicht nur alles Geld, sondern waren auch sämtliche Unterlagen verschwunden.«

»Weißt du noch, wie der Architekt hieß?«

David schüttelte den Kopf. »Aber du findest sicher Artikel darüber bei uns im Archiv«, sagte er. Dann sah er sie einen Augenblick lang nachdenklich an. »Weißt du, was mich fasziniert? Trotz seiner dubiosen Vergangenheit wurde Josef Weinscherb als Unternehmer und Kunstsammler geschätzt.«

Sarah zuckte mit den Achseln. »Das ist doch immer so. Der Glanz täuscht über die dunklen Flecke aus der Vergangenheit hinweg. Aber wie auch immer, ich bin jedenfalls jetzt restlos davon überzeugt, dass Erika Holzmanns Verschwinden und der gestohlene Sarg etwas miteinander zu tun haben.«

»Hast du je daran gezweifelt?« David zwinkerte ihr zu.

»Nein«, gab Sarah zu. »Es reizt mich nun noch mehr, an der Geschichte dranzubleiben.«

»Ich hab's geahnt.« David seufzte leise.

Gemeinsam räumten sie das schmutzige Geschirr in die Spülmaschine und zogen sich in Sarahs Schlafzimmer zurück.

Sarah legte ihren Kopf auf Davids Brust. Während er ihr sanft über den Rücken strich, sprachen sie darüber, dass sich in der Redaktion inzwischen schon einige daran gewöhnt hatten, dass sie ein Paar waren. Sie beschlossen, Getratsche oder komisches Verhalten von einzelnen Kolleginnen oder Kollegen einfach zu ignorieren.

Als David das Gespräch auf einmal wieder auf Roman

Holzmann lenkte und anmerkte, Sarah verbringe auffällig wenig Zeit in der Redaktion, dafür viel Zeit mit Holzmann, erwiderte Sarah nichts, sondern beugte sich über ihn und küsste ihn zärtlich.

»Ich liebe dich, David.«

Mittwoch, 22. Mai

19

DER TAG NACH DEM GEWITTER

Der unregelmäßig wiederkehrende Albtraum weckte Sarah früh um halb sieben. Wieder waren die Bilder von dem schrecklichen Erlebnis am Cobenzl wie in Zeitlupe vorbeigezogen und mit der letzten Einstellung eingefroren. Inzwischen schreckte Sarah nicht mehr schweißgebadet aus dem Schlaf hoch, sondern konzentrierte sich auf das Aufwachen und auf die Tatsache, dass es ein böser Traum war. Nur das Herzklopfen war geblieben. Aber auch das würde sich mit der Zeit geben.

Das Gewitter hatte sich endgültig verzogen. Einige Male hatten sie in der Nacht noch die Sirene heulen gehört. Irgendwann war es still geworden.

David lag mit dem Rücken zu ihr. Er schlief. Bei seinem Anblick wurde Sarahs Herz leicht wie eine Feder. Sie lächelte. Weil sie ihn liebte. Und weil sie seine Liebe gewonnen hatte.

Leise stahl sie sich aus dem Bett und verließ das Zimmer. Als sie in den Flur trat, kam Marie aus dem Badezimmer gelaufen. Wahrscheinlich hatte sie, nachdem die Ruhe nach dem Sturm eingekehrt war, ihren Katzenkorb gegen den neuen flauschigen Badezimmerteppich gewechselt und dort die Nacht verbracht. Sie strich Sarah schnurrend um die Beine. »Na, meine Süße? Hunger?«

In der Küche gab sie Futter und Wasser in die Schüsseln der Halbangora. Dann schaltete sie das Radio an und wartete auf die Nachrichten. Die standen dann ganz im Zeichen der Schäden nach dem Unwetter. Aber auch der Diebstahl von Josef Weinscherbs Sarg war eine Kurznachricht wert, unmittelbar danach hieß es, dass die Fremdenführerin Erika Holzmann seit Tagen vermisst wurde. Auf Sarahs Artikel im *Wiener Boten* Bezug nehmend, wurde erwähnt, dass zwischen dem verstorbenen Millionär Weinscherb und der vermissten Frau ein verwandtschaftliches Verhältnis bestehe und somit eine Verbindung zu dem Sargraub angenommen werde. Erika Holzmann sei die Frau des erfolgreichen Restaurantbetreibers Roman Holzmann. Eine Augenzeugin habe den Diebstahl auf dem Friedhof beobachtet.

Verdammt! Ob es so eine gute Idee war, die alte Frau ins Spiel zu bringen? Sarah hatte sie in ihrem Artikel bewusst nicht erwähnt. Wahrscheinlich hatte die Redaktion dieses Detail von der Pressestelle der Polizei erfahren. Sie spürte, wie das Adrenalin durch ihren Körper strömte. Ihre Neugierde wuchs. Sie musste sofort wissen, was die anderen Zeitungen aus der Geschichte gemacht hatten.

Am Yppenplatz räumten Männer der MA 48 den Müll weg. Das Unwetter hatte Äste von den Bäumen gerissen und Abfall über den Platz gefegt. Zum Glück war nichts Schlimmeres passiert. In der Trafik auf dem Platz kaufte Sarah sämtliche Tageszeitungen. Ihrem Postfach entnahm sie den *Wiener Boten*. Als sie in die Wohnung zurückkam, wurde sie von frischem Kaffeeduft empfangen.

»Ist schon komisch«, meinte David und reichte Sarah eine Tasse Schwarztee, weil sie morgens noch keinen Kaffee mochte. »Ich werde wach, sobald du aufstehst, egal wie leise du bist.« Er schüttelte lächelnd den Kopf und nippte an seinem Kaffee. »Kann es sein, dass ich mich schon zu sehr an dich gewöhnt habe?«

Statt einer Antwort küsste Sarah ihn. Dann legte sie die Zeitungen auf den Tisch. »Wir sind berühmt. Sie haben in den Morgennachrichten meinen Artikel zitiert.«

»Das ist gut.«

»Magst ein Ei?« Sarah öffnete den Deckel der Brotdose. »Toastbrot hab' ich auch da. Ich konnte keine frischen Semmeln kaufen, der Bäcker am Yppenplatz sperrt erst um acht auf.«

»Ich habe keinen Hunger, Kaffee reicht.« Er hob die Tasse. »Ich esse später im Büro.«

Sarah wusste, dass er Gabi um zehn Uhr losschicken würde, um ihm ein Frühstück zu organisieren. David widmete sich den Zeitungen, die voll waren mit Schlagzeilen wie »Sarg mitsamt Leiche gestohlen« oder »Leichen-Diebstahl am Zentralfriedhof«.

»Da hat's der Weinscherb doch tatsächlich fünf Jahre nach seinem Tod noch einmal auf die Titelseiten geschafft!«

David klang amüsiert. Auch dass der *Wiener Bote* die Nachricht zuerst gebracht hatte, sorgte bei ihm für gute Laune. Die anderen Medien hatten von der Sache erst Wind bekommen, als Sarahs Kurzmeldung auf der Internetseite des *Wiener Boten* erschienen war. Erst daraufhin hatte die Konkurrenz bei der Pressestelle der Polizei nachgefragt. Das zwang die Exekutive, schnell mit einer Meldung zur Stelle zu sein, und diese fand sich nun in nahezu jeder Tageszeitung des Landes wieder.

Den *Wiener Boten* hatte sich David bis zum Schluss aufgehoben. Schwungvoll schlug er die ersten Seiten auf. Sarah schaute ihm über die Schulter.

Der *Wiener Bote* hatte die Sache wesentlich größer aufgezogen als die anderen Blätter. Connys Zusatzinformationen über Weinscherb, den Kunstförderer, standen direkt neben Sarahs Artikel über den Friedhofsdiebstahl. Darunter war das Foto vom Sarg. Simon, Fotograf und Computerspezialist des *Wiener Boten*, hatte das Kreuz kopiert und es im Großformat zur besseren Ansicht in den unteren Teil des Sargfotos montiert. Mit ihrem Artikel über Erika Holzmann hatte Sarah einen neuen Aspekt eingebracht, der in den nächsten Tagen für Schlagzeilen sorgen würde. Günther Stepans Team hatte eine ganze Seite mit Fakten und Daten gefüllt. Laut Bundeskriminalamt wurden in Österreich im EKIS, dem Elektronischen Kriminalpolizeilichen Informationssystem, etwa 700 bis 800 Personen als vermisst geführt, davon rund 200 Kinder und Jugendliche. Zum Glück steckte nicht hinter jeder vermissten Person ein Verbrechen. In den meisten Fällen tauchten die Vermissten nach wenigen Stunden oder Tagen wieder auf. Knapp über 30 Personen wurden jedoch seit zehn Jahren vermisst, weitere 34 seit fünf Jahren. Wien war Spitzenreiter bei Langzeitvermissten. Neben dem Bericht über die Langzeitvermissten mit Fotos hatten sie einen Datenschützer interviewt, der von Suchaktionen über die Sozialen Netzwerke wie Facebook, Twitter und dergleichen abriet, unter anderem, weil das Netz nichts vergaß und solche Suchmeldungen Jahre, nachdem die Person gefunden worden war, wie von Geisterhand wieder auftauchten. Eine Spalte widmete Stepan verschiedenen Suchmethoden. Auch die Arbeit mit Suchhunden wurde erklärt. »Mantrailing« nannte sich die Methode, bei der Hunde auf die Duftmoleküle der Vermissten angesetzt wurden. Hierbei war die Qualität der Geruchsspur ausschlaggebend. Erika Holzmann jedoch war vor ihrem Haus in ein Auto eingestiegen, deshalb verlor sich die Geruchsspur.

»Gute Arbeit«, lobte David. Er schätzte es sehr, wenn die Redakteure der verschiedenen Ressorts zusammenarbeiteten und ihr Bestes gaben, um den Lesern und Leserinnen des *Wiener Boten* profunde Informationen zu liefern, die sich aus gut recherchierter Berichterstattung und Hintergrundanalyse zusammensetzten. Ein solches Teamwork kurbelte den Verkauf an.

»Weißt du was, Sarah? Ich werde nachher ein paar Telefonate führen. Vielleicht finde ich ja doch was raus über die Weinscherb-Immobilien.«

Sie drückte ihm einen Kuss in den Nacken. »Das wäre schön!«

Sie ging ins Badezimmer. Während sie duschte, kreisten ihre Gedanken um die Ereignisse der letzten Tage. Sie hatte gar kein gutes Gefühl. Irgendwer spielte Katz und Maus mit Roman Holzmann. Oder spielte Roman Holzmann Katz und Maus mit ihr?

Sie trocknete sich rasch ab und zog sich an. Danach überlegte sie, welche Halskette sie heute tragen sollte, das Corno, wie üblich, oder war ihr heute mehr nach den ovalen Hämatitsteinen, auch Blutsteine genannt, die Chris ihr zu Weihnachten geschenkt hatte? Laut griechischer Mythologie warnte der dunkle Stein vor Gefahren und spendete Kraft für die Arbeit. Nicht schlecht, wenn sie an den bevorstehenden Tag dachte. Sie entschied sich also für die Blutsteinkette.

In der Küche bestrich sie zwei Toasts mit Himbeermarmelade, sie mochte es nicht, den Tag ohne Frühstück zu beginnen. David las und trank währenddessen seinen Kaffee aus.

»Bin gespannt, was noch alles passiert. Morgen werden vor allem das Gewitter von heute Nacht und die Schäden, die es verursacht hat, Thema sein.«

Er rief die Website des *Wiener Boten* auf seinem Smartphone auf. »Heftige Unwetter über Wien und Niederösterreich«, las er laut. »Die ersten Fotos und ein Bericht sind bereits online.«

Er erhob sich.

»Ich gehe schnell duschen, dann können wir los. Ich glaube, heute wird ein aufregender Tag.«

Die Kollegen von der Chronik hatten alle Hände voll zu tun. Vor dem Kaffeeautomaten im Gang traf Sarah auf Günther Stepan.

»Das war arg gestern, gell?«, meinte er, während er sich einen Cappuccino drückte. »Wien Kanal meldet mehrere Einsätze wegen verstopfter Kanäle, und die Feuerwehr ist an die fünfzig Mal ausgefahren letzte Nacht. Ich fürchte, das putzt jetzt den Weinscherb von der Titelseite.« Stepan lächelte schief.

»Kein Problem. Wenn sich was Neues ergibt, gebe ich mich auch mit Seite drei zufrieden«, sagte Sarah großzügig. »Euer Hintergrundbericht ist übrigens verdammt gut geworden.«

Stepan lächelte. »Wir beherrschen eben unseren Job.

Im Grunde genommen fällt die Geschichte ja auch in den Bereich Chronik, so wie viele andere«, bemerkte er spitz.

»Ich hab' auch nicht vor, euch euer Ressort streitig zu machen, Günther. Es war halt nun mal so, dass Roman Holzmann mich gebeten hat, seine Frau mit ihm zusammen zu suchen. Wenn du willst, lass uns die Arbeit teilen. Hat doch bisher immer super geklappt.«

Stepan zögerte einen Moment, dann streckte er ihr seine Hand entgegen. »Abgemacht.«

Sarah schlug ein.

In ihrem Büro suchte Sarah sich alle Bücher aus dem Regal, in denen sie etwas über Kreuze fand, und frischte im Schnelldurchgang ihr Wissen über Bedeutung und Symbolik der unterschiedlichen Formen auf. Anschließend machte sie sich im Archiv des *Wiener Boten* auf die Suche nach Artikeln über den Immobilienskandal.

Eine gute Stunde später konnte Sarah sich ein ungefähres Bild von Josef Weinscherb machen und feststellen, dass der Immobilien-Magnat ein scharfsinniger Interviewpartner war. Er gab sich zwar zerknirscht und eher wortkarg, doch waren seine Antworten aussagekräftig und zielführend. Er wusste, wie er die Geschichte präsentieren musste, um am Ende als Geprellter dazustehen. Weinscherb sah ganz passabel aus und wirkte nicht unsympathisch. So einem glaubte man gerne. Der Architekt und Projektentwickler Ewald Dornan, ein Deutscher, erinnerte ein wenig an Matt Damon in »Der talentierte Mr. Ripley«. Sein Unternehmen EDO-Bau schickte er kurz vor seiner Flucht in Konkurs.

Um halb elf machte Sarah sich auf den Weg zu Roman Holzmann. Sie läutete an der Haustür, sprach ihren Namen in die Sprechanlage und betrat das Stiegenhaus. Fast wäre sie mit Frau Dvorak zusammengestoßen.

»Jessas! Haben Sie mich jetzt erschreckt!«, sagte Holzmanns Nachbarin. »Sind S' wegen der Frau Holzmann da, gell?« Sie verschränkte ihre Hände vor der Brust. »Ist schon tragisch, dass die so spurlos verschwunden ist. Wenn ich gewusst hätte … Also nein, wirklich … Ich hätte doch besser aufgepasst. So was!« Sie sah sich um und trat näher an Sarah heran. »Ehekrise werden s' ja keine g'habt haben, die beiden. Wissen S', was ich mein'?«

Sarah schüttelte den Kopf.

»Na, dass er seine Frau mithilfe der Polizisten … Kurzer Prozess. Sind ja erst kurz verheiratet. Und erst kürzlich ist doch die Sache in Tirol passiert, da hat der Freund seine Freundin umgebracht. Die waren erst drei Wochen zusammen. Stellen S' Ihnen das vor! Man kann ja nicht reinschauen in so einen Menschen.« Sie seufzte laut. »Wie auch immer. Ich kümmere mich jetzt erst einmal um den Mann. Solange nicht bewiesen ist, dass er was damit zu tun hat. Ich bin ja kein Unmensch. Es macht ja sonst niemand. Sind ja alle so misstrauisch hier im Haus. Aber ich klopfe jeden Tag an und frag', wie's ihm geht und ob er schon was gehört hat«, redete sie ohne Punkt und Komma auf Sarah ein. »Eine vermisste Person, und das bei uns im Haus. So was passiert doch sonst nur im Fernsehen.« Sie unterbrach sich und sah Sarah skeptisch an. »Und was machen Sie schon wieder bei uns?« Sie betonte »uns« so, als ob sie Teil der Familie Holzmann wäre.

»Nichts Besonderes«, log Sarah.

»Fratscheln S' den armen Herrn Holzmann etwa schon wieder aus?«

Instinktiv schüttelte Sarah den Kopf.

»Ich hoffe, Sie schreiben nicht wieder so viel, sonst haben wir am Ende noch das ganze Haus voller Journalisten, reicht doch schon, wenn Sie bei uns ein und aus gehen, als wären S' hier z'haus. Ich hab' heute Morgen schon Ihre Zeitung gelesen.«

»Keine Angst«, sagte Sarah. Ihr war klar, dass die Kollegen der Konkurrenz das Haus noch heute besuchen würden und auch, dass die Dvorak insgeheim ja genau darauf hoffte.

»Na, Ihr Wort in Gottes Ohr.« Sie beäugte Sarah skeptisch. »Gestern Abend war auch eine Frau beim Herrn Holzmann. Lang war's da. Die hab' ich auch schon öfter gesehen bei uns.«

»Aha.«

»Ich will ja nix sagen, und angehen tut's mich auch nix. Aber der Mann ist jetzt ein leichtes Opfer, wenn S' verstehen, was ich meine.«

»Nein, verstehe ich nicht. Was meinen Sie denn damit?«

»Nix mein' ich, gar nix mein' ich. Außerdem muss ich jetzt ... Leider, i hab' an Arzttermin.«

Frau Dvoraks Ausdruck verriet allerdings, dass sie gern mehr erzählt hätte über die verdächtigen Damenbesuche. Doch bevor ihr noch etwas einfiel, lief Sarah die Stufen hinauf zur Dachwohnung. Die Wohnungstür stand offen. Sie trat ein, schloss die Tür hinter sich und fand Roman Holzmann auf der Terrasse. Auf dem nassen Boden klebten Blätter, Blüten und Erde.

»Der Sturm hat alle Töpfe umgeworfen, dabei habe ich sie gestern Abend extra noch an die Hausmauer gestellt, bevor das Gewitter aufzog«, sagte Roman Holzmann und zeigte auf die Pflanzen. »Zum Glück sind sie heil geblieben.« Er wischte sich die Hände an seiner Jeans ab und reichte Sarah die Hand.

»Guten Morgen.«

»Morgen.«

»Ich ziehe mich nur um, dann können wir loslegen.«

Auf dem Esszimmertisch lagen bereits einige Unterlagen, Ordner und Hefte.

»Gisela war gestern hier. Sie übernimmt bis auf Weiteres Erikas Führungen, also diejenigen, deren Themen ihr bekannt sind, die anderen sagt sie entweder ab oder vergibt den Termin an eine der Kolleginnen oder Kollegen.« Er seufzte hörbar. »Ich bin froh, dass sie mir da hilft. Meine Termine in Frankfurt konnte ich zum Glück verschieben. Außerdem hab' ich sehr gute Mitarbeiter. Die kommen auch schon mal ein paar Tage ohne ihren Chef aus.«

»Gibt's etwas Neues von Ihrer Frau? Haben sich die Entführer endlich gemeldet?«

Holzmann schüttelte den Kopf. »Ich hab' gestern Abend noch einmal mit Erikas Freundinnen telefoniert. Die sind natürlich alle ziemlich durch den Wind, weil keine sich die Sache erklären kann. Und keine konnte mir etwas sagen oder einen Tipp geben, wo ich noch suchen könnte.« Er seufzte. »Ich weiß ehrlich gesagt nicht, was ich tun soll.«

»Ich habe gerade Ihre Nachbarin Frau Dvorak im Stiegenhaus getroffen.«

Holzmann verdrehte die Augen. »Die steht jeden Tag

vor der Tür und erkundigt sich nach meiner Frau. Jedes Mal bringt sie einen Teller mit Kuchen, Broten oder sonst irgendetwas mit. Wenn sie so weitermacht, stoße ich sie irgendwann die Treppe runter.« Er lachte grimmig. »Heute Morgen war sie auch schon hier, hat mir den Artikel in Ihrer Zeitung gezeigt und mich vor Ihnen gewarnt.«

Sarah nickte. »Leider müssen Sie damit rechnen, dass wegen der diversen Pressestimmen ein ziemlicher Run auf Sie losgehen wird«, sagte sie.

»Ja, zwei Journalisten haben schon angerufen«, sagte Holzmann. »Ich hab' erklärt, dass ich keinen Kommentar abgeben werde und dann den Anrufbeantworter eingeschaltet. Sehen Sie? Ich bin gewappnet und kann damit umgehen, es ist ja nicht mein erster Kontakt mit Medien.«

»Aber wahrscheinlich Ihr erster, in dem es ziemlich hässlich werden kann. Warten Sie nur, bis die ersten Kollegen einen kleinen Staubfleck auf Ihrer weißen Weste entdecken. Die reiben so lange daran herum, bis Ihre Weste schwarz ist. Böse Storys verkaufen sich nun mal besser als gute.«

»Ich werde mir ein dickes Fell zulegen müssen und möglichst keine Zeitung mehr lesen. Jetzt entschuldigen Sie mich bitte kurz.«

Er verschwand durch die Tür im Gang.

Sarah setzte sich an den Tisch und griff nach einem der Ordner. Die Arbeitsunterlagen waren gewissenhaft sortiert. Jeder Ordner beinhaltete ein eigenes Spaziergangsthema. Auf bunten Trennblättern standen die jeweiligen Sehenswürdigkeiten einer Route. Auf dem Deckblatt führte Erika Holzmann eine Art Statistik:

wie viele Touristen, wie viele Einheimische, wie viele Kinder welche Themenführungen besuchten, Anregungen, Wünsche, Ideen. Sie hatte alle Details notiert. Die Zentralfriedhofsführung schien sehr beliebt zu sein. Die Route führte an den Gräbern berühmter Persönlichkeiten aus Politik und Kultur vorbei. Schubert, Beethoven, Hans Moser, Milo Dor, Curd Jürgens, Elfriede Gerstl, Johanna Dohnal, Ella Lingens, Falco ... Auch die Karl-Borromäus-Kirche wurde besichtigt. Die Tour endete im »Park der Ruhe und Kraft«, einem großzügigen Landschaftspark, der 1999 nach geomantischen Kriterien angelegt worden war.

Roman Holzmann kam in frischer Kleidung und mit einer Flasche Mineralwasser und zwei Gläsern zurück.

»Ihre Frau bietet viele unterschiedliche Führungen an. Die Hofburg und ihre Geheimnisse, Prachtbauten des Jugendstils, jüdisches Wien, mystisches Wien oder Mörder, Hexen, Henker«, las Sarah laut vor und dachte an Elisabeth Plainacher, über die sie erst kürzlich geschrieben hatte und die sie, wenn man so wollte, schließlich hierherführte. Zufall? Ein Vorzeichen? Sarah klappte den Ordner zu und legte ihn zur Seite.

»Ja, wie gesagt, das ist ihre große Leidenschaft«, sagte Holzmann. »Ich kenne mich aber mit ihren Führungen nicht aus, und ich kenne auch längst nicht alle Sehenswürdigkeiten von Wien, die sie besucht. Erika sagt immer, das müsse ich auch nicht, ich bin ja ein, wie sagt ihr Österreicher noch so charmant, ein Zuagraster.«

Sarah musste lächeln. Das Wort »Zuagraster« klang aus Holzmanns Mund irgendwie unrichtig. »Na ja, charmant würde ich das nicht gerade nennen.«

»Es klingt aber charmant.« Er setzte sich Sarah gegenüber.

»Wenn Sie das sagen.«

»Aber wenn Sie Details über die Spaziergänge wissen möchten, wenden Sie sich doch an Gisela. Die weiß über alle Routen meiner Frau Bescheid. Ich kann Ihnen gerne ihre Telefonnummer geben.«

Roman Holzmann suchte in einer Schublade nach der Visitenkarte der Fremdenführerin und reichte sie Sarah. Dann wies er auf die Tagebücher seines Schwiegervaters, die neben den Ordnern lagen.

»Ich habe die Tagebücher meines Schwiegervaters gelesen und mir die halbe Nacht damit um die Ohren geschlagen.«

»Und?«

»Allmählich begreife ich den Grund für das Zerwürfnis der beiden Brüder. Der eine macht sich gemeinsam mit seinem Vater die Gräueltaten der Nazis zunutze und sammelt jüdisches Eigentum wie andere Leute Briefmarken. Der andere arbeitet im Untergrund für den Widerstand, verfasst und verteilt Flugblätter, verweigert den Hitlergruß. Wenn Sie mich fragen, wurde mein Schwiegervater durch die Kontakte seines Vaters und der Familie Gutberg vor der Deportation gerettet. Die Brüder hatten vollkommen gegensätzliche Charaktere. Zwischen ihnen klaffte keine Kluft, sondern ein ganzer Kontinent. Aber was ich interessant finde: Sie hatten zwar kaum Kontakt miteinander, aber den alten Gutberg verband dafür mit beiden Brüdern eine enge Freundschaft, und er hat Walter über Josefs Leben auf dem Laufenden gehalten. Ob er das umgekehrt auch tat, weiß ich nicht. Jedenfalls wusste mein Schwiegervater über die Machenschaften seines Bruders immer ganz gut Bescheid. Sehen Sie, hier zum Beispiel.«

Er nahm ein Heft in die Hand und schlug die Stelle auf, an der ein rotes Post-it klebte.

»Hier lässt sich mein Schwiegervater auf mehreren Seiten darüber aus, dass sein Bruder ihm seinen Lebenstraum zerstört hat.« Er räusperte sich. »Josef kann wirklich den Hals nicht vollkriegen«, las er vor. »Jetzt meint er auch noch, unter die Gärtner gehen und Tulpen züchten zu müssen! Und das ausgerechnet auf meinem Grundstück und so weiter und so weiter … Ab sofort wird es in diesem Haus keine Tulpen mehr geben und so weiter.« Holzmann hob den Zeigefinger. »Sie müssen wissen, Walter war mit Leib und Seele Gärtner, züchtete Blumen und baute Obst und Gemüse in Glashäusern an. Verkauft hat er seine Produkte auf dem Großmarkt, aber auch auf dem Naschmarkt, dort hatten meine Schwiegereltern einen Stand. Während er selig war mit seinen Pflanzen, kümmerte sich seine Frau um den Verkauf. Das Geschäft lief leider nicht gut, obwohl er immer das Gegenteil behauptete. Sie arbeiteten beide hart, doch unterm Strich war es zum Leben zu wenig und zum Sterben zu viel. Als er das Angebot bekam, die Glashäuser und das Grundstück zu verkaufen, nahm er es an. Der Käufer bot sehr viel Geld. Er hat zu spät begriffen, dass sein Bruder hinter dem Kauf steckte.« Roman Holzmann hob den Kopf. »Klar, dass Walter sich hintergangen und betrogen fühlte, obwohl Josef meinte, seinen Bruder vor der sicheren Pleite bewahrt zu haben. Denn durch den Verkauf konnten sie zumindest den Stand am Naschmarkt behalten. So hatte es Gutberg meinem Schwiegervater offenbar zu erklären versucht.«

»Warum hat er begonnen, Tulpen zu züchten? Ich dachte, der hatte seine Immobilien?«

»Keine Ahnung. Vielleicht wollte er mal was anderes machen, oder vielleicht wollte er seinen Bruder tatsächlich ärgern.« Er klappte das Heft wieder zu. »So geht es jedenfalls seitenlang weiter. Walter muss seinen Bruder aus tiefstem Herzen gehasst haben.«

»Trotzdem hat er sich für das Leben seines Bruders interessiert, sonst hätte er sich nicht erzählen lassen, was er so treibt und es in seinen Tagebüchern zum Thema gemacht.«

»Da haben Sie vermutlich Recht. Er hat auch einige Artikel über seinen Bruder ausgeschnitten und eingeklebt. Es muss ihn sehr beschäftigt haben, was Josef trieb, und es war immer Anlass für Ärger. Ob Ärger wegen seines Erfolges oder seiner Machenschaften, sei dahingestellt.« Roman Holzmann zuckte die Schultern. »Blut ist eben doch dicker als Wasser.«

»Möglich«, sagte Sarah und dankte im Stillen irgendwem für das gute Verhältnis, das sie mit ihrem Bruder hatte. Sie nahm den Ordner mit der Aufschrift »Mystisches Wien« zur Hand und begann darin zu blättern.

Das Pentagramm im Kaiserpavillon. Das Geheimnis des Zwölf-Apostelkellers. Das O5-Zeichen am Stephansdom, der Code der Widerstandsbewegung gegen den Nationalsozialismus. Sie las in den Aufzeichnungen, dass der Stephansdom und der Narrenturm nach Gesetzen der Zahlenmystik erbaut wurden. All das zeigte Wien von einer geheimnisvollen Seite und war äußerst spannend. Aber Sarah war sicher, dass Erika Holzmann sie nicht aus diesem Grund treffen wollte. Denn wer sich, so wie sie, mit Aberglauben und Symbolik auseinandersetzte, kannte diese Details. Sarah hoffte, irgendeinen Hinweis auf christliche Relikte zu finden, einen Zusammenhang zwischen Weinscherbs Mausoleum und Holzmanns rätselhafter Entdeckung. Einige lose Blätter im Ordner verrieten, dass der mystische Spaziergang noch nicht vollständig war. Irgendetwas fehlte.

»Hat Ihre Frau eigentlich mal über die Sammelleidenschaft ihres Onkels gesprochen?«

»Ja, aber eher so nebenbei, wie man über den Tick eines Menschen redet. Der hat wohl schon als Kind gerne gesammelt. Im Tagebuch steht, dass Josef die Dinge, die Walter wegwarf, wieder aus dem Müll zog.« Roman Holzmann machte eine kurze Pause und grübelte über irgendetwas nach.

»Apropos Müll«, meinte er dann. »Meine Frau hat mal erwähnt, dass ihr Onkel sich immer wieder auf die Suche nach verschollenen Schätzen begab. Das konnte ich auch in den Tagebüchern nachlesen. Er konnte sich so lange in eine Suche verbeißen, bis er hatte, was er wollte. Nur ein Mal ist er gescheitert. Es gab das Kreuz eines Adeligen, in dessen Besitz er gelangen wollte. Dieses Kreuz verschwand während der Nazizeit und tauchte auch danach nicht mehr auf.

Da nutzten ihm auch seine guten Kontakte nichts. Ein paar Jahre vor seinem Tod wurde das Kreuz dann plötzlich in einem Müllcontainer gefunden, doch es gelang ihm trotzdem nicht, des Objektes seiner Begierde habhaft zu werden. Ich habe Ihnen notiert, wie dieses Kreuz heißt.« Er schob ihr die Notiz zu. »Limoges-Kreuz. Aber fragen Sie mich nicht nach Einzelheiten. Irgendwas hat meine Frau mir mal davon erzählt, aber ich hab' es ehrlich gesagt vergessen.«

»Aber überlegen Sie doch nochmals. Hat sie das Kreuz vielleicht im Zusammenhang mit einer ihrer Wien-Routen erwähnt?«

Holzmann überlegte eine Weile, doch dann schüttelte er den Kopf. »Es tut mir leid, aber ich weiß es einfach nicht mehr.«

»Vielleicht fällt es Ihnen ja später noch ein.« Sarah blätterte weiter. Auf einem Zettel stand eine lange Ziffernfolge. Für eine Telefonnummer schien ihr die Reihe zu lang.

16 3 2 13 5 10 11 8 9 6 7 12 4 15 14 1

»Was sind das für Zahlen?«, hörte sie Holzmann fragen.

»Ich habe keinen blassen Schimmer.«

»Sieht aus wie eine dieser mathematischen Reihen.«

»Hat Ihre Frau sich für mathematische Reihen interessiert?«

»Nicht dass ich wüsste.«

»Dann haben sie vielleicht mit Numerologie, also mit Zahlensymbolik zu tun. Immerhin hat sie das Blatt im Ordner ›Mystisches Wien‹ abgeheftet. Im Gegensatz zum mathematischen Zahlenverständnis haben Ziffern in der Numerologie nämlich eine sinnbildliche Funktion.«

»Numerologie. Wird da nicht der Charakter eines Menschen aufgrund von Zahlen beschrieben, oder so etwas in der Art?«

»Man deutet das Schicksal eines Menschen anhand seines Geburtstages. Also anhand der entsprechenden Ziffern für den Tag, den Monat und das Jahr. Jeder Zahl wird eine eigene Qualität und Energie zugeordnet.«

»Kennen Sie sich damit aus?«

»Tja, das gehört zu meinem Job als Hexe vom *Wiener Boten*.«

»Wieso Hexe?«

»Ich schreibe doch über den Aberglauben, deshalb nennen manche mich Hexe oder auch Hokuspokustante. Aber damit kann ich leben.«

»Und wie macht man so eine Deutung?«

»Wenn Sie mir Ihr Geburtsdatum nennen, dann übertrage ich die Zahlen in ein Numerologisches Quadrat. Die Zahlen in den einzelnen Quadraten geben Aufschluss über Ihre Veranlagungen und Ihre Schwierigkeiten. Das ist aber nur eine Variante von vielen.«

»Interessant. Könnten Sie mir diese eine Variante mal zeigen?«

Sarah nahm ein leeres Blatt Papier aus dem Ordner und zeichnete ein Quadrat mit neun Feldern auf. »Wann sind Sie geboren?«

»Am 13. März 1962.«

Während Sarah die Zahlen in die Quadrate schrieb, rechnete sie nach. Holzmann war also 51 Jahre alt, älter, als er aussah. So leicht kam man an Informationen, die einen interessierten.

»Sehen Sie«, Sarah zeigte auf die einzelnen Kästchen, »jedes Feld in diesem Quadrat wird einer anderen Qualität zugeschrieben. Die Eins steht in diesem Fall für Kommunikation. Sie haben zwei Einser in dem Feld, das heißt, es fällt Ihnen leicht, Gefühle zu zeigen, Sie erwarten dies aber auch von den anderen.« In das linke obere Feld hatte sie die beiden Dreier geschrieben, die in Holzmanns Geburtsdatum aufschienen. »Dieses Feld steht für die geistige Mobilität. Dass in Ihrem Geburtsdatum zwei Mal die Drei vorkommt, bedeutet, dass Sie intelligent sind und geistig gern gefordert werden. Ist das nicht der Fall, frustriert Sie das auf Dauer. Sie brauchen auch immer wieder Abwechslung in Ihrem Leben.«

»Aha.«

»Vielleicht haben Sie deshalb je ein Restaurant in zwei Städten und planen ein drittes in einer dritten Stadt. Womit sich hier der Kreis mit der Drei wieder schließen würde.«

»Das ist ja unheimlich!«

»Das ist Numerologie. Die Zahlenmystik spielt übrigens in allen Kulturen und Religionen eine Rolle.«

»Dann sind Sie unheimlich, weil Sie das alles wissen, auch das mit dem dritten Restaurant. Das ist nämlich noch gar nicht spruchreif und schon gar nicht öffentlich.«

Sarah zuckte mit den Schultern. »Sag ich doch. Hexe. Nein, im Ernst, Wien ist ein Dorf, und Gerüchte verbreiten sich hier genauso schnell wie ein Grippevirus. Eine Kollegin hat mir davon erzählt. Sie ist Gesellschaftsreporterin. Und da wir schon dabei sind, sie will ein Interview mit Ihnen führen über das geplante Restaurant, weil sie meint, dass das garantiert ein neuer Promitempel werden wird. Und ehrlich gesagt wäre sie eine schlechte Society-Reporterin, wenn sie sich nicht sofort darauf stürzen würde.«

Holzmann schüttelte vehement den Kopf. »Nicht jetzt! Auf keinen Fall! Sagen Sie ihr, sobald das hier alles vorbei ist, gern. Das mit dem dritten Lokal ist wie gesagt nicht fix, ich denke noch darüber nach. Aber wenn etwas daraus wird, sind Sie die Ersten, die es erfahren. Sagen Sie das Ihrer Kollegin.«

Sarah nickte und blickte wieder auf die Unterlagen.

»Glauben Sie denn, dass diese Zahlen, die meine Frau da notiert hat, Geburtsdaten sind?«

»Nein, das glaube ich nicht. Es ist etwas anderes. Ein Code, oder nur eine Reihe von Zahlen. Ich kann die Reihe nicht zuordnen. Es kann alles sein, oder nichts.« Sie übertrug die Zahlenfolge in ihr Notizbuch. »Ich werde es mir zu Hause in Ruhe anschauen. Dort habe ich auch die Literatur, die ich für die Entschlüsselung brauche. Ihre Frau scheint mit der Zusammenstellung der Route ›Mystisches Wien‹ noch nicht fertig zu sein, vielleicht gehören die Zahlen ja zu einer bestimmten Strecke, mit der sie sich zuletzt beschäftigt hat.«

Es läutete. Roman Holzmann murmelte eine Entschuldigung und verschwand in den Flur.

Sarah widmete sich den nächsten Seiten in dem Ordner und fand Fotos vom Schloss Neugebäude. Die Bilder waren auf ein weißes unliniertes Papier geklebt und beschriftet worden: »Grotte«, »Schöner Saal«, »Löwenhof« stand unter den Bildern. Auch einige der Veranstaltungen im Schloss hatte Erika Holzmann besucht. Ob sie dort Führungen anzubieten gedachte? Da gab es doch bereits einen eigenen Verein. Außerdem fand sich nichts dazu im Ordner.

Holzmann kam mit Wolfgang Gutberg an seiner Seite wieder herein.

»Frau Pauli, Wolfgang hat Neuigkeiten.«

Der General war wieder wie aus dem Ei gepellt.

»Was für eine Freude, Sie wiederzusehen, Frau Pauli«, sagte er, nahm ihre Hand und deutete in gewohnter Manier eine Verbeugung an.

»Frau Pauli hilft mir beim Sichten von Erikas Ordnern.«

»Hast du die Liste der Kunstgegenstände aus dem Mausoleum gefunden?«, fragte der General.

Holzmann nickte und wies auf eine Liste, die auf dem Couchtisch lag. »Soweit ich es überblicken kann, handelt es sich tatsächlich um Kopien, nicht um Originale. Aber sie sind durchaus wertvoll, wenn man bedenkt, dass bei den meisten Nachbildungen keine Glassteine, sondern echte Edelsteine eingearbeitet wurden. Ich fahre trotzdem heute sicherheitshalber noch einmal zum Friedhof und kontrolliere anhand der Liste, ob irgendetwas fehlt. Bei der Gelegenheit will ich auch das Schloss austauschen lassen.«

Gutberg nahm die Liste in die Hand und setzte sich neben Sarah an den Tisch.

»Ich habe über das Kreuz auf dem Sarg nachgedacht«, begann Sarah.

Die beiden Männer sahen sie aufmerksam an.

»Das Original des Reichskreuzes wurde als Schrein konzipiert, also mit einem Hohlraum, in dem man etwas verstecken kann. Darin fand man die Großen Reliquien Christi.«

»Das ist uns durchaus bekannt, Frau Pauli«, sagte der General ungeduldig, »worauf wollen Sie hinaus?«

»Kann es sein, dass Josef Weinscherb etwas im Hohlraum des Kreuzes auf seinem Sarg versteckt hat?«

Gutberg überlegte kurz und schüttelte dann langsam den Kopf. »An was denken Sie konkret?«

»An ein Schmuckstück. Einen Schlüssel. Einen Code. Eine Botschaft. Irgendetwas in der Art. Irgendetwas Wertvolles jedenfalls«, schlug Sarah vor.

Der General lächelte milde. »Sie sehen zu viel fern, Frau Pauli. Josef Weinscherb war bei Gott keiner, der

Gegenstände oder Botschaften versteckt hat. Er war ein durch und durch pragmatischer Mensch.«

»Es hätte ja sein können.«

»Aber das wäre schon auch ein Motiv für den Sargraub«, griff Holzmann Sarahs Idee auf.

»Unsinn«, wischte Gutberg sie vom Tisch. »Er hatte zwar seine Eigenheiten. Aber wenn Josef etwas tat, dann musste es einen erkennbaren Nutzen für ihn haben. Und Dinge in Hohlräumen zu verstecken ... Nein.«

»Wenn Sie meinen«, sagte Sarah schulterzuckend.

Auf einmal kam es ihr so vor, als könnte Gutberg Gedanken lesen. Sie hatte ihn auf eine Idee gebracht, die er höchstwahrscheinlich mit seiner Privatarmee verfolgen würde. Aber Sarah wollte ihm zuvorkommen, die Frage war nur wie.

»Und? Welche Neuigkeiten haben Sie?«, fragte sie demonstrativ neugierig, um das Thema zu wechseln.

»Leider keine über den möglichen Verbleib von Erika. Aber wir kennen den Besitzer des Lieferwagens, mit dem der Sarg abtransportiert wurde. Er heißt Bohumil Melnik. Der Wagen ist auf seinen Namen zugelassen.« Der Triumph stand ihm ins Gesicht geschrieben.

»Bohumil Melnik«, wiederholte Sarah langsam, während sie in ihrer Erinnerung kramte. Was hatte die alte Frau auf dem Friedhof gesagt? Ein K am Ende und ein M am Anfang! Das würde passen!

»Haben Sie das schon der Polizei gesagt?«

»Natürlich! Was glauben Sie denn?«, empörte Gutberg sich. »Nur leider ist niemand namens Bohumil Melnik in Wien gemeldet.«

So viel zum Datenschutz, dachte Sarah. »Und das wundert Sie?«

»Nein, natürlich nicht. Aber es ist ein Anhaltspunkt, und wenn jemand mit diesem Namen irgendwo in Wien auftaucht, dann erfahren wir das.«

Dann erfahren wir das, wiederholte Sarah stumm. War sie hier in einem amerikanischen Agentenfilm? In »The Departed«?

»Und woher wollen Sie wissen, dass es wirklich der Wagen von diesem Bohumil Melnik ist? Denn wenn er nicht gemeldet ist, wie soll er da einen Wagen anmelden?«

»Wir wissen es. Die Polizei weiß es. Papiere kann man fälschen, Frau Pauli«, erklärte der General.

»Macht es denn Sinn, nach einem Mann namens Bohumil Melnik mit gefälschten Papieren zu fahnden?«, hakte Sarah nach.

»Meine Informanten werden ihn finden, verlassen Sie sich drauf«, antwortete Gutberg. »Egal, wo er sich gerade aufhält und wie er in Wahrheit heißt.«

Woher diese Leute nur immer ihre Informanten hatten? Conny Soe. Wolfgang Gutberg. Die Polizei.

»Wissen Ihre Informanten denn auch, ob Bohumil Melnik den Wagen selbst fuhr oder zumindest drinnen saß?«

Der General zögerte sekundenlang und wandte sich dann Holzmann zu, als brauchte er eine kurze Nachdenkpause. »Ja, das wissen wir«, antwortete er. Sein Blick wanderte wieder zu Sarah. »Wichtig ist jedoch nur, dass wir einen Schritt weitergekommen sind.«

»Vielleicht führt uns diese Spur ja zu Erika«, warf Roman Holzmann hoffnungsvoll ein. Sarah glaubte, Tränen in seinen Augen zu erkennen.

»Es waren zwei Gärtner, hat die alte Dame erzählt«, gab Sarah zu bedenken.

»Den Namen des zweiten Mannes werden wir noch herausfinden. Auch wenn ich davon ausgehe, dass die Diebe längst wieder außer Landes sind. Alles andere würde mich wundern. Doch ich bin überzeugt davon, dass wir über ihre Namen an die Hintermänner kommen, und die sind im Regelfall wichtiger als die Handlanger.«

Er sah Sarah an und wechselte das Thema, als sei ihm eben eingefallen, dass sie eine Journalistin war, vor der man besser nicht zu viel ausplaudern sollte. »Und? Haben Sie etwas in den Unterlagen gefunden, das uns weiterhilft?«

»Wir sind erst am Anfang«, antwortete Roman Holzmann.

»Gut, dann bin ich ja rechtzeitig gekommen«, sagte Gutberg. »Hast du vielleicht einen Kaffee und ein Glas Wasser für einen alten Herrn, Roman?«

»Aber sicher. Sie auch?«

Sarah lehnte dankend ab.

Roman Holzmann ging in die Küche.

»Also, womit fangen wir an?«, fragte Gutberg.

»Warum haben Walter und Josef Weinscherb kein Wort mehr miteinander gesprochen? Was ist passiert?«, fragte Sarah.

Roman Holzmann kam mit Kaffee und Wasser zurück. »Glauben Sie, dass diese Geschichte uns weiterhilft?« Er schenkte Mineralwasser ein. »Einen Versuch wäre es jedenfalls wert«, meinte Sarah.

Gutberg schnaubte belustigt. »Meinen Sie etwa, dass der tote Walter den toten Josef in seinem Grab besucht und mitgenommen hat?«

Sarah lächelte. »Wissen Sie, ich bin einfach neugierig.«

»Also gut. Josef, Jahrgang 1927, war der Jüngere, Walter, Jahrgang 1924, der Ältere. 1947 hat der Jüngere, also Josef Weinscherb, von seinem Vater das Unternehmen zugesprochen bekommen. Die Brüder haben sich deshalb zerstritten, weil Walter komplett leer ausging. Ende der Geschichte. Jetzt wissen Sie den Grund für ihre Feindschaft. Mehr gibt es da nicht zu erzählen.«

»Aber warum hat Walter nichts geerbt?«

»Ihr Vater gehörte noch zu der alten Garde. Wenn ein Sohn nicht spurte, wurde er verstoßen und enterbt. Ganz einfach. Aber ich denke, dass diese Geschichte uns hier nicht weiterbringt.«

»Das kann man nicht sagen, bevor man sie gehört hat«, meinte Sarah unnachgiebig. »Sie wissen doch, wir Journalisten sind ein neugieriges Volk und wollen gerne alles wissen. Ich persönlich mache mir zum Beispiel gern ein eigenes Bild, auch wenn ein Teil der Geschichte zunächst unwichtig erscheint.« Sie legte den Kopf schief und griff instinktiv nach den Steinen an ihrer Kette.

»Nun, wenn es der Auffindung Erikas dient«, gab Gutberg sich geschlagen.

»Ich habe gehört, dass Weinscherb Senior aufgrund der Arisierung sehr günstig an einige Häuser kam.«

Der General quittierte diesen Satz mit einem unwilligen Kopfschütteln. »Was wollen Sie hören, Frau Pauli? Dass Josefs Vater ein Nazi war, und dass Josef im Endeffekt davon profitierte, weil Walter das als unmoralisch empfand und sich dagegen auflehnte? Falls Sie auf die unterschiedlichen Wertvorstellungen und politischen Haltungen der Brüder anspielen wollen, darüber weiß ich bestens Bescheid, glauben Sie mir. Aber beide waren sie Kinder ihrer Zeit, beide haben auf ihre Weise reagiert. Wann wurden Sie geboren?«

»1982«, antwortete Sarah.

»Damit ist alles gesagt, denke ich.« Er machte eine kurze Pause. »Ich bin kein Kriminalist, aber dass die politische Gesinnung von Erikas Großvater und ihrem Onkel nichts mit ihrem Verschwinden zu tun hat, liegt ja wohl klar auf der Hand. Und bevor Sie mich jetzt fragen, auf welcher Seite ich damals stand, denn das ist es doch, was Ihnen auf der Zunge liegt, Frau Pauli, oder nicht?« Er holte tief Luft und wartete keine Antwort ab. »Ich wurde 1935 geboren und war gerade einmal drei Jahre alt, als Hitler in Wien einmarschierte.«

Die Betonung lag auf dem letzten Wort. Denn Hitler – und das wussten alle im Raum – war keineswegs in Wien einmarschiert, sondern mit offenen Armen empfangen worden.

In einem etwas versöhnlicheren Ton fuhr Gutberg fort: »Nachdem nun die für Sie persönlich wichtigen Fragen geklärt sind, können wir uns dem eigentlichen Problem widmen. Wir werden Erika ...« Er unterbrach sich.

Also doch »The Departed«, schoss es Sarah durch den Kopf, weil sie sich lebhaft vorstellen konnte, dass sich Gutbergs Informanten innerhalb der Polizei befanden. Ob auch Martin Stein zu seinen Spitzeln gehörte? Wohl kaum, denn wenn es so wäre, hätte Stein sie längst wieder angerufen und ihr auf seine charmante Art geraten, die Nase nicht in Dinge zu stecken, die sie nichts angingen.

»Was ist denn jetzt mit Erikas Ordnern?«, fragte Gutberg unwirsch.

»Wie Herr Holzmann vorhin schon sagte, wir haben eben erst angefangen. Ich weiß ebenso wenig wie er, wo ich ansetzen soll.«

Sarah runzelte die Stirn.

»Also, fangen wir irgendwo an!«

Sie nahm sich den Ordner mit der Aufschrift »Auf den Spuren der Freimaurer in Wien« vor, obwohl sie davon überzeugt war, dass Erika Holzmanns Verschwinden nichts mit den Freimaurern zu tun hatte. Aber irgendwo mussten sie schließlich beginnen, und den Ordner »Mystisches Wien« wollte sie sich später in Ruhe alleine ansehen.

Die nächsten Stunden arbeiteten sie gemeinsam jeden Ordner, jede Mappe, jedes Blatt Papier und jede Sehenswürdigkeit durch, die auf Erika Holzmanns Wiener Route lag, immer auf der Suche nach unbekannten Zeichen oder Symbolen oder ungelösten Rätseln. Gutberg erwies sich als hilfreich, Sarah und er ergänzten einander. Sarah wusste über Aberglauben, Symbolik und Mysterien Bescheid, Gutberg über die Historie der Stadt. Er jonglierte mit Namen und Jahreszahlen wie andere mit Bällen. Das hätte Sarah dem alten Herrn gar nicht zugetraut. Roman Holzmann saß die meiste Zeit schweigend daneben und hörte gespannt zu. Am späteren Mittag kaufte er für alle Lachs-Bento vom Asiaten auf der Josefstädterstraße.

Zwischendurch ging Sarah auf die Terrasse und rief den Chef vom Dienst an. In der Redaktion sei alles ruhig, meinte der, und sie gehe vorerst niemandem ab. Sie wusste nicht recht, ob sie das beruhigen oder beunruhigen sollte.

Am späteren Nachmittag – sie wollten ihre Arbeit

gerade beenden, damit Holzmann endlich zum Zentralfriedhof aufbrechen konnte – läutete Holzmanns Festnetztelefon. Holzmann hob ab. Er hörte dem Anrufer eine Zeitlang aufmerksam zu, unterbrochen nur durch ein erstauntes »Wie?« oder »Wann?« oder »Warum?«

Sarah hielt gespannt die Luft an.

»Können Sie mir nichts Genaueres sagen?«, kam der längste Satz, den Holzmann bisher bei diesem Gespräch von sich gab, und er klang verzweifelt. Zwei Mal durchwühlte er mit der freien Hand eine Schublade mit Briefen und Dokumenten, schüttelte den Kopf, schob sie zu, um sie danach wieder zu öffnen und noch einmal zu durchsuchen. Während er das tat, erklärte er, dass seine Frau spurlos verschwunden sei. Sein Gesprächspartner schien die Situation nicht gleich zu begreifen, denn Holzmann unterbrach sich mehrmals und wiederholte Details.

Als er schließlich auflegte, preschte Gutberg vor.

»Die Entführer? Haben sie gesagt, was sie wollen? Wie viel?«

Der alte General konnte kaum an sich halten, so aufgeregt war er. Doch Holzmann schüttelte nur langsam den Kopf und starrte einige Sekunden lang ins Leere. »Nein«, sagte er bedrückt, »es waren nicht die Entführer, sondern ein Notar.«

Der Notar habe zwei Wochen vor Pfingsten in einem Einschreiben um einen Termin mit Erika bezüglich Josef Weinscherb gebeten. Sie habe ihn daraufhin angerufen, der Termin sei gestern am Nachmittag gewesen.

»Erika war natürlich nicht da. Der Notar wollte wissen, ob sie den Termin vergessen habe und einen neuen vereinbaren wolle. Der war jetzt völlig von den Socken, als ich ihm sagte, Erika sei verschwunden«, endete Holzmann.

»Worum sollte es bei dem Termin gehen?«, wollte Gutberg wissen.

»Das durfte er mir natürlich nicht sagen.« Roman Holzmann sah sich im Wohnzimmer um. »Erika hat mir das Einschreiben sogar noch gezeigt, als es kam. Aber da sie sich keinen Reim darauf machen konnte, haben wir nicht weiter darüber gesprochen, sie beschloss, den Termin abzuwarten«, sagte Holzmann. »Sie fand es ein wenig absurd, dass der seit Jahren Verblichene sich wie aus dem Jenseits meldete, und wir haben uns ziemlich amüsiert über den Alten.«

»Aber da es bei dem Termin anscheinend um Weinscherb gehen sollte, kann es sich eigentlich nur um eine Testamentsverfügung handeln, die jetzt geltend wird. Vielleicht hat er ihr ja noch ein Haus vererbt«, meinte Sarah.

Holzmann zuckte die Schultern. »Vielleicht. Komisch ist nur, dass das Einschreiben auch weg ist. Erika legt die Post, die noch bearbeitet werden muss, immer in diese Schublade.« Er brauchte nichts weiter auszuführen. Sie wussten, was das bedeutete. Wenn Erika Holzmann tatsächlich entführt worden war, so hatten die Entführer nicht nur ihre Kleidung und den Reisepass eingepackt, um vorzutäuschen, sie wolle ihren Ehemann verlassen, sondern auch das Schreiben des Notars gefunden und mitgenommen.

»Wir müssen sie finden!«, sagte Roman Holzmann leise. »Hörst du, Wolfgang? Wir müssen sie finden!«

Der alte Mann saß auf dem Stuhl, blasser als zuvor, und atmete schwer.

Roman Holzmann holte ihm ein Glas Wasser und lockerte seinen Hemdkragen. »Sie werden ihr nichts antun, Wolfgang.« Holzmann bemühte sich, seine Stimme zuversichtlich klingen zu lassen.

Der General nickte schwach.

»Du musst dich ausruhen. Ich bringe dich jetzt nach Hause und fahre dann weiter zum Friedhof.« Doch Gutberg bestand darauf, ihn zu begleiten. »Ich will nicht alleine in meiner Wohnung sitzen. Es geht schon wieder.«

Sarah bat darum, den Ordner »Mystisches Wien« mitnehmen zu dürfen. »Ich werde weitersuchen«, argumentierte sie ihren Wunsch.

Holzmann drückte ihr den Ordner in die Hand. »Finden Sie etwas!«

Gutberg reichte ihr seine Visitenkarte. »Rufen Sie auch mich an, wenn Sie etwas gefunden haben.«

Während Sarah auf die Straßenbahn wartete, rief sie Gisela Stelzer an. Nach dem dritten Läuten hob die Fremdenführerin ab.

»Ich weiß nicht, ob ich mich mit Ihnen über Erika unterhalten möchte«, versuchte sie Sarah abzuwimmeln.

»Sie müssen sich nicht mit mir unterhalten«, sagte Sarah schnell. »Ich habe nur eine Frage. Herr Holzmann sagte, Sie würden Erikas Touren übernehmen.«

»Ja, bis sie wieder zurück ist«, sagte sie so, als wäre Erika Holzmann im Urlaub. Sarah hörte ein Schniefen. Weinte die Frau etwa?

»Wissen Sie, ob der Spaziergang über den Zentralfriedhof am Grab von Josef Weinscherb vorbeiführt?«

»Nein, Weinscherbs Mausoleum liegt nicht auf der Route. Erika wollte es nicht, aus welchem Grund auch immer, das weiß ich nicht.«

20

DIE FREMDENFÜHRERIN

Ihr Biorhythmus war völlig durcheinander. Nachdem sie die Papiere jedes Mal zurückgegeben hatte, ohne eine einzige Frage zu beantworten, bestrafte man sie mit Schlafentzug. Nach dem Zuckerbrot kam nun also die Peitsche zum Einsatz. Wahrscheinlich war tatsächlich irgendwo in diesem Raum eine Kamera installiert, denn kaum war sie eingeschlafen, wurde sie durch nervtötende Geräusche geweckt, oder die Luke öffnete sich, und es wurde laut in die Hände geklatscht. Sie konnte zwar keine Kamera sehen, vermutete jedoch, dass sie in den Lüftungsschacht einmontiert war.

In unregelmäßigen Abständen versuchte man, ihr die gewünschte Information zu entlocken, und reichte ihr immer wieder dieselben Papiere durch die Luke. Erika Holzmann gab sie jedes Mal unausgefüllt wieder zurück und erklärte der jeweiligen Hand, dass sie die Falsche sei und nichts von irgendwelchen Immobilien wisse. Doch die Hand zog sich jedes Mal kommentarlos zurück, die Luke wurde geschlossen, und der Terror begann von vorne. Einschlafen. Aufwecken. Einschlafen. Aufwecken.

Das Licht blieb an.

Warum glaubte man ihr nicht? Sie legte sich auf die Pritsche und starrte an die Decke, deren Schmutzflecke ihr inzwischen so vertraut waren, als gehörten sie seit jeher zu ihrem Leben. Sie erkannte die Maus in den Mustern, die Wolke, den Vogel. Ihre Augen fielen zu. Sekundenschlaf. Ein lautes Geräusch.

Häuser. Grundstücke. Hotels. Es rauschte in ihrem Kopf.

Sie versuchte, trotz Müdigkeit und Verzweiflung ihre Gedanken zu ordnen, immer wieder aufs Neue. Konzentriere dich!, ermahnte sie sich.

Inzwischen war sie auf den Gedanken gekommen, dass das alles mit ihrem Onkel zu tun haben musste. Ihm mussten die Immobilien gehören, nach denen die Entführer sie permanent fragten. Er war reich gewesen. Aber sie wusste nichts weiter über seine Besitzverhältnisse. Sie hatten kaum Kontakt zueinander gehabt. Manchmal hatte er ihr über Wolfgang Gutberg Zeitschriften oder Bücher zukommen lassen, von denen er annahm, dass sie sie interessieren würden. Bei der Testamentseröffnung bekam sie das Haus in der Lederergasse zugesprochen und eine Summe von 200 000 Euro. Um etwas anderes war es nie gegangen, und es hatte sie auch gar nicht interessiert. Nur das Erbe, das hatte sie angenommen, ohne vorher mit ihrem Vater darüber zu sprechen. Als sie es ihm endlich gestand, hatte der nur lapidar gemeint: »Das war ja wohl das Mindeste, was dieser Scheißkerl für seine Nichte tun konnte.«

Früher hatte ihr Vater oft gesagt, ihr Großvater sei »eine geldgierige Kanaille« gewesen, die im wahrsten Sinne des Wortes über Leichen gegangen war. Später, als sie ein Teenager war, hatte er ihr die erschütternden Fotos der in den KZs ermordeten Menschen gezeigt, vor allem waren es Fotos jüdischer Häftlinge. Sein Bruder Josef schlage in die gleiche Kerbe wie sein Vater, um an seine Ziele zu gelangen. Damals wusste Erika bereits, dass ihr Onkel mit Immobilien steinreich geworden war. Aber niemals hatte sie gewusst, welche Immobilien er wo hatte, es hatte sie ja gar nicht interessiert.

Davon musste sie die Entführer überzeugen. Vielleicht ließ man sie dann gehen! Sie klammerte sich wie eine Ertrinkende an diesen Strohhalm.

Ihr Onkel Josef. Eigentlich bedauerte Erika es, ihn so selten gesehen zu haben. Denn im Grunde genommen verdankte sie es ihm, Fremdenführerin geworden zu sein, er hatte ihr Interesse an der Geschichte ihrer Heimatstadt geweckt.

Sie erinnerte sich an die Begegnung mit ihm auf dem Zentralfriedhof, es war kurz nach dem Tod seiner Frau Katharina. Damals war Erika zehn Jahre alt. Ihre Mutter hatte sie manchmal mitgenommen, wenn sie das Grab der Tante besuchte. »Katharina kann doch nichts dafür«, lautete ihr Argument, denn Erikas Vater missbilligte diese Friedhofsbesuche. Schließlich habe man mit der Familie ja nichts zu schaffen.

»Tante Katharinas Schloss« hatte der Onkel das Mausoleum genannt. Es sei zwar nicht ganz so groß wie das Schloss-Neugebäude zwischen Donau-Auen und Zentralfriedhof, das Kaiser Maximilian II. einst erbauen ließ, hatte er gemeint, aber immerhin ein kleines Schloss mit einem kleinen Paradiesgarten rundherum. Flieder, Tulpen, Erika, Efeu. Während sie hinterher zusammen den Weg zurück zum Haupttor gingen, hatte er Erika von den Plänen des Kaisers erzählt, die nie umgesetzt wurden. »Mit dem mythologischen Paradiesgarten wollte der Kaiser das prächtige Renaissanceschloss vervollkommnen«, hatte er gesagt und dann versucht, ihr das Jupiter-Quadrat zu erklären. Erika hatte die Zahlenmystik des magischen Quadrats bis heute nicht begriffen. Aber der Onkel war ganz begeistert gewesen von der Anordnung, sprach über Architektur und dass dieses Denken doch verdammt noch mal auch heute Pate stehen solle für Parklandschaften.

Erika hatte damals nicht verstanden, was er damit meinte. Aber die Geschichten, die er ihr erzählt hatte, waren ihr nicht mehr aus dem Kopf gegangen. Deshalb nahm sie viele Jahre später an einer Führung teil, die in dem teilweise längst verfallenen Schloss angeboten wurde. Nach der Besichtigung hatte sie das deutliche Gefühl, dass das Mystische, das den alten Gemäuern innewohnte, sie voll und ganz erfasst hatte.

Als der Onkel starb, hatte Wolfgang von Gutberg ihren Vater dazu überredet, mit Erika gemeinsam zu der Beerdigung zu fahren. »Du musst deinen Frieden mit Josef finden«, hatte er gemahnt. Ihr Vater hatte schließlich nachgegeben. Dann hatte sie zu ihrer großen Überraschung das Haus und die nicht unbeträchtliche Geldsumme geerbt. Doch erst vor Kurzem war ihr klar geworden, warum der Onkel sie in seinem Testament auch darum ersucht hatte, über seine Grabstätte zu wachen.

Ihr Vater hatte ihr nach seinem Tod eine Art Familienchronik in Form von Tagebüchern hinterlassen. Zuerst hatte sie seine Aufzeichnungen nicht lesen wollen, es war zu schmerzhaft. Außerdem kam es ihr ein wenig so vor, als verlange man von ihr, Unrecht wiedergutzumachen, mit dem sie eigentlich gar nichts zu tun hatte. Irgendwann hatte sie sich ein Herz gefasst und den Konflikt der beiden Brüder mit der Distanz einer Außenstehenden zu verstehen versucht. Sie hatte erkannt, dass es für eine Versöhnung zwischen ihnen zu spät gewesen war und dass auch die Zeit ihre Wunden nicht hatte heilen können.

Zeit. Ihre ewige Feindin.

Doch hier in ihrem Verlies konnte sie ihr nichts mehr anhaben. Die Tage, Stunden und Minuten waren ausgesperrt. Es war egal, ob die Zeit verging oder nicht. Sie konnte nicht zu spät kommen, weil sie nirgends hinkommen konnte. Die Zeit verging ohne sie.

Der Satz eines Zeitforschers fiel ihr ein, von dem sie etliche Artikel gelesen hatte, Karlheinz Geissler war sein Name, und es hieß, er lebe seit über zwei Jahrzehnten ohne Uhr. »Die Zeiten, die zählen, sind die Zeiten, die nicht gezählt werden.« Die Zeiten mit Roman hatte sie nicht gezählt.

Ob die Zeit auch für Roman stehen geblieben war, als er realisiert hatte, dass sie verschwunden war?

Sie schloss die Augen und dachte an ihn.

Als sie plötzlich eine Stimme neben sich hörte, erschrak sie. Wann war der Mann hereingekommen? Hatte sie geschlafen? Unmöglich. Sie war doch wach gewesen und hatte an Roman gedacht. Bevor sie etwas sagen konnte, packte der Fremde sie am Oberarm und zog sie unsanft in die Höhe. »Aufstehen!«

Erika richtete sich auf. Der Schlafmangel forderte seinen Tribut, ihr Kreislauf ließ sie im Stich. Ihr wurde schwindelig, und es gelang ihr nicht aufzustehen.

Das Gesicht des Mannes kam ihr bekannt vor. Natürlich. Er war einer der beiden, die sie abgeholt hatten, er hatte ihr die Spritze mit dem Narkosemittel in den Oberarm gerammt. Sie sah ihn an, er war groß und kräftig, trug dunkle schwarze Jeans, schwarze Schuhe und ein schwarzes T-Shirt. Alles an ihm war dunkel, auch seine Augen, sein Haar und sein Teint. Eine tiefe Narbe zog sich über die linke Wange. Nur ein schmales rotes Lederarmband schien die dunkle Aura dieses Menschen zu durchbrechen. Sie erkannte seine Hände wieder, sie hatten ihr das Essen durch die Luke geschoben. Doch das Armband war neu. Es passte eigentlich nicht zu dem stämmigen Mann. Warum er es wohl trug? Ein Geschenk? Von einer Geliebten, einem Kind, seiner Frau? Obwohl Erika Holzmann sich fürchtete vor allem, was nun geschehen würde, spürte sie so etwas wie Erleichterung. Endlich ein Mensch. Wenn er auch ihr Entführer war. Ein Kontakt nach außen. Man würde endlich mit ihr sprechen.

»Scheint draußen die Sonne?«, fragte sie. »Oder regnet es?« Der Mann sah sie überrascht an, dann schüttelte er den Kopf. Sie bekam keine Antwort.

Die Tür öffnete sich. Eine Unbekannte mit rotblonden langen glatten Haaren kam mit einem Stuhl und einem Aktenordner in der Hand herein. Sie stellte den Stuhl vor der Pritsche ab und setzte sich hin.

»Schön, dich wiederzusehen, Erika!«

Erika erstarrte vor Schreck.

»Ursula! Was um Himmels willen machst du denn hier? Was soll das alles? Ich dachte, du bist ...«

»... in Amerika? War ich auch, bis vor ein paar Wochen. Aber dann habe ich einige Dinge erfahren, die hier schieflaufen, deshalb bin ich hier, um sie wieder geradezubiegen.«

»Was meinst du? Wovon sprichst du?«
»Wirst schon noch draufkommen.«
»Was wollt ihr von mir?«
»Geld. Das Geld, das dir dein Gönner hinterlassen hat.«
»Mein Gönner?«
»Dein Onkel Josef Weinscherb.«
»Er hat mir 200 000 Euro vererbt.«
Ursula warf ihren Kopf in den Nacken und schüttelte ihr langes Haar.
»Ha! Du bist wirklich so blöd, wie ich dich in Erinnerung habe.« Sie hob die Hand. »Und fang jetzt bloß nicht damit an, wir wären wie Schwestern gewesen. Ein Scheißdreck waren wir. Weder Schwestern noch Freundinnen. Wir sind nicht einmal Cousinen. Und damit genug der Nostalgie. Mein Kollege hier erklärt dir, was wir von dir wollen.«
Sie gab dem Mann, der noch immer neben Erikas Pritsche stand, ein Zeichen, woraufhin er den Ordner entgegennahm und sich neben Erika setzte.
»Frau Holzmann«, begann er. »Ich zeige Ihnen Fotos, und Sie sagen mir, was Ihnen dazu einfällt.«
Erika hörte den Hauch eines Akzents heraus, den sie jedoch nicht zuordnen konnte. Er war weder Italiener noch Spanier noch Franzose, denn deren Akzente erkannte sie inzwischen.
Der Mann schlug den Ordner auf und blätterte bedächtig eine Seite nach der anderen um, ohne sie aus den Augen zu lassen.
Erika starrte Ursula an. Sie hatten sich zum letzten Mal vor zehn Jahren gesehen, kurz bevor Ursula Österreich verließ. Jetzt war Ursula hier und hielt sie gefan-

gen, eines Geldes wegen, das Erika nicht einmal besaß. Es war eine vollkommen absurde Situation.

Die Stimme des Mannes riss sie aus ihren Gedanken. Sie sah auf die Bilder, die er ihr zeigte. »Immobilien. Es sind Immobilien«, sagte sie. Sie wollte keinesfalls zugeben, dass sie das ganze Theater längst durchschaut hatte. Ihre Entführer wollten an das Geld ihres Onkels kommen und glaubten, sie sei der Schlüssel dazu.

»Richtig«, sagte Ursula. »Doch nicht so blöd, das Weinscherb-Mädel.«

»Ich heiße Holzmann, und früher hieß ich Mörz, das weißt du doch. Und die Bilder habt ihr mir schon gezeigt. Ich weiß nicht, was ihr von mir wollt. Ich kenne diese Häuser nicht.«

»Die Häuser haben Ihrem Onkel gehört.«

Der Mann hielt in der Bewegung inne und sah sie eisig an.

»Er hat Millionen damit verdient«, ergänzte Ursula.

Der Mann blätterte weiter im Ordner.

»Mir ist bekannt, dass mein Onkel mit Immobilien gehandelt hat. Aber was hat das alles mit mir zu tun?«, fragte Erika. »Was wollt ihr?«

Der Mann schloss den Ordner.

»Es geht um Geld. Das sagte ich bereits«, zischte Ursula.

»Was für ein Geld?«, fragte Erika eine Spur lauter, als sie wollte. »Verdammt, Ursula, ich habe kein Geld. Es waren 200 000 Euro, davon ist nicht mehr alles da, aber was übrig ist, gebe ich dir, versprochen. Doch dazu musst du mich gehen lassen. Du kannst mich ja auf die Bank begleiten …«

Der Mann schlug mit der flachen Hand auf den Ordner.

Erika zuckte zusammen.

»Nicht dein Geld. Sondern das hier!«, sagte er.

»Wir haben fast fünf Jahre danach gesucht«, fügte Ursula hinzu.

Erika sah abwechselnd zwischen dem Kerl mit der Narbe und Ursula hin und her. »Wer ist wir? Wer denn noch?« Sie ahnte, dass der Mann mit der Narbe nicht gemeint war.

Ihre Frage blieb unbeantwortet.

Erika wusste, dass das Vermögen ihres Onkels nach seinem Tod unauffindbar war. Ihr Vater hatte es ihr erzählt, der wiederum wusste es von Gutberg. Gutberg hatte fest damit gerechnet, von Weinscherb großzügig bedacht zu werden. Denn es verband sie nicht nur eine Freundschaft seit Jugendjahren, sondern in Gutbergs Augen auch die Tatsache, dass er Weinscherb über all die Jahre mit seinen Projekten treu zur Seite stand, ihm seine Fürsprache anbot und ihm durch die Mühlen der Bürokratie half.

Doch auch Gutberg ging am Ende leer aus, so wie alle anderen Wegbegleiter Weinscherbs.

»Wo finde ich die Kohle?«, stellte Ursula die rhetorische Frage.

Der Mann zog ein Kuvert aus seiner Jackentasche und gab es Erika. Sie kannte das Schreiben. Es war von dem Notar ihres Onkels, der sie vor Kurzem erneut um einen Termin gebeten hatte. So wie schon einmal vor fünf Jahren. Sie hatte daraufhin sofort in der Kanzlei angerufen, doch man konnte ihr keine Auskunft bezüglich des Einschreibens geben. Der Notar war erkrankt, seine Sekretärin schlug ihr einen Termin vor. Der Termin wäre in diesen Tagen gewesen.

»Calluna vulgaris. Sagt dir das etwas?«, fragte Ursula und lächelte sie gekünstelt freundlich an. »Dieser hinterhältige Mistkerl hat doch allen Ernstes einen getrockneten Strauß Besenheide in das Kreuz auf seinem Sarg legen lassen.«

»Erika? Er hat eine Erika-Pflanze in dem Kreuz aufbewahrt?«

Erika musste sich zusammenreißen, um nicht laut loszulachen. Er muss damit gerechnet haben, dass irgendwann jemand dort nachsieht, dachte sie. Ihr wurde schwindelig. Ihr Kopf drohte zu platzen. Der Schlafmangel. Sie konnte kaum mehr die Augen offen halten.

»Bitte!«, jammerte sie. »Lasst mich gehen. Ich sag' bestimmt niemandem etwas. Ich verspreche es!«

Behaupteten das nicht alle Entführungsopfer?

Der Mann klopfte noch einmal auf den Ordner.

»Das Erbe von deinem Onkel.«

»Welches Erbe? Warum sollte er mir jetzt noch einmal etwas vererben? Fünf Jahre nach seinem Tod? Das ist doch Unsinn.« Sie schluckte trocken. »Er hat mir das Haus in der Ledergasse und die 200 000 vermacht, den Rest ...«, wiederholte sie verzweifelt, »... ich habe sonst nix.« Tränen liefen ihr nun übers Gesicht. »Ich weiß nicht, wer den Rest seines Vermögens geerbt hat. Das müsst ihr mir bitte glauben!«

Ursula stand auf. »Du kennst doch das Schloss Neugebäude?« Sie lachte. »Was für eine naive Frage! Natürlich kennt unsere Prinzessin das Schloss. Der Alte wollte es doch für dich kaufen.«

Erika schüttelte den Kopf. »Unsinn.«

Ursula überging den Einwand. »Und wer hat den Deal eingefädelt? Na? Wer wohl?« Sie machte eine abfällige

Geste. »Alle hat er sie vergessen. Keiner seiner Kumpane hat einen Cent gesehen. Nur die geliebte Nichte. Da macht er jahrelang seine Immobilien zu Geld und bunkert die Kohle irgendwo, bis zu dem Zeitpunkt, wo er es seiner Nichte vererbt, die er zur Verwirklichung seiner Schlossträume natürlich ins Boot holen will. Der König und seine Prinzessin.«

»Davon weiß ich nichts.« Erika wollte nichts mehr hören. Das alles verwirrte sie immer mehr. »Wo ist mein Mann? Wo ist Roman?«, wimmerte sie.

Ursula betrachtete sie kalt.

Der bullige Kerl drückte Erika eine Klarsichtfolie mit mehreren Blättern Papier darin in die Hand.

»Unterschreiben!«, befahl er.

Sie zog die Seiten aus der Folie und versuchte zu begreifen, was sie da vor sich hatte. Es fiel ihr schwer, sich zu konzentrieren. Es handelte sich um eine Vollmacht, die einem Anwalt, dessen Namen sie noch nie gehört hatte, erlaubte, sie in der Angelegenheit Josef Weinscherb zu vertreten. Wenn sie richtig las, dann sollte ihr gesamtes Vermögen nach ihrem Tod der Josef-Weinscherb-Privatstiftung zukommen. Nach ihrem Tod. Das stand dort. Jetzt hatte sie es schriftlich. Sie kam hier nie wieder raus. Man würde sie umbringen, ihre Leiche präsentieren und danach das Geld einkassieren. Sie war überrascht, wie klar sich diese Erkenntnis in ihrem Kopf breitmachte, ohne sie in Panik zu versetzen.

Sie hob den Kopf und sah ihre Entführer abwechselnd an.

»Ich werde das nicht unterschreiben.« Sie hielt ihren eiskalten Blicken stand. »Außerdem müsste meine Unterschrift notariell beglaubigt werden. Es nutzt Ihnen nichts, wenn ich da unterschreibe. Gar nichts. Verstehen Sie?«

»Vielleicht ist es dir entgangen, aber ich bin Notarin. Ich werde also notariell beglaubigen, dass du das hier persönlich unterschrieben hast, weil du wolltest, dass das Erbe deine Onkels in der Stiftung weiterlebt.«

Plötzlich stieg die Wut in ihr auf. Erika sprang von der Pritsche auf und machte einen Schritt auf Ursula zu. »Du …«

Der Kerl mit der Narbe packte sie und stieß sie wieder auf die Pritsche zurück. Er griff unter seine Jacke, holte eine Waffe hervor und richtete sie auf Erikas Hände. »Wenn du nicht unterschreiben willst, dann brauchst du auch deine Hände nicht mehr.« Er beugte sich ein wenig vor, presste die Mündung der Pistole fest gegen ihren Handrücken, legte die andere Hand hinter ihren Kopf und zog sie dicht zu sich heran. »Es ist scheißegal, ob du unterschreibst oder nicht, hörst du? Du kannst die Sache nicht mehr aufhalten. Es ist zu spät.« Er ließ sie abrupt los, doch nur, um die Mündung der Pistole an ihre Lippen zu setzen und sie ihr in den Mund zu drücken. Sie schmeckte nach Metall, Kälte und Tod.

Erika schloss die Augen. Sie keuchte panisch mit halb geöffnetem Mund. Ich bin tot. Ich bin tot. Ich bin tot. Die Angst wand sich um jede Faser ihres Körpers, sie erdrückte sie. Tränen liefen ihr über die Wangen.

Er nahm die Waffe weg und erhob sich.

In einem Ton, als würde sie sich nach der Uhrzeit erkundigen, fragte Ursula: »Weißt du, wie lange es dauert, bis man verdurstet?«

Erika schüttelte den Kopf, obwohl sie es ungefähr wusste.

»Drei bis vier Tage.« Sie zeigte auf die Vollmacht.

Mit zittrigen Fingern nahm Erika den Stift und unterschrieb ihr eigenes Todesurteil genau an den Stellen, die säuberlich mit »Bitte hier unterschreiben«-Post-its markiert worden waren. Ihr Steuerberater verwendete die gleichen Post-its. Wahrscheinlich verwendeten alle Steuerberater, Anwälte und Notare diese verfluchten »Bitte hier unterschreiben«-Post-its.

»Mach's gut, Erika.«

Ursula verließ die Zelle.

Nachdem Erika alle Seiten unterschrieben hatte, ging der bullige Kerl zur Tür und klopfte gegen die Luke.

Erika holte tief Luft.

Die Luke öffnete sich, und Ursulas Hand reichte eine Flasche Mineralwasser durch die Öffnung. Der Mann mit der Narbe nahm sie an sich, kam wieder zurück und gab ihr die Flasche.

Wieder ging er zur Tür. Dann drehte er sich noch einmal zu ihr um.

»Und hör auf zu schreien! Hier unten hört dich niemand.« Während er die unterschriebene Vollmacht in die Klarsichtfolie zurücksteckte, sagte er: »Ach ja, das hätte ich fast vergessen. Dein Alter fickt jetzt eine Journalistin.« Er zog ein Foto aus der Tasche und ließ es zu Boden segeln wie ein Blatt im Wind.

»Und noch etwas. Die Sonne scheint.«

Dann verließ auch er den Raum.

Erika Holzmann saß da und starrte ihm noch nach, auch als die Tür schon lange ins Schloss gefallen war. Die Sonne scheint, echote es in ihrem Kopf. Die Sonne. Dann fiel ihr Blick auf das Foto, und eine bleierne dunkle Wolke schob sich vor die Sonne. Sie hob es vom Boden auf. Es war eine Großaufnahme von Roman und dieser Sarah Pauli, mit der sie sich hatte treffen wollen. Sie kannte ihr Gesicht von Bildern aus dem Internet, die sie gegoogelt hatte, bevor sie sich verabredeten. Der Hintergrund war unscharf. Sie standen eng nebeneinander, sehr eng. Roman hielt das Handy ans Ohr und lächelte die Journalistin an. Sein Lächeln versetzte Erika einen Stich ins Herz. Ihr Magen zog sich zusammen, und ihr wurde schlecht. Sie schloss die Augen und versuchte, sich zu beruhigen. Das Atmen fiel ihr plötzlich schwer. Sie holte tief Luft und kämpfte das Gefühl nieder, das sie in ein bedrohliches dunkles Loch zerren wollte. »Ich lebe!«, schrie sie verzweifelt. Sie ließ das Foto los, sie wollte es nicht mehr sehen. Doch das Bild hatte sich bereits eingebrannt, es wurde immer größer und breiter und detaillierter.

Bestimmt suchte Roman Trost. Schließlich war es eine Ausnahmesituation. Erika verstand, dass er jemanden zum Reden brauchte, menschliche Nähe. Eine Freundin. Vielleicht Gisela. Aber eine Fremde? Die ihn nicht nur tröstete, sondern die mit ihm schlief? Mit ihrem Roman, der ihr die Treue geschworen hatte?

Erika ließ sich auf die Pritsche sinken, rollte sich zusammen wie ein Embryo und schluchzte hemmungslos. Bis ihrem Körper die Kraft ausging. Bis sie nicht mehr weinen konnte.

Ihr Blick fiel auf die Flasche Wasser, und unwillkürlich begann sie zu lachen. Ein halber Liter. Die empfohlene Tagesmenge lag in etwa bei zwei Litern. Wenn sie sich an die Empfehlung hielt, wäre diese Flasche in wenigen Stunden leer. Und dann? Hatte sie noch ungefähr drei Tage zu leben. Warum quälte man sie so? Warum hatte der Kerl sie nicht gleich erschossen? Und warum Ursula? Warum dieser Hass? Sie hatten sich doch vor langer Zeit mal ganz gut verstanden. Oder nicht?

Das Licht ging aus. Endlich würde sie wieder schlafen können. Sie wollte nur noch schlafen und schloss die Augen.

»Dein Alter fickt jetzt eine Journalistin.«

Das klang nicht nach Liebe. Es klang vulgär, gefühllos, kalt. Sie würde ihm verzeihen. Mit der Journalistin würde sie kein Wort mehr sprechen. Aber das würde sie sowieso nicht mehr können.

Denn sie war ja bald tot.

21

JOSIP KOVAC

Ursula zündete sich eine Zigarette an, inhalierte tief und reichte sie an Josip weiter. Ihr Blick fiel auf sein rotes Armband. Sie kommentierte es aber nicht weiter.

»Jetzt noch die Journalistin, und du bist wieder zu Hause«, sagte sie.

»Was passiert mit ihr?« Er wies mit dem Kopf Richtung Bunkertür.

Ursula zog eine Bankkarte aus ihrer Hosentasche.

»Offiziell wird sie sich erst einmal eine Zugfahrkarte nach Hamburg besorgen, und dann lassen wir es drei oder vier Monate so aussehen, als reise sie durch die Weltgeschichte. Hamburg. Paris. Mailand. Überall wird sie das Geld ihres Onkels ausgeben. In teuren Restaurants, Hotels, Boutiquen. Immerhin hat sie es ja so arrangiert, dass die Stiftung ihr Geld verwaltet und sie monatlich eine hübsche Summe überwiesen bekommt.«

»Es wird auffallen, wenn in den reservierten Zimmern nie wer ankommt.«

»Das lass nur meine Sorge sein.« Sie schüttelte ihr Haar. »Immerhin haben wir fast dieselbe Haarfarbe.«

»Was heißt, ihr seid keine Schwestern oder Cousinen?«

»Nichts.«

Sie zündete sich eine neue Zigarette an und rauchte sie diesmal selber.

»Was passiert wirklich mit ihr?«

»Warum interessiert dich das?«

»Interessiert mich nicht. Ich will es einfach wissen.«

»Man wird in etwa einem halben oder dreiviertel Jahr eine weibliche Leiche finden. Die Untersuchungen werden ergeben, dass es sich um Erika Holzmann handelt, die verdurstet ist. Keine Gewalt. Kein Fremdeinwirken. Verdurstet, weil sie sich den Bunker ansehen wollte, den ihr Onkel vor vielen Jahren in den Boden mauern ließ. Dabei fiel die Tür versehentlich hinter ihr ins Schloss.

Die Stiftung wird nach ihrem Tod ihr Erbe weiterführen.«

Ursula setzte eine ernste Miene auf.

»Natürlich im Sinne der Verstorbenen.«

Josip wusste, dass man als Folge von Flüssigkeitsmangel zunächst in einen Zustand geistiger Verwirrung geriet und später ins Koma fiel. Bei einem Wasserverlust von 15 bis 20 Prozent des Körpergewichts trat der Tod ein. Er hatte während seiner Zeit in Afrika Menschen gesehen, die verdurstet waren. Eines solchen Todes würde nun auch die rotblonde Frau im Bunker sterben.

Er zog an seiner Zigarette und blies den Rauch in die Luft.

»Ich hätte sie erschießen sollen«, sagte er.

»Ein Loch im Kopf ruft hierzulande die Polizei auf den Plan. Das wäre nicht hilfreich.«

In dem Moment begriff Josip, warum er die Frau im Bunker auf gar keinen Fall berühren sollte. Es sollten auf gar keinen Fall Spuren von Gewaltanwendung zu finden sein. Er warf einen letzten Blick zur Tür, trat die Zigarette aus, nickte knapp und ging. Es sollte ihn nicht kümmern, und dennoch fragte er sich, warum sie sterben musste. Das hier war etwas ganz anderes als das, wofür er ausgebildet und bisher eingesetzt worden war.

Den Entschluss, Ursula zu verfolgen, fasste er auf der Straße. Er sah sich um und schloss kurzerhand einen dunkelblauen BMW kurz, der in einer Seitenstraße parkte. Er fuhr noch eine Seitenstraße weiter mit Blick auf die Einfahrt und wartete. Er musste vorsichtig sein, denn sie war wie er, sie war eine von ihnen. Eine Jägerin. Eine Kämpferin. Eine Soldatin. Sie spürte, wenn sie beobachtet wurde.

Als sie durch das Tor auf die Straße trat, schoss er durch die Windschutzscheibe ein paar Fotos von ihr. Sie stieg in ihr Auto und fuhr los. Er folgte ihr kreuz und quer durch die Stadt. Er musste höllisch aufpassen, um sie nicht zu verlieren. Sie fuhr mit deutlich überhöhter Geschwindigkeit. Doch er saß in einem gestohlenen Wagen, er durfte die Aufmerksamkeit der Polizei keinesfalls auf sich lenken. Vor einem Supermarkt machte sie kurz halt und kaufte ein. Am Schottenring endete die Fahrt. Er parkte ein und fotografierte, wie Ursula aus ihrem Wagen stieg und in einem Prunkbau verschwand. Er wartete eine Weile im Auto. Da sie nicht wieder herauskam, stieg auch er aus und ging langsam auf das feudale Wohnhaus zu, wie ein Tourist, der sich die Gegend ansah. Er las die Namen auf den Klingelknöpfen und registrierte überrascht, dass in dem großen Haus nur fünf Parteien wohnten. Ursulas Nachnamen kannte er nicht, deshalb prägte er sich alle fünf Namen ein. Dann ging er in die nächste Trafik, kaufte sich einen Notizblock und einen Kugelschreiber und notierte sich die fünf Namen sofort auf das erste Blatt. Anschließend ließ er sich ein wenig durch die Innenstadt treiben. In der Kirche Maria am Gestade in der Nähe des Donaukanals legte er eine kurze Pause ein. Es war höchste Zeit, Gott erneut um Verzeihung zu bitten. Am Stephansplatz stieg er in die U3.

Es war reiner Zufall gewesen. Er hatte die U3 an der Haltestelle »Neubaugasse« verlassen, und sie stieg an derselben Haltestelle aus dem Bus. Josip erkannte sie sofort wieder. Ohne zu zögern folgte er ihr. Er musste sich keine Sorgen mehr um den Bösen Blick machen. Sein Armband schützte ihn. Um ganz sicherzugehen, hatte er heute Morgen sein Unterhemd verkehrt herum angezogen – eine weitere Schutzmaßnahme, die er von den Alten im Dorf gelernt hatte.

Ihr Gang war selbstbewusst, ihr perfekter Hintern bewegte sich leicht hin und her. Wie er sich wohl anfühlte?

Ein ungeduldiges Hupen riss ihn aus seinen Gedanken.

Zielstrebig steuerte die Journalistin auf einen Drogeriemarkt zu und ging hinein. Er wartete einen Augenblick, und dann betrat auch er durch die automatische Tür den Laden. Die typische Geruchsmischung aus Waschmitteln, Parfums und Duschgels schlug ihm entgegen.

Auf dem Friedhof hatte er gedacht, es würde noch dauern, bis er sie in die Finger bekäme. Doch nun war es bald so weit. Sie war zu seiner Angelegenheit geworden, weil sie viel zu neugierig geworden war. Deshalb ihr Foto im Schließfach. Sarah Pauli, die Verfasserin des Artikels, den er im Mausoleum gelassen hatte. Ihr Name klang schön. Sarah, die Herrin oder die Fürstin. Es konnte kein Zufall sein, dass man ausgerechnet ihn für den Job nach Wien geholt hatte und nun auf ihre Fährte setzte. Es war Schicksal. Allerdings war er ein wenig enttäuscht darüber, dass sie keine Polizistin, sondern eine ganz gewöhnliche Journalistin war. Er würde also nicht das Gesetz, sondern lediglich die Presse ficken. Mit Journalistinnen hatte er schon geschlafen. Dass es sich nun um Sarah Pauli handelte, wertete er wiederum als positives Zeichen. Auch aus der Nähe war sie schön. Summa summarum führten die Geister ihn auf einen guten Weg.

Die Fremdenführerin im Bunker wäre nur eine Kerbe mehr in seinem Bettpfosten. Er würde kommen, sich umdrehen und gehen. Weiter nichts. Er würde sie auf der Stelle wieder vergessen.

Mit Sarah Pauli war das etwas ganz anderes. Mit ihr wollte er wirklich einen Spaß haben, der ihm nicht nur einen Höhepunkt, sondern ein echtes Vergnügen bereiten würde. Diese Frau passte perfekt in sein Beuteschema. Um nicht aufzufallen, nahm er sich einen Einkaufskorb und legte eine Packung Kondome hinein. Dann schlenderte er durch den Markt, ohne Sarah Pauli aus den Augen zu lassen, wobei er allerdings jeden Blickkontakt vermied. Immerhin war sie eine Hexe, und wenn er nicht aufpasste, konnte sie ihm Schaden zufügen.

Sie räumte mehrere Dosen Katzenfutter in ihren Wagen, schob weiter zu den Damenhygieneartikeln und griff nach einer Packung Tampons. Ob sie ihre Tage hatte? Er lächelte in sich hinein. Das würde seine Freude nicht mindern, im Gegenteil. Blut schreckte ihn nicht ab, es machte ihn geil. Er legte ein Duschgel zu den Kondomen.

An der Kasse stand er direkt hinter ihr. Sie roch nach Mandeln. Wenn er wollte, konnte er sie jetzt sofort berühren, sie beiläufig anstoßen und sich dann höflich entschuldigen, behaupten, sie aus Versehen angerempelt zu haben. Es reizte ihn sehr, das zu tun. Sie drehte sich ein wenig zur Seite, während sie den Korb ausräumte, und sah ihn flüchtig an. Er blickte sofort zu Boden. Sie bemerkte seine Einkäufe auf dem Förderband und grinste.

Die Nacht mit dir wird wunderbar. Zweifellos. Du und ich, dachte er, mindestens drei dieser Dinger sind für dich reserviert. Festlegen, wie oft er sich mit ihr vergnügen wollte, konnte er sich jetzt noch nicht. Das kam darauf an, wie lange es ihm Spaß machte, wie groß ihre Angst war, und wie lange er sie am Leben lassen wollte. Der Bunker würde sich anbieten. Der Raum vor der Zelle, in der die Holzmann saß, reichte aus für sein Vorhaben. Dort störte sie niemand. Er konnte sich also alle Zeit nehmen, die er brauchte. Ein befriedigender Gedanke.

Ihr Blick blieb für den Bruchteil einer Sekunde an seinem Armband hängen, dann legte sie den Rest ihrer Waren aufs Förderband, zahlte, stopfte alles in eine Plastiktasche und verließ das Geschäft. Er sah ihr nach, bis sie aus seinem Blickfeld verschwunden war. Die Kassiererin zog sein Duschgel und die Kondome über den Scanner. Umständlich kramte er sein Geld aus dem Portemonnaie. Er hatte keine Eile. Er wusste sowohl, wo sie arbeitete als auch, wo sie wohnte, es war bereits alles in seinem Gedächtnis gespeichert. Er brauchte nicht mehr auf dem Zettel nachzusehen, der neben ihrem Wohnungsschlüssel in seiner Hosentasche steckte.

Sein Handy piepste. Eine Nachricht von Ursula. Weinscherbs Sarg müsse verschwinden. Sofort.

22

SARAH PAULI

Als sie in der Redaktion ankam, war Gabi bereits nach Hause gegangen und David zu einem Meeting. Er hatte ihr eine SMS geschickt, dass er sich nach dem Termin bei ihr melde und inzwischen etwas über Weinscherb-Immobilien herausgefunden habe.

Sarah musste immer wieder an Gisela Stelzers Worte denken, die Friedhofsführungen seien nicht an Weinscherbs Mausoleum vorbeigegangen. Das war nämlich aus Erikas Aufzeichnungen so nicht hervorgegangen.

Bevor sie in ihr Büro ging, klopfte sie an Connys Bürotür und informierte ihre Kollegin darüber, dass Holzmann im Moment nicht bereit war, Interviews zu geben. »Wenn seine Frau wieder da ist, jederzeit und exklusiv, wenn du willst.«

Conny schnitt eine Grimasse. »Wenn sie da ist«, sagte sie mit der Betonung auf dem »Wenn«. »Wenn der sie mal nicht selber um die Ecke gebracht und irgendwo verbuddelt hat.«

»Dann wird er dir ein Interview geben, sobald er sicher sein kann, dass ihn die Polizei nicht mehr im Visier hat.«

Sarah hatte keine Lust, zum wiederholten Male darüber zu diskutieren. Sollten sie doch alle glauben, Holzmann habe seine Frau ermordet. Ihre Meinung war eine andere.

Sissi saß zufrieden in ihrem Korb und wedelte Sarah fröhlich an, machte aber keine Anstalten, ihn zu verlassen. Neben dem Hundekorb lagen Connys High Heels. Es war das erste Mal, dass Sarah Conny ohne ihre turmhohen Schuhe an den Füßen sah. Es gab also doch Momente, wo sie sich von diesen Dingern trennte.

»Ich war gestern bei einer Vernissage«, sagte Conny und lehnte sich in ihrem Stuhl zurück. »Kannst dir vorstellen, dass die Holzmann und ihr Onkel in der Szene Gesprächsthema Nummer eins sind. Kommt ja auch nicht alle Tage vor, dass ein toter Millionär und seine Erbin gleichzeitig abgängig sind.«

Sarah nickte.

»Du weißt eh, dass ich wahnsinnig viele Leute kenne und meine Ohren überall habe.« Conny wies auf den leeren Stuhl, beugte sich vor und wartete, bis Sarah Platz genommen hatte. Die Königin der Gesellschaftsreporter verkündete eine Sensation. Das zuhörende Volk durfte sitzen.

»Und weißt du auch, was ein sehr lieber Freund mir dort erzählt hat?«

Konnte sie das wissen? Sarah schüttelte automatisch den Kopf ob dieser rhetorischen Frage.

»Da haut's dich vom Hocker!«

Sarah rechnete mit Connys Lieblingsthema. Heimliche Affären von Promis aufzudecken war sozusagen ihre Professur. Das war ihr auch bei Sarah und David gelungen. Doch musste man zu ihrer Ehrenrettung hinzufügen, dass sie das Geheimnis wenigstens so lange für sich behielt, bis Sarah und David bereit waren, sich selber zu outen. Danach erklärte sie jedem, der ihr davon erzählte, das habe sie selbstverständlich schon lange gewusst.

»Halt dich fest!«, leitete sie ihre Sensationsmeldung ein. »Der Weinscherb wollte zu Lebzeiten das Schloss Neugebäude kaufen.«

Sarah riss erstaunt die Augen auf.

»Was heißt, der Weinscherb wollte Schloss Neugebäude kaufen?«

»Der dürfte offenbar immer schon ein wenig größenwahnsinnig gewesen sein. Im Alter hat sich das dann potenziert.«

»Aber das Schloss gehört doch schon seit fast hundert Jahren der Stadt Wien.«

»Na und?« Conny zuckte mit den Achseln. »Mit dem nötigen Kleingeld, den richtigen Freunderln und Geschäftspartnern kann man sich alles kaufen. Auch ein Schloss. Auch in Österreich. Der Weinscherb hatte das Geld, der Gutberg die Kontakte. Der hat damals nämlich angeblich die Verkaufsgespräche eingefädelt.«

»Das ist interessant.«

»Warum?«

»Weil auch Erika Holzmann irgendetwas mit dem Schloss im Schilde führte.« Sie zeigte Conny den Ordner »Mystisches Wien«, der auf ihrem Schoß lag. »Sie hat einiges an Informationen über das alte Gemäuer recherchiert und zusammengetragen, und sie muss auch mehrmals dort gewesen sein.«

»Vielleicht ihre Stadtspaziergänge dahin ausdehnen?«, fragte Conny. »Denn die Kohle, um die Hütte zu kaufen, wird sie ja nicht haben.«

»Glaube ich eher nicht, dass sie dort Spaziergänge anbieten will. Die haben dort selber ihre Veranstalter, und so berühmt, dass da massenhaft Touristen einfallen, ist das Schloss nicht, abgesehen davon liegt es nicht einmal zentral. Nur frag' ich mich, was wollte Weinscherb mit dem Schloss? Weißt du das?«

»Da gehen die Meinungen auseinander. Die einen sagen, er wollte nach der Renovierung noch eine Militärakademie einrichten, die anderen sagen, er wollte dort sündhaft teure Luxusapartments errichten lassen, dann gibt's noch eine Gruppe von Leuten, die meint, er wollte selbst einziehen und leben wie ein Schlossherr.« Conny verdrehte die Augen und tippte sich an die Stirn. »Weinscherb, das Schlossgespenst.« Sie kicherte belustigt vor sich hin.

»Es gibt schon Leute, die in Schlössern wohnen, die sind auch nicht alle zwangsläufig größenwahnsinnig. Vermutlich sind sie in erster Linie steinreich, denn so alte Kulturgüter zu erhalten, das kostet ja jede Menge Geld. Also ich weiß nicht, ob ich unbedingt in einem Schloss wohnen möchte.« Sarah zwirbelte eine Haarsträhne. »Gab's nicht schon mal das Projekt, Neugebäude nach alten Ansichten und Plänen zu sanieren?«

»Ja, in den Siebzigerjahren. Den Anstoß gab damals Helmut Zilk, seines Zeichens Bürgermeister von Wien. Aber es wurde nichts draus.« Conny rieb Zeigefinger und Daumen ihrer rechten Hand aneinander. »Da hat sicher die Marie gefehlt. Weinscherb hätte jedenfalls das Geld gehabt, um es restaurieren zu lassen. Nämlich nicht nur renovieren, sondern das Werk nach den Vorstellungen Maximilians vollenden, inklusive der Gärten.«

»Aber das ging doch gar nicht mehr.«

»Stimmt«, bestätigte Conny. »Das wäre ein Ding der Unmöglichkeit gewesen. Der Untere Garten, okay, vielleicht. Aber den Paradiesgarten hätte er niemals dort verwirklichen können, wo er ursprünglich geplant war. Da hätte man die Feuerhalle und den ganzen Urnenhain entfernen müssen. Er dachte ernsthaft, mit genügend Geld sogar das bewerkstelligen zu können. Verstehst du jetzt, was ich mit größenwahnsinnig meinte?«

»Du hast gesagt, er wollte es kaufen. Er hat es aber nicht gekauft?«

»Nein, hat er nicht.«

»Was ist passiert?«

»Er ist gestorben.«

»Dann ist das alles ja noch gar nicht so lange her.«

Conny lehnte sich wieder in ihren Stuhl zurück. »Nein. Er ist jetzt fünf Jahre tot, und um die zehn Jahre vor seinem Tod soll es die ersten Gespräche schlossbezüglich gegeben haben. So genau wusste das gestern auch niemand mehr. Aber alles in allem ist das doch keine fade Geschichte, oder?«

»Durchaus nicht.«

»Ich glaub', ich werde das in einer der nächsten Ausgaben bringen. Solange der Sarg nicht gefunden wird, kann man den alten General und seine Visionen ruhig eine Runde durch die Society-Welt ziehen lassen. Stört dich doch nicht, oder? Ich mein', die Weinscherb-Saga ist schon irgendwie deine Sache. Aber du bist ja eher hinter der Nichte und ihrem symbolischen Rätseldings her.«

»Mach nur«, erwiderte Sarah leichthin. »Hältst du mich trotzdem auf dem Laufenden?«

»Klar. Aber du könntest das Schloss doch mal als Kulisse für eine deiner Hokuspokusgeschichten nehmen«, meinte Conny. »Da gibt's sicher einiges an Gespenstern. Wer weiß, vielleicht spukt sogar der alte Weinscherb dort herum, weil er ausgerechnet an diese Immobilie nicht mehr rankam.«

»Gute Idee. Willst du Gutberg zu dem Thema interviewen?«

»Natürlich. Was denkst du denn?«

»Hast du seine Nummer?«

»Nein. Aber ich bin mir sicher, dass du sie mir gleich gibst.«

Sarah suchte in ihrer Umhängetasche nach Gutbergs Visitenkarte und schrieb die Nummer für Conny auf einen Zettel ab.

»Danke.« Conny erhob sich und stieg in ihre High Heels. »Ich rufe ihn morgen an. Wenn du Neugebäude in der nächsten Lesezeit unterbringen könntest, wäre das gut. Dann red' ich mit Kunz, dass meine Story in dieselbe Ausgabe kommt.«

»Du meinst nächsten Samstag, nicht kommenden?«

Conny nickte. »Für diesen Samstag geht sich das nicht mehr aus, zu knapp. Ich will ja vorher mit dem Gutberg reden.«

»Nächsten Samstag ist von meiner Seite aus kein Problem. Diese Woche habe ich schon das Thema Unterwelt.«

»Dann behalten wir nächsten Samstag im Hinterkopf. Ich bin dann für heute mal weg, war eh lange genug hier.«

»Kein Abendtermin? Theater, Vernissage, Konzert? Nichts?«

»Nein. Nichts.«

Sarah fuhr ihren Computer hoch, durchsuchte das Netz nach dem Limoges-Kreuz und fand es binnen Sekunden auf mehreren Seiten. Es handelte sich um ein Passionskreuz aus Kupferblech und Email, hergestellt im 12. und 13. Jahrhundert in der Werkstatt von Limoges. Auf seiner Vorderseite erkannte man Christus am Kreuz, auf der Rückseite waren Medaillons. Es stammte aus der Sammlung der Adeligen Izabella Elzbieta von Czartoryski-Dzialinska im Schloss Goluchwow in Polen. Die Schriftstellerin und Kunstsammlerin mauerte, neben anderen Kunstschätzen ihrer Familie, das Kreuz vor Ausbruch des Zweiten Weltkriegs in einem Keller in Warschau ein, um es vor den Nationalsozialisten zu verstecken. Doch 1941 fanden die Nazis das Versteck und brachten das Kreuz ins polnische Nationalmuseum in Warschau. Nach dem Warschauer Aufstand wurde die Czartoryski-Kunstsammlung auf Befehl Hitlers nach Österreich verschleppt, wo sich seine Spur verlor.

Einem Artikel aus dem Jahr 2007 konnte Sarah entnehmen, dass das 800 Jahre alte Kreuz einen Wert von 400 000,- Euro repräsentierte und drei Jahre zuvor in einem Abfallcontainer in Zell am See von einer Anrainerin zufällig entdeckt worden war. Einem Kunstkenner war es zu verdanken, dass der kostbare Schatz nicht vernichtet wurde. 2008 wurde das Kreuz schließlich dem rechtmäßigen Erben, Graf Adam Zamoyski, zurückgegeben.

David rief an, sein Termin sei gerade zu Ende, ob sie noch in der Redaktion sei und ob er sie dort abholen solle. Sie bejahte und legte auf.

Es klopfte an ihrer Bürotür.

»Lust auf eine kurze Bestandsaufnahme?«, fragte Herbert Kunz. Offensichtlich hatte er sich damit abgefunden, dass Sarah sich in den letzten Tagen ausschließlich um diesen Fall kümmerte. Wahrscheinlich ließ er sie gewähren, solange sie mit ihrer Wochenendkolumne nicht in Verzug geriet.

Sarah nickte. »Klar.«

Während Kunz eintrat und sich auf dem Besucherstuhl niederließ, druckte Sarah die ihres Erachtens relevanten Informationen über das Limoges-Kreuz aus.

»Wie schaut's aus mit deiner Entführungstheorie? Hast du was für die nächste Ausgabe?«

Sarah brachte ihn auf den Stand der Dinge und erwähnte auch Bohumil Melnik. »Gutberg meint, er und sein Kompagnon seien sicher längst jenseits der Grenze. Und ich nehme an, er hat Recht.«

»Wenn du willst, setze ich trotzdem morgen Günther Stepan auf den Melnik an. Soll der sich gleich umhören, ansonsten bringen wir eine Kurzmeldung dazu.«

Sarah überlegte kurz, ob sie Stepan in die Geschichte involvieren wollte. »Warum nicht?«, meinte sie dann. »Vielleicht findet er ja noch was raus.«

Plötzlich lächelte Kunz. »Schon eine komische Geschichte, die du da wieder aufgerissen hast.«

»Ich hab' sie nicht aufgerissen. Ich bin wie immer eher reingestolpert.«

»Hoffentlich hält sich diesmal keine Narrische eine Pistole an den Kopf, oder womöglich dir! Was planst du für die nächste Wochenendbeilage?«

»Das Schloss Neugebäude«, griff Sarah Connys Vorschlag auf.

Herbert Kunz blickte sie über den Rand seiner scharnierlosen Silhouette an. Wie zur Bestätigung schlug Sarah Holzmanns Ordner da auf, wo die Fotos des Gebäudes waren, und legte ihn vor Kunz hin.

»Das Schloss Neugebäude? Wird das nicht Connys Story?«

»Ja, schon. Aber bei ihr geht's um Weinscherbs Pläne, das Schloss zu kaufen. Bei mir hingegen geht es wie du weißt um Aberglauben. Conny und ich arbeiten sozusagen ressortübergreifend. Interdisziplinär, wenn du so willst. Wäre also perfekt, wenn unsere Beiträge in derselben Ausgabe erscheinen. Wir dachten an nächsten Samstag. Aber sie will das eh vorher noch mit dir besprechen.«

»Was genau hat das Schloss mit Aberglauben und deiner Serie zu tun?«, fragte der Chef vom Dienst skeptisch.

»Lies meinen Artikel, dann weißt du's.«

Kunz seufzte vernehmlich. »Und der hat natürlich nicht ausschließlich mit dem Sargdiebstahl und dem Verschwinden der Holzmann zu tun.«

»Nein.«

»Nein. Natürlich nicht. Welches magische Geheimnis gibt das Schloss denn her?«

Sarah überlegte, welches Mysterium Neugebäude bergen mochte, das in ihre Serie passte. »Mystisches Wien« ließ ihr einen relativen Spielraum, es musste ja nicht direkt mit Aberglauben zu tun haben. Ein Rätsel, das es seit seiner Entstehung zu enthüllen galt, würde schon reichen. In dem Moment fiel ihr die Zahlenmystik ein.

»Die Ideen der Antike haben bei der Errichtung des Schlosses eine große Rolle gespielt«, begann sie. »Kaiser Maximilian der Zweite war ja nicht nur ein großer Freund der Wissenschaft, sondern er interessierte sich auch für Okkultismus. Deshalb ließ er die Anlage quadratisch gestalten. Das Quadrat ist ja eines der Ursymbole der Menschheit.«

Herbert Kunz hob abwehrend die Hand. »Kein Vortrag bitte. Ich kenne mich eh nicht aus. Aber der Teufel soll mich holen, wenn das nicht auch etwas mit der vermissten Frau zu tun hat.«

»Wenn ich ihn sehe, schicke ich ihn dir.«

»Mir soll's recht sein. Hauptsache, du lieferst gute Arbeit ab. Die Erwartungen der Leser sind hoch, vergiss das nicht! Und wenn du schon nach dieser Fremdenführerin suchen musst, dann tu mir einen Gefallen. Nur einen einzigen.«

Sarah verdrehte die Augen. Sie ahnte schon, was jetzt kam.

»Bring dich wenigstens diesmal nicht in Gefahr.«

»Ihr tut alle so, als hätte ich diese Horrorsituation am Cobenzl selbst inszeniert. Keine Sorge. Ich hab' noch immer Albträume davon.«

»Schon gut, schon gut. Ich wollt's nur erwähnt haben.« Kunz stand auf. »Ich gehe jetzt nach Hause. Ich wünsch' dir was.«

»Ich dir auch, Herbert.«

Sarah holte tief Luft, als die Tür ins Schloss fiel, und wandte sich dann Erikas Fotos in dem Ordner zu. Was hatte es mit diesem Schloss nur auf sich, und was verband die Zahlen auf dem Papier damit? Sie begann, sich Notizen für ihren Artikel zu machen.

»Das magische Paradiesschloss Neugebäude. Es sollte Maximilians bedeutendstes Werk werden. Heute sieht das Gebäude einerseits zwar zerbrechlich und verfallen aus, doch andererseits auch stolz und würdevoll.

Wie ein großer ungeschliffener Diamant«, schrieb sie. »Wenn der Betrachter seine Fantasie anstrengt, kann er erahnen, wie dieser Diamant gestrahlt hätte, wenn er jemals fertig bearbeitet worden wäre. Diamant. Der Unbezwingbare. Die alten Griechen glaubten aufgrund seiner Härte, der Edelstein sei ein Stück der Ewigkeit. Er verlieh dem Träger göttlichen Glanz auf Erden, höchste Reinheit und Erleuchtung. Selbst der Teufel konnte diesen Kräften nicht widerstehen. Unbezwingbarkeit. Dies gilt auch für Schloss Neugebäude. Seit über 400 Jahren trotzt es den Widrigkeiten der Geschichte. Und lange Zeit schien es, als böte dieses Schloss allen Anläufen zu seiner Wiederbelebung die Stirn.«

Sarah rief immer mehr Seiten über das Schloss auf, um sich ein präziseres Bild machen zu können. 1573 begann man mit dem Bau, 1576 starb der Kaiser. Für sein Kunstwerk Paradiesgarten wählte er ein in der Antike bekanntes Symbol: das magische Quadrat, eine Anordnung von Zahlen oder Buchstaben, wobei bestimmte Forderungen zu erfüllen waren. Darüber hinaus waren die Quadrate Planeten zugeordnet. Maximilian entschied, dass der obere Teil des Gartens im Stil des Jupiterquadrats angelegt werden sollte, das waren vier mal vier kleine Quadrate im großen Quadrat. Im 16. Jahrhundert glaubte man, dass dieses Quadrat seinem Besitzer Eintracht, Reichtum und Frieden beschere.

Plötzlich glaubte Sarah, die Bedeutung der Zahlenkombination in Erikas Aufzeichnungen zu verstehen. Sie schlug ihr Notizbuch auf. In dem Moment läutete ihr Handy. Ohne aufs Display zu achten, hob sie ab.

»Grüß Sie. Hier spricht Oskar Kretschmer von ›Neues der Woche‹. Ich würde gern mit Ihnen über Roman Holzmann reden.«

»Ich wüsste nicht, was es da zu reden gibt.«

»Seine Frau ist verschwunden.«

»Ich weiß.«

»Es heißt, Sie würden ihn etwas … nun, sagen wir mal … näher kennen.«

Sarah schwieg so lange, bis Kretschmer sich genötigt sah fortzufahren.

»Ich habe mich mal ein bisschen umgehört. Ihr Herr Holzmann soll ja kein Kind von Traurigkeit sein.«

Lass dich nicht provozieren, warnte eine Stimme in ihrem Kopf.

»Was wollen Sie damit sagen? Wie kommen Sie überhaupt auf diese absurde Behauptung?«

»Ich recherchiere und denke, Sie können mir weiterhelfen.« Er klang überheblich. »Wer nimmt denn jetzt den Platz an seiner Seite ein, Sie oder Gisela Stelzer?«

Ihr fiel keine passende Antwort ein. »Ich habe dazu nichts zu sagen.« Sie beendete das Gespräch per Knopfdruck.

»Arschloch«, fuhr sie das Handy an.

Sie versuchte, sich noch einmal auf die Zahlen zu konzentrieren, doch es gelang ihr nicht. Dieser unverschämte Anruf wühlte sie auf.

»Arschloch«, wiederholte sie laut.

Was sollte dieses Telefonat überhaupt?

Ihre Bürotür wurde geöffnet, und David kam herein. Er sah erschöpft aus.

»Es ist schon halb acht, und ich würde gerne den Rest des Abends mit der Frau genießen, die ich liebe.«

Sarah sah ihn an und musste lachen. »Kannst du doch tun. Ruf sie einfach an!«

»Haha, sehr witzig.«

»War ein Scherz, mein Schatz. Ich möchte ja auch mit dir nach Hause und den Abend genießen, aber ich muss vorher hier noch etwas klären.«

Er trat an ihren Schreibtisch heran. »Du siehst aus, als hättest du etwas Bahnbrechendes entdeckt.« Er setzte sich.

»Hab' ich auch«, sagte sie, und in Gedanken fügte sie hinzu: Und mit einem Arschloch telefoniert, das mich maßlos aufregt. Sie drehte den Notizblock auf den Kopf, damit er es lesen konnte, und zeigte auf die Ziffernfolgen.

»Zahlen? Na, wenn ich geahnt hätte, dass Zahlen dich so faszinieren, hätte ich dir letzten Monat die freie Stelle in der Buchhaltung angeboten.«

»Das sind keine Zahlen.«

»Nicht? Aber was sonst?«

»Jedenfalls keine normalen Zahlen. Es sind Zahlen eines magischen Quadrats.«

»Magisches Quadrat? Was ist denn das? Ich denke, da geht's mir ähnlich wie diesem Holzmann, diese Metaebenen überlasse ich lieber dir, in der Hoffnung, dass du mich nicht eines Tages verzauberst.« Er lächelte. »Obwohl du das eigentlich ja längst getan hast. Aber wenn du unbedingt möchtest, dann erzähl mir von deinem Quadrat.«

»Also, beim magischen Quadrat handelt es sich um eine quadratische Anordnung von Zahlen, manchmal auch Buchstaben. Doch egal ob Zahlen oder Buchstaben, wichtig ist, sie unterliegen gewissen Anforderungen. Die Summe jeder horizontalen, vertikalen und diagonalen Reihe muss denselben Wert ergeben, die sogenannte magische Konstante.«

»Ist das so etwas wie Sudoku?«

»In letzter Zeit hat sie sich mehr mit Sudokus beschäftigt«, erinnerte Sarah sich in diesem Moment an Roman Holzmanns Worte.

»Sarah?«, riss David sie aus ihren Gedanken.

»... Es ist so ähnlich wie Sudoku, nur mit einer magischen Bedeutung. Die magische Konstante für ein Vier-mal-vier-Quadrat ist vierunddreißig.«

»Und was hat es damit auf sich?«

»In China verwendete man bereits 2800 vor Christus magische Quadrate als Glücksbringer. Das Loh-Shu stammt aus dieser Zeit, ein Drei-mal-drei-Quadrat und somit das älteste magische Quadrat.«

»Dass du dir solche Sachen merkst!«, staunte David.

»Ist mein Job, Chef. Künstler haben früher oft magische Quadrate in ihren Kunstwerken verewigt. Und ich bin sicher, dass diese Zahlen irgendwas mit dem Schloss Neugebäude zu tun haben. Hundertprozentig!« Sie berührte leicht ihre Halsschlagader. »Da lasse ich mir reinstechen, wenn's nicht so ist, denn ich ....«

»Stopp, warte. Lass mich nachdenken«, unterbrach David ihren Redefluss. »Du hast gerade gesagt, Künstler hätten diese Quadrate in Kunstwerken verewigt.« Er hielt inne und starrte konzentriert auf die Wand hinter Sarah.

Sie schwieg.

Nach einer Weile fuhr David fort: »Gibt es da nicht einen berühmten Kupferstich von Albrecht Dürer, auf dem ein solches Quadrat zu sehen ist?«

»Albrecht Dürer«, wiederholte Sarah.

Sie stand auf und ging zum Bücherregal. Einen Augenblick später zog sie ein Buch heraus, ging zurück an ihren Schreibtisch und begann langsam darin zu blättern, bis sie auf eine bestimmte Seite stieß.

»Die Melancholie von Albrecht Dürer«, las sie leise. »Wie klug du doch bist, David.« Sie las weiter. »Dieser Stich wird offenbar ganz verschieden interpretiert.« Sie wies auf die Abbildung im Buch. »Das magische Quadrat ist in Dürers Stich unterhalb der Glocke an dem Turm. Das Quadrat galt als Symbol für Harmonie, es wurde damals auch als Siegel und Amulett verwendet«, las sie nun laut vor. »In dem Quadrat von Dürer stehen die Zahlen eins fünf eins vier, das ist das Jahr, in dem Dürer sein Werk schuf, und zugleich das Todesjahr seiner Mutter. Daneben stehen die Zahlen vier und eins. Wenn man diese als Position im Alphabet interpretiert, dann stehen sie für die Initialen DA.«

»Albrecht Dürer«, sagte David.

»Genau. Und das ist exakt die Zahlenfolge, die in Erikas Ordner steht. David, ich glaube, wir haben nach dem Reichskreuz gerade ein weiteres Rätsel gelöst!«

»Aber welches denn? Dass Erika Holzmann in Wahrheit ein paar hundert Jahre alt ist und Albrecht Dürer kannte?«

»Nein. Erika Holzmann wollte mir dieses magische Quadrat zeigen. Da bin ich ganz sicher. Nur warum und in welchem Zusammenhang, das ist mir nicht klar.«

Sarah war dennoch zufrieden und stellte das Buch zurück ins Regal.

»Morgen werde ich das Schloss besichtigen. Es passt obendrein perfekt in meine Serie übers mystische Wien.«

Dass sie dort auch das Gelände inspizieren wollte auf potenzielle Orte hin, an denen man Menschen verstecken konnte, verschwieg sie David wohlweislich. Stattdessen erzählte sie ihm von dem Anruf des Notars bei Holzmann.

»Was, wenn der Weinscherb seiner Nichte tatsächlich noch mehr vererbt hat? Was passiert dann damit?«

»Meines Wissens gibt es eine Frist, während der nach dem Aufenthaltsort der Erbin geforscht wird. Wenn sie unauffindbar ist, wird das Verfahren mit den anderen Erben fortgesetzt«, erklärte David.

»Welche anderen Erben?«

»Ihr Ehemann zum Beispiel.«

»Die beiden kannten sich noch nicht, als Weinscherb starb.«

»Roman Holzmann ist aber ihr Ehemann. Er wäre also der Nächste in der Erbfolge, egal wie lange die beiden verheiratet sind.«

»Und wenn Erika in einem Testament darüber verfügt hätte, dass das Vermögen an jemand anders geht?«

»Dann erhält Holzmann zumindest seinen Pflichtteil. Aber so genau kenne ich mich im Erbrecht auch nicht aus.«

Er zog sein Handy aus der Jackentasche.

»Was hast du vor?«

»Wozu hat man Freunde, die etwas Brauchbares studiert haben?«

David plauderte mit einem Freund über alte Zeiten, bestätigte, dass man sich endlich wieder mal treffen müsse, und schilderte ihm dann sein Anliegen. Er hörte dem Freund eine Weile zu, bedankte sich dann und legte auf.

»Also«, begann David. »Erben, die nicht ausgeforscht werden können, wenn man also den Namen und die Adresse kennt, aber nicht weiß, wo die Person sich aufhält …«

»Das hab' ich verstanden«, sagte Sarah ungeduldig. »Ich will wissen, was dann passiert.«

»Das ist im Erbrecht genau festgelegt, und zwar zunächst durch die Erlassung eines sogenannten Erbenedikts. Darin wird die Erbin aufgefordert, binnen sechs Monaten ihren Anspruch geltend zu machen. Die Zustellung, wenn du so willst, erfolgt über die Bekanntmachung in der Ediktsdatei. Darüber hinaus ist der Notar aber verpflichtet, weitere Nachforschungen anzustellen, wenn die Erbin nicht bald reagiert. Kurzum, er hat sechs Monate Zeit, um den Aufenthaltsort der Erbin auszuforschen.«

»Wie soll er nach ihr suchen? Er kann ja nicht jeden Stein in Wien umdrehen«, überlegte Sarah.

»Mit Aushängen auf gerichtlichen Amtstafeln und in Zeitungen.«

»Aber wir haben doch schon eine Suchmeldung rausgegeben, die nichts gebracht hat.«

»Ich weiß, Sarah, aber der Notar muss sich an die Gesetzgebung halten. Vielleicht bringt ja eine neuerliche Suchmeldung doch etwas.«

»Und was passiert, wenn sie innerhalb dieser Frist von sechs Monaten noch immer nicht auftaucht?«

»Dann kann sie für tot erklärt werden.«

»Und Holzmann erbt die Millionen, oder sonst wer, falls sie ihr Erbe abzüglich Holzmanns Pflichtteil jemand anderem vermacht.«

»Wenn man keine Leiche findet, dauert es zehn Jahre, bis das gesamte Vermögen wirklich ihm gehört. Bis dahin kann die abgängige Person noch immer zurückkommen und beanspruchen, was ihr gesetzlich zusteht.«

»Geld verfault nicht. Es ist dann annähernd gleich viel wert. Und sollte ihre Leiche gefunden werden ...«

Sarah mochte sich gar nicht vorstellen, dass nur noch ihre Leiche gefunden werden könnte.

»Ach so«, fuhr David fort, »und ein Ehemann, der seine Frau nachweislich ermordet hat, bekäme keinen Cent. Er wäre dann nämlich erbunwürdig.«

»Was für eine grausliche Vorstellung. Lass uns lieber über was anderes sprechen, David. Du meintest, etwas über die Weinscherb-Immobilien herausgefunden zu haben, oder?«, erinnerte Sarah sich an seine SMS.

David hob die Augenbrauen. »Also deine Gedankensprünge sind irgendwie gewöhnungsbedürftig. Aber ja. Stimmt. Also nicht ich persönlich habe etwas herausgefunden, denn wozu habe ich gute Leute im Haus? Ich habe einen der Wirtschaftsredakteure drauf angesetzt. Es war selbst jetzt, fünf Jahre nach Weinscherbs Tod, nicht leicht, an Informationen über sein Imperium zu gelangen und auseinanderzutüfteln, was dazugehörte und was nicht.«

»Aber es ist ihm gelungen!«

»Ja, teilweise. Er hat immerhin herausgefunden, dass es nicht nur Weinscherb-Immobilien nicht mehr gibt, sondern dass der alte Weinscherb auch andere seiner Unternehmen verkauft hat.«

»Geld kann man leichter unsichtbar werden lassen als Häuser«, mutmaßte Sarah.

»Damit hast du wohl Recht. Und wenn er die ganze

Kohle brav versteuert hat, bevor er sie an einem sicheren Ort deponierte, dann hat auch seine Erbin Ruhe vor dem Finanzamt und kann die Millionen ausgeben, wann und wo immer sie will.«

»Oder der Erbe«, murmelte Sarah nachdenklich.

23

JOSIP KOVAC

Josip zog die Gurte um den Sarg fester, damit sie nicht verrutschten. Das Kreuz hatte er gemeinsam mit dem Namenlosen abmontiert und vor dem Bunker deponiert. So hatte Ursula es ihnen aufgetragen. Sie wollte es noch am selben Abend abholen. Anschließend beluden sie den Lieferwagen, mit dem der Namenlose hergekommen war, mit ein paar alten Möbeln, damit es bei einer Kontrolle wie ein Umzug aussah. Danach zogen sie gemeinsam Bohumils Leiche aus dem Wagen, mit dem er und der Slowake den Sarg gestohlen hatten. Die Leiche stank bereits und war viel schwerer, als Josip gedacht hatte. Sie verstauten sie in der aus dem Anatomischen Institut gestohlenen Holzkiste. Mithilfe einer Rodel transportierte Josip die Kiste in den Vorraum des Bunkers. Jetzt musste er nur noch einen passenden neuen Transporter organisieren, und Bohumils Leiche konnte verschwinden. Den alten, in dem Sarg und Leiche gelegen hatten, zündeten sie an. Minutenlang starrten sie schweigend in die Flammen.

Der Namenlose nahm Josip im Auto mit bis zu einer U-Bahn-Station der Linie U3. Dort ließ er ihn aussteigen. Hier trennten sich ihre Wege. Aller Wahrscheinlichkeit nach für immer.

Wenn Josip seinen Plan heute noch umsetzen wollte,

musste er sich beeilen. Immerhin würde er in die Wohnung einer Hexe einkehren. In der U-Bahn kontrollierte er das rote Armband an seinem Handgelenk. Am Westbahnhof stieg er in die U6 um und fuhr bis zur Station Thaliastraße, von dort ging er zu Fuß zum Yppenplatz. Vor ihrem Wohnhaus blieb er stehen, sah hinauf und hoffte, dass in ihrer Wohnung kein Licht brannte. Aber alles war dunkel.

Er betrat das Haus und stieg die Treppe hinauf. Vor ihrer Wohnungstür streifte er sich Handschuhe über, legte sein Ohr an die Tür und horchte. Kein Laut drang aus der Wohnung.

Der Schlüssel passte. Es war ein Kinderspiel, wenn man die Nummer des Hausschlüssels kannte. Ursula hatte ihn besorgt. »Schau dich um«, hatte sie ihn gemahnt. »Und tu, was nötig ist, aber nur, wenn sie alleine ist. Zeugen können wir nicht gebrauchen.«

Josip knipste die Taschenlampe an, die er wohlweislich eingesteckt hatte.

Zuerst sah er die Katze. Eine schwarze langhaarige Katze. Ihre Augen leuchteten gelb wie Schwefel. Sie lag auf dem Teppich in dem geräumigen Vorzimmer und sah ihn feindselig an. Ihr Blick schien zu sagen: Du gehörst nicht hierher.

Josip hasste Katzen. Sie waren unberechenbar. Dämonen. Er kannte zahlreiche Legenden über sie. War das wieder ein Zeichen, das ihn warnte? Der Strigoi fiel ihm ein, die Kopfschmerzen, der Böse Blick. Intuitiv fasste er an das Armband an seinem Handgelenk und nahm sich vor, noch heute Nacht zu Ende zu bringen, was er mit der Ermordung des Slowaken begonnen hatte. Die Holzkiste stand bereit.

Er schob sich hastig an der Katze vorbei und begann mit seiner Inspektion im Wohnzimmer. Es bestand vor allem aus Regalen voll mit Büchern bis unter die Decke. Nach einem Blick auf die Buchrücken war er endgültig davon überzeugt, dass hier eine Hexe wohnte. Das Sammelsurium an magischen Gegenständen, Runen, Tarotkarten, Heilsteinen und vielem mehr, das er in diversen Kartons und Schubladen fand, bestätigte seinen Verdacht.

Er ging weiter in den nächsten Raum und spürte, dass die Katze ihn beobachtete.

Es war ihr Schlafzimmer. Vorsichtig sah er sich um, betrachtete die Fotos in Bilderrahmen auf einer Kommode. Ein Mann und eine Frau lachten fröhlich in die Kamera. Sie sahen Sarah Pauli ähnlich. Wahrscheinlich ihre Eltern. Auf einem anderen Bild war sie zusammen mit einem jungen Mann zu sehen, jünger als sie. »Chris und Sarah«, verriet der silberne Schriftzug auf dem Bild. Chris, ihr Bruder. Er wusste inzwischen viel über sie. Langsam wandte er sich ab und hob einen Schal auf, der unachtsam aufs Bett geworfen worden war. Er roch daran. Es war ihr Geruch. Tief sog er ihn ein, dann warf er den Schal zurück aufs Bett und ging in den Flur. Die Katze war verschwunden. Er warf einen Blick in die Küche. Dort saß sie kerzengerade vor dem Fenster und blickte hinaus. Er betrachtete sie. Den buschigen Schwanz hatte sie eng um ihren Körper geschlungen, die Ohrmuscheln zeigten nach vorne, die Schnurrhaare waren seitwärts ausgerichtet. Sie wirkte friedlich. Doch Josip ließ sich nicht täuschen. Katzen waren Verwandlungskünstlerinnen. Von einem Moment auf den anderen wurden sie zu Monstern. Während er die Taschenlampe auf der Anrichte ablegte, ließ er die Katze nicht aus den Augen. Er zog ein großes Messer aus dem Messerblock und bewegte sich langsam auf sie zu. Sie machte noch immer keine Anstalten, ihn anzugreifen. Er nahm sie hoch. Sie ließ es geschehen. »Erzähl mir von deinem Frauchen«, sagte Josip in seiner Muttersprache, während er der Katze mit der Klinge des Messers über den Rücken strich. »Was macht sie so, wenn sie zu Hause ist? Sieht sie fern? Liest sie, oder verwandelt sie Kröten in Prinzen?« Er lachte, legte das Messer kurz ab, nahm die Taschenlampe wieder an sich und schob sie in seine Hosentasche. Inzwischen hatten seine Augen sich einigermaßen an die Dunkelheit gewöhnt. Dann ergriff er das Messer und ging aus der Küche hinaus, die Katze weiterhin im Arm. Wieder und wieder strich er mit der Klinge über ihren Rücken. Ihr Schwanz zuckte hin und her, die Ohrmuscheln drehten sich nach außen. Der Dämon zeigte ihm sein Unbehagen. »Verwandle dich nur!«, knurrte Josip. Er würde keine Sekunde zögern, die Katze zu töten. Er presste sie fester an seinen Körper.

Noch ein Schlafzimmer. Hier wohnte eindeutig ein Mann. Der Bruder.

Während er überlegte, in welchem der Räume er Sarah Pauli erwarten wollte, versuchte die Katze, sich aus der Umklammerung zu befreien. Sie sah jetzt bedrohlich aus. Er setzte die Spitze des Messers an ihrem Hals an. »Wenn ich will, bist du in einer Sekunde tot.«

Die Katze hielt still.

Ein Schlüssel drehte sich im Schloss. Er ließ das Tier fallen, und augenblicklich schoss es aus dem Zimmer. Er schob die Tür leise bis auf einen kleinen Spalt zu.

Dann hörte er sie lachen. Sie sagte: »Hallo Marie!« Sie sprach mit der Katze! Marie! Was für ein idiotischer Name für eine Katze.

»Na, hast dich fadisiert, meine Schöne?«

Josip hörte das Schnurren der Katze bis ins Zimmer hinein.

»Nein, ich habe geschlafen«, hörte er jemanden mit verstellter Stimme sprechen. Verdammt, sie war nicht allein gekommen! Josip warf das Messer achtlos aufs Bett, zog die Waffe aus der Innenseite seiner Jacke, presste sich an die Wand hinter der Tür und umklammerte die Pistole, dass seine Knöchel weiß hervortraten. Er hoffte, sie nicht benutzen zu müssen. Der Lärm, den so eine Pistole machte, schreckte die Nachbarn auf.

»Sie schaut aus, als hätte sie etwas aufgeregt.« Das war wieder ihre Stimme.

»Wieso? Sie schnurrt doch.«

»Aber ihr Blick ist irgendwie anders. Aufmerksam. Nicht so richtig entspannt. Wahrscheinlich war ein Vogel vor dem Fenster«, beantwortete sie sich ihre Frage selbst. »Da wird sie manchmal zur Furie. Ich geb' ihr nur ihr Futter, David, und danach hab' ich Lust auf ein heißes Bad«, hörte Josip sie durch die angelehnte Tür.

Er lugte durch den Türspalt und sah einen Mann im Türrahmen zur Küche stehen. Nur wenige Meter von ihm entfernt. Ein großer sportlicher Typ mit dunklen, leicht angegrauten Haaren in Jeans und einem dunkelblauen Hemd, das lose über dem Hosenbund hing. Soweit Josip informiert war, hieß er David Gruber und war der Herausgeber des *Wiener Boten*. Er und Sarah waren liiert. Auch das wusste er. Dass der Mann heute Abend gemeinsam mit Sarah heraufkam, war nicht vorgesehen und brachte seinen Plan durcheinander. Er wollte mit der Journalistin fertig und längst weg sein, bevor irgendwer sonst die Wohnung betrat. In diesem Fall jedoch war es besser, sich zurückzuziehen und ein anderes Mal wiederzukommen. Wenn sie alleine war.

In diesem Augenblick schob sie sich in ein Handtuch gewickelt in sein Blickfeld.

»Weißt du, worauf ich jetzt noch Lust hätte?«, fragte sie, sich lasziv rekelnd, ganz die verführerische Hexe. Sie ließ das Handtuch ohne Vorwarnung fallen.

Josip stockte der Atem. Sie war wunderschön. Aufreizend. Nackt.

»Worauf?« Die Stimme des Mannes klang heiser. Er wusste genau, worauf sie jetzt Lust hatte. Auch Josip verspürte diese Lust. Der Mann umfasste ihre Hüften, küsste ihren Hals, während sie sein Hemd aufknöpfte. Er wollte die Antwort von ihr hören.

»Auf ein Bad mit dir.« Da war sie, ihre Antwort.

Sie zog ihn mit sich fort aus Josips Blickfeld.

Josip wich einen Schritt zurück und stieß gegen etwas. Er hielt die Luft an.

»Was war das für ein Geräusch?« Ihre Stimme. Wachsam. Alarmiert. Hellhörig.

»Hat sich angehört, als wäre was runtergefallen.«

»Marie?«

Die Katze maunzte.

Er hörte ihre Schritte. Er hielt die Waffe bereit, erwartete sie jeden Augenblick in der Tür. Verdammt, sollte er sie jetzt einfach so erschießen? Ohne ihr in die Augen gesehen zu haben? Ohne sich mit ihr vergnügt zu haben? Jetzt, nachdem er ihren nackten Körper gesehen hatte, verspürte er ungezähmte Lust. Sein Blick fiel auf das Messer. Oder sollte er ihr die Kehle durchschneiden? Das würde keinen Lärm verursachen, wäre aber kraftraubender und verdoppelte das Risiko, von ihrem Typen angegriffen zu werden.

»In der Küche ist nichts.«

»Vielleicht ist ja nur ein Vogel gegen die Scheibe geflogen. Komm jetzt!« Der Typ lockte sie. Seine Erregung ließ keinen unnötigen Aufschub mehr zu. Das hörte Josip seiner Stimme an.

Wieder ihre Stimme: »Eh, was soll schon sein?«

Sie war nicht auf die Idee gekommen, im Schlafzimmer ihres Bruders nachzusehen. Josip lockerte den Griff um die Pistole, hielt aber noch immer die Luft an und wartete ab. Als er hörte, dass die Badezimmertür zugeschlagen wurde, atmete er langsam aus, blieb noch kurz stehen, verließ dann auf Zehenspitzen das Zimmer und zog die Tür leise ins Schloss. Er schlich an dem Bad vorbei und stellte sich vor, was wohl gerade hinter der Tür geschah.

Die schwarze Katze kam aus der Küche. Sie starrte ihm unverwandt nach, bis er die Wohnungstür hinter sich zugezogen hatte und eilig die Treppe hinunterlief.

Er überquerte rasch den Yppenplatz, ging zügig bis zur nächsten Straßenbahnhaltestelle und fuhr mit den öffentlichen Verkehrsmitteln durch das nächtliche Wien bis ans Ende der Welt. Zeit genug, um sein Blut zu beruhigen. Am Ende der Welt verschwand er hinter dem hohen Zaun mit den vergilbten Plakaten. Die Zeit, sein Vorhaben zu einem Ende zu bringen, war also gekommen.

Der tote Slowake lag noch immer in der Holzkiste

im Vorraum des Bunkers. In dem Moment fiel ihm ein, dass er ja noch den Transporter organisieren musste. Er zog los und fand relativ rasch einen silbergrauen Kastenwagen. Ein älteres Modell. Es fiel ihm nicht schwer, ihn aufzubrechen und kurzzuschließen. Wenig später fuhr er zurück zum Versteck. Er parkte den Wagen, die Scheinwerfer auf den Bunker gerichtet, und stellte den Motor ab.

Er ging in den Vorraum, öffnete den Deckel der Holzkiste und ließ seinen Blick sekundenlang auf dem toten Gesicht ruhen. Die Haut wirkte gelblich in dem fahlen Scheinwerferlicht. Fliegen hatten Augen und Mundbereich bereits in Besitz genommen und verteidigten ihre Beute mit wütendem Summen. Die Verwesung hatte begonnen. Josip schloss den Deckel wieder und schlug ein paar Nägel ins Holz. Mithilfe einer Rodel hievte er sie auf die Ladefläche.

Von der Otmar-Brix-Gasse bog er ab in die Anton-Mayer-Gasse, fuhr wieder rechts, hielt schließlich vor der Ostseite des Urnenhains an und stieg aus. Mit einem Handgriff stemmte er das Baustellengitter aus der Verankerung und schob es zur Seite. Während seiner Erkundungstour hatte er festgestellt, dass dieser Teil wegen der Baustelle nur durch ein Gitter gesichert war. Das ersparte ihm ein auffälligeres Passieren der Schranken vor dem Haupteingang. Er stieg ins Auto, schaltete die Scheinwerfer aus, fuhr hinein, stieg aus, hob das Gitter hinter sich wieder in die Verankerung und rollte dann langsam den asphaltierten Weg weiter, bis er die Feuerhalle erreichte.

In der Durchfahrt unterhalb der Halle bremste er und blieb stehen. Bei einem seiner Friedhofsbesuche hatte er in Erfahrung gebracht, dass nachts hier ein Mann von der Security regelmäßig seine Runde drehte. Einer allein stellte zwar kein Problem dar, dennoch war es Josip lieber, potenziellen Ärger zu vermeiden. Deshalb war er auf den Worst Case vorbereitet. Er nahm die Waffe aus dem Handschuhfach, steckte sie unter seinen Pullover in ein Pistolenhalfter und stieg aus.

Eilig lief er auf die schwarze Tür in der Durchfahrt zu. Die Alarmanlage auszuschalten war für ihn ein Kinderspiel. Er kannte sie alle, egal welche Fabrikate und in welchem Land sie hergestellt wurden. Er wusste, wie sie funktionierten und wie man sie lahmlegte. Im Handumdrehen hatte er das Schloss geknackt. Diese Dinge gehörten zu seinem Job, sie waren keine besonderen Herausforderungen für ihn. So wie es für ihn auch keine besondere Herausforderung gewesen war, eine leere Holzkiste vom Anatomischen Institut zu bekommen. Man musste nur die richtigen Leute kontaktieren. Netzwerken.

Er ging zum Wagen zurück, schob die Holzkiste mit Bohumils Leiche darin von der Ladefläche und platzierte sie auf eine breite Rodel, die zufällig in der Einfahrt stand.

Direkt hinter der Eingangstür war ein Lift. Er drückte auf den Knopf, die Lifttür öffnete sich, und er schob die Kiste hinein. Automatisch öffnete sich die Tür auf der anderen Seite des Liftes, und er gelangte in einen Kühlraum.

Geschafft. Er war ohne Hindernisse am Ziel angekommen. Mehr Sicherheitsmaßnahmen gab es nicht. Warum auch? Welcher Idiot stahl schon Leichen in einem

Krematorium? Sie wurden hierhergebracht, um ihre letzte Reise anzutreten.

An der Wand des Kühlraums standen vier weitere Holzkisten vom Anatomischen Institut. Manchmal waren vollständige Körper von Leichen darin, hatte man ihm erklärt. Doch die meisten Kisten enthielten ein Sammelsurium an Händen, Füßen und sonstigen anatomischen Einzelteilen. Die Namen der Toten kannte im Krematorium freilich niemand. Kein Schamottstein. Keine Kontrolle. Kein letzter Blick.

Diejenigen, deren Überreste in den Holzkisten waren, hatten ihre Körper dem Zentrum für Anatomie und Zellbiologie zur Verfügung gestellt und warteten nun in dem Kühlraum darauf, gemeinsam eingeäschert zu werden. Die Einäscherung würde am nächsten Tag durchgeführt. Der Homepage des Instituts hatte Josip entnommen, dass alle Körper aus der Anatomie verbrannt wurden und dass ihre Asche am Zentralfriedhof in der Gruppe 26, der Ehrengrabstätte des Zentrums, beigesetzt wurde.

Das hatte ihn auf die Idee gebracht, Bohumil – oder wie immer er in Wahrheit hieß – hierherzubringen. Der Slowake – oder wo immer er in Wahrheit herkam – würde für immer fort sein. Einen Moment lang fragte Josip sich, ob es irgendwo auf der Welt jemanden gab, der oder die darauf wartete, dass dieser Mann wieder nach Hause kam. Eine Frau. Eine Mutter. Ein Wirt.

Nun war es so weit. Der Friedhof bekam, was er ihm genommen hatte. Einen Toten. Das Gleichgewicht war wiederhergestellt. Hoffte er.

Auf dem Rückweg stellte er den gestohlenen Wagen in einer Nebenfahrbahn ab und fuhr mit den öffentlichen Verkehrsmitteln weiter. In seinem Hotelzimmer angekommen, fiel er ins Bett und schlief augenblicklich ein.

Die auf den Block gekritzelten Namen der Bewohner des Prunkhauses am Schottenring hatte er vergessen.

Donnerstag, 23. Mai

24

SARAH PAULI

Die Konkurrenzblätter überschlugen sich gegenseitig mit Schlagzeilen.

»Nichte von verstorbenem Millionär vermisst!«

»Toter vom Zentralfriedhof gestohlen!«

Nahezu jedes Medium im Land hatte sich auf die Geschichte gestürzt. Den Besuch im Schloss Neugebäude musste Sarah auf den Nachmittag verschieben, denn in der Redaktion war die Hölle los, als sie am Morgen dort eintraf. Plötzlich wollten alle mit ihr reden – Kollegen der Konkurrenzblätter, Redakteure diverser Fernsehsender und natürlich ihre Kollegen und Kolleginnen vom *Wiener Boten*. Allen voran Günther Stepan von der Chronik. Er lud Sarah auf eine Tasse Kräutertee ein, die er vermutlich von Gabi geschnorrt hatte. Aber die Geste zählte, fand sie. Er stellte die Tasse auf Sarahs Schreibtisch ab und ließ sich auf den Besucherstuhl fallen.

»Diesen Bohumil Melnik scheint es wirklich nicht zu geben, jedenfalls konnte ich keinen Gärtner dieses Namens in Wien ausfindig machen. Auch sonst taucht der Name nirgends auf. Möglich, dass er illegal im Land ist«, begann er das Gespräch. »Ich fürchte, den Kerl werden wir nie zu Gesicht bekommen.«

»Ehrlich gesagt habe ich auch nichts anderes erwartet.«

»Im Übrigen sind die Diebe mitsamt dem Sarg sicher schon längst über alle Berge.«

»Das meinte der Gutberg auch. Wahrscheinlich habt ihr Recht. Es macht, glaube ich, nicht viel Sinn, nach dem Sarg zu suchen in der Hoffnung, im Zuge dessen auch Erika Holzmann zu finden.«

»Trotzdem hab' ich was für die morgige Ausgabe.«

»Lass hören!« Sarah lehnte sich im Stuhl zurück.

»Die Holzmann hat sich am Westbahnhof eine Zugfahrkarte gekauft. Bezahlt hat sie mit ihrer Bankomatkarte.«

Sarah kippte mit dem Stuhl wieder nach vorne. »Nein! Nicht wirklich, oder? Wann?«

»Gestern.«

»Woher weißt du das?«

»Kam als Meldung über die Pressestelle der Polizei rein.«

Sarah runzelte die Stirn.

»Was ist?«, fragte Stepan.

»Ich denke nur nach.«

»Du glaubst nicht dran, dass sie es war, die die Fahrkarte gekauft hat, ich seh's dir an.«

»Hm. Ich weiß nicht. Mein Bauchgefühl sagt mir, dass sie's nicht war. Und woher will die Polizei das wissen? Standen sie etwa neben ihr, als sie die Fahrkarte kaufte? Haben sie sie in einen Zug steigen sehen?«

»Du bist aber nicht die Polizei, Sarah, sondern die Presse, so wie wir alle hier in der Redaktion. Wir berichten über Ereignisse, wir ermitteln nicht.«

»Ich weiß, ich weiß! Apropos ermitteln, vielleicht findest du heraus, wo Weinscherbs Glashäuser standen. Vielleicht gibt es sie noch. Ich weiß allerdings nicht, wem das Gelände heute gehört.«

Sie berichtete Stepan von der Gärtnerei, die einst Erika Holzmanns Eltern gehört hatte, und über Weinscherbs Tulpenzuchtambitionen.

»Gut«, meinte er. »Sollte machbar sein.«

Er erhob sich und wandte sich zum Gehen. Im Türrahmen drehte er sich noch einmal um. »Warum fragst du Gutberg nicht danach? Der wird das doch wissen.«

Sarah zuckte die Schultern. »Ich weiß selber nicht warum, aber ich mag ihn nicht fragen.«

»Alles klar. Und du, halt dem Holzmann die Kollegen vom Hals. Du weißt eh, die verfolgen den ab sofort wie die Bluthunde.«

Das sagte er nicht aus Sorge um Holzmann, sondern weil er die Geschichte exklusiv für den *Wiener Boten* wollte. Immerhin hatte ihr Artikel vom Vortag den medialen Fokus auf die Holzmanns gelenkt, und die aktuelle Polizeimeldung schürte das Feuer.

Kurz vor zehn rief Holzmann Sarah an.

»Sie haben den Volvo gefunden!«, begann er ohne Umschweife. »Wolfgangs Leute haben den Volvo gefunden, in dem meine Frau entführt wurde!« Er klang aufgeregt wie ein kleines Kind am Weihnachtstag vor der Bescherung.

»Wo?«

»In der Stammersdorfer Straße im 21. Bezirk.«

»Und weiter?«

»Die Polizei hat ihn schon abgeholt. Er wird noch auf Spuren untersucht, und sie befragen die Bewohner in der näheren Umgebung vom Fundort. Vielleicht hat ja jemand was gesehen.«

»Woher wollen Gutbergs Leute wissen, dass ausgerechnet dieser der gesuchte Volvo ist?«

»Sie bekamen einen Tipp. Nach der Überprüfung war klar, dass Wagen und Kennzeichen gestohlen wurden.«

»Und woher wollen sie wissen, dass es gestohlene Kennzeichen sind? Ich meine, das steht ja nicht dran!«

»Wolfgangs Suchtrupps sind keine Anfänger, Frau Pauli.«

So viel zum Thema Datenschutz, dachte Sarah. Es interessierte sie brennend, wer da im Auftrag des Generals unterwegs war, Polizisten, Ex-Polizisten, Detektive, das Bundesheer oder unauffällige Spitzel? Wo konnte man eine solche Privatarmee anheuern?

»Ist mir schon klar, dass diese Leute keine Anfänger sind, aber es überrascht mich doch, an welche Informationen sie kommen. Aber egal, ich hoffe, dass die Polizei Spuren findet, die weiterhelfen.«

»Das hoffe ich auch, Frau Pauli. Und übrigens, seit diese Pressemeldung der Polizei rausging, ist der Teufel los, sämtliche Zeitungen und Sender rufen mich an und fragen, wo Erika ist.«

Sarah konnte sich den Telefonterror, dem Holzmann ausgesetzt war, lebhaft vorstellen.

»Haben Sie irgendwelche Statements abgegeben?«, fragte sie.

»Nein. Nichts dergleichen. Ich habe wieder den Anrufbeantworter eingeschaltet und nicht mehr abgehoben. Wolfgang übernimmt jetzt die Sache mit den Medien. Er wird im Namen der Familie sprechen und eine Belohnung für Hinweise aussetzen. Ich denke, das ist das Beste.«

»Wer hat eigentlich Sie darüber informiert, dass die Zugfahrkarte mit der Karte Ihrer Frau bezahlt wurde?«

»Die Bank. Erikas Betreuerin wusste, dass meine Frau vermisst wurde, und hatte deshalb ein besonderes Augenmerk auf ihr Konto. Als die Fahrkarte abgebucht wurde, rief sie hier an und erkundigte sich, ob Erika inzwischen wieder zu Hause sei.«

»Sie haben ihr Konto nicht sperren lassen?«

»Ich bin nicht zeichnungsberechtigt. Und auf die Idee, dass die Entführer ihre Karte benutzen könnten, bin ich gar nicht gekommen.«

»Und haben Sie die Polizei verständigt?«

»Ja. Inzwischen wissen sie, dass es sich um eine Fahrkarte nach Hamburg handelt.«

»Hamburg. Da fährt man mit dem Zug mindestens zehn Stunden.«

»Elf bis dreizehn, um genau zu sein.«

»Glauben Sie, dass Ihre Frau selber die Fahrkarte gekauft hat? Wäre das nicht eigenartig? Wo war sie denn dann bis gestern, und warum hat sie sie nicht schon früher gelöst?«

»Ich weiß nicht, was ich glauben soll und was nicht. Fakt ist, dass die Polizei jetzt eine Spur hat. Nur das zählt.«

»Wird die Polizei in Hamburg am Bahnhof sein?«

»Ja. Im Zug kontrollieren sie auch, stichprobenartig.«

»Es gibt zwischen Wien und Hamburg mehrere Bahnhöfe, an denen sie aussteigen könnte«, gab Sarah zu bedenken.

»Ich weiß. Aber wenn wirklich meine Frau in dem Zug sitzt, dann werde ich augenblicklich hinterherfahren.«

»Natürlich, das kann ich verstehen.«

Die Frage, welchen Grund seine Frau hätte, erst unterzutauchen und sich jetzt endgültig auf und davon zu machen, verkniff sie sich. Stattdessen wechselte sie das Thema und erzählte ihm von dem magischen Quadrat. Nebenbei rief sie die letzten Pressemeldungen der Polizei auf, um zu sehen, ob der Fund des Volvos schon an die Medien gegangen war. Sie fand nichts und schickte Stepan deshalb ein kurzes E-Mail. Dann bat sie Holzmann, noch einmal in den Tagebüchern nachzulesen, ob darin etwas über den geplanten Kauf von Schloss Neugebäude stand.

»Ich möchte mir das Schloss heute Nachmittag gern ansehen. Wollen Sie mitkommen?«

»Geht leider nicht. Ich muss am frühen Nachmittag zur Polizei. Sie wollen nochmals mit Angehörigen und Freunden sprechen.« Er seufzte vernehmlich. »Wozu das gut sein soll, weiß ich nicht.«

»Fehlen denn nun eigentlich welche von den Kreuzen im Mausoleum?«, fragte Sarah.

»Nein«, antwortete Holzmann knapp.

Von wegen Kunstraub, dachte sie. Wenn es einer wäre, hätten die Diebe zumindest die wertvolleren Stücke auch mitgenommen.

»Ich habe ein wenig über das Limoges-Kreuz recherchiert.« Sie nahm die Ausdrucke zur Hand und informierte Holzmann über die Fakten, die sie herausgefunden hatte.

Nachdem sie ihre Zusammenfassung beendet hatte, sagte er: »Wissen Sie was? Der Name Czartoryski steht auf der Liste der Objekte, die im Mausoleum sind.«

»Dann hat er es also doch besessen. Oder zumindest

eine Kopie«, sagte Sarah. »Das Original ist 400 000 Euro wert.«

Holzmann stieß einen Pfiff aus.

»Warum nur verlangt niemand Lösegeld von Ihnen?«

»Wenn ich das nur wüsste!«

»Der Kollege eines Boulevardblattes hat mich gestern angerufen. Er wollte mir Infos über Sie entlocken.«

»Wieso denn das?«

»Die haben offenbar eine Frau ausgeforscht, die nicht gut auf Sie zu sprechen ist.«

Für einen Moment war Funkstille, und Sarah dachte schon, die Leitung sei tot, doch dann sagte Holzmann: »Kerstin.« Mehr sagte er nicht. Er verabschiedete sich und legte auf.

Im Türrahmen stand Conny, lächelnd, mit einem Pappbecher Kaffee in der einen und einer Zeitung in der anderen Hand. Sarah war drauf und dran sie zu fragen, wie lange sie schon dastand, ließ es dann jedoch bleiben. Sissi wedelte sie zur Begrüßung fröhlich an.

»War das dein neuer Freund?«

Sarah antwortete nicht.

»Es kursieren Gerüchte, du habest ein Verhältnis mit dem feschen Holzmann«, sagte Conny.

»Gerüchte?«

»Vielleicht ist ›Gerücht‹ in diesem Zusammenhang ja auch untertrieben.«

Conny zeigte ihre blendend weißen Zähne, während sie näher kam. Sie legte die aktuelle Ausgabe *Neues der Woche* auf Sarahs Schreibtisch und schlug eine bestimmte Seite auf.

»Hier steht's schwarz auf weiß, dass sich beim Holzmann die Damen die Klinke in die Hand geben, während die Polizei unermüdlich nach seiner armen Ehefrau sucht. Und, hört hört, eine von den Mädels soll sogar Journalistin beim *Wiener Boten* sein, die andere eine Kollegin seiner Frau. Jedenfalls behauptet das eine Zeugin namens Paula H. Name von der Redaktion geändert. Ist alles heute bei der Konkurrenz nachzulesen. Da wird man als aufmerksame Bürgerin natürlich stutzig«, sagte Conny bissig, während Sarah den Artikel überflog. »Und ich kann mir vorstellen, dass auch die Polizei stutzig wird.«

»Diese Neugierdsnase Dvorak!«, fluchte Sarah laut. »Die hat doch tatsächlich dem Arsch von Kretschmer ihre Lügengeschichte aufgetischt, dass Holzmann sich regelmäßig mit zwei Damen trifft, seitdem seine Frau weg ist«, schimpfte sie. Denn wer sonst sollte als Informationsquelle gedient haben, wenn nicht die Tratschen vom Dienst?

»David wird keine Freude haben, musste er doch schon die Hilde mit einem anderen teilen«, bemerkte Conny. Sie spielte auf ihre Kollegin Hilde Jahn an, die frühere Enthüllungsjournalistin des *Wiener Boten*, der ein Verhältnis mit Martin Stein angedichtet worden war, während sie mit David eine heimliche Liaison hatte, über die wiederum Conny selbstverständlich Bescheid wusste. Hilde Jahn hatte niemals ein Verhältnis mit Martin Stein. Sie wurde im Zuge der Recherchen zu ihrer letzten großen Story für den *Wiener Boten* ermordet. David hatte wegen der üblen Nachrede und besonders wegen ihres tragischen Todes sehr gelitten.

Sarah faltete die Zeitung zusammen und schob sie angewidert von sich weg.

»Unsinn!«, fuhr sie wütend auf. »Das sind haarsträubende Lügen, hanebüchene Unterstellungen, heute genauso wie damals! Und das weißt du!«

»Mag sein«, sagte Conny. »Aber du weißt, wie hartnäckig Gerüchte sind. Scheißegal ob was dran ist oder nicht. Wien ist ein Dorf, und die Leute wollen über etwas reden. Am liebsten über Sex and Crime. Wahrheit oder gar Moral, so was interessiert keine Sau. Und das hier wirft auch gar kein gutes Licht auf deine Entführungstheorie! Du bist nicht Everybody's Darling, Sarah, weder da draußen noch hier im Haus. Das weißt du so gut wie ich. Ein paar Kollegen und vor allem Kolleginnen nehmen es dir übel, dass du dir ausgerechnet David unter den Nagel gerissen hast.«

»Ich habe mir David nicht unter den Nagel gerissen.« Sarah glühte vor Zorn.

»Nenne es wie du willst. Ich will dich nur warnen.«

»Und wovor bitte willst du mich warnen?«

»Davor, dass dir jemand einen Strick aus der Sache dreht. Ich wage zu bezweifeln, dass unserem Chef Intermezzi dieser Art taugen.«

Entschlossen stand Sarah auf. »Da hast du allerdings Recht. So, und das werde ich jetzt auf der Stelle mit ihm klären. Immerhin ist er der Leiter eines nicht unbedeutenden Medienunternehmens. Er weiß, wie und warum solche Geschichten zustande kommen.«

»Eine gute Idee«, pflichtete Conny ihr bei.

Sarah griff nach der Zeitung. »Kann ich?«

»Na klar!« Conny grinste sie versöhnlich an und verließ den Raum. Sissi zockelte treu hinter ihr her.

Sarah atmete mehrmals langsam tief ein und aus, und es gelang ihr, sich allmählich zu beruhigen. Sie hoffte, dass auch David diese Angelegenheit als das ansah, was sie war: Eine Behauptung, die nicht der Wahrheit entsprach, aufgegriffen und aufgeblasen von der Skandalpresse, um die Sensationsgier der Leute zu befriedigen und die Verkaufszahlen anzukurbeln.

Die Zeitung noch immer in der Hand, war sie im Begriff zu gehen, als Herbert Kunz hereinstürmte. »Warum steht das nicht im *Wiener Boten*?«, rief er aufgebracht und pfefferte nun ebenfalls eine Tageszeitung auf Sarahs Schreibtisch. Diesmal wenigstens eine, die um einen Hauch seriöser war.

»Augenzeugin beobachtete Sargdiebe«, las Sarah die Schlagzeile vor.

»Anstatt ein Phantom zu jagen, solltest du dich lieber um deine Arbeit kümmern«, ereiferte Kunz sich. »Du hast mit dieser Frau gesprochen, Sarah. Du weißt, was sie erzählt hat, was sie gesehen hat, wie sie heißt, und du erwähnst sie mit keiner Silbe!«

»Das stimmt nicht. Ich erwähne sehr wohl das, was die Frau gesehen hat, nämlich zwei südländisch aussehende Typen und einen Lieferwagen. Wenn du meinen Artikel genau gelesen hast, dann sollte dir das aufgefallen sein. Aber ich fand es nicht notwendig zu erwähnen, dass diese Hinweise von einer Augenzeugin kamen und an die Polizei weitergegeben wurden.« Sarah blätterte bis zu dem Artikel in der Tageszeitung vor und überflog ihn. Der Verfasser hatte die alte Dame offensichtlich nicht ausfindig machen können, denn seine Formulierungen waren sehr allgemein. Keine Stellungnahme der Zeugin, dafür viele Mutmaßungen und natürlich die überdeutliche Betonung, dass die Augenzeugin zwei »Ausländer« gesehen hatte. In einem Kasten neben dem Text war aufgelistet, wie viele Verbrechen in den letzten Jahren auf das Konto von Ausländern gingen. Ein gefundenes Fressen für die vielen Xenophoben in diesem Land.

»Ich bin nämlich der Meinung, dass man mit einem solchen Artikel die alte Dame möglicherweise in Gefahr bringt. Ich hoffe, dass die Täter das hier nicht lesen. Denn im Gegensatz zu dem Kollegen, der nur allgemeines Geschwafel von sich gibt und meiner Meinung nach nicht mit der Frau gesprochen hat, wissen sie vermutlich genau, wer gemeint ist und wo sie sie finden können.«

Der Chef vom Dienst nahm die Zeitung vom Schreibtisch. »Du arbeitest bei einer Zeitung, nicht bei der Polizei«, wies er Sarah zurecht.

»Den Satz habe ich heute schon einmal gehört.«

»Na also. Dann verhalte dich auch bitte so.«

Und mit diesen Worten verließ Kunz ihr Büro.

Sarah lehnte sich in ihrem Stuhl zurück, schloss die Augen und seufzte. Das schien heute nicht mehr ihr Tag zu werden. Sie beschloss deshalb, sofort mit David zu sprechen, denn nun kam es auf privaten Ärger auch nicht mehr an. Sie hob den Hörer ab, zögerte und legte dann wieder auf. Nein, diese Angelegenheit würde sie doch lieber zu Hause unter vier Augen mit ihm klären.

Die Lust, zum Schloss Neugebäude zu fahren, war ihr vergangen.

Sie rief in der Bildredaktion an und fragte Simon, ob er inzwischen Fotos vom Mausoleum gemacht hatte.

»Ja.«

»Kann ich sie sehen?«

»Alle?«

»Wenn's geht? Wie viele sind es denn?«

»Einige.«

Sarah schnitt eine Grimasse. Wie üblich hielt der junge Fotograf und Computerfreak des *Wiener Boten* sich nicht mit langen Reden auf. Man musste ihm die Antworten meistens aus der Nase ziehen.

»Jetzt sag schon«, sagte Sarah gereizt.

»Circa dreißig.«

»Das ist viel.«

»Sag' ich doch.«

»Auch innen?«

»Ja.«

»War nicht mehr abgesperrt?«

»Doch.«

»Und wie bist du dann reingekommen?«

»War nur ein Absperrband. Bin drübergestiegen.«

»Schick mir bitte einfach ein paar von außen und innen. Okay?«

»Okay. Noch was?«

»Ja. Geht das jetzt gleich?«

»Ja.«

Er legte auf. Man konnte Simon vieles vorwerfen: eigenbrötlerisch und einsilbig zu sein, keinen Teamgeist zu haben, Kommunikationsunfähigkeit gar, aber Neugierde war Simon Friedmann gänzlich fremd. Die Arbeit der Redakteure interessierte ihn einen feuchten Kehricht.

Sie nahm einen Bogen Papier von der Ablage, auf dem ein Kupferstich des Künstlers Matthäus Merian der Ältere von Schloss Neugebäude aus dem 17. Jahrhundert abgebildet war. Sie hatte die Ansicht vergrößert und auf DIN-A3 ausgedruckt. Je länger sie die Kopie betrachtete, desto klarer wurde ihr, was für ein monumentales Anwesen das Schloss Neugebäude mitsamt seinen Gärten gewesen wäre.

Als die Bilddateien von Simon ankamen, befestigte sie den Ausdruck an ihrer Pinnwand. So behielt sie alles im Blick.

Simon hatte wirklich jeden Winkel der Grabstätte fotografiert. Sarah klickte sich durch die Dateien, vergrößerte Bildausschnitte, sah sie konzentriert und in aller Ruhe an, damit ihr kein Detail entging.

In einem Ausschnitt konnte sie erkennen, dass in den Boden des Mausoleums diverse Zeichen und Symbole eingelassen worden waren, die ihr vor Ort gar nicht aufgefallen waren.

Dann nahm sie den Zettel zur Hand, auf den sie Dürers magisches Quadrat gezeichnet hatte, und verglich es mit einem Foto auf ihrem Bildschirm, das die Grabstätte innen in der Totale zeigte.

Mit einem Mal ahnte sie, warum Erika Holzmann sie sprechen wollte. Gisela Stelzer hatte nicht wissen können, dass die Friedhofsroute am Mausoleum vorbeiführen sollte, weil dieser Spaziergang noch nicht stattgefunden hatte! Wenn Sarah alle losen Seiten mit Erikas Aufzeichnungen und Notizen aus dem Ordner »Mystisches Wien« zusammenfasste, ergab dies eine komplett neue Route. Ein Spaziergang, den Erika Holzmann noch nicht ausprobiert hatte, beginnend beim Schloss Neugebäude über den Urnenfriedhof zum Zentralfriedhof bis zu Weinscherbs Mausoleum. Sarah war überzeugt, dass es das war, was Erika Holzmann ihr bei ihrem Treffen erzählen wollte. Dieser neue Spaziergang sollte symbolische und mystische Zusammenhänge zum Schwerpunkt haben und sich von den üblichen Touren abheben.

Sie druckte die Fotos aus.

Während der Drucker arbeitete, griff sie noch einmal zum Hörer, legte jedoch sofort wieder auf, denn ihr fiel ein, dass Holzmann bei der Polizei war. Sie hätte ihm gerne erzählt, dass Weinscherb sein Mausoleum nach dem Vorbild des Jupiterquadrates errichten ließ. Und sie war neugierig, ob in den Tagebüchern von Erika Holzmanns Vater etwas über einen Kauf des Schlosses stand.

Das Telefon riss sie aus ihren Gedanken. Es war Chris. Er war wieder zurück aus Italien, der Urlaub war grandios und ja, er musste heute Abend im *Panorama* arbeiten.

»Sag, Schwesterherz, warum liegt eigentlich das Brotmesser in meinem Bett?« Er lachte. »Habt ihr irgendwelche Spiele gespielt, von denen ich besser nichts wissen will?«

»Was für ein Messer?«

»Unser Brotmesser. Hab' ich doch gerade gesagt.«

»Wie kommt das in dein Zimmer?«

»Das habe ich gerade dich gefragt, Sarah.«

»Es war niemand in deinem Zimmer, Chris. Ganz sicher nicht.«

»Es muss aber jemand drinnen gewesen sein, sonst läge ja kein Brotmesser auf meinem Bett, das normalerweise in der Küche in einem Messerblock steckt. Und Marie wird es ja wohl kaum hineingetragen haben!«

Eine düstere Ahnung überkam Sarah. Sie versuchte, sich an alle Details des vergangenen Abends zu erinnern. David und sie hatten die Wohnung betreten. Die Katze war ihnen entgegengelaufen. Sie hatte sie gefüttert. Sie war ins Bad gegangen, hatte das Wasser aufgedreht, sich ausgezogen und war nackt aus dem Bad in den Flur gegangen. Sie hatte David geküsst. Da war dieses Geräusch gewesen. Sie hatten beide angenommen, dass ein Vogel gegen die Scheibe geflogen war. Sie versuchte sich zu erinnern, ob Chris' Zimmertür geschlossen oder offen gewesen war. Heute Morgen war sie geschlossen, da war sie ganz sicher. Ein kalter Schauer lief ihr über den Rücken. Es musste jemand in der Wohnung gewesen sein. Jemand, der ...

»Sarah? Bist du noch dran?«

»Lass uns später darüber reden, okay?«

»Du bist hoffentlich nicht schon wieder in so eine Sache reingeraten?«, fragte er. Sein Ton war streng.

»Jetzt. Gleich. Ich komme jetzt gleich nach Hause, Chris.«

Sie legte auf, bevor er noch etwas entgegnen konnte.

Jemand war in ihrer Wohnung gewesen. Es gab gar keinen Zweifel daran. Weder David noch sie hatten Chris' Zimmer während seiner Abwesenheit betreten. Das Brotmesser hatte sie täglich benutzt, und zwar nur in der Küche. Sie hatte es nirgendwo anders hingeräumt. Wer war dieser Jemand gewesen, und wonach hatte er gesucht? Es war nichts gestohlen worden. Oder doch? Sarah wurde mulmig.

Sie rief David an, erreichte aber nur seine Mailbox. Sie bat ihn um einen Rückruf, danach schaute sie in seinem Büro vorbei.

»Er ist bei einem Meeting mit einem wichtigen Kunden«, erklärte Gabi gedehnt und verdrehte dabei die Augen. »Mühsame Geschichte, wenn du mich fragst. So einer, der alles besser weiß.«

Sarah erzählte ihr mit wenigen Worten, was passiert war. Gabi bot ihr an, sie nach Hause zu begleiten, doch Sarah lehnte dankend ab.

»Warte bitte, bis David zurückkommt, und sag ihm Bescheid, ja? Ich wollte ihm das nicht alles auf die Mailbox quatschen. Außerdem ist Chris in der Wohnung. Ich bin also nicht alleine.«

»Chris ist wieder da?« Gabis Miene hellte sich auf. »Was wirst du jetzt tun?«, fragte sie. »Das Schloss austauschen?«

»Das auf jeden Fall. Aber vorher will ich rausfinden, wie es aufgebrochen wurde. Ich habe nämlich absolut nichts bemerkt, Chris offenbar auch nicht. Außerdem fehlt nichts in der Wohnung. Vielleicht leide ich ja auch nur unter Verfolgungswahn.« Sie zog ihr Handy aus der Hosentasche. »Ich werde Stein anrufen.«

Sie suchte in der Kontaktliste nach seiner Nummer. Auch wenn er sich maßlos darüber aufregen würde, dass Sarah sich schon wieder in eine unmögliche Situation manövriert hatte, würde er ihr helfen. Er hatte Sarah nach dem Tod ihrer Mentorin Hilde Jahn als seine ganz persönliche Nervensäge adoptiert.

»Du schaust gut aus«, sagte Sarah.

Chris trug Jeans und ein weißes Hemd. Die leichte Sonnenbräune unterstrich seine italienische Provenienz. Ihre Mutter war zwar in Österreich geboren worden, doch ihre Großeltern mütterlicherseits waren Neapolitaner, und diese Wurzeln konnten weder sie noch Chris leugnen.

»Im Gegensatz zu dir. Du bist ziemlich blass. Kannst du mir bitte jetzt erklären, was du hier aufführst, während ich weg bin?«

»Das hört sich ja an, als hätte ich die Wohnung verwüstet.«

Sarah fasste die Ereignisse im Kern zusammen. Den Sex mit David in der Badewanne ließ sie aus. Marie strich um ihre Beine. Sarah bückte sich und nahm sie auf den Arm. »Bin ich froh, dass dir nichts passiert ist! Du hast den Einbrecher sicher gesehen, meine Schöne.« Marie schnurrte.

Chris schüttelte den Kopf.

Gemeinsam untersuchten sie das Schloss an der Wohnungstür. Keine Kratzer, keine Einbruchspuren, nichts.

In dem Moment kam Stein mit zwei Kollegen im Schlepptau an. »Kriminaltechnischer Dienst«, brummte er. »Haben Sie wenigstens Kaffee im Haus, wenn Sie uns schon hierherjagen?«

Sarah ließ Marie wieder hinunter, warf ihren Schlüssel in die Keramikschale neben der Wohnungstür und begleitete ihren Bruder und den Chefinspektor in die Küche.

»Sie haben Glück, dass ich gerade nichts anderes zu tun hatte.«

»Vielen Dank!«

Dabei war Sarah sich im Klaren darüber, dass Stein alles hatte liegen und stehen lassen und umgehend zu ihr gefahren war.

Nachdem Chris und Stein ihren Kaffee getrunken und sich über Sarahs Faible für dubiose Geschichten ausgetauscht hatten, gab einer von Steins Kollegen Entwarnung.

»Es gibt keine Einbruchspuren.«

Sarah atmete erleichtert auf.

»Aber wie kommt dann das Messer auf mein Bett?«, fragte Chris.

Sie gingen alle drei zurück in den Vorraum.

»Nur weil keine Kratzspuren am Schloss sind, heißt das nicht, dass niemand in Ihrer Wohnung war. Es beweist nur, dass der- oder diejenige kein Werkzeug brauchte, um reinzukommen.«

Chris und Sarah sahen ihn alarmiert an.

»Haben Sie Ihre Schlüssel irgendwo herumliegen lassen, Sarah? In einem Café, im Supermarkt, an der Kasse?«

»Hm. Keine Ahnung.«

»Dann denken Sie nach, verdammt!«

»Ich denke ja nach!«, erwiderte sie trotzig. »Ich hab' meine Schlüssel immer in der Umhängetasche, und die lasse ich höchstens in der Redaktion einmal unbeaufsichtigt in meinem Büro liegen. In Lokalen habe ich sie immer bei mir, auch wenn ich auf die Toilette gehe. Warum fragen Sie?«

»Ihr Zylinderschloss ist nicht gesperrt.« Er nahm den Schlüssel aus der Schale, hielt ihn ihr unter die Nase und zeigte auf eine Ziffernreihe. »Das bedeutet, dass jeder, der diese Schlüsselnummer hat, sich jederzeit einen Schlüssel nachmachen lassen kann. Ich vermute, dass derjenige, der in Ihrer Wohnung war, genau das getan hat.«

»Sie meinen, er ist mit seinem eigenen Schlüssel hereingekommen?«

»Ja, das meine ich.« Stein legte den Schlüssel zurück

in die Schale und griff zum Handy. »Ich rufe jetzt einen Freund von mir an, er ist Schlosser. Sie lassen sich von ihm noch heute ein Sicherheitsschloss montieren. Haben Sie verstanden, Sarah?« In seiner Stimme lag echte Besorgnis. »Dass Sie das nicht schon längst getan haben! Sie sind wirklich unverbesserlich, stolpern von einer gefährlichen Situation in die nächste und haben ein Schloss an der Tür wie vor hundert Jahren.«

Sein Blick wanderte zu Chris.

»Ich bin noch bis sieben Uhr hier«, sagte ihr Bruder.

Sarah wusste, dass sie Martin Stein mit der Frage, die sie ihm stellen wollte, verärgern würde, aber es musste sein.

»Ihre Kollegen von der Spurensicherung haben heute einen grünen Volvo überprüft. Mit diesem Volvo wurde Erika Holzmann abgeholt. Könnten Sie nachfragen, ob Spuren gefunden wurden?«

Stein sah sie streng an.

»Es war ja nur eine Frage.«

»Sie wissen, dass ich solche Fragen prinzipiell nicht beantworte, ich höre sie nicht einmal.« Er ging in die Küche, Sarah und Chris folgten ihm.

Stein lehnte sich mit dem Rücken ans Fenster. »Würden Sie mich kurz mit Ihrer Schwester alleine lassen?«

Chris nickte und verließ die Küche wieder.

»Da wir gerade über Autos plaudern, Sarah, mir ist zu Ohren gekommen, dass Sie zusammen mit Holzmann beim Mausoleum waren, kurz nachdem der Diebstahl entdeckt wurde.«

»Stimmt.«

»Ist Ihnen da zufällig ein dunkelgrüner Audi aufgefallen?«

Sarah brauchte nicht lange nachzudenken. »Ja. Warum?«

»Haben Sie den Fahrer gesehen?«

»Nein, das nicht, die Scheiben waren getönt.«

»War irgendetwas ungewöhnlich an dem Auto oder an dem Fahrstil?«

»Nein. Es fuhr im Schritttempo am Mausoleum vorbei, was aber normal ist am Zentral, dort darf man nicht schneller fahren. Der Fahrer wollte sicher keinen Strafzettel riskieren.«

»Und Sie konnten auch keinen noch so flüchtigen Blick auf den Fahrer werfen?«, ignorierte Stein ihre zynische Bemerkung.

»Nein, leider. Warum fragen Sie?«

»Weil dieser Audi, ebenso wie der Volvo, als gestohlen gemeldet war. Der Audi wurde in der Nähe des Mausoleums wiedergefunden. Ist doch eigenartig, oder?«

»Ich habe keines dieser Autos gestohlen, falls Sie das meinen.«

Stein musste lachen. »Ich traue Ihnen viel zu, Sarah, aber Autodiebstahl gehört nicht dazu. Eher fliegen Sie auf Ihrem Besen über die Stadt. Jedenfalls wurde gestern ein dunkelblauer BMW in Simmering gestohlen, und wo, glauben Sie, wurde der wiedergefunden?«

»Ich bin keine Hellseherin.«

»Am Schottenring. In der Nähe der Wohnadresse von diesem Gutberg, diesem General und Freund der Familie Holzmann und Co.«

»Was genau wollen Sie mir damit sagen, Stein?«

Der Chefinspektor sah Sarah streng an. »Was ich damit sagen will? Dass Sie sich aus der ganzen Sache heraushalten müssen, Sarah.«

»Aber warum?«

»Weil ich Sie darum bitte.« Er strich mit der Hand über seine kurz geschorenen Haare.

Sie schwiegen eine Weile und sahen sich an.

»Ich will nicht, dass Sie noch einmal in eine gefährliche Situation geraten. Deshalb lassen Sie Ihre Finger aus dem Spiel«, sagte Stein schließlich. Er seufzte. »Ich erzähle Ihnen wahrscheinlich nichts Neues, aber Gutberg hat seine eigene Truppe losgeschickt, die nach der Holzmann sucht. Schwachsinn, wenn Sie mich fragen. Aber der alte Herr meint eh alles besser zu können. Bei der Gelegenheit lässt er seine Leute auch gleich nach dem Sarg suchen.«

»Was für Leute sind das?«

»Das kann ich Ihnen nicht sagen, weil ich es selbst nicht weiß. Die geben sich mit kleinen Chefinspektoren wie mir erst gar nicht ab, sondern rufen drei Etagen weiter oben an.«

»Sie klingen ein bisschen enttäuscht.«

»Lassen Sie uns unsere Arbeit machen, und halten Sie sich verdammt noch mal aus der Schusslinie«, ignorierte Stein ihre Bemerkung.

»Wie denn? Bei mir wurde eingebrochen. Unser Brotmesser lag auf dem Bett meines Bruders!«

»Zwei Gründe mehr, um die Finger davon zu lassen.«

»Aber wenn der Einbruch gar nichts mit der Sache zu tun hat, sondern nur zufällig jetzt passiert ist?«, ruderte Sarah zurück.

»Hören Sie auf! Sie denken nicht wirklich, dass das hier ein Zufall war. Und noch etwas. Einige meiner Kollegen sind nämlich durchaus der Meinung, dass Holzmann mit seiner Geliebten gemeinsame Sache gemacht hat. Und Sie wissen, dass Sie damit gemeint sind.«

Sarah erschrak. Dass sie selbst im Visier der Ermittler stehen könnte, damit hatte sie nicht gerechnet. »Warum? Was hätte ich davon?«

»Nun, in den meisten Beziehungsdramen geht's ums Geld.«

»Aber es gibt kein Beziehungsdrama«, beteuerte Sarah. »Ich kenne Holzmann erst seit ein paar Tagen, und seine Frau kenne ich gar nicht persönlich. Fragen Sie Conny. Sie hat mir ...«

»Die Polizei muss jedem Hinweis nachgehen«, schnitt ihr Stein das Wort ab.

»Hinweis? Was denn für ein Hinweis?«

Die Erkenntnis traf sie wie der Schlag. Die Dvorak. Natürlich hatte auch die Polizei mit ihr gesprochen.

»Aber Sie wissen doch ganz genau, dass ich mit David liiert bin!« Natürlich wusste er das. Sie durfte jetzt nur nicht die Nerven verlieren.

Stein rieb sich den Nacken. »Wenn Sie wüssten, wie oft ich in den letzten Jahren so ähnliche Sätze gehört habe. Tatsache ist, dass Sie auffällig viel Zeit mit Holzmann verbringen.«

»Werde ich etwa beschattet?«

In dem Moment klopften Steins Kollegen an die Küchentür. »Wir sind fertig!«

Stein stieß sich vom Fenster ab. »Ich muss jetzt gehen. Das Messer nehmen wir mit.«

Er verabschiedete sich, und alle drei verließen Sarahs Wohnung.

Chris kam in die Küche.

»Was wollte Stein von dir?«

»Nichts.«

Sie schob sich an ihrem Bruder vorbei, ging ins Badezimmer, zog sich aus und stellte sich unter die Dusche. Das heiße Wasser half ihr, sich zu beruhigen.

Auf einmal fiel es ihr wie Schuppen von den Augen, wo sie ihre Umhängetasche in den letzten Tagen unbeaufsichtigt gelassen hatte. Es war in der Wohnung des Generals, dort hatte sie sie an die Garderobe gehängt. Doch die Vorstellung, dass Gutberg oder Holzmann ihren Schlüssel herausgenommen und sich die Nummer notiert hatten, kam ihr so absurd vor, dass sie sie sofort wieder verwarf.

Sie trocknete sich ab, zog eine Jogginghose an und streifte sich ein T-Shirt über.

Als sie aus dem Bad kam, war der Schlosser bereits bei seiner Arbeit. Er habe ihretwegen etliche Kunden vertrösten müssen, betonte er mehrfach, und sie habe es nur Martin Stein zu verdanken, dass er sich gleich auf den Weg gemacht hatte.

Kurz nachdem der Schlosser gegangen war, kam David. Sein Ausdruck war ernst und sehr besorgt. Das schlechte Gewissen traf Sarah mit voller Wucht. Sie war froh, dass Gabi mitgekommen war.

Gabi stürzte sofort auf sie zu, umarmte sie und sagte: »Ich hab' mir solche Sorgen gemacht. Jetzt erzählt endlich. Was ist denn eigentlich passiert?«

Chris kam hinzu. David und er begrüßten sich mit einem Kopfnicken.

Gabi ließ Sarah los. »Hi Chris.«

»Hallo Gabi. Das ist eine gute Idee. Sarah soll uns erzählen, was passiert ist.« Er sah Sarah an. »Ich habe Kaffee gemacht.«

Sarah hielt seinem Blick stand. »Na schön! Aber versprecht euch nicht zu viel davon. Ich weiß nämlich auch nicht wirklich, was passiert ist.«

Sarah wiederholte, woran sie sich erinnerte. Dann überlegten sie eine Weile gemeinsam, wonach der Eindringling gesucht und warum er das Messer auf Chris' Bett gelegt haben könnte. Doch irgendwann drehte ihr Gespräch sich im Kreis. Es fehlte nichts aus der Wohnung und es war nichts in Unordnung gebracht worden. Irgendwer hatte sich hier aus unerfindlichen Gründen offenbar nur umgesehen, was fast unheimlicher war, als wenn die Wohnung verwüstet worden wäre.

»Klingt irgendwie nach Actionfilm, dein Leben«, beendete Chris schließlich die Diskussion. »Soll ich hierbleiben?«

Sarah schüttelte den Kopf. »David bleibt eh hier.«

Chris brach auf, Gabi begleitete ihn, und Sarah ahnte, in wessen Bett ihr Bruder heute Nacht landen würde. Es war nicht das erste Mal. Sarah hoffte, dass Chris ihrer Freundin nicht endgültig das Herz brach.

David öffnete eine Flasche Wein. Sie gingen ins Wohnzimmer und ließen sich auf dem Sofa nieder.

David fuhr ihr mit seinen Fingern durch die Haare. »Wie fühlst du dich?«

»Ich weiß nicht. Hilflos trifft es vielleicht am besten.«

Müde lehnte sie ihren Kopf an seine Schulter. David nahm sie in seine Arme, streichelte ihren Rücken, ihr Haar.

»Warum passieren immer nur mir solche Sachen?«, murmelte sie in sein Hemd.

Er antwortete nicht, weil es darauf keine Antwort gab. Stattdessen küsste er ihr Haar. »Sollen wir nicht doch zu mir fahren?«

»Ich will Marie nicht hier alleine lassen.«

»Wir können sie ja mitnehmen«, schlug David vor.

Sie löste sich aus der Umarmung und sah ihn fest an. »Wenn du da bist, fühle ich mich sicher. Außerdem ist ja ein neues Schloss in der Tür. Wir können also wirklich gerne hierbleiben. Und das Wochenende verbringen wir dann bei dir.«

»Sarah, du musst die Suche nach Erika Holzmann der Polizei überlassen.« Er klang auf einmal verändert. Fordernd. Hart. Und verzweifelt. »Hör ab sofort auf damit. Keine Alleingänge mehr.«

Sarah setzte sich aufrecht hin. »Ich kann jetzt nicht einfach aufhören.«

»Warum denn nicht?«, fragte er laut. »Was willst du noch, Sarah? Was machst du, wenn der Kerl wiederkommt und du allein zu Hause bist?«

Sie wollte lächeln, ließ es jedoch bleiben und trank stattdessen einen Schluck Wein. Wird das jetzt unser erster Streit?, schoss es ihr durch den Kopf.

»Der kommt nicht wieder«, sagte sie überzeugt.

»Was macht dich da so sicher?«

»Ich weiß es einfach, glaub mir. Und ich werde mich von dem Kerl nicht davon abhalten lassen zu tun, wonach mir der Sinn steht.« Die Festigkeit in ihrer Stimme überraschte Sarah selbst. »Ich werde morgen, sobald ich von der Redaktion wegkann, zum Schloss fahren und mich dort ein wenig umsehen.«

David runzelte die Stirn.

»Ich tue nichts Gefährliches, ich versprech's dir«, lenkte sie versöhnlich ein.

Unvermittelt setzte sie sich rittlings auf ihn, legte ihre Hände um seinen Nacken, hauchte ihm einen Kuss auf die Lippen und sprach den unseligen Artikel in *Neues der Woche* direkt an.

»Und stell dir vor, sogar unter den Ermittlern der Polizei soll es laut Stein einige geben, die diesen Unsinn glauben. Dabei hat die Dvorak sich doch nur wichtig machen wollen mit ihrem Gerede. Du weißt eh, wie solche Gerüchte entstehen.«

David reagierte nicht.

»Du glaubst das doch nicht etwa?«, fragte Sarah erschrocken.

Er beugte sich vor und küsste sie auf den Hals. »Ich weiß nicht recht. Muss ich mir Sorgen machen?«

»Um Himmels willen, David! Nein, natürlich nicht!.«

»Auf jeden Fall werde ich ein wachsames Auge auf euch beide haben.«

Sarah schob ihn ein Stück von sich. »Du glaubst diesen Mist tatsächlich, oder? Oder? ... David?«

»Nein, ich glaube diesen Mist natürlich nicht!«, lachte er. »Ich vertraue dir, Sarah. Außerdem kenne ich den Kretschmer. Wenn dem etwas nicht spektakulär genug ist, dann biegt er so lange an der Story herum, bis er hat, was er will.«

Sarah gab einen Seufzer der Erleichterung von sich.

»Bin ich froh! Hey, komm, lass uns von etwas anderem reden oder, noch besser, tun«, meinte sie verführerisch. »Es war ein aufregender Tag heute, und ich brauche dringend ein bisschen Entspannung.«

David lächelte und zog Sarah das T-Shirt über den Kopf.

25

JOSIP KOVAC

Josip lag ausgestreckt auf dem Bett, die Hände hinter dem Kopf verschränkt, und starrte an die Decke. Es war halb zwei Uhr morgens. Er konnte nicht schlafen.

Er grübelte seit Stunden darüber nach, wann und wo er sich die Journalistin endgültig schnappen konnte. »Es muss bald sein«, hatte Ursula befohlen. »Sie ist uns zu dicht auf den Fersen.«

Uns! Wer verbarg sich hinter dem »Uns«?

Sein Kopf begann zu schmerzen. Ein lautes Klopfen an der Tür schreckte ihn auf. Oder war es an der Nebentür? Er erwartete niemanden. Wieder klopfte es, diesmal noch lauter. Er erhob sich schwerfällig und öffnete seine Zimmertür. Verblüfft blickte er in Ursulas Gesicht.

»Wir müssen reden.«

Wortlos schob sie sich an ihm vorbei ins Zimmer. Sie trug einen knielangen beigen Sommermantel, Sonnenbrille und Kopftuch. Er warf einen Blick in den Gang.

»Es hat mich niemand kommen sehen.«

Sie nahm die Sonnenbrille und das Kopftuch ab und schüttelte ihr langes Haar. Dann zog sie den Mantel aus und hängte ihn an die Garderobe. Darunter trug sie eine beige Bluse und einen hautengen bernsteinfarbenen Rock. Ihm gefiel, was er sah, doch er hütete sich davor, sie noch einmal zu berühren. Er schloss die Tür und bedeutete ihr mit einer Geste, sich zu setzen.

Doch Ursula blieb stehen. »Schön hast du's hier.«

Einen Moment überlegte er, ob sie gekommen war, um mit ihm zu schlafen. Er setzte sich aufs Bett. Sie drückte ihm eine Zeitung in die Hand.

»Es hat euch jemand gesehen«, sagte sie.

Sie warf einen prüfenden Blick in den Spiegel, strich sich eine Strähne aus der Stirn und setzte sich dann auf den Stuhl mit dem Rücken zum Fenster. Ihr Rock rutschte dabei ein Stück nach oben.

Josip schlug die Zeitung dort auf, wo ein Post-it klebte, und überflog den Artikel.

»Na und? Die Alte hat zwei Gärtner gesehen, mehr nicht«, meinte er gelassen. »Das ist doch ...«

Ursula unterbrach ihn mit unüberhörbarem Zorn in der Stimme.

»Wir reden hier von einer Zeugin, die mit der Presse gesprochen hat, und wahrscheinlich auch mit der Polizei.«

Die Szene auf dem Friedhof fiel ihm wieder ein. Die Alte mit dem Polizisten auf der Parkbank. Er schwieg.

»Du hättest mir das sagen müssen. Unser Auftraggeber mag es gar nicht, solche Details aus der Zeitung zu erfahren.«

Es war das erste Mal, dass sie ihm gegenüber einen Auftraggeber erwähnte. Diesmal ignorierte er die Stimme in seinem Kopf, die ihn davor warnte, Fragen zu stellen. »Wer ist er?«

»Wer ist wer?«

»Unser Auftraggeber.«

Sie musterte ihn streng. »Hat man dir nicht gesagt,

dass du auszuführen hast, was man dir befiehlt, und keine Fragen stellen sollst?«

Josip erwiderte ihren Blick und nickte.

»Gut. Dann verstehen wir uns ja.«

»Ich hab' dich gesehen«, sagte er bemüht gleichgültig, wobei ihm das Herz bis zum Hals schlug. Denn damit gab er zu, ihr gefolgt zu sein, auch wenn er es nicht aussprach. Sie wusste es.

»Du bist in ein Haus am Schottenring gegangen. Wohnst du da?«

»Nein«, erwiderte sie unterkühlt, »ich arbeite dort.«

»Ich verstehe nicht.«

Er war verwirrt.

»Gibst du Ruhe, wenn ich dir verrate, wie die Sache läuft?« Ihr Ton war freundlich, doch ihre Miene blieb finster.

Er nickte.

»Ich arbeite dort als Haushälterin bei dem alten General Gutberg. Ich putze, wasche, bügle, gehe einkaufen und koche für ihn. Das Essen für die Frau im Bunker stammt aus seiner Küche. Es fällt nämlich nicht auf, wenn ich die doppelte oder dreifache Portion koche und was mitgehen lasse. Und falls es doch mal auffallen sollte, ist es für meine Kinder, denn ich bin Alleinerzieherin und habe nicht viel Geld. Das zieht bei alten Leuten immer.«

»Warum arbeitest du dort?«

»Der Alte ist meine Informationsquelle. Ein guter Freund der Holzmann und ein einsamer alter Mann, der gerne mit mir über dies und das plaudert. Doch einsam hin oder her, bei ihm gehen immerhin ein paar wichtige Leute ein und aus, und man bekommt viel mit, wenn man Augen und Ohren offen hält.«

»Was zum Beispiel?«

Sie ließ sich Zeit mit der Antwort.

»Woher, glaubst du, habe ich den Wohnungsschlüssel der Journalistin?«, fragte sie schließlich.

»Von dem General?«

»Nein, viel einfacher. Ihre Umhängetasche hing an der Garderobe. Es war ein einziger Handgriff für mich, ihn herauszunehmen, die Nummer aufzuschreiben und den Schlüssel nachmachen zu lassen.«

Er zeigte sich nicht beeindruckt, weil er selber ohnehin keine Schlüssel brauchte, um in eine Wohnung zu gelangen.

»Wozu haben wir den Sarg gestohlen?«, fragte er weiter.

Wieder schwieg Ursula, dann gab sie sich einen Ruck.

»Wir hofften, in dem Kreuz auf dem Sarg einen Hinweis auf das Geld des Toten zu finden. Der alte General erwähnte mehrmals, dass Weinscherb sein Geld mit ins Grab nehmen wollte. Einmal zeigte er mir dann ein Foto der Beerdigung und erzählte mir ein wenig über das Kreuz. Das Original steht hier in der Wiener Schatzkammer. Schade, dass du es dir nicht ansehen kannst, es ist sehr schön. Jedenfalls fand sich in dem Kreuz bedauerlicherweise kein Hinweis auf das Geld, sondern nur vertrocknete Pflanzen.« Sie schüttelte belustigt den Kopf. »Dieser wahnsinnige Millionär hat allen Ernstes Heidekräuter im Kreuz versteckt.«

Josip runzelte die Stirn.

»Heidekraut, oder auch Erika. Verstehst du? Das ist eine ausdrückliche Anspielung auf seine Nichte Erika. Sie soll nämlich seine ganze Kohle bekommen.«

Jetzt begriff Josip. »Wie viel und welches Geld?«

Ursula beugte sich vor. Sie strich eine imaginäre Strähne aus ihrem Gesicht.

»Du fragst viel zu viel.« Sie lehnte sich wieder zurück. »Außerdem weißt du, von welchem Geld ich rede.«

»Die Häuser.«

»Der alte Sack hat vor seinem Tod fast alle Immobilien zu Geld gemacht. Und diese Kohle hat er dann irgendwo geparkt.«

Ursula stand auf und begann im Zimmer auf und ab zu gehen.

»Du kennst die Frau im Bunker?«, fragte Josip weiter.

Ursula nickte. »Seitdem ich bei dem General bin.«

»Ich will wissen, wer dahintersteckt.«

Ein Schatten fiel über ihr Gesicht. »Ich allein.«

Das bezweifelte Josip. Ein ganzes Regiment Leute erledigte die Drecksarbeit für sie. Er. Sein Landsmann. Die Kontaktleute für die Schließfachkartenübergaben. Der Namenlose.

»Du allein? Mein Verbindungsmann sprach von einem Auftraggeber. Wenn du die Auftraggeberin wärst, hätte er mir das gesagt.«

»Warum?«

»Weil du eine Frau bist. Eine schöne Frau«, schmeichelte er ihr. »Das hätte er mir gesagt.«

Es wirkte scheinbar. Sie lächelte.

»Und noch was. Ich bin aus Sibiu eingeflogen worden. Ich wohne im Hotel. Die Polizeiuniform. Die Holzkiste aus dem Institut ...«, zählte er an den Fingern ab. »Du musst Geld ausgeben, bevor du bekommst, was du möchtest.« Er ließ seine Hand sinken und schüttelte den Kopf. »Nein, so ein großes

Ding zieht niemand alleine durch, und schon gar keine Putzfrau.«

Dass sie für eine Putzfrau seiner Meinung nach zu teuer gekleidet war und zu stolz auftrat, sagte er nicht. Auch dass eine Putzfrau wohl kaum Männern in dem Ton Befehle erteilte, wie Ursula das tat.

Ursulas Lächeln gefror.

Ihm war das egal. Ihn interessierte nur seine persönliche Zukunft. Er musste wissen, wer etwas gegen ihn verwenden könnte, wer ihn in der Hand hätte, wenn es hart auf hart kam.

»Du bist nur ein kleines Rad im großen Getriebe der Aktion«, sagte sie. »Sorgfältig geprüft und ausgewählt. Ein Söldner, der nach Hause geschickt wird, wenn die Mission erfüllt ist. Verstehst du? So wie nach deinem Einsatz in Afrika oder Irak. Von der Bildfläche verschwinden. Weg.«

»Das ist etwas anderes«, widersprach er. »Das ist Krieg. Aber hier verdurstet eine Frau in einem Bunker, weil man ihr Geld will. Das ist Mord.«

»So ein Blödsinn. Als wäre Krieg kein Mord. Sag's mir, Dorin«, sie sprach ihn mit seinem wirklichen Namen an, »wie viele Zivilisten sind in Afrika ermordet worden, und wie viele im Irak? Auch Krieg ist Mord!« Sie lachte spöttisch. »Jetzt auf einmal ein schlechtes Gewissen? Das nimmt dir niemand ab! Was war mit Bohumil? Ich habe deine Augen gesehen, Dorin Radu. Du hast es genossen abzudrücken. Es macht dir Spaß.«

Sie fuhr mit der Zunge über ihre roten Lippen.

Er schwieg.

»Du musst nichts wissen. Du hast deine Mission zu

erfüllen. Nicht mehr und nicht weniger. Du heißt Josip Kovac, bist Kroate und Gärtner, und offiziell warst du nie in dieser Stadt. Dabei belassen wir's.«

Sie setzte sich wieder auf den Stuhl am Fenster.

»Ich sag' dir, wie es weitergeht. Du wirst dich morgen ganz auf diese Sarah Pauli konzentrieren. Du wirst zuschlagen, sobald du es für richtig hältst und sie für immer aus dem Verkehr ziehen.« Sie zog ihre Hand quer über den Hals. »Danach wirst du nichts mehr von uns hören.« Sie stand auf und ging zur Tür.

»Was passiert?«, fragte er.

Ursula seufzte und wandte sich ihm noch einmal zu. »Unser Freund, der mit dir Polizist spielen durfte, hat in der Nähe von Wien etwas deponiert, das die Polizei und die Presse interessieren wird.«

»Den Sarg?«

»Schlauer Bursche. Genau. Damit sind sie erst einmal wieder beschäftigt.« Mit einem Lächeln wandte sie sich ab.

Die Welt war wie ein Spielbrett, auf dem Ursula die Figuren nach Belieben hin und her schob. Auch ihn.

»Was ist mit der Augenzeugin vom Friedhof?«, fragte er.

Sie fuhr herum und musterte ihn eingehend, als wollte sie ihn sich genau einprägen.

»Vergiss sie.« Sie schloss die Zimmertür ab, schaltete das Licht aus und kam an sein Bett zurück.

»Warum hast du mich nicht nach Sibiu zurückfliegen lassen, nachdem wir dir den Sarg geliefert haben?«, fragte er. Er wollte wissen, welche Rolle seine Figur auf dem Spielbrett hatte.

Sie öffnete den obersten Knopf ihrer Bluse.

»Dafür, dass du eine halbe Million Euro für deinen Job bekommst, fragst du zu viel.« Sie öffnete den zweiten Knopf. »Und jetzt halt einfach den Mund.« Der dritte und der vierte Knopf. Er sah ihre prallen Brüste, verpackt in weißer Spitze. »Und genieß dein Abschiedsgeschenk.«

Die restlichen Knöpfe öffneten sich wie von Zauberhand. Die Bluse glitt zu Boden, gefolgt von ihrem BH. Er hatte schon lange nicht mehr so schöne große Brüste gesehen.

Nachdem Ursula gegangen war, warf er einen Blick in das Kuvert, das sie ihm dagelassen hatte. Geld war darin und ein Flugticket, ausgestellt auf seinen richtigen Namen. Mit etwas Glück lag er morgen um diese Zeit wieder in seinem eigenen Bett.

Er setzte sich an seinen Laptop und gab endlich die Namen, die er sich am Schottenring notiert hatte, ins Google ein. Der Name »Wolfgang von Gutberg« brachte zahlreiche Ergebnisse. Die aktuellsten Fotos waren zwar rund 20 Jahre alt, dennoch prägte er sich das Gesicht ein. Danach folgte er einer Intuition und gab den Namen »Ursula von Gutberg« ein. Bingo! Von wegen Putzfrau. Sie hatte ihn angelogen. Sie war seine Tochter. Die letzten Jahre hatte sie in Amerika gelebt und dort als Notarin gearbeitet. Sie war geschieden. Keine Kinder.

Er schloss die Seiten und lud seine eigenen Fotos hoch. Das erste Foto zeigte Ursula vor dem Tor zum Ende der Welt. Diese Frau hatte tatsächlich gehalten, was ihr erregender Körper versprach. Ein Feuerwerk der Lust hatte sich in den vergangenen eineinhalb Stunden über ihm ergossen.

Eine intelligente Liebesgöttin. Eine gefährliche Mischung.

Er ging die anderen Fotos durch. Sarah Pauli vor dem Mausoleum. Er sah sie an und überlegte, ob er nicht doch besser auf der Stelle abreisen sollte.

Freitag, 24. Mai

26

SARAH PAULI

Sarah hatte unruhig geschlafen. Die halbe Nacht hatte sie sich von einer Seite auf die andere gewälzt und war schließlich aufgestanden. Sie hatte ihren Laptop mit in die Küche genommen und mit dem Artikel über Schloss Neugebäude angefangen.

Irgendwann war David gekommen, hatte sich zu ihr gesetzt und ihr eine Weile stumm zugesehen. Schließlich hatte er sich einen Kaffee aufgesetzt und für Sarah Tee gekocht. Dann hatten sie darüber gesprochen, wie es möglich wäre, dass Sarah sich einerseits aus der Schusslinie nahm und andererseits weiterrecherchieren konnte. Doch je länger ihr Gespräch dauerte, desto mehr drehte es sich im Kreis. Bevor ein ernsthafter Streit daraus erwachsen konnte, beendete Sarah es mit der Bitte, David möge ihr einfach vertrauen. David hatte genickt und gesagt: »Ich habe Angst um dich.«

Danach waren sie wieder ins Bett gegangen, hatten sich geliebt und noch ein wenig geschlafen.

Freitag, der Tag der Liebesgöttin Venus. Der Wetterbericht im Radio sagte herrliches Frühlingswetter voraus. Sarahs Stimmung hob sich wieder.

Um halb neun waren sie gemeinsam in die Redaktion gefahren. Der Verkehr auf dem Gürtel war an diesem Morgen noch unerträglicher als sonst. Als sie am Westbahnhof in die Mariahilfer Straße einbogen, bekam Sarah drei SMS unmittelbar hintereinander. Die Nachrichten von Günther Stepan und Roman Holzmann hatten denselben Inhalt. Der Sarg wurde gefunden. Holzmann schrieb zusätzlich, er sei auf dem Weg ins Bundeskriminalamt, schalte sein Handy auf stumm und melde sich dann später. Herbert Kunz' SMS lautete knapp: »Um 9 Sitzung im Konferenzraum.«

David beschloss spontan, an der Sitzung teilzunehmen.

»Ich komme gleich nach«, sagte er, bevor er in den Lift stieg. »Muss nur Gabi schnell noch ein paar Anweisungen geben.«

Sarah widerstand dem Impuls, mit nach oben zu fahren, um Gabi zu fragen, wie es mit Chris gelaufen war. Chris war erwartungsgemäß nicht nach Hause gekommen. Er hatte noch drei Mal angerufen und gefragt, ob alles in Ordnung sei. Beim dritten Mal hatte sie ihn darum gebeten, Gabi nicht das Herz zu brechen. Er hatte es versprochen und nicht mehr angerufen. Dabei wusste sie nicht einmal, warum sie sich darüber Gedanken machte. Die beiden waren erwachsen und konnten selbst entscheiden, was sie taten.

Sie lief die Stufen zum Konferenzraum hinauf.

Günther Stepan saß schon am Tisch, als sie eintrat. Sein Ausdruck verriet Sensationsgier. So hatte sie den Reporter schon lange nicht mehr gesehen. Herbert Kunz kam unmittelbar nach Sarah herein, und eine Minute später auch David. Er schloss die Tür und setzte sich neben Sarah.

»Gut«, begann Stepan und schielte zu Kunz rüber, weil er sich nicht sicher war, ob der Chef vom Dienst nicht doch selber mit den Fakten anfangen wollte. Doch

Herbert Kunz nickte dem Chronikredakteur aufmunternd zu.

»Der Sarg von Josef Weinscherb wurde heute Nacht in Rumänien sichergestellt. Die Pressestelle der Polizei hat heute Morgen um kurz nach acht die Meldung an Radio, Fernsehen, Magazine und Tageszeitungen geschickt«, zählte er an den Fingern ab. »Ihr könnt euch ja vorstellen, welchen Schwerpunkt die österreichische Medienwelt heute haben wird.«

»Wo haben sie ihn denn gefunden?«, fragte David.

»Fünfhundert Kilometer von Wien entfernt, unweit der Grenze. Dort befindet er sich jetzt auch noch, aber er soll schon morgen nach Wien überstellt werden.«

»Hut ab«, meinte Herbert Kunz, »dass die den so schnell gefunden haben.«

»Ich habe gerade noch mal mit der BK-Pressestelle gesprochen. Eine Pressekonferenz ist derzeit nicht anberaumt. Die Familie wünscht keinen zusätzlichen Aufruhr, und die Polizei steckt mitten in den Ermittlungen und will diese nicht gefährden, hieß es.«

»Die Familie?«, tat Sarah überrascht. »Es gibt keine Familie, nur Roman Holzmann.«

»Und Wolfgang von Gutberg«, entgegnete Stepan, »der meines Wissens seit einiger Zeit als Pressesprecher der Holzmanns fungiert.« Niemand ging auf seinen kleinen Seitenhieb ein.

»Wir müssen also mit der Erklärung des BK leben, bis sich die Herren Holzmann und Gutberg dazu bequemen, persönlich mit der Presse zu sprechen«, brachte es Herbert Kunz auf den Punkt.

»So ist es«, bestätigte Stepan. »Mehr haben wir nicht. Das einzige Bild, das als Beilage an die Medien geschickt wurde, wird morgen wahrscheinlich alle Titelseiten dieses Landes zieren.« Er ließ Kopien des Fotos herumgehen, das einen mit Schutzfolie umwickelten Sarg zeigte.

»Weiß man schon, wer hinter dem Diebstahl steckt?«, fragte Sarah.

»Angeblich eine Bande von Kunstdieben. Ihr Kopf war ein gewisser Josip Kovac, ein Kroate ...«

»War?«

»Er wurde vor einem halben Jahr beim Versuch seiner Festnahme erschossen.«

»Und jetzt ist er in Wien?«, fragte Sarah.

»Wäre ein guter Stoff für deine Hokuspokusseite, was?«, sagte Stepan grinsend. »Okay, Spaß beiseite. Wer sein Nachfolger ist, weiß die Kripo nicht. Bis gestern war man davon überzeugt, die Bande habe sich nach Kovac' Tod aufgelöst.«

»Es handelt sich also tatsächlich um Kunstraub«, meinte Sarah. »Dann hat der alte Gutberg doch Recht behalten. Wahrscheinlich haben die noch versucht, das Kreuz zu verkaufen. Wurde das Kreuz von dem Sarg entfernt, oder ist es noch drauf?«, fragte sie.

»Das war auch meine erste Frage an die Pressestelle«, sagte Stepan. »Dazu gibt es leider keinen Kommentar. Aber ich werde gleich ein paar Telefonate führen. Vielleicht finde ich ja was heraus.«

»Triffst du den Holzmann demnächst wieder?«, fragte David Sarah.

»Kann gut sein. Ich bekam heute Morgen eine SMS, er melde sich später.«

»Wo ist er jetzt?«

»Beim BK.«

»Schau bitte, dass du ihn noch heute triffst. Er soll uns ein Interview geben, exklusiv natürlich. Wie Herbert richtig vermutet, werden morgen alle Zeitungen dasselbe Foto und wahrscheinlich die gleiche Story bringen. Außerdem werden die TV- und Radiosender heute den Sargfund rauf- und runtermelden. Das heißt, wir brauchen etwas, das sonst niemand hat. Und das ist das Interview mit Roman Holzmann.«

»Was für ein Interview willst du?«, fragte Sarah. »Soll er über seine Frau sprechen oder darüber, dass er froh ist, den Sarg wiederzuhaben? Allerdings glaube ich, dass Weinscherb ihm ziemlich am A... vorbeigeht.«

»Mir ist's egal, was er in dem Interview von sich gibt. Hauptsache, wir haben eines. Von mir aus frag ihn nach dem Gourmettempel, den er in Wien eröffnen will.«

»Nein, das ist ja Connys Steckenpferd. Ich weiß nicht, ob er zu einem Interview bereit ist, weil ...«

»Das ist er dir schuldig«, unterbrach David sie. »Immerhin hilfst du ihm seit Tagen bei der Suche nach seiner Frau. So intensiv, dass sogar die Polizei schon argwöhnisch wird.«

Er sah Sarah ruhig an.

Wenn sich hinter dem Satz mehr verbarg, als er zugab, so konnte David seine Eifersucht gut verbergen. Er klang völlig entspannt, so wie fast immer. Doch ganz überzeugt war Sarah trotzdem nicht.

Die Tür zum Konferenzzimmer wurde aufgerissen, und Conny und Sissi kamen herein. Der schwarze Mops lief sofort auf Sarah zu und sah sie aus seinen dicken Knopfaugen an. Sarah begann automatisch, ihm den Kopf zu kraulen.

»Was höre ich da? Die haben Weinscherbs Sarg gefunden?«, rief Conny.

David nickte und wies auf einen freien Stuhl am Tisch.

»Und warum sagt mir das keiner?«

»Weil das keine Story für die Gesellschaftsseite ist.« Herbert Kunz schob seine Silhouette zurecht, obwohl sie gar nicht verrutscht war.

Conny strafte den Chef vom Dienst mit einem finsteren Blick, ließ seine Bemerkung jedoch unkommentiert. »Ich habe heute Morgen um acht den General zum Frühstück getroffen. Warum frühstücken alte Leute eigentlich gern mitten in der Nacht? Jedenfalls während ich ihn interviewte, wurde er von Holzmann darüber informiert, dass der Sarg wohlbehalten wiedergefunden wurde. Das Interview war zwar kurz, gerade einmal eine Tasse Kaffee ist sich ausgegangen«, sie zupfte an einer Locke, »aber höchst aufschlussreich. Was ich erfahren habe, dürfte dich interessieren, Sarah.«

»Schieß los!«

Sissi wechselte zum Chef vom Dienst, der den Streicheldienst verweigerte, weshalb nun Günther Stepan an der Reihe war.

»Ich hab' dir doch erzählt, dass der Herr Kommerzialrat Neugebäude nicht mehr kaufen konnte, weil er zuvor das Zeitliche gesegnet hatte.«

Sarah nickte.

»Aber!« Sie streckte ihren rot lackierten Zeigefinger senkrecht in die Höhe. »Während Gutberg die nötigen Kontakte knüpfte und Vorgespräche führte, um das Geschäft anzuleiern, hat Gutberg, nicht faul, die Zeit wohlweislich genutzt.« Es folgte eine ihrer berühmten Kunstpausen, um die Spannung zu steigern.

Stepan gähnte demonstrativ.

»Er hat alle Grundstücke in der Umgebung gekauft, die noch zu haben waren.«

»Ach wirklich? Aber wozu das?«

»Tja.« Sie zuckte die Schultern. »Vielleicht wollte er Häuser bauen oder Landwirt werden, aber bevor ich weiterfragen konnte, kam besagter Anruf.« Conny lachte. »Dennoch hab' ich genug Material für meine Story.«

Sarah dachte nach. Landwirt. Bei diesem Stichwort fiel ihr etwas ein.

»Sag, Günther, weißt du inzwischen, wo Weinscherbs Tulpenfeld war?«

Stepan schüttelte den Kopf. »Bin noch nicht dazu gekommen. Ist das jetzt sehr wichtig?«

Sarah zuckte mit den Achseln.

»Woran denkst du?«, fragte Kunz, der Sarahs Gesichtsausdruck richtig interpretierte.

Sarah verknüpfte einige lose Fäden in ihrem Kopf miteinander. Sie hatte keine Ahnung warum, aber irgendwie kam es ihr wichtig vor zu erfahren, ob das Feld brachlag oder von jemandem bewirtschaftet wurde.

Nachdenklich antwortete sie: »Im alten Rom glaubte man, dass die Blüte und Macht Roms auf der Landwirtschaft beruhte. Deshalb war Saturn einer der meistverehrten Götter.«

Allgemeines Kopfschütteln. Niemand verstand etwas, doch niemand fragte nach, weil niemand auf eine Erklärung brannte.

David erhob sich als Erster. »Ihr wisst also alle, was ihr zu tun habt.«

Die Sitzung war beendet.

Gegen Mittag rief Roman Holzmann an, er komme eben vom BK.

»Was meine Frau betrifft, hat die Polizei derzeit zwei Thesen. Entweder ist sie von der Bildfläche verschwunden. Man hat mir erklärt, es gebe Agenturen, wo Profis so was einfädeln.«

»Ja, das kommt wohl öfter vor, als man denkt. Und die zweite These?«

»Ich habe meine Frau umgebracht und sie irgendwo versteckt. Und ich vermute, dass diese Variante im Moment intensiv verfolgt wird. Ich habe nämlich allmählich das Gefühl, die suchen gar nicht nach Erika, sondern beschatten mich. Die Polizei steht fast jeden Tag vor meiner Tür und stellt mir immer wieder dieselben Fragen. Aber sie finden Erika nicht.«

»Was ist mit Hamburg?«

»Fehlanzeige. Erika saß nicht in dem Zug. Sagen Sie jetzt nicht, dass Sie das geahnt haben. Ich will's nicht hören.« Er machte eine kurze Pause. »Ich soll mich zur Verfügung halten, haben sie gesagt, und darf Wien nicht verlassen. Die haben mich echt auf dem Kieker, Sarah. Die denken allen Ernstes, ich hätte meine Frau umgebracht.« Wieder eine kurze Pause. »Scheiße.«

»Ich verstehe Sie ja, aber versetzen Sie sich auch mal in die Lage der Polizei. Ihre Frau wird vermisst, es gibt keine Entführer, jedenfalls nimmt niemand mit Ihnen Kontakt wegen Lösegeld auf, eine Tageszeitung unterstellt Ihnen aktuell mindestens eine Affäre. Obendrein macht ein Interview mit dieser ehemaligen Geschäftspartnerin die Runde, in dem Sie nicht sympathisch wegkommen.«

In dem Interview wurde er dargestellt als einer, der über Leichen ging und Gott und die Welt betrog.

»Was haben Sie dieser Frau denn getan?«

»Das ist eine lange Geschichte.«

»Ich habe Zeit.«

Sarah hörte ihn seufzen.

»Also gut, die Kurzfassung. Sie hat mich mit ihrer besten Freundin im Bett erwischt«, gab er unumwunden zu.

»Scheiße.«

»Sie sagen es. Aber das ist lange her, und ich bin nicht stolz darauf, das können Sie mir glauben. Es passierte nach zwei, drei Flaschen Wein.« Wieder seufzte Holzmann hörbar. »Und jetzt kommen diese alten Geschichten aufs Tapet! Was soll ich tun?«

»Wie wär's, wenn wir uns am Zentralfriedhof treffen? Ich habe nämlich etwas herausgefunden und möchte vor Ort schauen, ob ich damit richtigliege. Aber dazu brauche ich jemanden, der mir die Alarmanlage des Mausoleums ausschaltet.«

»Was haben Sie denn herausgefunden?«

»Das kann ich Ihnen am Telefon schlecht erklären, ich müsste es Ihnen zeigen.«

»Wissen Sie, wo meine Frau ist?«, fragte er unumwunden, sachlich und ohne auch nur einen Anflug von Hoffnung in der Stimme.

»Es tut mir leid, nein. Aber ich glaube, ich weiß jetzt, was sie mir mitteilen wollte.«

»Die Polizei hat mich nach Ihnen gefragt«, wechselte er unvermittelt das Thema.

Sarah schluckte trocken. »Das muss sie tun«, gab sie sich selbstsicher. »Was hat man Sie denn gefragt?«

»Seit wann ich Sie kenne und in welchem Verhältnis wir zueinander stehen. Aber das haben sie mich nicht erst ein Mal gefragt.«

»Was haben Sie geantwortet?«

»Ich habe zum x-ten Mal wiederholt, dass ich Sie erst seit wenigen Tagen kenne, dass ich weder ein Verhältnis mit Ihnen noch mit Gisela Stelzer habe. Ich fürchte nur, sie glauben mir nicht. Ich kann's im Moment nicht ändern, und solange man Erikas Leiche nicht findet, können sie mir schwer etwas anhängen«, sagte er bitter. Er schwieg einen Moment, dann sagte er: »Ich komme gern zum Friedhof, wann wollen wir uns treffen?«

»Passt es in einer Stunde?«

»Ich muss noch etwas erledigen. Geht's auch um zwei?«

»Okay, dann um zwei.«

Sarah würde ihn erst dort auf das Exklusivinterview für den *Wiener Boten* ansprechen. Sie hoffte, er würde ihr die Bitte nicht abschlagen, wenn sie ihn persönlich darum bat.

Vor dem Treffen mit Holzmann wollte sie sich endlich Schloss Neugebäude ansehen. »Ich bin am Handy erreichbar«, gab sie David und Herbert Kunz Bescheid.

Dann packte sie ihre Sachen zusammen und verließ die Redaktion.

27

JOSIP KOVAC

Er hatte den genauen Zeitplan im Kopf.

Um halb acht hatte er drei Kondome aus der Verpackung genommen und in seine Jackentasche gesteckt. Danach hatte er im Hotel ausgecheckt, wie üblich bar bezahlt, seine Reisetasche in einem Schließfach am Westbahnhof verstaut und sich dann, noch am Bahnhof, den aktuellen *Wiener Boten* gekauft.

Er überquerte den Europaplatz und ging die Mariahilfer Straße hinunter. Um diese Zeit war es noch sehr ruhig auf der beliebten Einkaufsstraße, die meisten Läden öffneten erst um zehn. Als er auf der Höhe des *Wiener Boten* ankam, setzte er sich gegenüber vom Eingang des Redaktionsgebäudes auf eine Parkbank zwischen die Bäume, die die Straße säumten, steckte sich eine Zigarette an und begann, die Zeitung zu lesen.

Kurz vor neun fuhr David Grubers Volvo Country vor. Darin saß sie, Sarah Pauli, das Objekt seiner Begierde. Die Frau, die im Laufe des heutigen Tages sterben sollte. Gruber fand einen Parkplatz direkt vor dem Eingang. Sarah Pauli stieg aus. Sie wirkte aufgeregt, lief voraus zum Eingang und wartete dort, bis ihr Freund das Auto umrundet hatte und zu ihr aufschloss. Ungeduld stand ihr ins Gesicht geschrieben. Offenbar war wirklich etwas passiert, was ihre Anwesenheit in der Redaktion erforderte. So wie Ursula es am Vortag angekündigt hatte. Diese Frau ließ sogar die Presse nach ihrer Pfeife tanzen.

Kaum waren Sarah Pauli und David Gruber im Gebäude verschwunden, stand er auf, ging ins nächstbeste Geschäft und kaufte sich eine Mütze. Er ging zurück zu der Bank, setzte sich und wartete. Wenn er in seinem Leben etwas gelernt hatte, dann war es das, zu warten. Auf den richtigen Moment, die passende Gelegenheit, den perfekten Zeitpunkt. Zufälle oder Glück gab es in seinem Leben nicht.

Um halb eins schließlich kam Sarah Pauli durch die Tür heraus auf die Mariahilfer Straße. Sie bewegte sich zielstrebig in Richtung U-Bahn-Station Neubaugasse. Wieder ihr selbstsicherer Gang! Diese Frau wusste, was sie wollte, das verriet ihre ganze Körperhaltung, was ihm schon beim letzten Zusammentreffen positiv aufgefallen war.

Er faltete die Zeitung zusammen und folgte ihr mit einem gewissen Abstand. An der Haltestelle vor der U-Bahn-Station hielt ein Bus und spuckte unzählige Menschen aus, die ein Knäuel bildeten, das sich in verschiedene Richtungen drehte und schließlich auflöste. Er blieb stehen und beobachtete, welchen Weg die Journalistin einschlug. Sie bog in den Eingangsbereich der U-Bahn-Station ab, der von ein paar Punks okkupiert wurde. Er lief an ihnen vorbei und fand sie wieder auf dem Bahnsteig Gleis 1 der U3 in Richtung Simmering. Neben ihr stand ein verliebtes Paar, das ausschließlich mit sich selbst beschäftigt war. Sarah Pauli sah sich eine Werbung für Sprachschulen auf dem Infoscreen an der Wand gegenüber an. Er mischte sich unter die Wartenden. Der nächste Zug kam laut Anzeigentafel in drei Minuten. Er stand etwa zehn Meter von ihr entfernt und behielt sie genau im Auge. Sie beachtete die Umstehenden nicht, sondern sah noch immer wie gebannt auf den Infoscreen.

Der Fahrtwind der einfahrenden U-Bahn blies durch ihr Haar. Wie schön sie war. Viel zu schön, um zu sterben. Sie drehte den Kopf zur Seite und wartete, bis die Bahn angehalten hatte. Sie ging einen Schritt weiter vor und stellte sich neben die Zugtür. Menschen strömten auf den Bahnsteig. Sie presste ihre Umhängetasche an sich und lächelte eine junge Frau an, die als Letzte aus dem Waggon kam.

Ein wohliger Schauer lief ihm über den Rücken. Sie ist eine Hexe. Sie zu töten bringt Unglück, warnte die Stimme der Angst. Er blieb so lange auf dem Bahnsteig stehen, bis sie sich hingesetzt hatte. Dann stieg auch er in denselben Waggon ein. Seine Aufregung wuchs. Er vergrub die Hände in seiner Jackentasche und umfasste eines der losen Kondome. Vor jeder Haltestelle achtete er darauf, was sie tat. Doch sie machte keinerlei Anstalten auszusteigen, bis sie schließlich die Endstation Simmering erreichten. Dort stieg sie in die Straßenbahn der Linie 71 um.

»Nicht über den Friedhof gehen«, erinnerte er sich an den Artikel, den sie geschrieben hatte. Ein Satz, der ihm Angst machte. »Nicht über den Friedhof gehen.«

Er kämpfte erneut gegen das Gefühl der lähmenden Angst an. Verflucht. Er verfolgte eine Hexe. Sein Herz raste. In seinem Land hatten Hexen und auch Wahrsager nach wie vor Einfluss auf viele Bereiche des Lebens, auch auf die Politik. Ihm fiel eine Debatte über Hexen ein, die es vor längerer Zeit gegeben hatte. Es war darum gegangen, dass Hexen Steuern zahlen und haftbar gemacht werden sollten, wenn ihre Prophezeiungen sich nicht erfüllten. Doch diese österreichische Hexe hatte gar nichts zu prophezeien, sie stellte nur haltlose Behauptungen auf. Alles Lüge. »Schätze in einem Grab zu suchen ist gefährlich.«

Vor dem Haupttor des Zentralfriedhofs stieg sie aus und überquerte die Simmeringer Hauptstraße. Direkt vor der Wiener Bestattung bog sie in eine Straße ein. »Anton-Mayer-Gasse«, las er auf dem Straßenschild. Die Straße war menschenleer. Wenn er wollte, konnte er die Sache gleich auf dem Weg erledigen. Sie würden bald in unbewohntes Gelände gelangen, schmale Waldstücke und Felder. Der Urnenfriedhof lag weit genug entfernt. Niemand würde sie beobachten. Der Augenblick der Wahrheit. War Sarah Pauli tot, würde er unauffällig verschwinden und sich auf den Heimweg machen.

Sein Handy piepste. Er zog es aus seiner Jackentasche. Eine SMS. Die Nummer des Absenders war ihm unbekannt. »SP trifft um 2 Holzmann und den General«, las er. Die Nachricht war von Ursula. Er musste sein Vorhaben verschieben. Sie wollte wissen, warum die Journalistin die beiden Männer traf.

28

SARAH PAULI

Das Schloss Neugebäude war ein imposantes Bauwerk. Aus der Nähe wirkte es auf Sarah wie ein hermetisch abgeschlossener Bunker aus Stein, umgeben von einer Wüste aus Gestrüpp, Schotterwegen, grünen Wiesen, einem Kinderspielplatz, einer Hundefreilaufzone und Baustellen, auf denen Wohnhäuser wuchsen.

Hinter einer der alten Mauern lag der Urnenhain des Zentralfriedhofs. Eine interessante Symbolik, fand Sarah. Dort wo einst kosmische Harmonie auf Schloss und Gartenanlage treffen sollte, wohnte heute der Tod. Die Aufgabe, Lustschloss zu sein, hatte dieses Gebäude nie erfüllen können. Nach Maximilians Tod wurde es von österreichischen Kaisern als Gartenschloss verwendet. Unter Kaiserin Maria Theresia diente es als Munitionslager des Heeres. Mitte des 19. Jahrhunderts befanden sich hier die gesamten Munitionsvorräte der Armee für Wien. Die umliegenden Felder nutzte man als Truppenübungsplätze. Es würde dem alten General sicher gefallen, wenn das Neugebäude heute noch im Besitz des Militärs wäre.

Sie sah sich um und schoss ein paar Fotos. Der Wind zerzauste ihre Haare. Wo sollte sie mit ihrer Suche beginnen? Die Anlage war wesentlich größer, als sie dachte, und verfallener, als es auf den Fotos aussah. Außerdem schützte ein hoher Zaun das alte Gemäuer vor ungebetenen Gästen. Wenn hier irgendwo Geheimzeichen sein sollten, würde sie diese nur durch Zufall finden. An der Ostseite verdeckte Gestrüpp ein verwittertes und zerborstenes Holztor. Sarah untersuchte das Tor. Vielleicht fanden sich Symbole darauf oder auch Hinweise, ob es als Eingang genutzt wurde. Sie konnte jedoch nichts Besonderes erkennen. Kein Ast war abgebrochen, es gab keine Spuren, nichts, woran man sehen konnte, dass hier jemand aus und ein ging. Aber vielleicht lag genau darin die Besonderheit, dass hier alles seltsam vergessen zu sein schien. Sie ging weiter. An der Nordseite des Schlosses machte es keinen Sinn, über den Zaun oder die alte Burgmauer zu klettern, weil sie danach noch eine Mauer überwinden müsste, um bis zum Schloss vorzudringen, abgesehen davon, dass die verwitterte Ziegelmauer nicht zum Drüberklettern verführte. Sarah kehrte der Anlage den Rücken und ließ ihren Blick über die Landschaft schweifen. Frühlingsblüher, Bäume, verwahrloste Grundstücke. In der Hundezone spielte eine Frau mit ihrem Rottweiler. Der angrenzende Spielplatz war vollkommen verwaist. Eine Hängematte schaukelte sanft im Wind. Und überall waren Frühlingsblumen.

Einem Schild am Eingang zu dem Spielplatz entnahm Sarah, dass die gesamte Parkanlage auf dem Areal des ehemaligen Unteren Gartens in Anlehnung an den ursprünglichen Grundriss entstanden und dass der bedeutende Botaniker Clusius der Gartendirektor von Kaiser Maximilian II. gewesen war. Sarah las weiter. Dort stand, Clusius habe seinerzeit den Flieder, die Rosskastanie und die Tulpe nach Wien gebracht. Dies bestätigte Sarahs Vermutung. Das Mausoleum war voller Tulpen gewesen, angeordnet in quadratischen Töpfen. Das Quadrat, das den Himmel versinnbildlichte. Es war schon skurril: Da war sie im 21. Jahrhundert in einer modernen Metropole, umgeben von Zeichen und Symbolen aus der Antike.

Sarah kramte ihr Handy hervor und rief Gabis Redaktionsnummer auf. Sie wusste zwar, dass Maximilian den Unteren Schlossgarten nach dem Drei-mal-drei-Quadrat ausrichten ließ, mit 18 quadratisch angelegten Gartenfeldern, wie man auf dem Schild auch nachzählen konnte. Doch ein paar Details dazu fehlten ihr doch.

»Sarah?«, hörte sie Gabis Stimme.

»Gabi, sag, hast du gerade viel zu tun, oder könntest du eben in mein Büro gehen und in einem Ordner etwas nachschauen?«

»David ist gerade nicht da, ich könnte kurz rübergehen. Du musst mir nur sagen, wo genau der Ordner ist, denn zum Suchen in deinem Durcheinander habe ich keine Zeit.«

»Auf meinem Schreibtisch, und schlag gleich den Teil über das Schloss Neugebäude auf.« Ihr fiel ein, dass ihre Freundin ja die Nacht mit ihrem Bruder verbracht hatte.

»Gabi?«

»Ja? Noch was?«

»Nein. Ich meine ... Geht's dir gut?«

»Du meinst wegen Chris?«

»Ja.«

»Ja, es geht mir gut, mach dir keine Sorgen. Ich bin schon ein großes Mädchen. Jetzt gehe ich in dein Büro rüber und ruf' dich gleich zurück.«

»Ist gut. Danke dir! Bis gleich.«

Während sie auf Gabis Rückruf wartete, sah sie der Frau mit dem Hund zu, der nicht müde wurde, dem Ball nachzurasen, den sein Frauchen ebenso unermüdlich warf.

Ihr Handy läutete.

»Hast du ihn gefunden?«

»Ja. Was brauchst du denn?«

»Steht da etwas über den Unteren Garten? Eine Beschreibung, wie er aussehen sollte? Aber lass den Teil aus, in dem beschrieben wird, was der Clusius dort angepflanzt hat. Das weiß ich eh.«

»Der Untere Garten ist 12 500 Quadratmeter groß. Die Gartenfelder sind 21 Meter mal 21 Meter groß.«

»Okay. Unwichtig.«

»Auf den beiden mittleren Feldern standen Springbrunnen von dem flämischen Bildhauer Alexander Colin. Einer dieser Brunnen befindet sich heute in der Orangerie in Schönbrunn. Interessant. Das wusste ich gar nicht«, sagte Gabi. »Die Rasenornamentik war unterteilt in rechteckige, quadratische, kreisförmige Muster und Kreuzmuster.«

»Kreuzmuster«, wiederholte Sarah.

»Sag, suchst du etwas Bestimmtes?«

»Nein. Ich denke gerade in alle Richtungen.«

Gabi schnaubte. »Super. Und dafür verschwende ich meine wertvolle Zeit?«

»Du hast doch gesagt, du hättest gerade eh nichts zu tun. Also, lies weiter!«

»Der Untere Garten konnte durch einen Gang vom Schlossgebäude aus über die unterste Terrasse betreten werden.«

»Saturn.«

»Saturn? Das steht aber da nicht.«

»Nein, Süße. Aber du hast gerade meine Gedanken geordnet. Danke.«

»Bitte schön. Muss ich das jetzt verstehen?«

»Der Untere Garten ist ein magisches Quadrat, drei-mal-drei, das ist dem Saturn zugeordnet. In der Astrologie galt Saturn als Hüter der Schwelle. Er beherrschte die Unterwelt, so wie Hades in der griechischen Mythologie«, versuchte Sarah zu erklären.

»Ich verstehe noch immer kein Wort.«

»Ich erklär's dir mal in Ruhe. Ich muss jetzt noch ein paar Dinge mehr in meinem Kopf ordnen.«

»Solange es nicht darum geht, Opfertiere auf einem Altar schlachten zu müssen, kannst du mir erklären, was immer du willst.«

»Keine Angst«, lachte Sarah. »Die alten Griechen praktizierten Menschenopfer, zum Beispiel Jungfrauen für die Göttin Artemis.«

»Sarah, du bist grauslich!«

Sie lachten beide. Dann verabschiedeten sie sich voneinander und legten auf.

Sarahs Gedanken fuhren Karussell. Hades. Saturn. Tulpen. Die Unterwelt. Die Unterwelt!

Es war zum Aus-der-Haut-Fahren. Sie glaubte nicht daran, dass Erika Holzmann freiwillig abgetaucht war. Sarah war fest davon überzeugt, dass man Erika Holzmann irgendwo versteckt hielt. Sie wusste nur nicht wo.

29

DIE FREMDENFÜHRERIN

Unten.
Sie hatte den Satz gehört, ihn inhaliert. »Und hör auf zu schreien! Hier unten hört dich niemand.«
Unten. Dieses eine Wort raunte seitdem durch ihre Gedanken, drehte sich mit ihr auf dem Tanzparkett ihres Gehirns im Kreis. Was war dieses Unten? Ein Keller? Ein Bunker? War sie unter der Erde? Es änderte zwar nichts an ihrer Situation, doch solange sie sich damit beschäftigte, solange sie nachdachte, solange sie ihr Gehirn benutzte, hielt sie den stetig näher rückenden Wahnsinn auf Distanz. Auch wenn ihr das Denken immer schwerer fiel. Sie benetzte ihre Lippen mit Wasser, trank einen winzigen Schluck. Während das kühle Nass ihre trockene Kehle hinunterlief, spulte sich der Film in ihrem Kopf erneut ab. Diesen Film wieder und wieder zu sehen war grausamer, als zu verdursten. Er würde sie am Ende töten. Roman trauerte nicht um sie, er suchte sie nicht einmal. Er schlief mit einer anderen. Mit der Journalistin. Sie sprach ihren Namen aus, mehrmals hintereinander, wie eine Beschwörung: Sarah Pauli. Sarah Pauli. Sarah Pauli.
Der Kerl mit der Narbe hatte ihren Reisekoffer ins Verlies gestellt. Sie hatte ihn gefragt, warum er das tat. Wie gewohnt hatte sie keine Antwort bekommen. Auch seine Miene blieb verschlossen. Wie gerne hät-

te sie seine Hände genommen, nur um Körperwärme zu spüren.

Ihre Kleidung für die letzte Reise, die sie antreten sollte. Fehlte nur noch ihr Pass. Aber den würde sie auf der Reise ins Jenseits nicht brauchen. Ob ihre Eltern sie an der Himmelspforte empfangen würden? Ob überhaupt jemand an der Pforte stehen würde? Ob es überhaupt eine Pforte gab?

Manchmal sah sie ihren Vater in einer Ecke ihrer Zelle stehen. Er winkte ihr zu. Sie wusste, dass Schlafmangel zu Halluzinationen führte. Und sie spürte, dass ihre Zeit gekommen war. Sie lief ihr nicht mehr davon wie ein unfolgsamer Hund und trieb sie auch nicht mehr an, weil sie wieder mal zu spät dran war. Sie legte sich zu ihr auf die Pritsche und wartete auf den Tod.

Sie würde in dem Bunker sterben, den ihr Onkel vor Jahren in die Erde eingelassen hatte. Wolfgang von Gutberg hatte ihn dazu überredet. Sie erinnerte sich an den Wutausbruch ihres Vaters, als er davon erfuhr. »Die beiden Trottel, wollen sie Räuber und Gendarm dort spielen?«, hatte er geschimpft. Sein Bruder war ihm sowieso zeitlebens verhasst, und auch auf Wolfgang war er nicht besonders gut zu sprechen. Er solle sich entscheiden, Mörz oder Weinscherb, hatte er Gutberg vor die Wahl gestellt. Aber der hatte nur gelächelt und gesagt: »Wir sind doch eine große Familie«, und damit an die generationenübergreifende Freundschaft zwischen den Gutbergs und den Weinscherbs appelliert. Gutberg fand, ihr Vater schulde sie seiner Familie. Ihr Vater hatte als Einziger von ihnen Widerstand gegen die Nazis geleistet, was ihn fast das Leben gekostet hätte. Doch Gutbergs Vater war bei der Gestapo und hatte Einfluss, er konnte ihren Vater vor dem KZ bewahren. Dafür erwartete Wolfgang ein Leben lang Dankbarkeit und Freundschaft. Und jetzt würde sie durch seine Hand sterben, und Ursula erledigte die Drecksarbeit.

Der Zorn ihres Vaters. Das Schloss. Die Gärtnerei. Es sei eine Zumutung, die Gärtnerei mit einem Schutzbunker zu entweihen, ob die beiden Volltrottel glaubten, dass der Dritte Weltkrieg ausbreche? Schlossherr sein, eine Erfahrung, die ihr Onkel nicht mehr machen konnte, das zumindest war eine Genugtuung für ihren Vater.

Die Müdigkeit. Für Sekunden hatte sie das Gefühl, ihr Vater sei anwesend, doch als sie ihm die Hand reichen wollte, verschwand er wieder.

Menschen verschwanden. Einfach so. Ihr Vater. Ihre Mutter. Ewald, ihre erste große Liebe. Und jetzt Roman. Alles im Leben wiederholte sich. Roman war aus ihrem Leben verschwunden, und sie aus seinem.

Verschwunden waren auch die Hände, die ihr Wasser und Nahrung durch die Luke gereicht hatten. Nachdem ihr der Koffer gebracht worden war, hatte sich die Luke nicht mehr geöffnet. Auch das Licht war nicht mehr aufgedreht worden. Sie saß im Dunklen. Wann waren Ursula und der Mann mit der Narbe weggegangen? Wie viele Stunden oder Tage war das her? Waren da überhaupt noch Menschen außerhalb ihrer Zelle? Es war so still geworden. Und dunkel. Keine Geräusche, kein Licht. Sie war so müde. Lebendig begraben.

»Und hör auf zu schreien! Hier unten hört dich niemand.«

Sollte sie deshalb nicht erst recht schreien? So laut schreien, bis ihr die Kraft ausging? Sie starrte in die Finsternis. Der Kugelschreiber, der noch auf dem Tisch lag. An seiner Spitze war eine winzige Taschenlampe. Sie tastete danach, umklammerte ihn und drückte auf die kleine Kugel. Ein bläuliches, friedliches Licht. Es reichte aus, um ihre Finger zu beleuchten. Ihre Hände, ihre Vertrauten.

Sie schaltete das Licht wieder ab.

Nach ihrem Tod. So stand es in den Unterlagen. Eine Stiftung. Sie war überzeugt, dass die Stiftung nur aus Ursula und Wolfgang von Gutberg bestand. Der Mann mit der Narbe, er hatte einen Akzent. Einen osteuropäischen. Jetzt fiel es ihr ein.

»Man sollte seine Feinde im Auge behalten«, hatte Roman zu ihr gesagt, als er ihr den Abreißkalender in die Hand gedrückt hatte. War es möglich, dass Roman ihr Feind war? Er schlief mit der Journalistin. Sie schüttelte den Kopf, um dieses unerträgliche Bild zu verscheuchen.

Sie hatte unterschrieben. Roman würde keinen Cent sehen, die Stiftung würde alles Geld einstreifen. Geld, von dem sie nichts gewusst hatte. Sie lachte bitter auf. Dann drückte sie noch einmal auf die Spitze des Kugelschreibers und begann erneut zu lachen. Bläulicher Schimmer. Gespenstisches Licht.

Sie rollte sich auf ihrer Pritsche zusammen. Plötzlich hörte sie lautes, hemmungsloses Weinen. Sie selber war es, die weinte. Sie spürte, wie die Laute aus ihrer Kehle drangen. Fremd. Sie spürte, wie die Angst vor dem Unbekannten langsam wich und Gleichgültigkeit sie erfasste. Wochen. Tage. Minuten. Sekunden. Zeit hatte für sie jegliche Bedeutung verloren. Ihre Zeit war abgelaufen. So war es also, wenn die Zeit für immer stehen blieb.

30

DES RÄTSELS LÖSUNG

Auf dem Weg zum Zentralfriedhof sah sie sich alle paar Meter um. Sie hatte das dumpfe Gefühl, verfolgt zu werden. Zu sehen waren allerdings nur vereinzelte und harmlos wirkende Friedhofsbesucher. Oder litt sie jetzt doch unter Verfolgungswahn?

Viele der Gräber waren mit frischen bunten Blumen geschmückt, das Wetter war wie angekündigt frühlingshaft warm, und überall in den Bäumen und Sträuchern zwitscherten Vögel. Dennoch legte sie an Tempo zu und erreichte schließlich erschöpft das Mausoleum. Sie setzte sich auf die Bank und atmete ein paar Mal tief ein und aus, bis sich ihr Herzschlag wieder beruhigt hatte.

Sie fragte sich, ob sie mit ihrer Vermutung richtiglag, dass das Mausoleum selbst des Rätsels Lösung war. Als sie aufsah, kam Holzmann bereits auf sie zu. Neben ihm her ging Gutberg, gestützt auf einen exklusiv aussehenden Gehstock.

»Wolfgang war mit mir beim BK«, erklärte Holzmann. Es klang wie eine Rechtfertigung, er sah ihr vermutlich an, dass sie lieber mit ihm alleine gewesen wäre.

Der General reichte Sarah die Hand und verbeugte sich galant.

»Außerdem, wenn man den Zeitungen Glauben schenkt, und das tun wir beide doch, muss ich Roman ein wenig vor Ihnen schützen.« Er zwinkerte ihr zu.

Sarah ignorierte seine Bemerkung.

»Was haben Sie denn nun herausgefunden?«, fragte er sie neugierig.

»Lassen Sie uns zuerst hineingehen«, schlug Sarah vor.

Holzmann holte seinen Schlüsselbund heraus, strich mit einem Chip über einen kleinen Kasten, der, für Vorbeigehende nicht sichtbar, hinter dem Sockel eines Steinengels angebracht war. Dann sperrte er die schmiedeeiserne Tür auf, und sie traten ein.

Die Grabplatte war wieder auf ihren Platz geschoben worden, der Boden sauber, und in den Töpfen blühten frische Tulpen. Nichts ließ erahnen, dass unter der Platte ein Sarg fehlte.

»Und? Spannen Sie uns doch nicht länger auf die Folter. Was haben Sie nun herausgefunden?«, wiederholte Holzmann die Frage des Generals.

»Ich habe Ihnen ja schon von dem magischen Quadrat erzählt«, begann Sarah. »Also, das Quadrat, das Josef Weinscherb fasziniert haben muss, war das Jupiterquadrat.«

»Wollte Kaiser Maximilian nicht seinen Paradiesgarten nach diesem Vorbild anlegen?«, fragte Gutberg.

Sarah erklärte so einfach wie möglich die Zusammenhänge zwischen Schloss, Urnenhain und Paradiesgarten. »Josef Weinscherb wollte das Schloss kaufen und renovieren«, sagte sie, erst an Holzmann, dann an Gutberg gewandt, der darauf ein wenig ungehalten reagierte: »Dazu hat mich Ihre Kollegin heute schon befragt. Ja, in der Tat. Josef wollte das Schloss kaufen. Nur, was hat das jetzt mit dem Mausoleum zu tun?«

»Weinscherb hat sein Mausoleum nach dem Vorbild des Jupiterquadrats bauen lassen«, antwortete Sarah.

Beide Männer sahen sie nun überrascht an.

»Was Sie nicht sagen!«, meinte Gutberg schließlich. »Wie kommen Sie denn darauf?«

Sarah kramte den Zettel hervor, auf dem sie das magische Quadrat aufgezeichnet hatte. »Schauen Sie sich das Quadrat einmal ganz genau an!«, forderte sie die beiden auf. »Ich habe den Kupferstich von Albrecht Dürer herangezogen, denn in dem Quadrat auf seinem Stich stehen genau die Zahlen, die Ihre Frau sich notiert hatte. Sie erinnern sich doch an die Reihenfolge, bei der ich zuerst an die Numerologie dachte?«

Holzmann nickte.

»Dürer verwendete das magische Quadrat vor allem für seine Polyeder-Geometrie«, merkte der General an.

»An der Kombination der Zahlen hat Dürer nichts geändert. Lediglich die Fünf für den Monat Mai, Todesmonat seiner Mutter, hat er auf den Kopf gestellt. Und der Fünf, der Sechs und der Neun hat er andeutungsweise eine Schlangengestalt gegeben«, sprach Sarah weiter.

16	3	2	13
5	10	11	8
9	6	7	12
4	15	14	1

»Zuerst habe ich mich nach Dürers Vorbild an den Zahlen orientiert. Das hat mir aber keinen neuen Ansatz eröffnet. Danach habe ich das numerische Quadrat in ein alphabetisches umgewandelt.«

»Aus einem bestimmten Grund?«, fragte Holzmann.

»Anfangs nicht wirklich. Aber nach und nach ergab das einen Sinn, denn ich bin draufgekommen, dass jedes Quadrat ein eigenes Symbol hat.«

Die beiden Männer sahen Sarah verständnislos an.

»Schauen Sie, es sieht so aus.« Sarah tippte mit dem Zeigefinger auf das zweite Quadrat, das sie unter das erste gezeichnet hatte.

P	C	B	M
E	J	K	H
I	F	G	L
D	O	N	A

»Wenn man dieses alphabetische Quadrat wie ein Raster über das Mausoleum legt, sieht man, dass die Symbole auf dem Boden nicht zufällig angeordnet sind, sondern dass ein bestimmtes System dahintersteckt. In der Ecke dort«, Sarah zeigte in eine bestimmte Richtung, »das wäre auf dem ersten Quadrat das Feld mit der Nummer eins, hängt ein Staurogramm, das ursprüngliche Symbol des frühen Christentums, das im fünften Jahrhundert von dem Kreuz abgelöst wurde. Die Eins steht in der Zahlensymbolik für den Ursprung des Lebens, den Neuanfang. Sie gilt als Zahl Gottes. Im alphabetischen Quadrat steht an dieser Stelle das A, der erste Buchstabe des Alphabets. Weinscherbs Grabstein befindet sich im numerischen Feld Nummer zehn, im alphabetischen ist es ein J. J für Josef, verstehen Sie?«

Holzmann suchte den Boden der Grabstätte ab. »Die Elf steht demnach für das K. Seine Frau hieß Katharina.«

»Ja, genau! Und die Grabplatte verbindet diese beiden Quadrate.«

»Daneben das Feld mit der Fünf steht alphabetisch für E wie Erika«, schlussfolgerte Holzmann.

»Stimmt. Und genau darunter hat er die Kopie des Limoges-Kreuzes einarbeiten lassen. Das konnten wir beim letzten Mal hier alles nicht sehen, weil die Grabplatte darüberlag. Die ganze Symbolik dieser Grabstätte ist mir erst viel später aufgefallen.«

Holzmann rieb sich die Augen.

»Was denken Sie jetzt?«, fragte Gutberg.

»Mag Josef Weinscherb auch ein pragmatischer Rationalist gewesen sein, sein Grab jedenfalls beweist, dass er sich durchaus für Okkultismus interessierte. So gesehen halte ich es für gut möglich, dass er etwas im Hohlraum des Reichskreuzes auf seinem Sarg versteckt hat.«

»Das hat er nicht!«, platzte Gutberg heraus.

Sarah spitzte die Ohren. »Woher wissen Sie das so genau? Haben Sie vor seinem Begräbnis im Kreuz nachgesehen?«

»Ich weiß es einfach«, behauptete er. »Josef war dafür nicht der Typ.«

»Das hier spricht aber eine andere Sprache.«

»Das hier, das hier! Das hier ist auch nicht Josef!«

»Sondern?«

Gutberg schwieg.

»Dadurch bekommt auch das Labyrinth auf der Grabplatte eine neue Bedeutung«, fuhr Sarah fort, ohne weiter auf ihn einzugehen. »Das Ursymbol der Menschen, ein Symbol für die verschlungenen Lebenswege. Wenn ich das nun in einen Zusammenhang mit dem magischen Jupiterquadrat bringe ...«

»Erklären Sie das bitte so, dass auch ich es verstehe«, sagte Holzmann rasch.

»Ist gut, ich versuch's. Also, wenn man sich zum Beispiel Matthäus Merians Kupferstiche von Schloss Neugebäude ansieht, so erkennt man, dass das Labyrinth das Zentrum des Paradiesgartens werden sollte. Hier ist das Labyrinth das Zentrum der Grabplatte und zugleich auch das Zentrum des Mausoleums. Die Blumentöpfe mit den Tulpen darin entsprechen den Brunnen, die für den Garten vorgesehen waren. Weinscherb hat meiner Meinung nach deshalb Tulpen gewählt, weil diese Blumensorte durch Clusius, den Hofbotaniker Maximilians, nach Wien kam. Ich glaube, dass er auch deswegen unbedingt eigene Tulpen züchten wollte. Alles sollte genauso sein, wie es damals von dem Kaiser geplant wurde. Darum sollte Ihre Frau die Arbeit der Gärtner kontrollieren. Sie hat Ahnung von Okkultismus, kennt sich mit den Symbolen aus und weiß, was ihm das alles hier bedeutet.«

»Mir schwirrt der Kopf, Frau Pauli. Was genau bedeutet das jetzt alles?«, fragte Holzmann.

Sarah umschloss das Corno an ihrer Halskette.

»Also sicher ist, dass sowohl Weinscherb als auch Ihre Frau sich sehr gut mit der griechischen und der römischen Antike auskannten. Diese Grabstätte ist eine wahre Fundgrube, und ich denke, davon wollte Ihre Frau mir erzählen. Sie wäre bestimmt ein weiterer großer Anziehungspunkt für Touristen und ein spannendes Thema für den Stadtspaziergang auf dem Friedhof.«

Sarah ging in die Hocke und strich mit der Hand über den Boden.

»Mich wundert es nur, Herr Gutberg, dass Sie von alledem gar nichts gewusst haben. Denn wer kannte Josef Weinscherb denn besser als Sie?«

Gutberg schüttelte den Kopf. »Nein, darüber hat Josef mir gegenüber nie ein Wort verloren.«

»Aber er sammelte Kreuze«, gab Sarah zu bedenken.

»Als Wertanlage, ja. Aber sicher nicht, weil er sie als Kunstwerke schätzte.«

»Sie selbst kennen sich mit antiken Symbolen ebenfalls sehr gut aus. Sind sie Ihnen denn nicht spätestens beim Begräbnis aufgefallen?«

»Ich achte beim Begräbnis eines Freundes doch nicht auf so etwas!«

»Warum hat er das Limoges-Kreuz ausgerechnet in das Feld eingelassen, das Erika zugeordnet ist?«, fragte Roman Holzmann.

»Ich kann nur spekulieren.«

»Dann tun Sie das, Sarah.«

»Gut. Ich denke, Ihre Frau war für Josef Weinscherb ungefähr so unerreichbar wie das Limoges-Kreuz, und genauso wertvoll. Es ist ein letztes Zeichen der Verbundenheit und Zuneigung zu seiner Nichte.«

Bei diesen Worten wurde ihr plötzlich schwer ums Herz, und sie musste sich die Tränen verbeißen.

»Solche Gefühlsduseleien passen ganz und gar nicht zu Josef«, wehrte der General Sarahs Hypothesen mit aller Entschiedenheit ab.

»Dann sagen Sie mir doch, warum er Neugebäude kaufen und renovieren lassen wollte.«

»Natürlich als Wertanlage«, beharrte der General. »Er wollte schicke Eigentumswohnungen dort bauen lassen und die dann verkaufen. Ganz profan, ohne Mystik.«

Diese Antwort passte zu einer der Thesen, die Conny auf der Vernissage aufgeschnappt und ihr weitererzählt hatte, Weinscherb habe sündhaft teure Luxusapartments im Schloss hochziehen wollen.

»Und die Grundstücke rundherum?«

»Wertanlage.« Der General klopfte, wie um seine Worte zu unterstreichen, mit dem Gehstock auf den Boden. »Wohnen im Schloss mit eigenem Schlosspark. Was glauben Sie, was sich das manche Leute kosten lassen!«

»Man sagt, dass er entweder eine Militärakademie dort gründen oder selbst darin wohnen wollte.«

»Wer behauptet so etwas?«

»Meine Kollegin erfuhr es aus gut unterrichteten Kreisen.«

»Ein Unsinn. Es ging um Luxuswohnungen zum Verkauf. So, Sie entschuldigen mich, ich werde mir ein wenig die Beine vertreten, in meinem Alter kann man nicht mehr so lange stehen.«

Er ging, auf seinen Stock gestützt, ohne ein weiteres Wort hinaus.

Sarah sah ihm nach. Ob sie sich wirklich so sehr irren konnte?

Sie sah sich wieder aufmerksam im Mausoleum um und entdeckte weitere Zeichen, mehr oder weniger verborgene, die sich vor dem Hintergrund der bisherigen Erkenntnisse ebenso zuordnen ließen.

»Unglaublich, er hat nichts ausgelassen. Sogar eine

Tulpe ist hier auf dem Boden, schauen Sie!«, sagte Sarah. »Er hat sich eine wahnsinnige Mühe gegeben mit seiner Grabgestaltung.«

»Ja, ziemlich konsequent offenbar«, sagte Holzmann. »Was ist eigentlich Ihre Meinung zum Schloss?«

»Sie meinen die Wohnungen als Geldquelle?«

Sarah nickte.

»Es würde schon zu dem Menschen passen, den mir meine Frau geschildert hat. Aber wenn ich mir das hier alles ansehe ... Ich glaube inzwischen, dass dieser Mann viele Gesichter hatte.«

»Kommen Sie, dann lassen Sie uns weitersuchen.«

Sarah warf einen Blick auf den Zettel und zeigte dann auf die Vier, das D im alphabetischen Quadrat.

»Hier hat er das Zeichen des Saturns eingravieren lassen, sehen Sie?«

»Die heilige Zahl des Hermes«, sagte Holzmann beflissen.

»Ich bin beeindruckt. Sie haben es sich ja gemerkt!«

»Ich habe Ihnen einfach nur gut zugehört«, meinte er und lächelte Sarah an.

Dabei sah er ihr für den Bruchteil einer Sekunde länger in die Augen als sonst. Flirtete er etwa mit ihr? Sie wendete rasch den Blick ab und konzentrierte sich wieder auf die Zeichen.

»Hermes war aber auch der Gott der Diebe«, fuhr sie fort.

Warum war ausgerechnet hier die Sichel des Saturns? Kein Symbol war Zufall, hinter jeder Position, hinter jedem Detail verbarg sich ein Plan. Dieses Mausoleum wirkte auf sie plötzlich wie eine einzige geheime Botschaft. Weinscherbs Geheimnis, das er mit ins Grab genommen hatte. Sein geistiger Nachlass. Vielleicht hatte er mit der Ankündigung, sein Vermögen mit ins Grab zu nehmen, nicht sein materielles, sondern sein ideelles Vermögen gemeint: das Wissen um die Geschichte und Symbolik des Paradiesgartens.

»Die Vier teilt die Einheit des Kreises in die vier Elemente Wasser, Feuer, Erde und Luft. Der römische Gott Saturn entspricht dem griechischen Gott Kronos. Kronos war der Vater von Zeus. Als Götterbote verkündete Hermes Zeus' Entscheidungen und führte die Seelen der Verstorbenen in den Hades. Kronos. Saturn.« Sarah dachte nach. »Im Tempel des Saturns wurde der römische Staatsschatz aufbewahrt. Damit wären wir wieder beim Vermögen, das Vermögen im Grab.« Sie sah sich noch das Limoges-Kreuz an.

»Folge immer deinem Instinkt!« Dieser Satz, ein Rat ihrer verstorbenen Eltern, fiel ihr ein. Hatte Weinscherb womöglich hier oder in einer der zugemauerten Nischen seiner Nichte etwas hinterlassen? Sie starrte auf die Grabplatte.

»Die Vier auf dem Ziegelstein«, sprach Holzmann aus, was Sarah dachte.

In dem Moment kehrte der General zurück.

»Kennen Sie eine Person, deren Name mit D beginnt und die Weinscherb wichtig war?«, fragte Sarah ihn sofort.

»Er hat nichts im Mausoleum versteckt!«, antwortete Gutberg um eine Spur zu schnell.

In diesem Augenblick überkam Sarah eine Vorahnung. Hier wartete ein lange gehütetes Geheimnis darauf, gelüftet zu werden, was zugleich bedeutete, die Büchse der Pandora zu öffnen.

Jetzt war ihrer Meinung nach der Zeitpunkt gekommen, das Interview anzusprechen.

»Wir werden morgen im *Wiener Boten* darüber berichten, dass Weinscherbs Sarg gefunden wurde.«

»Und mit Ihnen alle Tageszeitungen Österreichs«, sagte Holzmann.

Sarah nickte. »Genau. Und wir wollen, dass im *Wiener Boten* noch etwas anderes steht. Deshalb möchte ich gern hier und jetzt ein Interview mit Ihnen führen.«

»Nein, Frau Pauli, wir werden niemandem von der Presse irgendwelche Fragen beantworten«, antwortete Gutberg wie aus der Pistole geschossen.

Es fiel Sarah zunehmend auf die Nerven, wie er sich in das Leben der Holzmanns einmischte, wann immer er konnte. Ein Patriarch, wie er im Buche stand.

»Warum eigentlich nicht, Wolfgang?«, fragte Holzmann ihn. »Es wird sowieso darüber berichtet, insofern können wir ruhig auch etwas dazu sagen.«

Der alte Mann seufzte hörbar, aber er gab sich geschlagen. »Wenn du meinst?«

»Ja, ich meine es«, sagte Holzmann bestimmt. »Aber nicht in dieser Gruft. Lassen Sie uns an die frische Luft gehen!«

»Sehen Sie, Frau Pauli«, wandte Gutberg sich an Sarah, »genau deshalb habe ich Roman hierherbegleitet. Ich dachte mir nämlich schon, dass Sie Informationen von ihm wollen. Es ist aber nicht alles für die Öffentlichkeit bestimmt. Manchmal muss man die Menschen schützen.«

»Wovor konkret?«, fragte Sarah.

»Vor falschen oder unnützen Angaben, vor Behauptungen, vor Lügen, und manchmal vor der Wahrheit.«

»Aha.«

Sarah kommentierte das nicht weiter. Sie hatte keine Lust auf eine Grundsatzdiskussion, denn sie war der Überzeugung, dass man Menschen die Wahrheit durchaus zumuten konnte. Und zwar in jeder Hinsicht. Außerdem verstand sie nicht, wovor man die Menschen in diesem Fall schützen musste. Das Auffinden des Sarges war eine Sensation, keine Gefahr für die Menschheit. Die Geschichte würde sich verbreiten wie ein Lauffeuer, ob sie nun ein Interview mit Holzmann brachte oder nicht.

Sie setzten sich zu dritt auf die Parkbank.

Sarah zückte Block und Stift und begann sofort mit der ersten Frage.

»Herr Holzmann, wissen Sie, ob sich das Kreuz noch auf dem Sarg befindet?«

»Ich bin enttäuscht, dass die Polizei den Sarg gefunden hat, aber nicht meine Frau«, sagte Holzmann, ohne auf Sarahs Frage einzugehen.

»Ja, die umgekehrte Reihenfolge wäre natürlich erfreulicher gewesen! Sie sagten am Telefon, die Polizei ermittle gegen Sie. Zugleich vertritt die Polizei aber auch die These, dass Ihre Frau freiwillig untergetaucht ist. Wie kommt sie auf diese Idee?«

»Es gibt Hinweise darauf, dass sie die Brücken zu ihrem bisherigen Leben abbrechen wollte. Sie hat mit ihrer Bankkarte eine Zugfahrkarte nach Hamburg gekauft. Die Polizei nahm diese Spur auf, kontrollierte den Zug, doch man fand sie nicht. In Wirklichkeit ist ihre Destination womöglich eine völlig andere gewesen, doch dahin führt keine einzige Spur. Es gibt, wenn Sie so wollen, drei Thesen.« Er nahm seine Finger zu Hilfe. »Also erstens, sie wurde entführt. Das hält die Polizei für unwahrscheinlich, und ich inzwischen auch. Zweite These: Ich habe meine Frau ermordet und ihre Leiche verschwinden lassen. Drittens: Meine Frau hat sich freiwillig an einen unbekannten Ort abgesetzt, ohne Spuren zu hinterlassen. Suchen Sie sich's aus.«

»Gegen die erste These spricht, dass bisher kein Mensch ein Lösegeld von Ihnen verlangt hat.«

»Korrekt. Für die dritte These hingegen spricht, dass mit der Kreditkarte meiner Frau auch ein Hotelzimmer in Hamburg gebucht wurde.«

»Passt es denn zu dem Charakter Ihrer Frau, sich auf diese Art und Weise von heute auf morgen davonzumachen?«

»Man kann in keinen Menschen hineinsehen. Wenn Sie damit jetzt auf die zweite These anspielen wollen: Nein, ich habe meiner Frau nichts angetan, und alles andere ...«

»Suchen Sie denn noch nach ihr?«

»Natürlich suchen wir noch nach ihr!«, mischte Gutberg sich ein.

Holzmann nickte lahm.

»Glauben Sie noch immer, dass für den Sargraub Kunstdiebe verantwortlich waren, denen es ausschließlich um die Reichskreuzkopie ging?«, versuchte Sarah an ihre Einstiegsfrage anzuknüpfen.

»Natürlich! Wer denn sonst?« Wieder war es der General, der antwortete. »Das ist eine organisierte Gruppe von Verbrechern. Die Polizei kennt ja sogar den Namen des Anführers.«

»Wie lautet der Name?«

»Josip Kovac.«

»Das ist interessant, denn nach meinen Informationen wurde Kovac vor einem halben Jahr bei seiner Festnahme erschossen. Das teilte uns die Pressestelle des BK jedenfalls mit.«

»Schon, meine liebe Frau Pauli. Aber wir wissen inzwischen, dass jemand mit seinem Pass unterwegs ist und sich derzeit in Wien aufhält.«

Sarah war einen Moment sprachlos, dann fing sie sich wieder.

»Behaupten Sie das jetzt einfach, oder ...«

»Ich habe keinen Grund, Sie anzulügen«, fiel Gutberg ihr lächelnd ins Wort. Es gefiel ihm offensichtlich, sie aus der Fassung gebracht zu haben. »Josip Kovac' Gruppe besteht aus ehemaligen Söldnern. Nach Kovac' Ableben muss jemand seinen Platz eingenommen haben.«

»Und Sie wissen schon, wer dieser Jemand ist, oder?«

Der General lächelte noch immer. »Mit etwas Glück wird er morgen früh schon hinter Gittern sitzen.«

»Ist eine Großfahndung geplant?«

»Das darf ich Ihnen leider nicht verraten.«

»Und wenn man ihn nicht fasst?«

»Dann hoffe ich, dass er nicht den *Wiener Boten* liest.«

»Warum?«

»Weil Sie, wie ich Sie kenne, auch darüber in der morgigen Ausgabe des *Wiener Boten* berichten werden.«

Sarah nickte. »Ja, da haben Sie Recht. Aber Sie haben meine Fragen nach dem Reichskreuz noch nicht beantwortet. Befindet es sich noch auf dem Sarg oder nicht?«

»Nein«, klinkte Holzmann sich wieder ein, »es ist nicht mehr da. Man sucht zwar danach, aber wir haben kaum Hoffnung, dass wir jemals auch nur ein Stück davon wiederbekommen. Sagten Sie nicht, der Tote hole sich zurück, was man ihm genommen hat?«

Sarah ging nicht auf seine Frage ein, sondern machte sich Notizen.

Dann fragte sie, an Gutberg gewandt: »Wie kommt es eigentlich, dass Ihre private Elitetruppe den Sarg nicht vor der Polizei gefunden hat? Haben Sie dafür eine Erklärung?«

»Sie werden doch nicht glauben, dass ich alle Informationen von meinen Leuten an Sie weitergebe.«

»Also waren Sie durchgehend in Kontakt mit der Polizei?«

»Wenn man es so nennen möchte.«

»Wie funktioniert so etwas, rein praktisch, meine ich?«

»Ich bekomme Informationen und gebe sie an die Polizei weiter.«

»Und die Arbeit Ihrer Leute läuft völlig legal ab?«

»Sagen wir so: Während die Polizei sich noch mit Formalitäten herumschlägt, habe ich die Daten längst auf dem Tisch.«

»Das heißt, die Polizei deckt Ihre Arbeit?«

»Ich gebe der Polizei nur weiter, was mir zu Ohren kommt. Was glauben Sie denn, Frau Pauli? Dass ich in Häuser einbreche oder Schlägertrupps entsende? Nein. Ich halte mich streng an das Gesetz. Durch meine Kontakte komme ich an manche Informationen schneller heran als eine behäbige Behörde. Wenn Sie schon darüber berichten müssen, dann darf ich Sie doch bitten, Begriffe wie Privatarmee, Hilfssheriffs, private Einsatztruppe und dergleichen strengstens zu vermeiden. Das sind meine Kontakte nämlich allesamt nicht.«

»Wer sind Ihre Kontakte?«

»Es sind Menschen, die Fragen stellen und Antworten bekommen. Mehr kann ich Ihnen dazu leider nicht sagen.«

Gutberg alias James Bond, dachte Sarah und musste innerlich grinsen.

Sie wurde noch offensiver und fragte geradeheraus: »Wissen diese Menschen auch, wo Erika Holzmann ist?«

Roman Holzmann schüttelte stumm den Kopf, er sah Sarah jedoch nicht an.

»Verschweigen Sie mir da etwas?«, fragte Sarah strenger als beabsichtigt.

Der General sah sie mit ernster Miene an. »Wir verschweigen Ihnen nichts, Frau Pauli.«

»Kommen Sie, natürlich wissen Sie mehr! Also geben Sie mir mehr.«

Sarah wandte sich nun direkt an Holzmann: »Auf der einen Seite bitten Sie mich, Ihnen bei der Suche nach Ihrer Frau zu helfen. Aber auf der anderen Seite enthalten Sie mir Informationen vor. Da passt für mich etwas nicht zusammen.«

»Wir sind doch hier nicht auf einem Basar, junge Frau!«, fuhr Gutberg wieder dazwischen. »Sie wissen jetzt immerhin, dass ein Kunsträuber sich mit falschem Pass unter dem Namen Josip Kovac in Wien aufhält. Da haben Sie doch Ihre Story!«

Sarah reagierte nicht, sondern sah den General stirnrunzelnd an. Sie hoffte, ihr Schweigen würde ihn dazu verleiten weiterzusprechen.

Doch Gutberg war völlig ungerührt.

»In meine Wohnung ist eingebrochen worden.« Sarah hoffte, damit noch einen Trumpf ausspielen zu können.

Es folgte eine längere Schweigepause.

»Und Sie glauben, dass wir etwas damit zu tun haben?«, fragte Holzmann schließlich. Er klang aufrichtig erschrocken. »Das ist nicht Ihr Ernst, Sarah.«

»Warum sollten bei Ihnen Kunstdiebe einbrechen?«, fragte der General.

»Nein, das waren keine Kunstdiebe.«

»Was wurde denn gestohlen?«, fragte Gutberg.

»Nichts. Es wurde nichts gestohlen.«

Der General legte die Stirn in Falten. »Wie kommen Sie denn dann darauf, dass jemand in Ihrer Wohnung war?«

»Auf dem Bett meines Bruders lag ein Brotmesser aus unserer Küche. Doch niemand von uns hat es dort hingelegt.«

»Wenn Sie wollen, höre ich mich ein wenig um. Ich bin sicher, dass wir herausfinden, wer in Ihrer Wohnung war und was er dort zu suchen hatte.«

Sarah antwortete nicht sofort. Es war nicht ihre Art, solche Angebote anzunehmen. Doch in diesem Fall wollte sie eine Ausnahme machen.

»Ist gut. Hören Sie sich um. Es würde mich nämlich schon sehr interessieren.«

»Es wird mir ein Vergnügen sein. Und jetzt fahr mich bitte nach Hause, lieber Roman. Meine alten Knochen brauchen Ruhe.«

Tatsächlich sah der alte General auf einmal sehr müde aus, die Aufregungen der letzten Tage waren nicht spurlos an ihm vorbeigegangen.

»Eine allerletzte Frage noch, Herr General«, fiel es Sarah ein, »können Sie mir sagen, wo Josef Weinscherbs Gärtnerei war?«

»Warum interessiert Sie das?«

»Nur so.« Es war nicht einmal gelogen.

»In der Kaiser-Ebersdorfer Straße, in der Nähe vom Schloss. Das Grundstück liegt aber ebenso brach wie alle anderen dort, die Josef vor seinem Tod gekauft hat.«

»Wissen Sie, wem sie heute gehören?«

»Bedaure, nein, das weiß ich nicht. Können wir Sie vielleicht ein Stück mitnehmen, Frau Pauli?«

Sarah lehnte das Angebot dankend ab mit der Begründung, sich noch ein wenig auf dem Friedhof umsehen zu wollen. In Wahrheit wollte sie so schnell wie möglich Stein anrufen.

31

JOSIP KOVAC

Nachdem sie endlich aus dem Mausoleum herausgekommen waren, konnte er sie von seinem Standort aus alle drei sehr gut beobachten. Der Alte, Holzmann und Sarah Pauli hatten sich offensichtlich per Handschlag voneinander verabschiedet. Das war gut, denn es bedeutete, dass sie alleine zurückblieb. Die Männer gingen auf Holzmanns Mercedes zu, stiegen ein und fuhren davon.

Josip spähte nach links und rechts, weit und breit war kein Mensch zu sehen. Doch Sarah Pauli hier vor dem Mausoleum zu erledigen barg zu viele Risiken. Jeden Moment konnte jemand des Weges kommen. Seine Pistole konnte er hier auch nicht einsetzen. Der Schuss würde die Stille zerreißen und Menschen anlocken. Also wartete er ab und beobachtete sie.

Sie saß noch eine Weile auf der Bank mit Blick auf die Grabstätte. Sie dachte über irgendetwas nach, so viel konnte er ihrer ernsten Miene entnehmen. Er stieß einen leisen Fluch aus vor Ärger, dass er den Fotoapparat diesmal nicht dabeihatte, denn er hätte ihr Gesicht gern eingehender betrachtet. Nur ihr Gesicht. Nicht ihre Augen. Ein Spatz landete auf dem Grabstein neben ihm, pickte etwas Unsichtbares auf und flog wieder davon. Ob es derselbe Vogel war, der vor ihm auf dem Weg saß an dem Tag, als er und Bohumil den Sarg stahlen? Damit hätte sich der Kreis geschlossen. Er würde diesen Ort nie wieder betreten.

Auf einmal setzte sie sich in Bewegung. Zuerst ging sie ein wenig vor dem Mausoleum auf und ab, dann bückte sie sich und strich mit ihrer Hand über die Pflanzen, die rund um die Grabstätte gepflanzt worden waren. Diese Pflanzen hatten wahrscheinlich eine bestimmte Bedeutung, vermutete er.

Sie richtete sich auf und wandte sich zum Gehen. Er folgte ihr dezent.

Er sah, dass sie zum Handy griff.

In diesem Moment vibrierte auch sein Handy. Die SMS war kurz und deutlich: »ACHTUNG! Objekt muss sofort verlegt werden! Ich komme!«

32

SARAH PAULI

Als Holzmann und Gutberg außer Sichtweite waren, rief Sarah den Chefinspektor an. Sie fragte ihn, ob möglicherweise eine größere Polizeiaktion geplant sei. »Jemand, der sich als Josip Kovac ausgibt, ist in Wien, und die Polizei will ihn festnehmen.«

»Woher haben Sie den Blödsinn?«, fragte Stein.

»Ich habe meine Informanten.« Sie musste grinsen. Dass sie Stein jemals diesen Satz sagen würde, hätte sie nicht gedacht. »Sie müssen mir jetzt am Telefon nichts sagen. Aber rufen Sie mich an, wenn es so weit ist, egal zu welcher Tageszeit. Nur ein dezenter Tipp, keine große Sache. Ich will einfach nur dabei sein.«

»Einen Teufel werde ich tun! Ich habe Ihnen gesagt, Sie sollen sich aus der Schusslinie bringen, Sarah.«

»Und Sie dachten, dass ich gehorche?«

Schweigen.

»Ich werde im Hintergrund bleiben. Ihre Kollegen werden mich gar nicht bemerken. Weiß die Polizei, wo der Mann jetzt ist?«

»Es gibt keine Polizeiaktion, und damit basta! Wo sind Sie überhaupt?«

»Am Zentral.«

»Was um Himmels willen tun Sie dort?«

»Nichts Gefährliches, Stein. Ich hab' mir das Mausoleum noch einmal angesehen, gemeinsam mit General

Gutberg und Roman Holzmann. In der Grabstätte wimmelt es nur so von mystischen Symbolen.«

»Genau Ihre Abteilung.«

»Stimmt. Und bei der Gelegenheit hab' ich mit den beiden Herren auch gleich ein Interview für die morgige Ausgabe gemacht, weil doch Weinscherbs Sarg in Rumänien gefunden wurde.«

»Jetzt sagen Sie nicht, die Männer hätten Ihnen von einer bevorstehenden Polizeiaktion erzählt.«

»Doch, das haben sie.«

»Tja, Sarah, das war eine glatte Lüge«, behauptete Stein.

Sarah beendete das Telefonat und machte sich auf den Weg. Sie hoffte, dass Stein ihr trotz seiner ruppigen Abfuhr Bescheid geben würde. Während sie vor dem Haupttor auf die Straßenbahn wartete, rief sie Günther Stepan an. Sie gab ihm das Interview durch. Dann kam ihr eine Idee. Sie bat den Chronikredakteur, das Interview für sie ins Reine zu schreiben. »Hast auch etwas gut bei mir.«

»Apropos etwas gut haben, ich weiß, wo Weinscherbs Glashäuser waren.«

»Ich auch. Gutberg hat's mir gesagt. Deshalb frag' ich ja, ob du das Interview fertigstellen kannst, denn ich würde mir die Gegend gern sofort ansehen.«

»Warum, was hast du vor?«

»Nichts Besonderes. Ich will mich nur umsehen. Weißt du, wem das Grundstück gehört?«

»Der Weinscherb-Stiftung. Und der gehört nicht nur dieses Grundstück.«

»Sag nicht, alle rund um Schloss Neugebäude? Conny sagte, er habe welche vor seinem Tod gekauft, weil er hoffte, auch das Schloss erwerben zu können.«

»Also alle wäre jetzt übertrieben. Einige befinden sich in Privatbesitz, aber drei weitere hat er zumindest erstanden. Stiftungszweck ist übrigens unter anderem die Erhaltung und Wiederherstellung von Baudenkmälern. Darunter fällt auch das Schloss Neugebäude.«

Sarah holte Block und Kugelschreiber aus ihrer Tasche. Stepan gab ihr die Lage der Grundstücke durch. »Und jetzt halt dich fest«, sagte er abschließend. »Im Vorstand der Stiftung sitzt Wolfgang von Gutberg.«

»Das überrascht mich nicht wirklich. Weinscherb und Gutberg waren gute Freunde. Gutberg leierte zudem den Kauf von Schloss Neugebäude an. Leider segnete Weinscherb das Zeitliche, bevor die Sache über den Tisch gehen sollte. Was mich allerdings wundert, ist, dass Gutberg vor zehn Minuten beteuert hat, er habe keine Ahnung, wem die Grundstücke heute gehören. Als Vorstand der Stiftung sollte er wohl Bescheid wissen.«

»Wahrscheinlich will er nicht, dass du's weißt. Immerhin bist du Journalistin. Und so viel weiß ich inzwischen sicher: die Mitglieder der Stiftung legen keinen Wert darauf, dass ihr Schaffen in der Öffentlichkeit breitgetreten wird.«

»Was hat die Stiftung denn bisher geschaffen?«

»Ein paar Zuschüsse für Renovierungsarbeiten von historisch wertvollen Gebäuden. Nichts Spektakuläres, wenn du mich fragst.«

»Ich danke dir, Günther. Bist ein Schatz.«

»Alles klar. Aber nicht vergessen, ich hab' etwas gut bei dir.«

»Wie lange bist du heute noch in der Redaktion?«

»Weiß nicht genau, aber ich denke, sehr lange, muss hier noch x Dinge erledigen.«

»Okay, ich komme nachher auf jeden Fall noch mal rein. Vielleicht sehen wir uns.«

»Schauen wir mal.« Er legte auf.

»Also wieder zurück auf Start«, sagte Sarah zu sich selbst und überquerte noch einmal die Simmeringer Hauptstraße.

So schnell wie möglich legte sie die Strecke vom Zentralfriedhof zum Schloss zum zweiten Mal an diesem Tag zurück. Ein schmaler asphaltierter Weg war die Verbindung zwischen Schloss und Kaiser-Ebersdorfer Straße. Er führte durch verwaistes, unbewirtschaftetes Brachland. Gegenüber erstreckte sich die endlos erscheinende Glashauskultur. Der Gemüseladen Wiens. Parzellen für Erbsen, Fisolen, Paradeiser, Kohlrabi und mehr. Rechts davon ein meterhoher Zaun. Latte an Latte gereihte Undurchschaubarkeit. An dem Tor ein vergilbtes Schild: »Privatgrundstück. Betreten verboten«. Sarah drückte die rostige Klinke nach unten. Das Tor war abgesperrt. Sarah spähte durch ein Loch über der Klinke, doch es war nichts zu sehen. Von Neugier gepackt, schlich sie an dem Zaun entlang auf der Suche nach einer Lücke, einem Loch in den Latten. Am hinteren Teil des Grundstücks wurde sie fündig. Ein durch Regen, Hitze und Alter morsches breites Bruchstück inmitten des hölzernen Zusammenhalts, versteckt hinter einem dichten Strauch mit spitzen Dornen. Sarah hangelte sich an dem dornigen Gestrüpp vorbei und kämpfte sich durch den Spalt auf die andere Seite des Zaunes. Sie klopfte sich Staub und Holzsplitter von der

Jeans. Vor ihr erstreckte sich eine öde, längst vergessene Landschaft. Eine Betonruine mit zersplittertem Glas und rostigen Stahlträgern. Davor ein ausgebrannter Lieferwagen. Sarahs Herz schlug plötzlich schneller. Konnte das sein? War das der Lieferwagen, von dem die alte Frau auf dem Friedhof gesprochen hatte? Sarahs sechster Sinn schärfte erneut ihre Wahrnehmung. Hier würde sie irgendetwas finden.

Sie sah sich um. Die Umgebung wirkte nicht bedrohlich. Kein scharfer Hund. Kein Mann mit einem Gewehr im Anschlag, der seinen Besitz verteidigte. Sie war mutterseelenallein.

Langsam ging sie auf das ausgebrannte Autowrack zu und warf einen Blick hinein. In dem Wagen herrschte ein Chaos aus geschmolzenem Plastik, verbrannten Sitzen und verbogenen Metallteilen. Es war zwar kein Schriftzug mehr auf dem Wagen zu erkennen, dennoch wusste Sarah, dass es sich bei diesem Wrack um den Lieferwagen der beiden falschen Gärtner vom Zentralfriedhof handelte.

Vorsichtig näherte sie sich dem verfallenen Gebäude, stieß die Tür auf und stand unmittelbar vor einer steilen Treppe, die tief hinunter ins Erdinnere zu führen schien.

Sie zögerte. Sollte sie nicht doch lieber umkehren? Doch ihre Neugier siegte. Stufe für Stufe ging sie die steile Treppe nach unten. In den Hades.

Unten angekommen, stand sie plötzlich in einem dunklen stickigen Raum. Die Lichtquelle von oben war minimal, doch nach wenigen Sekunden zeichneten sich Konturen ab. Die Wände waren kahl, der Beton kühl, es gab einen Tisch und eine Bank. So stellte sie sich einen

Luftschutzbunker vor. In der Wand vor ihr war eine Stahltür mit Spion.

»Neugier ist der Katze Tod.« Ausgerechnet jetzt musste ihr dieser Spruch einfallen.

Sie nahm all ihren Mut zusammen, öffnete die Luke und spähte hindurch. Ein Raum, der noch dunkler war. Dennoch glaubte sie, eine Gestalt zu erkennen. Sie drehte am Türknauf. Die Tür war verschlossen. In dem Moment legte ihr jemand von hinten die Hand auf den Mund, und sie spürte eine Waffe an ihrer Schläfe.

»Zumachen«, zischte es leise.

Sie schloss die Luke.

In dieser Sekunde lockerte sich der Griff. Sarah drehte sich blitzschnell um die eigene Achse und riss ihr Knie ruckartig nach oben. Der Kerl ging zu Boden. Sarah mobilisierte all ihre Kräfte und lief so schnell sie konnte die Stufen hinauf. Oben angekommen, rannte sie keuchend weiter. Wo war das verdammte Loch im Zaun? Sie stolperte, fing sich wieder. Hinter ihr hörte sie lautes Fluchen in einer Sprache, die sie nicht verstand. »Lieber Gott! Hilf mir!«, flehte sie stumm. Da vorne, die Öffnung! Sie strauchelte darauf zu.

Ein ohrenbetäubender Knall zerriss ihr fast das Trommelfell. Holz zersplitterte. Den Bruchteil einer Sekunde stand sie wie gelähmt. »Scheiße, der schießt auf mich!« Es waren nur noch wenige Meter. Sie stürzte auf die morsche Stelle im Zaun zu, quetschte sich durch das enge Loch, stolperte wieder und kroch auf allen vieren weiter. Dornen stachen in ihre Haut. Sie spürte etwas Warmes. Blut. Tränen liefen über ihre Wangen.

In dem Moment fiel ein zweiter Schuss. Die Kugel

durchschlug die Holzwand und traf in das Gestrüpp. Es raschelte laut, Blätter fielen zu Boden.

Sarah kam wieder auf die Füße und rannte so schnell sie konnte ohne nachzudenken Richtung Schloss. »Hilfe!«, schrie sie. Sie brauchte Hilfe. Sie rannte auf den Park mit Spielplatz zu. Nirgends war eine Menschenseele zu sehen. Die Panik trieb sie weiter. Sie rannte am Schloss vorbei, bog in den schmalen Pfad Richtung Urnengräber ein und weiter an der Schlosswand entlang. Ein Baustellengitter versperrte den seitlichen Eingang zum Urnenhain. Sarah zwängte sich durch das Gitter und war auf dem Friedhof.

Im Schutz der Mauer blieb sie mit wild klopfendem Herzen stehen. Sie hatte heftiges Seitenstechen und bekam kaum Luft. Keuchend ging sie in die Hocke und besah ihre Hände. Die Dornen hatten blutige Risse hinterlassen. Sie hielt den Atem an und lauschte in die trügerische Stille. Er konnte nicht wissen, in welche Richtung sie gerannt war. Dennoch, er war in der Nähe. Sie spürte seine Anwesenheit. Ihre Muskeln spannten sich an. Ein Eichkätzchen floh auf einen Baum. Sarah stemmte sich hoch, lief ein paar Schritte weiter bis zum Turm und ging hinter der Hecke wieder in die Hocke. Hier war sie geschützter.

Wer verfolgte sie? Wer war der Kerl? Sie spähte über die Thujen.

In dem Moment sah sie ihn durch das Seitentor kommen. Sie erkannte sein Gesicht sofort wieder. Es war der Mann, der im Drogeriemarkt an der Kasse hinter ihr gestanden hatte. Was tat der hier? Warum verfolgte er sie? Und was zum Teufel hatte er in diesem Bunker gemacht? Ihr Herz raste.

Sie duckte sich wieder. Die Polizeiaktion fiel ihr wieder ein. Sie würde Stein eine SMS schicken! Mit etwas Glück war eine Polizeistreife in der Nähe. Sie griff nach ihrer Umhängetasche. Scheiße! Die Tasche war weg. Sie musste sie verloren haben, wahrscheinlich als sie sich durch die Lücke im Zaun gequetscht hatte. Sie musste hier weg, sofort, doch sie konnte ihren Körper nicht bewegen. Gleichmäßig atmen! Beruhige dich! Du musst klar denken! Wie das Kaninchen vor der Schlange zu sitzen war keine Lösung. Plötzlich knackte irgendwo ein Zweig. Sie hielt den Atem an und richtete sich vorsichtig so weit auf, dass sie wieder über die Hecke sehen konnte. Ihr Verfolger bog nach links ab. Sie duckte sich wieder und kroch auf allen vieren in die entgegengesetzte Richtung zwischen den Urnengräbern her bis zur nächsten Hecke. Sie musste sich so schnell wie möglich von dem Schützen entfernen. Sie kroch zu einem Grabstein, der höchstens einen halben Meter Abstand zur Hecke aufwies. Sie machte sich so klein sie konnte und kauerte sich hinter den Grabstein, im Rücken die Hecke. Sie atmete leise und wartete ab, konzentrierte sich auf die Umgebung. Es war still.

Plötzlich nahm sie einen Schatten wahr, dann zwei Schuhe, einen Arm, ein rotes Band am Handgelenk. Sie wich zurück, rappelte sich hoch und versuchte wegzulaufen. Doch er war schneller, schlug sie zu Boden und war im nächsten Moment über ihr. Sarah wollte sich befreien und schlug um sich. Aber sein Gewicht hielt sie am Boden, er presste ihre Arme auf die Erde.

»Verdammte Fotze!«, brüllte er. Es klang brutal und zugleich verletzt. Sarah ahnte, was er vorhatte. Er würde sie umbringen, doch vorher würde ihr Körper ihm gehören. Er atmete erregt.

Schau ihm in die Augen! Zeig keine Angst!

Er wich ihrem Blick aus, vermied es, sie direkt anzusehen. Warum?

Wenn er dich vergewaltigen will, muss er zumindest eine Hand loslassen. Sonst kann er unsere Hosen nicht öffnen und herunterreißen. Das ist vielleicht die einzige Chance.

Ihre Finger tasteten über den Boden. Der Kerl auf ihr lockerte den Griff und drückte mit seinen Oberschenkeln fest gegen ihren Rippenbogen. Sie fühlte sich wie in einem Schraubstock. Das Atmen wurde immer schwerer. Sie drohte zu ersticken und schnappte panisch nach Luft. Mit einer raschen Handbewegung zog der Kerl etwas aus seiner Jackentasche und stülpte es ihr über den Kopf. Eine Mütze! Er zog sie ihr bis über die Ohren. Plötzlich glaubte sie zu wissen, wer sie da überfiel. Es musste einer der Sargräuber sein, der den Zeitungsfetzen im Mausoleum hinterlassen hatte. Derjenige von den beiden, der abergläubisch war. Das rote Armband. Ein Schutz gegen den Bösen Blick. Er musste sich davor schützen, musste sich vor ihr, Sarah Pauli, schützen.

»Der Tod!«, zischte sie durch den Wollstoff hindurch und hoffte, dass ihre Stimme unheimlich genug klang und ihre Eingebung stimmte. »Er steht hinter dir. Er holt dich. Du hast dem Friedhof etwas weggenommen.«

Sekundenlang passierte nichts. Sie hörte nur seinen Atem. Der Schraubstock lockerte sich, und dann traf ein heftiger Faustschlag ihr Gesicht. Noch einer. Scheißkerl. Sie schmeckte Blut. In dem Moment ertastete sie einen Stein. Sie griff verzweifelt danach und schlug mit aller Kraft zu. Der Mann stöhnte auf und sackte zusammen. Sie ließ den Stein fallen, riss sich die Mütze vom Kopf, schob den schweren Körper mit Mühe zur Seite, sprang auf und rannte los, so schnell sie konnte. Haare klebten an ihren Wangen. Alles schmeckte nach Blut.

Beim Krematorium sah sie zwei Menschen stehen.

»Hilfe!«, schrie sie. »Hilfe!«

Keine Reaktion. Der Wind trug ihre Worte in die falsche Richtung.

»Hilfe!«, schrie sie noch einmal. Endlich blickte einer von ihnen in ihre Richtung. Als sie näher kam, erkannte sie, dass es zwei Männer von der Wiener Bestattung waren. Der eine von ihnen schätzte die Situation sofort richtig ein und lief auf Sarah zu. In seinem Gesicht spiegelte sich eine Mischung aus Schreck und Überraschung.

»Rufen Sie die Polizei!«, rief sie. »Schnell! In dem Bunker wird eine Frau gefangen gehalten! Und ich glaube, ich hab' den Kerl umgebracht.«

Dann ließ sie sich auf die nächstbeste Bank fallen.

33

JOSIP KOVAC

Er musste kurze Zeit bewusstlos gewesen sein. Sie war weg. Um ihn herum schwankte alles. Sein Kopf schmerzte. Diese verfluchte Hexe hatte ihm mit voller Wucht einen Stein gegen den Schädel geschlagen. Der Schlampe war es doch tatsächlich gelungen, ihn niederzuschlagen. Ihn, Dorin Radu, einen Söldner, der Afrika und den Irak überlebt hatte. Bald würde es auf dem ganzen Friedhof nur so wimmeln von Polizisten. Auch die Rothaarige im Bunker würden sie finden, wenn Ursula sie nicht schon woanders hingebracht hatte. Vielleicht war sie auch schon tot. Zum Teufel mit der Rothaarigen. Zum Teufel mit Ursula. Jetzt galt es, die eigene Haut zu retten. Er war jetzt nur noch auf Flucht programmiert.

Unter Aufbietung aller Kräfte richtete er sich auf. Er taumelte den Weg zurück zum Eingang an der Ostseite, von wo er den Friedhof betreten hatte. Es war ein Wettlauf gegen die Zeit in Zeitlupe. Die Polizei würde zuerst den Urnenfriedhof und das Grundstück mit dem Bunker durchsuchen. Wenn er sich über die schmale Straße bis zu dem kleinen Waldstück gegenüber durchschlagen konnte, hatte er eine echte Chance zu entkommen. Dort würden sie erst später nach ihm suchen. Er lief so schnell es sein dröhnender Kopf zuließ. Ihm war heiß, seine Kehle trocken, sein Atem flach. Blut lief aus der

Wunde an der Schläfe über sein Gesicht. Laufen, befahl er sich, laufen!

Als er den Wald erreichte, ließ er sich im Schutz eines dicken Baumstamms auf den Boden fallen. Er hörte von Weitem die Sirenen der Einsatzfahrzeuge. Sie sind da, dachte er.

Der stechende Kopfschmerz war schlimmer geworden, und die Wunde an seiner Schläfe blutete heftig. Er hoffte, dass die Polizei bei der Suche keine Hunde einsetzte, denn die würden seine Fährte sofort finden. Er musste so schnell wie möglich von hier weg. Doch so wie er aussah, konnte er unmöglich in eine Straßenbahn steigen, zum Westbahnhof fahren und seine Reisetasche aus dem Schließfach holen. Von dem Vorhaben, noch heute Nacht den Flieger zu nehmen, nahm er Abschied. Er brauchte einen Plan B. Die Bahn! Da gab es keine Sicherheitskontrollen. Um den nächsten Zug nach Sibiu zu erwischen, musste er allerdings vom Westbahnhof aus zum Meidlinger Bahnhof. Das kam ihm in seinem Zustand vor wie eine Weltreise. Aber es ging nicht anders, er brauchte sein Gepäck. Sein ganzes Geld war darin. Plötzlich wog der falsche Pass in seiner Jacke schwer. Er zog ihn heraus und schleuderte ihn weit von sich weg ins Gebüsch. Josip Kovac gab es nicht mehr. Dorin Radu wartete im Schließfach auf ihn. Aber wie kam er zum Westbahnhof? Mit einem blutverschmierten Gesicht fiel er sofort auf. Irgendwer würde die Polizei oder Rettung verständigen. Er zog sein Unterhemd aus und presste es gegen die pochende Stirn. Wenn er das Blut so gut wie möglich damit abwischte und der Schwindel nachließ, konnte er zu Fuß zum Westbahnhof gelangen, ohne groß aufzufallen. Dort konnte er sich auf einer öffentlichen Toilette waschen. Er nahm den Stadtplan zur Hand, der in der Innentasche seiner Jacke steckte. In knapp zwei Stunden könnte er es bis zum Westbahnhof schaffen. Von dort würde er irgendwie nach Meidling kommen und den nächsten Zug nach Rumänien nehmen.

Sein Magen krampfte sich zusammen, er war es nicht gewohnt, Dinge nicht zu Ende zu bringen. »Scheiß auf die Journalistin!«, fluchte er leise. Sie hatte ihm nur Unglück gebracht. Er begann stumm zu beten und bat Gott um Verzeihung. Denn abergläubisch zu sein hieß ja nicht, Gott auszuschließen. In Rumänien gab es Tausende weiße Hexen, die im Einklang mit Gott Gutes bewirkten und christliche Symbole verwendeten. Sie zu konsultieren war in seinem Land nicht ungewöhnlich.

34

SARAH PAULI

Es dauerte nicht lange, bis die Polizei, das Einsatzkommando Cobra und das Rote Kreuz eintrafen. Sarah hatte sie mit dem Handy des Bestatters gerufen und durchgegeben, wo der Bunker war und dass dort jemand eingesperrt war. Sie registrierte das hektische Treiben um sich herum. Die Notärztin sah sich ihre Verletzungen an. »Wie fühlen Sie sich?«, fragte sie besorgt.

»Gut«, antwortete Sarah. Dabei wusste sie nicht genau, wie sie sich fühlte. Hilflos. Verblüfft über das, was ihr soeben passiert war. Erleichtert, dass sie ihm entkommen war. Nein, Schmerzen habe sie nicht. Der Schock? Hielt sich in Grenzen.

Ein Polizist kniete neben ihr nieder, während die Notärztin ihre Abschürfungen und die aufgesprungene Lippe verarztete.

»Wer war das in dem Bunker? Erika Holzmann?«, fragte Sarah ihn.

»Das wissen wir noch nicht.«

Der Uniformierte bat sie, so detailliert wie möglich zu schildern, wie der Kerl aussah, der sie verfolgt und überfallen hatte und was passiert war, und Sarah erzählte. Von dem Sargraub, von Erika Holzmanns Entführung, von dem Mausoleum, vom Bösen Blick und dem roten Armband und von ihrem sechsten Sinn, der sie letzten Endes irgendwie gerettet hatte. Der Polizist runzelte die Stirn, kommentierte ihre Aussage jedoch nicht, sondern notierte sich alles. Stimmengewirr und Satzfetzen aus den Funkgeräten drangen an ihr Ohr. Die Ärztin fragte, ob Sarah etwas zur Beruhigung brauche. Nein, sie brauchte nichts.

David kam. Der Polizist übergab Sarah in seine Obhut. David setzte sich neben sie und umfasste vorsichtig ihre Schultern. Sie lehnte sich an ihn, er hielt sie fest, und endlich konnte sie weinen. Sie ließ ihren Tränen freien Lauf. Irgendwann hörte sie auf zu schluchzen und atmete ruhiger. Sie sah David an. Er gab ihr ein Taschentuch, und sie schnäuzte sich die Nase, so gut es ging.

»Ich glaube, ich habe sie gefunden. Erika Holzmann«, sagte sie schließlich.

Ein Sanitäter brachte zwei Tassen heißen Tee und drückte sie Sarah und David in die Hand.

Sie nippten an dem Tee. Um sie herum wurde das Gelände weitläufig von der Polizei abgesucht.

»Ich habe Chris gesagt, er brauche nicht zu kommen, es gehe dir gut.«

»Danke.« Sarah versuchte ein Lächeln. Es misslang.

»Du weißt, dass es ihn umbringen würde, wenn dir etwas passiert, oder?«

»Ich weiß.«

»Und mich würde es auch umbringen.«

»Ich konnte ja nicht ahnen, dass Erika Holzmann ausgerechnet dort, wo die Gärtnerei ihres Vaters war, gefangen gehalten wird und dass dieser Kerl da herumlungert.«

Vor der Feuerhalle stand noch immer der Rote-Kreuz-Wagen mit blinkendem Blaulicht. Drinnen saßen zwei

Sanitäter und die Notärztin. Sie warteten darauf, dass der Mann gefunden wurde. Laut Sarah wäre er tot, doch aus unerfindlichen Gründen lag er nicht mehr an der Stelle, die Sarah der Polizei genannt hatte.

Stein kam auf sie zu. Er hielt Sarahs Umhängetasche in der Hand, gab sie ihr und bedachte sie mit einem Blick, der Sorge und Ärger zugleich ausdrückte. »Hab' ich Ihnen nicht gesagt, Sie sollen sich nicht einmischen?«, polterte er auch schon los. »Kannst du sie nicht in der Redaktion beschäftigen, David?«

»Sarah ist kein Kleinkind, Martin.«

»Sie meinen wohl, nur weil keine Polizeiaktion geplant ist, müssen Sie selbst eine starten, Sarah?«, schimpfte er.

»Was für eine Polizeiaktion?«, fragte David.

Stein klärte ihn auf.

»Habt ihr ihn gefunden?«, fragte Sarah dazwischen.

»Nein. Er scheint spurlos verschwunden zu sein.«

»Was ist mit Erika Holzmann? Ist sie tot?«, fragte Sarah.

»Sie lebt, Sarah. Sie scheint sogar unverletzt zu sein. Keine Spuren von Gewalt und Misshandlung. Sie bringen sie ins Krankenhaus. Morgen wissen wir mehr.«

»Und Roman Holzmann? Hat man ihn schon benachrichtigt?«

»Ja, Sarah«, stöhnte Stein. »Glauben Sie mir, wir wissen, was zu tun ist. Er ist schon auf dem Weg ins Krankenhaus.« Er wandte sich an David. »Ich will dich wirklich nicht noch einmal anrufen müssen, um dir mitzuteilen, dass eine von deinen Leuten tot aufgefunden wurde.«

David und Sarah wussten, dass Martin Stein Hilde

Jahns Tod noch immer nicht verwunden hatte. Die beiden waren gut befreundet gewesen.

»Ich verstehe dich gut, Martin«, sagte David. »Auch wir trauern nach wie vor um Hilde. Aber sieh es einmal so. Nur weil Sarah sich nicht an deine Ratschläge gehalten hat, wurde Erika Holzmann gefunden.«

Stein murmelte irgendetwas Unverständliches.

»Ich begreife das nicht«, sagte Sarah dazwischen. »Ich hab' ihn doch voll erwischt. Er muss hier irgendwo sein.«

Martin Stein schüttelte wieder den Kopf. »Wir haben ihn bis jetzt nicht gefunden. Wie sah er denn aus?«

»Die Frage habe ich doch Ihrem Kollegen vorhin schon beantwortet.«

»Dann erzählen Sie es mir jetzt eben noch einmal.«

»Groß, kräftig, kantiges Gesicht mit einer tiefen langen Narbe.« Sarah fuhr sich mit dem Zeigefinger über ihre linke Wange.

»Und wahrscheinlich eine gewaltige Platzwunde am Kopf«, konstatierte Stein. »Jedenfalls haben wir ziemlich viel Blut an der Stelle gefunden, die Sie uns genannt haben.«

»Er trägt ein rotes Band am Handgelenk.«

»Hat das was zu bedeuten?«

»Es hat meistens eine positive Bedeutung. In der Tradition der Hindus symbolisiert es Segen, es ist aber auch ein Zeichen der Liebe und des guten Willens einer Person. Im tibetanischen Buddhismus wird in einer Zeremonie mit roten Bändern ...«

»Hören Sie auf! Ich kenne den Kerl da draußen nicht, aber glauben Sie mir, der ist kein Tibetanischer Buddhist!«

»Das Armband hilft auch gegen den Bösen Blick.«

Stein verdrehte die Augen.

»Ich bin sicher, deshalb trägt er es. Er glaubt daran. Verstehen Sie? Er ist abergläubisch, und ich lehne mich jetzt ganz weit aus dem Fenster und behaupte, dass er Rumäne ist.«

»Wie kommen Sie denn darauf?«

»Weil man in Rumänien auch heute manchmal noch den Säuglingen zum Schutz rote Armbänder ums Handgelenk bindet und kleinen Mädchen rote Maschen ins Haar steckt.«

»Und die Mütze?«

»Er dachte, dass ich ihm gefährlich werden kann, wenn ich ihm in die Augen sehe. Er ist meinem Blick ausgewichen. Dabei hat der Böse Blick nicht direkt etwas mit Blickkontakt zu tun. So ein Schadenszauber funktioniert auch anders.«

»Wer zum Teufel trägt um diese Jahreszeit eine Mütze bei sich?«

Plötzlich wurde es ihnen schlagartig klar: Der Mann hatte Sarah nicht zufällig im Bunker angetroffen. Er hatte sie beobachtet, verfolgt und sich auf eine Begegnung mit ihr vorbereitet.

Sarah spürte wieder die Pistole an ihrer Schläfe. Kaltes rundes Metall. Ein Gefühl, das sie ihr Leben lang nicht vergessen würde.

»Warum waren Sie auf diesem Grundstück, Sarah?«

»Ich wollte mich nur umsehen.«

»Sie standen jemandem im Weg«, überlegte Stein laut. »Nicht dem Kerl, der Sie überfallen hat. Der sollte nur die Drecksarbeit machen. Ihr wahrer Feind ist noch da draußen und wartet auf Sie.«

Sarah wusste, dass Stein Recht hatte, doch ihr fehlte die Kraft, eingehender darüber nachzudenken.

»Das Grundstück«, sagte sie, »es gehört der Weinscherb-Stiftung.«

»Das wissen wir.«

»Gutberg ist Vorstandsvorsitzender der Stiftung.«

»Auch das wissen wir.«

»Haben Sie mit ihm gesprochen? Ist er nicht schon längst auf dem Weg? Ich dachte, er wäre der Erste vor Ort, wenn Erika Holzmann geborgen wird!«

Stein schüttelte den Kopf. »Wir konnten ihn nirgends erreichen, weder bei sich zu Hause noch in der Stiftung. Aber keine Sorge, wir kümmern uns darum.«

»Fragen Sie ihn, wie es sein kann, dass man sie direkt vor seiner Nase gefangen hält und er und seine Leute sie nicht finden! Und warum es ausgerechnet dieses Grundstück war.«

»Immer mit der Ruhe. Wir werden Fragen stellen, und wir werden Antworten bekommen.« Er wandte sich an David. »Bring sie jetzt nach Hause! Ich halte euch auf dem Laufenden. Wo steht dein Auto?«

David erhob sich. »Auf dem Parkplatz vor dem Zentralfriedhof. Die Zufahrt zum Krematorium ist ja komplett abgesperrt. Deine Kollegen hätten mich fast nicht durchgelassen.«

»Auf dem Parkplatz wimmelt es von Presseleuten. Näher lassen wir sie nicht ran, solange wir nicht wissen, wo der Kerl ist.«

Er winkte eine junge Polizistin in Uniform herbei.

»Gib ihr die Autoschlüssel. Sie soll deinen Volvo holen und direkt vor den Haupteingang fahren, dann habt ihr Ruhe vor euren Kollegen.«

David zog den Schlüssel aus seiner Hosentasche.

»Wir bleiben!«, meldete Sarah sich scharf zu Wort.

David und Stein starrten sie verdattert an.

»Das ist nicht ihr Ernst«, sagte Stein zu David. »Das kann ich unmöglich zulassen.«

»Oh doch!«

»Ich kenne niemanden, der so unschuldig dreinschauen kann wie Sie und dabei so verdammt stur ist«, stöhnte er und warf David einen Hilfe suchenden Blick zu.

David verkniff sich ein Grinsen und zuckte mit den Achseln. »Sie ist erwachsen.«

»Was wollen Sie denn noch hier?«

»Ich habe das Recht, über den Überfall auf mich exklusiv zu berichten.«

»Einen Scheißdreck haben Sie, Sarah. Außerdem ist der Überfall Geschichte, es geht Ihnen gut, der Rest ist Polizeisache. Ich könnte Sie auch mit Gewalt von hier entfernen lassen!«

»Das werden Sie aber nicht tun, Martin.«

Es war das erste Mal, dass sie ihn bei seinem Vornamen nannte.

»Sie kommen meinen Leuten nicht in die Quere! Wir haben übrigens eine zweite Frau im Bunker angetroffen.«

In diesem Augenblick kam ihr die Eingebung. »Auch eine Vermisste?«

Martin Stein schüttelte den Kopf. »Nein. Sie war dabei, Erika Holzmann aus dem Bunker zu schaffen.«

»Aha. Und wer ist sie?«

»Ursula von Gutberg.«

Sarah runzelte die Stirn und kramte in ihrer Erinnerung.

Stein musterte Sarah streng. »Sie bleiben hier und rühren sich keinen Millimeter weg! Nur dass das klar ist. Ich behalte Sie im Auge!« Dann stapfte er davon.

Sarah sah David an. »Siehst du, jetzt kommen wir doch zu einem spektakulären Aufmacher für morgen.«

Sie rief Chris an in dem Wissen, dass eine Akkumulation an Vorwürfen über sie hereinbrechen würde. Chris hob nach dem zweiten Läuten ab, fluchte, schimpfte sie eine unverbesserliche Idiotin, die sich permanent in Gefahr brachte und ihn damit in den Wahnsinn trieb, und dann kam Gabi ans Telefon. Sie weinte vor Freude, als sie Sarahs Stimme hörte.

»Es ist mir nichts passiert, Gabi. Gibst du mir bitte noch mal meinen Bruder?«

Sie hörte, wie der Hörer weitergereicht wurde.

»Kümmere dich um sie, Chris. Lass sie auf gar keinen Fall heute alleine nach Hause gehen. Sie soll heute bei uns schlafen. Ich bleibe noch hier. Sie suchen den Kerl, und ich will dabei sein, wenn sie ihn kriegen«, sagte sie schärfer, als sie wollte. Bevor ihr Bruder etwas erwidern konnte, legte sie auf.

»Du bist verrückt!«, sagte David.

»Ich weiß. Aber warst du es nicht, der mir sagte, eines Tages werde meine Neugier über meine Angst siegen oder so ähnlich?«

»Das hab' ich zu dir gesagt? Wann?«

»Ist schon eine Weile her. Damals, als ich wegen der Toten am Naschmarkt recherchiert habe. Wir standen bei mir im Stiegenhaus. Du hast es gesagt, mich geküsst, und dann ging das Licht aus.« Sarah sah ihm an, dass er sich ebenfalls genau erinnerte.

Sie holte ihr Handy heraus. »Stepan ist sicher noch

in der Redaktion. Ich gebe ihm direkt durch, was hier passiert. Hast du einen Fotoapparat dabei?«

David schüttelte den Kopf. In dem Moment hob Stepan ab. Sarah klärte ihn über die Situation auf. Dann wandte sie sich mit dem Handy am Ohr David zu: »Simon ist hier. Er steht unten in der Kaiser-Ebersdorfer Straße und hat gerade Fotos von der Rettungsaktion geschossen. Wir müssen ihn irgendwie hier reinschleusen.«

»Ich versuche, die Polizisten bei den Absperrbändern zu überreden, ihn durchzulassen.«

»Sag einfach, Chefinspektor Stein hätte sein Okay gegeben.«

Sarah hielt inne. »Oder nein, doch nicht, David, lass es sein. Ruf Simon an. Er soll die Polizei im Auge behalten. Wenn sie den Kerl schnappen, wird sich die ganze Truppe in Bewegung setzen. Er soll ihnen einfach folgen.«

David grinste. »Ich hab' ein Monster zur Freundin.«

35

JOSIP KOVAC

Bei Einbruch der Dämmerung hörte er sie zum ersten Mal. Sie kamen näher und entfernten sich wieder. Es schien, als wären die Scheißbullen überall, nur bis zum Waldstück waren sie noch nicht vorgedrungen. In seinem Universum herrschte wieder einmal Krieg. Nur diesmal stand ihm kein Kamerad zur Seite, der sich die Füße zerfetzen ließ, um ihn zu retten. Diesmal gab es keine Soldaten. Diesmal war er mehr als ein Gesetzloser.

»Ignoriere mich, und du bist tot.« Da saß sie wieder, die Angst, sie saß neben ihm an den Baumstamm gelehnt und verhöhnte ihn. Er verfluchte die Angst. Er verfluchte Sarah Pauli. Er verfluchte Wien.

Er musste hier weg.

Mühsam rappelte er sich auf, wischte noch einmal mit dem Unterhemd über sein Gesicht und warf es dann ins Gebüsch. Erst mal raus aus dem Wald und irgendwie auf die Simmeringer Hauptstraße gelangen. Ursula! Sie hatte sicher mitbekommen, was passiert war. Sie musste also noch in der Nähe sein. Sie konnte ihn jetzt sicher aus dieser Scheiße herausholen. Inzwischen kannte er die Umgebung gut genug. Wenn er nach Osten lief, kam auf der anderen Seite des schmalen Waldstücks ein Feld, danach wieder ein Stück Wald und dann ein Weg, der in die Meidlgasse führte. Dort konnte sie mit dem Auto auf ihn warten. Sein Handy steckte in der Seitentasche seiner Cargohose, wenn er es nicht verloren hatte. Er tastete danach und zog es erleichtert hervor.

Er rief sofort alle eingegangenen Anrufe und SMS auf.

Geräusche kamen näher. Die Polizei schien die Suche auszuweiten. Hunde waren nicht zu hören. Auch Hubschrauber hatten sie noch nicht eingesetzt.

Er schloss die Augen, murmelte ein Stoßgebet, schlug ein Kreuz, drückte die Anruftaste, wartete, bekam aber keinen Anschluss. Diese verfluchte Schlampe hatte ein Prepaid-Handy benutzt!

Ohne zu überlegen lief er weiter durchs Unterholz Richtung Süden. So gelangte er am schnellsten auf die Simmeringer Hauptstraße. Äste peitschten ihm ins Gesicht. Er spürte jede Faser seines Körpers. Der Weg durch das Dickicht kam ihm endlos vor, bis sich der Wald schließlich lichtete und er durch die Verästelung der Bäume einen Weg erkannte. Er blieb keuchend stehen, schnappte nach Luft, trat entschlossen aus seinem Versteck und prallte mit voller Wucht mit jemandem zusammen. Er schwankte. Dann erkannte er die schwarze Uniform eines Cobra-Beamten. Scheiße, die Kerle waren überall! Blitzschnell zog er seine Pistole und zielte auf den Mann. Der brüllte ihm etwas zu, was Josip nicht verstand. Ein Zweiter tauchte auf, und ein Dritter kam den Weg entlang. Josip drückte ab.

Im selben Augenblick spürte er einen brennenden Schmerz in der Brust. Er brach zusammen. Die Glock fiel ihm aus der Hand. Strigoi, dachte er, und dann dachte er an den Tod, der ihn nun doch holte, obwohl er ihm Bohumil überlassen hatte. Und er dachte an die Angst, die ihn vor dieser Mission gewarnt hatte wie ein grellrotes Leuchtsignal.

36

SARAH PAULI

Die Nachricht von seinem Tod verbreitete sich wie ein Lauffeuer. Für einen Moment hielten sie alle den Atem an. Ein Mensch war gestorben. Dann drehten die Zeiger der Uhr sich wieder weiter.

»Nein, du kletterst nicht durch die Polizeiabsperrung, auch wenn andere versuchen durchzukommen.«

Davids Anweisung klang ruhig und gelassen. Er stand neben Sarah vor dem Krematorium und telefonierte mit Simon. »Der *Wiener Bote* veröffentlicht keine Fotos von Toten. Das mag für andere ethisch vertretbar sein, für uns nicht.«

Sarah telefonierte währenddessen mit Stepan.

»Nein, er hat zuerst geschossen ... Ein Beamter von der Cobra ... Ja, er ist tot, so war die letzte Meldung ... Nein, der von der Cobra hat den Täter erschossen ...«

David beendete sein Gespräch mit Simon.

»Nein, wir wissen noch nicht, wer er ist ... Ja, die Frau, die ich im Bunker gefunden habe, ist Erika Holzmann, das wurde inzwischen bestätigt. Auf dem Gelände stand ein ausgebrannter Lieferwagen, wahrscheinlich ist es Bohumil Melniks Wagen, mit dem der Sarg gestohlen wurde.«

Stein kam den Weg entlang und steuerte direkt auf sie zu.

»Warte mal, Günther. Da kommt Stein. Vielleicht weiß er was ... Wissen Sie, wer der Mann ist?«

Martin Stein schüttelte den Kopf.

»Nein, noch nicht. Im Wald haben wir einen Pass gefunden, ausgestellt auf den Namen Josip Kovac.«

»Ich dachte, der ist tot!«

»Ist er auch. Möglich, dass der Tote seinen Platz eingenommen hat.«

»Hast du's mitbekommen, Günther? ... Genau, der hatte den Pass des erschossenen Kunsträubers. Ich nehm' an, dass er einer der beiden Typen war, die Weinscherbs Sarg gestohlen haben, und auch, dass er mit den Entführern unter einer Decke steckt, weil er mich im Bunker überfallen hat, wo Erika Holzmann eingesperrt war ... Warte kurz, Stein will mir was sagen.«

»Ursula von Gutberg wird bereits verhört«, sagte Stein. »Bald wissen wir mehr.«

Er gab Sarah mit Handzeichen zu verstehen, dass sie das Gespräch beenden sollte.

»Entschuldige, Günther, ich muss Schluss machen ... Alles klar, ich ruf' dich nachher wieder an.«

»Na endlich«, brummte Stein unwirsch. »Wir haben in der Jackentasche des Toten die Karte für ein Schließfach am Westbahnhof gefunden. Ich fahre jetzt dorthin.«

»Rufen Sie mich an, bevor die anderen informiert werden?« Sarah schenkte Stein einen flehenden Blick.

Er nickte. »Aber nur, wenn Sie jetzt nach Hause fahren. Hier passiert nichts mehr.«

»Aber es sind noch viele Fragen offen«, widersprach Sarah.

»Die werden wir heute nicht mehr beantworten können. Morgen. Übermorgen. Geben Sie sich und uns Zeit.«

»Was ist mit Gutberg?« Sarah ließ nicht locker.

Martin Stein druckste herum. »Die Aufregung war scheint's zu viel für den alten Herrn.«

»Aber was ist mit ihm?«

Sarah wurde blass.

»Unsere Kollegen haben bei ihm geläutet. Als man ihm sagte, was passiert ist, und ihn bat mitzukommen, ist er zusammengebrochen.« Er machte eine Pause. »Der Notarzt konnte nichts mehr für ihn tun. Herzinfarkt.«

»Scheiße, nein!«, entfuhr es Sarah. Ein Abend. Zwei Tote. Welcher Wochentag war heute? Freitag. Der Tag der Liebesgöttin Venus. Nicht für Gutberg.

David fasste Sarah um die Hüfte. »Sarah, komm. Es ist genug.«

Seite an Seite gingen sie zum Ausgang.

Ihr Handy meldete sich. Sie sah nach. »Eine SMS von Holzmann. Seiner Frau geht es gut. Sie schläft jetzt.« Sie schob das Handy wieder in ihre Hosentasche. »Ich soll morgen ins Kaiser-Franz-Josef-Spital kommen. Sie will mich kennenlernen.«

Kaum dass Sarah ihre Wohnung betrat, stürzte Gabi ihr in die Arme. »Gott sei Dank!«

Marie strich Sarah schnurrend um die Beine.

»Hier duftet es ja wie in einem Fünfhaubenlokal«, meinte David.

»Chris hat gekocht«, sagte Gabi. »Italienisch. Das hat ihn beruhigt, sonst wäre er hier Amok gelaufen.«

Später saßen sie bei einer Flasche Wein und aßen Pollo Cacciatore.

Sarah erzählte und erzählte, und Chris und Gabi sahen sich zwischendurch an, wie nur frisch Verliebte sich ansehen.

»Hab' ich da etwa was verpasst?«, fragte Sarah neugierig.

Niemand antwortete ihr.

37

SPÄTER

Erika und Roman Holzmann hatten Sarah gebeten, sie zum Zentralfriedhof zu begleiten.

»Ich möchte, dass Sie dabei sind, wenn wir das nächste große Geheimnis lüften«, hatte Erika gemeint.

Sarahs Bedenken, dass ein Geheimnis zu lüften nicht nur Gutes brachte, bestätigte sich.

Als sie am Friedhof ankamen, war die Mauer der verschlossenen Grabnische bereits aufgeschlagen worden. Drinnen hatten die Handwerker die sterblichen Überreste eines Mannes gefunden, dem ein Loch in den Kopf geschossen worden war. Die Polizei war bereits informiert worden, und die Vermutung lag nahe, dass es sich hier um den deutschen Architekten Ewald Dornan handelte, den man mit ergaunerten Millionen im Ausland wähnte und der in Wirklichkeit den Tod gefunden hatte.

Erika Holzmann war blass geworden. Sie war hinausgegangen und hatte sich auf die Bank gegenüber gesetzt. Sarah hatte sich schweigend neben sie gesetzt. Roman stand gemeinsam mit den Handwerkern unschlüssig vor dem Mausoleum. Sie zündeten sich einer nach dem anderen eine Zigarette an.

»Wenn das tatsächlich Ewald ist, dann hat Josef Weinscherb die Liebe meines Lebens ermordet«, sagte Erika. Sie sah Roman Holzmann gerade in die Augen.

Er brauchte nichts zu sagen. Sie verstand, dass er verstand, dass das nichts mit ihm zu tun hatte.

»Jetzt bist du die große Liebe meines Lebens«, sagte sie ruhig. »Aber Ewald«, sie schluckte schwer, »war es damals. Jetzt liegen seine Gebeine wahrscheinlich in der Gruft meines Onkels. Und das ist grausam.«

Da sprang Erika plötzlich auf.

»Roman, warte! Lasst uns unter das Kreuz schauen!«, rief sie.

Zu dritt sahen sie unter das Limoges-Kreuz. Dort war nichts.

Es war, wie Sarah vermutet hatte, und sie sprach es gegenüber Erika Holzmann noch einmal aus: »Das Kreuz ist ein Symbol dafür, dass Sie für Ihren Onkel ebenso unerreichbar waren wie dieses Kreuz.«

Die Polizei kam, und sie verließen das Mausoleum. Die sterblichen Überreste wurden abtransportiert.

Eine weitere Überraschung wartete einen Tag später auf Erika Holzmann. Beim Notar erfuhr sie, dass ihr Onkel ihr sein gesamtes Vermögen vermacht hatte. Ursula und Wolfgang von Gutberg hatten das gewusst und versucht, es zu verhindern. Das Geld lag auf verschiedenen Konten verteilt in der Schweiz und war zuvor in Österreich ordnungsgemäß versteuert worden. Das bedeutete, dass es kein Schwarzgeld war und dass Erika Holzmann frei darüber verfügen konnte.

Seine letzten Lebensjahre hatte Josef Weinscherb damit verbracht, seine Immobilien zu verkaufen und den Erlös in Gold anzulegen. Die Stiftung sollte die Grundstücke in Simmering so lange verwalten, bis Erikas Vater gestorben war.

Zuerst wollte Weinscherb ihr die Grundstücke sofort vererben, weil auch die Gärtnerei dazugehörte. Doch er fürchtete, sein Bruder würde Erika dahin gehend beeinflussen, dass sie die Erbschaft ablehnte. Da es ihm jedoch am Herzen lag, dass seine Nichte das Erbe antrat, sollte Walters Tod abgewartet werden. Darüber hinaus hatte er Erika einen Brief hinterlassen, in dem er sie bat, seinen Lebenstraum posthum zu verwirklichen und auf den Grundstücken beim Schloss einen Paradiesgarten anzulegen. Dafür ließ er noch zu Lebzeiten Pläne nach dem alten Kupferstich von Matthäus Merian dem Älteren anfertigen. Sie lagen dem Brief bei, den Erika vom Notar ausgehändigt bekam.

Womit Weinscherb nicht gerechnet hatte, waren Gutbergs Gier und sein verletzter Stolz. Der alte General hatte keine Sekunde daran gedacht, die Grundstücke Erika zu überlassen, und seine Tochter sollte ihm dabei helfen, das zu verhindern.

Bei einer Hausdurchsuchung in der Weinscherb-Stiftung, deren Sitz sich in der Weinscherb-Villa befand, fand die Polizei den von Erika Holzmann im Bunker unterschriebenen Vertrag, der für ungültig erklärt wurde. Die Nachbildung des Reichskreuzes von Weinscherbs Sarg wurde im Tresor gefunden. Der getrocknete Strauß Erikapflanzen lag nach wie vor im Hohlraum des Kreuzes.

Günther Stepan und Sarah Pauli berichteten abwechselnd und regelmäßig für den *Wiener Boten* über die Ermittlungsergebnisse bezüglich der Entführung Erika Holzmanns, der Weinscherb-Stiftung und Wolfgang Gutberg. Tagelang überschlugen sich die Ereignisse. Es dauerte zwar eine Weile, doch schließlich gelang es der Polizei, Gutbergs Netzwerk zu durchleuchten. Seine Kontakte zu diversen Politikern wurden aufs Korn genommen. Die meisten dieser Politiker distanzierten sich von dem ehemaligen General. Was nicht anders zu erwarten war. Alle anderen behaupteten, kaum Kontakt zu ihm gehabt zu haben.

Von Bohumil Melnik fand man keine Spur. Er blieb wie vom Erdboden verschluckt.

Ursula von Gutberg wurde wegen Freiheitsberaubung und Urkundenfälschung rechtskräftig verurteilt.

Sarah Paulis Artikel über das Mausoleum auf dem Zentralfriedhof löste in den Medien eine Lawine an Reaktionen aus. Dass man in der Grabstätte die Gebeine eines ermordeten Mannes gefunden hatte, war zwei Wochen lang im Fokus der öffentlichen Aufmerksamkeit, sogar weit über die Landesgrenzen hinaus.

Und das wiederum hatte zur Folge, dass Erika Holzmanns Stadtspaziergänge enormen Zulauf fanden.

DANKE ...

»Der Tote vom Zentralfriedhof« ist ein Roman, also ein rein fiktives Werk.

Ich hoffe, die Wiener und Wienerinnen werden mir verzeihen, dass ich ein paar Details in ihrer Stadt und auf dem Zentralfriedhof erfunden und meinen Zwecken angepasst habe.

Danken möchte ich an dieser Stelle einigen Menschen, die mich inspiriert haben, mir weiterhalfen, mit mir über den Zentralfriedhof und den Urnenhain wanderten, mit mir Schloss Neugebäude »eroberten«, und die meine vielen Fragen beantwortet haben.

Sie alle sind an der Entstehung dieses Romans beteiligt.

Gabriele Buchas, Fremdenführerin. Unsere Begegnung war kein Zufall:-))),

Gabriele Lukacs, Fremdenführerin und Buchautorin,

Andrea Rauscher und Florian Keusch von B&F Wien – Bestattung und Friedhöfe,

Mag. Eva Blimlinger, stellvertretende Vorsitzende des Kunstrückgabebeirates,

Dr. Franz Kirchweger vom Kunsthistorischen Museum Wien,

Dr. Wolfgang Gebetsberger, Notar, Vöcklabruck,

... und allen anderen, die mir mit Rat und Tat zur Seite standen.

Ein herzliches Dankeschön für die gute Zusammenarbeit an meine Lektorinnen vom Goldmann Verlag, Almuth Andreae und Kerstin Schaub, sowie an meine Lektorin Karin Ballauff in Wien.

Großer Dank gebührt auch meiner Agentin Lianne Kolf, die für meine Sarah Pauli im Goldmann Verlag ein Zuhause gefunden hat.

Unsere Leseempfehlung

416 Seiten
Auch als E-Book erhältlich

512 Seiten
Auch als E-Book erhältlich

512 Seiten
Auch als E-Book erhältlich

Anwältin Evelyn Meyers aus Wien und Kommissar Pulaski aus Leipzig – ein eher ungewöhnliches Team, das doch der Zufall immer wieder zusammenführt. Gemeinsam ermitteln sie in drei ungewöhnlichen Fällen und folgen den Spuren perfider Serienmörder quer durch Europa ...

goldmann-verlag.de

GOLDMANN

Autorin

Beate Maxian lebt mit ihrer Familie in der Nähe des Attersees und in Wien und zählt zu den erfolgreichsten Autorinnen Österreichs. Ihre Wien-Krimis um die Journalistin Sarah Pauli stehen dort regelmäßig an der Spitze der Bestsellerliste. Weitere Informationen zu Beate Maxian finden Sie unter: www.maxian.at

Beate Maxian im Goldmann Verlag:

Tödliches Rendezvous. Ein Wien-Krimi
Die Tote vom Naschmarkt. Ein Wien-Krimi
Tod hinter dem Stephansdom. Ein Wien-Krimi
Der Tote vom Zentralfriedhof. Ein Wien-Krimi
Tod in der Hofburg. Ein Wien-Krimi
Mord in Schönbrunn. Ein Wien-Krimi
Die Prater-Morde. Ein Wien-Krimi
Tod in der Kaisergruft. Ein Wien-Krimi
Mord im Hotel Sacher. Ein Wien-Krimi
Der Tote im Fiaker. Ein Wien-Krimi
Die Tote im Kaffeehaus. Ein Wien-Krimi
Ein letzter Walzer. Ein Wien-Krimi
Tod im Belvedere. Ein Wien-Krimi
(📖 alle auch als E-Book erhältlich)

 GOLDMANN